악어의 맛

온우주
단편선
0 0 5

악어의 맛

이 서 영 작품집

⚹온우주

악어의 맛

차 례

온우주
단편선

밥 줄 을 지 켜 라

밥줄을 지켜라

몹시 배가 고팠다. '더는 참을 수 없다'고 느끼는 단계를 지나치고 있었다. 사람들은 '참을 수 없는' 상태를 많은 경우 동물적인 본능의 상태라고 생각하던데, 동물로서 장담하건대 전혀 그렇지 않다. '참을 수 없다'는 것은 매우 의지적인, 다시 말해 의지를 발휘할 수 있는 단계다. 이 정도로 배가 고프면 이미 참거나 참지 않는다는 건 전혀 의미가 없다. 어떤 의지도, 심지어는 살아야 한다는 의지도 생기지 않는다. 갑자기 눈앞에 연어 머리가 떨어진다고 해도 먹을 수 있을지 의문이었다.

연어 머리. 단 한 번 먹은 적이 있었다. 가게에서 연어 머리를 버릴 때 운 좋게 그 앞을 지나치고 있었기 때문이었다. 그 가게 주변을 장악하고 있던 건 노란색과 까만색이 섞인 험상궂은 놈이었다. 나는 그놈이 나타나기 전에 재빠르게 연어 머리 하나를 입에 물고 정신없이 도망쳤다. 그때 겁을 먹고 연어를 물지 않았더라면 지금까지도 종종 후회했으리라. 죽이는 냄새였다. 맛있는 냄새는 거짓말을 하지 않았다. 연어의 머리통에 이빨이 박히던 감촉을 아직도 기억한다. 연어는, 다시 먹을 수 있을 거라고는 상상도 못할 정도로 맛있었다.

3년 전까지만 해도, 나는 임신을 하기도 하고 발정이 나기도 하던 암컷이었다. 양복을 입은 남자 둘과 하얀 가운을 입은 여자 하나에게 붙들린 그날 전까지는. 봄이었고, 바람이 천천히 불어왔고, 나는 사료를 내놓는 인간을 요행히 다른 놈보다 먼저 만나서 배도 부른 참이었다. 전날엔 비가 내려서 바닥 여기저기 웅덩이에 물이 고여 있었다. 나는 물을 할짝거리고 나서, 꾸벅꾸벅 졸기 시작했다. 이곳에 사는 놈들은 인기척에 화들짝 놀라지 않는다. 인간들 역시 웬만해선 내 영역 안으로 들어오지 않는다. 졸다가 번쩍 눈을 떴다. 누군가 영역 안에 들어와 있었다. 몸을 일으켜서 도망치려고 하자마자 무언가 끈적한 것이 발바닥을 붙들었다. 발이 움직이지 않아서 엉덩이를 들썩이는데, 인간의 손이 꼬리를 붙들었다. 나는 좁은 철망에 갇혀서 울었고, 할퀴었고, 몸부림쳤지만, 인간은 나를 어딘가에 눕히고 꼬리 아래쪽, 그 조심스러운 비밀의 구멍에 차갑고 날카로운 것들을 들이대었다. 금속의 질감들이 몸 깊은 곳을 지나간 후에 갈색 털을 머리 부분에 길게 늘어뜨린 여자는 나를 잡힌 자리에 내려놓고 머리를 쓰다듬었다. 나는 아무 힘도 없이 한참을 그 자리에 널브러져 있었다. 모든 불행은 그날부터였다.

생식능력을 잃었다고 해서 다른 놈들이 괴롭히는 건 아니었다. 다만 무언가 아주 뜨거운 것이 마음에서 사라져버렸다. 날카롭게 냄새를 맡고 자동으로 몸이 움직이거나 눈앞에 꿈틀거리는 것에 절로 마음을 빼앗기는 순간들이 이제 다시는 찾아오지 않을 거라는 걸, 나는 얼마 지나지 않아 알게 되었다. 다른 놈들은 내 기척조차 잘 느끼지 못하게 되었다. 날 배척하는 것도 아니지만, 그렇다고 그들의 일부로 생각지도 않는다. 그렇다고 해서 인간들처럼 돈을 주고 먹을 것을 살 수도 없다. 당연히 나는 끊임없이 배가 고파졌다. 내가 과연 나일지, 나는 매일 눈을 뜰 때마다 생각한다. 나는 이제 민첩하지도 생기 넘치지도, 심지어 살아가고 있지도 않은, 고양이다.

익숙한 생각이 들어오기 시작했다. 그 인간이 나를 떠올리는 모양이었다. 하루에도 수없는 생각들이 머릿속을 스쳐 지나지만 수많은 생각 중에서 밥 준다는 생각은 더욱 또렷하게 잡힌다. 코코 브루니를 지나쳐, 몇 개의 노점들과 북새통문고를 지나쳐, 농협 앞, 8번 출구 옆, 이제 인간은 오늘 장사를 접을 준비를 하고 있다. 여자는 남편을 보며 입을 열었다.

"요 녀석이 또 왔네, 또 왔어. 어쩜 이렇게 문 닫을 시간만 되면 딱 맞춰서 와?"

신기하기도 하지, 일할 때 오면 챙겨주기도 어려울 텐데.

일할 때 여자는 정신없이 바쁘고, 여자의 생각들은 대체로 금방 사라진다. 당연하지만 여자는 내가 그녀의 생각을 읽어내고 온다는 걸 알지 못한다. 여자는 남은 핫바를 일회용 그릇에 담아,

내 발치에 내려놓았다. 여자의 검은 손과 단단한 손톱이 시야에 훅 들어왔다가 멀어졌다. 여자는 많이 말랐지만, 인간 세계에서 평범한 아줌마로 불릴 수 있는 인상이다. 그래도 여자의 마르고 단단한 손은 여자가 그렇게 물렁한 성격은 아니라고 강변하는 것처럼 보였다. 물론 나는 다 알고 있다. 여자는 실제로도 물렁한 성격이 아니었다. 나는 핫바를 깨물었다. 냄새를 맡는 감각이 둔해진 이후로, 음식 맛은 전과는 많이 달라졌다. 연어 머리가 다시 떨어진다고 해도 예전처럼 맛있게 먹기는 어려울지 모른다.

내가 잃어버린 걸 인간의 언어로 굳이 말한다면 '야성'에 가까울 것이다. 어떻게 된 일인지 모르지만, 그것을 잃어버렸다는 걸 깨닫자 인간의 마음들이 내 속으로 정신없이 밀려 들어왔다. 인간의 생각을 읽을 수 있게 된 것이다. 생각해보면 생식 기능을 마비시키는 수술이라니, 그런 걸 인간 말고 대체 어떤 존재가 떠올릴 수 있을까. 인간의 마음이 들리게 된 것도 자연스러운 일일 거라고, 나는 쉽게 그 상황을 받아들였다. 덕분에 삶을 유지할 수 있었고, 그 때문에 나는 점점 내가 고양이인지 알 수가 없다. 인간처럼 사고하지 않기 위해 나는 매 순간 온 힘을 다하고 있다.

머리를 쓰다듬어도 될까?

여자의 손이 머리 위로 내려온다. 나는 앙칼지게 인간을 향해 성대를 울린다. 하악 소리를 듣고, 여자는 손을 치운다. 자칫하면 가만히 머리를 내맡기고 있을 뻔했다. 예전 같았으면 인간의 마음 따위 들리지 않아도, 자연스레 기척을 느끼고 몸을 피했을 터였다. 나는 이제 온갖 노력을 해야만 고양이로 남을 수 있게 되었다. 더 비참해지기 전에, 얼른 밥을 다 먹고 자리를 피했다. 쓸쓸했다. 사실을 말하자면 그곳에 더 남아서 여자의 손에 머리를 내맡기고 싶었다. 안 될 일이었다. 그럼에도 그런 마음이 들었다는 사실을 부정할 수는 없었다. 나는 분명히 점점 고양이로서의 자신을 잃어가고 있다.

그녀를 등지고 공터 쪽을 향했다. 벤치 위는 대체로 돌바닥보다는 따뜻했다. 예전에 곧 무너질 것 같은 고깃집들이 잔뜩 있었을 때는 조금 더 따뜻했다. 몇몇 마음 좋은 인간들은 나를 위해 양념하지 않은 고깃덩어리를 남겨주기도 했었다. 거리는 털이 다 벗겨져 나간 것처럼 추웠다. 벤치에 낯익은 뒷모습이 보였다. 그 소녀, 괴물이었다.

괴물이라고 지칭하는 건 미안하지만, 그렇게 말고는 다른 말로 표현할 수가 없다. 괴물은 탁자에 턱을 괴고 있다가 날 발견하고는 자리에서 일어났다. 짧은 치마가 팔락였다. 괴물의 생각이 머릿속으로 들어왔다.

밥은 먹었나보네.

괴물은 다행이라고 생각하면서도 서운해하고 있다. 나는 괴물을 실망시키지 않기 위해, 입을 열었다.

"많이 못 먹었어, 배고파."

그럴 줄 알았어.

괴물이 가방 안에서 캔을 꺼냈다. 나보다 더 배고픈 고양이를 주는 쪽이 낫지 않을까, 생각은 했지만 괴물이 주는 캔을 얻어먹을 고양이가 그렇게 많지는 않을 것이다. 괴물인 건 조금만 있어도 금방 알 수 있다. 소녀는 괴물이기 때문에 내 고양이 말을 알아듣고 나는 말하지 않아도 소녀의 말을 알아듣는다. 괴물이 언제까지 내 말들을 알아들을 수 있을지는 확신할 수가 없다.

괴물을 처음 만난 건 바로 저쪽 놀이터 근처였다. 홍익대학교 쪽으로 타고 올라가야 하는 놀이터에는 언제나 사람이 미어터질 듯 많았기 때문에 나는 늘 지구대 앞 작은 놀이터 근처에서 쉬곤 했었다. 그날도 여전히 배가 고팠기에, 별생각 없이 말했다.

"배고파."

그 말에 반응한 게 사람이라는 것에 한 번 놀랐고, 가만 보니 그게 사람이 아니라 괴물이라는 것에 또 한 번 놀랐다. 그래도 인간의 외형을 가지고 있으니, 인간이랍시고 생각이 읽혔다.

많이 굶었나보다.

"너, 몸을 버렸어?"

괴물은 쓸쓸하게 웃으면서 내 앞에 웅크리고 앉았다.

이 고양이는 고양이였던 날 경멸하겠지.

"왜 그랬는지 알려준다면 경멸하지 않을게. 왜 그랬어?"

마음을 읽혀버린 괴물은 이해가 되지 않는다는 듯 멍하니 내 눈을 바라보다가, 주머니에서 작은 캔을 하나 꺼냈다. 캔을 보자마자 괴물의 생각이 읽혔다. 괴물은 지금도 돈이 없지만, 혹시라도 배고픈 고양이를 발견할까봐 늘 가방에 작은 캔을 들고 다니고 있었다.

너무 배가 고팠어.

나는 고개를 파묻고 캔 속의 고깃덩어리를 집어삼켰다. 예전

고기가게에서 얻어먹던 고기맛이 나는 것 같기도 했다.

몸을 버리고 인간이 된 고양이는 고양이의 영혼을 잃어버린다. 꿈을 꿀 수도 없고, 다시 태어날 수도 없다. 아무리 배가 고파도 웬만한 고양이는 영혼을 버리지 않는다. 하지만 누가 이 괴물을 탓하겠는가. 나는 꼬리를 쳐들고 열심히, 아주 열심히 고기를 먹었다.

괴물 자신은 아마 전혀 기억을 못 할 것이고, 그래서 굳이 말한 적도 없지만, 나는 이 괴물을 낳았었다. 짝짓기할 나이가 되어서도 내 곁을 떠나지 않던 녀석을, 나는 소리를 지르며 매섭게 떼어냈다. 짝짓기도 하고 새끼도 낳으며 행복하게 사는 것처럼 보이더니, 언젠가부터 모습이 보이질 않았다. 마지막으로 본 건 쓰레기봉투를 뜯어놓고 닭고기를 물고 도망가던 모습이었다. 그다음에 만났을 때는 이렇게 괴물이 되어 있었다. 괴물도 날 기억하지 못할 것이고, 나 역시 이 괴물이 내가 낳은 괴물이라고 별달리 애틋한 감정이 드는 것도 아니었다. 그래도 나는 아직 인간이기보다는 고양이니까. 이렇게 넉넉하게 먹을 수 있는 날, 음식을 따로 저장해놓을 수 있으면 좋을 텐데.

나는 괴물의 따뜻한 무릎 위로 기어 올라갔다. 괴물은 주머니에서 담배를 꺼내 입에 물었다.

따뜻하다.

"나도 그래."

괴물이 날 내려다보며 미소 지었고, 나는 눈을 감고 천천히 잠이 들었다. 괴물이 피우는 담배 연기가 바람을 타고 머리 위로 흩어졌다. 괴물은 인간이 아니지만, 인간이다. 나는 고양이지만, 고양이가 아니다. 나는 괴물을 내 배 속에 품고 있었던 때보다 지금이 더 괴물과 가까운 것 같은 기분이 들었다. 이상한 일이었다.

여자에게 찾아가는 건, 언제나 여자의 일이 모두 끝난 다음이다. 나는 여전히 고양이였고, 사람을 쫓아다니며 밥을 구걸할 생각은 추호도 없다. 그저 그들이 내게 밥을 줄 뿐이다. 즉 해가 떨어지지 않았을 때부터 이 자리에 나타난 것은 밥과는 별로 상관이 없고 그저 지나는 길이었다는 말이다. 아직 첫 손님도 들기 전인 듯했고, 여자는 이제 막 판을 깔아놓고서 소리를 지르고 있었다. 몇 사람이 그녀를 둘러싸고 있었고, 지나는 사람들이 그 앞에서 잠깐 발을 멈추었다가 다시 발걸음을 옮겼다. 양복을 입은 남자가 소리 지르는 그녀에게 천천히 말을 꺼냈다.

"아니, 장사하지 말라는 게 아니고, 저쪽 옆으로 자리를 옮겨주겠다고요."

"전에도 자리 옮기라고 말해놓고 밤에 와서 때려 부쉈잖아요. 칼로 막 찢고 그랬잖아!"

그녀가 날카롭게 소리를 높였다. 평소에는 쉰 목소리로 말하던 그녀가 이렇게까지 높고 새된 소리를 낼 수 있었다니.

"그냥 저쪽으로 자리만 옮기시면 된다니까요. 어려운 일도 아니잖아요."

"나는 이 자리에 허가 안 받고 하는 거예요? 허가 다 줬잖아. 허가받고 하는 거잖아!"

갑자기 머리가 어지러웠다. 엄청나게 빠른 속도로 그녀가 이 자리에 허가를 받기까지 거쳐왔던 온갖 삶들이 머릿속에 차올랐다. 머리 꼭대기가 쭈뼛 서는 느낌이었다. 고등학교 3학년, 부산에 사는 그녀의 아들이 분명한 이미지로 눈앞에 그려졌다. 그녀가 다시 입을 열었다. 나는 잠깐 몸의 중심이 흔들려서, 비틀거리다 풀썩 옆으로 넘어졌다. 지나던 연인이 날 바라보았고, 그 연인은 동시에 내가 귀엽다고 생각했다. 아마 날 지나치고 그들은 화제에 나를 올릴 터였다.

"여기 위치도 말이죠. 인도 위에다가, 사람들 지나가는 데에 통행 방해도 되고."

"통행 방해는 무슨,"

소리치던 여자가 눈을 돌려 지나는 사람들을 빠르게 훑었다. 잠깐, 화단 위에 웅크리고 앉은 나와 눈이 마주쳤다.

야옹이구나.

"사람들 멀쩡하게 다 잘 지나다니는데, 무슨 통행방해예요. 이 길에서 이 가게 때문에 못 지나다니는 사람이 어디 하나라도 있어요?"

"우리가 구청에서, 전에도 얘기했잖아요. '깨끗한 거리 만들기' 사업을 하고 있는데……."

여자가 다시 앙칼지게 소리를 질렀다.

"내가 더럽다는 거야, 뭐야!"

"아니, 아주머니가 더럽다는 게 아니라. 이게, 그림이 깨끗해 보이지가 않잖아요. 사람들이 여기에서 먹고 소스 떨어뜨리고 그럴 텐데……."

"사람이 살다보면 다 더러워지기도 하고 그런 거지, 그쪽 집은 그렇게 깨끗할 줄 알아요?"

양복을 입은 남자의 머릿속에 아침을 먹고 그릇을 쌓아놓은 개수대가 스쳐 지났다.

그거야 그렇지. 다 더럽히면서 사는 거지.

"아무튼, 저희는 경고했습니다. 강제 집행하기 전에 얼른 차 옮기세요."

양복을 입은 남자들이 자리를 뜰 때, 나는 반대쪽으로 몸을 돌렸다. 오늘은 여자에게 밥을 얻어먹지 않는 게 좋겠다고 생각했다. 여자의 힘든 마음을 걱정해서라기보다는, 힘든 마음을 온전히 듣지 않을 수 없는 나를 걱정해서다. 여자와 눈을 마주치지 않았으면 좋았을 텐데.

어김없이 해가 졌고, 나는 천천히 동교동 교회 쪽으로 가는 언덕길을 올라갔다. 여기저기 주차된 차 밑에 고양이들은 한두 마리씩 꼭꼭 숨어 있었다. 예전이면 굳이 고개를 돌려 보지 않아도 알 수 있었다. 몇 마리가 있는지도 알 수 있었다. 이제는 몇 마리가 있는지, 눈을 마주치기 전에는 도무지 알 수가 없다. 내 감이 없어진 걸 어찌하겠는가. 오늘은 나도 차 밑으로 기어들어가기로 마음먹었다. 인간만 조심하면, 차 밑은 안온해서 배가 고파도 잠이 쉽게 왔다. 인간의 마음이 들리게 된 이후에는 조심할 것도 별로 없어졌다. 다른 고양이들의 구역만 과도하게 침범하지 않으면, 누구보다 편하게 쉴 수 있었다. 앞뒤로 눌러놓은 것 같이 생긴 하얀 차가 보였다. 나는 그 아래로 걸음을 옮겼다.

차 아래를 들여다보았더니, 미리 자리를 차지하고 있는 고양이가 있었다. 노란 놈인 거 같은데, 어두워서 무늬가 있는지 없는지는 잘 구분되지 않았다. 고양이가 밤눈이 어둡다니, 나는 또 한 번 자조했다. 엉금엉금 자리를 잡았다. 곁눈질을 다시 한 번 하고서야, 그가 누군지 깨달았다. 딸, 괴물의 짝이었던 검은 수컷이었다. 그 사이에 무슨 일이 있었던지 잘생긴 얼굴에 한 줄 심하게 상처가 나 있었다. 가만히 자고 있는 얼굴을 들여다보는데 머릿속으로 짧은 생각이 끼어들었다.

집에 가야지.

이 차 주인인 인간이 분명했다. 나는 몸을 급하게 일으켰다. 그 사이에 차에서 삑 소리가 났다. 급하게 그에게 달려들었다. 인간의 생각은 끊임없이 흘러갔다. 집에 가서 씻고 다운받아놓은 영화 봐야겠다. 천천히 얼굴을 핥아 잠을 깨울 시간이 없었다. 그렇게 잠을 깨울 정도로 친밀한 사이도 아니긴 했지만. 언제나 나는 그가 딸과 함께 서로 털을 골라주거나 잠들어 있는 모습을 멀리서 보고 그냥 지나치기만 했다. 그와 단 한 번 말도 섞어본 적이 없었다. 내가 그에게 달려들어 몸통을 붙들고 차 밖으로 몸을 빼내자, 급하게 잠이 깬 그는 정신없이 내 발톱에 휩쓸려 화단 쪽으로 밀려났다. 장갑? 아, 그때 윤미 씨 태워줬었지. 나는 다시 한 번 그의 목덜미를 깨물고 그를 화단 깊숙한 곳으로 밀어냈다. 다른 고양이의 가죽을 물어본 게 언제였던지 기억조차 나지 않았다. 그는 몸부림을 치면서 내 이빨을 떨쳐냈다. 나는 떨려 나가면서 화단에 푹 쓰러졌다. 내가 그리 세게 물지 않았다는 사실에 그는 잠깐 당황하는 것처럼 보였지만, 곧 몸을 곧추세우고 내게 적대감을 표현했다. 곧이라도 내 목을 물어버릴 것 같았다. 이거 돌려준다고 연락 한번 해볼까. 만약에 나온다고 하면……. 차에 시동이 걸리고, 바퀴가 굴러갔다. 곧 차는 화단에서 멀어져갔다.

그는 차가 멀어지는 소리를 듣고 하악거리던 걸 멈추고 멍하니 나를 보았다. 푹 쓰러졌던 나도 천천히 몸을 일으켜서 그 눈을 응시했다.

"어떻게 알았어?"

"들려서."

"발소리?"

"아니."

나는 어떻게 설명해야 좋을지 알 수 없어서 잠깐 말을 멈추었다.

"아무튼, 고마워. 덕분에, 겨우 살았네."

그는 살았지만 잠자리는 사라졌고 나는 여전히 배가 고팠다. 나는 꼬리를 천천히 흔들었다. 그는 가만히 내 꼬리를 지켜보더니 입을 열었다.

"배고파? 먹을 거 냄새, 지금도 나는데."

"냄새, 잘 못 맡아."

그는 코를 찡그리며 날 유심히 들여다보다가, 휭하니 그곳을 떠났다. 나는 아무래도 화단에서 자야 할 모양이라고 생각하며 흙 위에 몸을 웅크렸다. 깜빡 잠이 들었다가 기척에 눈을 떴다. 그가 입에 튀긴 닭 한 조각을 물고 있었다. 닭을 물어뜯으면서 생각했다. 왜 나는 매일 무언가를 먹어야만 하는 걸까. 지금껏 해본 적 없는 낯선 생각이었다.

"냄새를 못 맡으면 어떻게 살아?"

"사람 따라서."

그는 정말, 정말로 내가 가엾다는 표정을 지었다. 영혼을 잃어버리는 가장 빠른 길은 사람을 따라다니는 것이었다. 나도 안다는 의미로 꼬리를 쳤다. 귀를 젖히고 동그랗게 눈을 뜨고 사람에게 앞발을 내미는 게 어떤 의미인지, 모를 리가 없다. 우리의 영혼은 한때 신이었고, 우리의 큰 동료들은 인간을 먹고 살았다. 내 영혼은 지금 어디쯤 가 있을까. 나는 또다시 쓸쓸해졌다. 그날, 그와 나는 화단에서 함께 꼬리를 얽고 잠이 들었다. 다른 고양이의 온기 역시 오랜만이었다.

그가 일어나기 전에 나는 자리를 떴다. 어느덧 해가 중천에 떠 있었다. 어제보다 바람이 덜 불었고, 사람들은 활기차게 걸어 다녔다. 나는 여자가 어제 소리를 치던 자리에 가보았다. 여자의 가게가 있던 자리에는 못 보던 커다란 화분이 놓여 있었고, 어쩔 수 없이 화분 옆에 자리한 여자의 가게는 조금 움츠러든 것처럼 보였다. 나는 여자의 가게를 향해 걸음을 옮겼다. 오늘도 물기 없이 까슬한 얼굴을 한 여자는 아직 일을 시작조차 하지 않은 상태였다. 내가 여자에게 밥을 얻어먹는 시간은 여자의 일이 끝난 다음이었다. 지금 배도 고프지 않은데, 나는 왜 여자를 향해 걸어가고 있는가. 설마, 여자를 위로해주고 싶은 것인가.

왔구나. 어제도 날 봤었지.

여자는 어제 내가 화단에 앉아 있던 모습을 자기 시선으로 떠올렸다. 여자는 주섬주섬 소시지를 하나 꺼냈다.

아직 장사를 시작하지 않아서 이거밖에 없구나. 네가 계속 와주는 걸 보니, 다른 사람들도 계속 와주겠지.

나는 소시지를 물었다. 그 자리에서 물어뜯으려고 하는데, 다른 인간 하나가 가까이 다가섰다. 농협 옆쪽에서 떡볶이를 파는 키 큰 여자였다. 나는 소시지를 물고 여자의 뒤로 뒷걸음질했다.

이렇게 고양이한테 밥을 주니까, 도둑고양이들이 늘어나지.

"고양이 키워?"

"아니, 얘가 늘 찾아와."

"고양이는 정 줘봤자 소용없어. 은혜도 모르고."

"사람을 소용되려고 만나나."

"자기도 참, 고양이가 사람이야? ……좀 괜찮아?"

여자의 쓸쓸한 감정이 갑작스럽게 떠안겨졌다.

"뭐라더라. 난 통행 방해라서 안 된다더니, 화분은 통행에 지장 없나봐."

여자를 찾아온 떡볶이 쪽이 목소리를 낮췄다. 그녀가 떠올리는 이미지가 보이기 시작했다. 여자가 양복을 입은 남자들과 목청 높여서 싸울 때, 한쪽에서 어떤 사람들이 뭉쳐 있었다. 여자를 훔쳐보는 시선들, 오가는 말들, 저 핫바만 밀어내면 여기까지는 괜찮다고 했어, 일단은 지켜보자고, 또 천막 치는 거 지겹잖아, 솔직히 인도 위에 있는 건 쟤네밖에 없잖아, 내버려둬, 같은 말들이 오갔고, 기억이 끊겼다. 이번에는 아주 뜨거운 분노와 배신감이 휘몰아쳤다. 나는 여자의 감정변화를 더 감당할 자신이 없어서 차도 뒤쪽으로 걸어 내려갔다. 소시지 덕분에 오늘은 밤이 되어도 곧 죽을 것처럼 배가 고프지는 않을 것 같았다. 한참을 걸어가자 아주 희미하게 여자의 생각이 읽히다가 멀어져갔다.

어, 얘가 어디 갔지. 조금 전까지 있었는데.

여자의 가게 맞은편에 괴물이 일하는 가게가 있다. 괴물은 비어 있는 장소에서 일하고 있었다. 대체로 밝은 색깔의 돌로 만들어졌고 어딘지 비슷한 분위기를 풍기는 곳. 사람들은 그 장소들을 다양한 이름으로 불렀지만, 고양이들은 어디에 그 장소가 존재하든 누구라도 금방 알 수 있었다. 그 장소에는 고양이들이 맡는 독특한 냄새가 전혀 존재하지 않았다. 가끔 예언하는 고양이들이 그곳에 있어야 할 '귀신'이 없다는 이야기를 전해주었다. 모든 건물에는 기억들이 스며들었지만 똑같은 모양으로 똑같이 만들어놓은 가게들에는 유난히도 귀신의 기억들이 스며들지 못했다. 처음에는 귀신들이 저 똑같은 생김새의 건물들에 밀려난다고 생각했지만, 이제는 귀신들이 떠나는 건지 밀려나는 건지 알 수가 없었다. 이제는 세상 어디에도 비어 있는 장소가 있었고, 비어 있는 장소에 있는 사람들은 우리에게 그다지 너그럽지 않았다. 그 장소에 드나드는 사람들이 많아질수록, 우리들은 점점 있던 장소에서 밀려나곤 했다. 예언하는 고양이들이 말하길 그 장소에는 우리뿐만 아니라 아무것도 깃들 수가 없다고 했다. 우리는 그 장소에 들어갈 수가 없었다. 그곳에는 영이 깃들 수 없기에 언제나 고양이들의 숨통을 죄었다. 다행인지 불행인지 괴물은 이제는 고양이가 아니기에 그곳에 있을 수 있었다.

괴물은 앞치마를 두르고 유리를 닦고 있다. 괴물이 일하는 가게는 가게 전체가 통유리로 되어 있다. 나는 통유리 앞에 붙어서 괴물을 지켜보았다. 괴물은 입을 작게 오물거리며 유리를 닦다가 나와 눈이 마주치고 눈만 살짝 웃어 보인다.

나는 괴물이 입을 오물거리는 이유에 대해 알고 있다. 아까부터 머릿속이 온통 괴물의 노랫소리로 가득하기 때문이다. 괴물은 바깥쪽 유리를 닦기 위해 문을 열고 나왔다. 이번에는 귀로 명확하게 그 노랫소리가 들려오기 시작했다.

언젠가 괴물은, 인간이 되면 무엇이 좋으냐는 내 질문에 멍하니 하늘을 올려다보며 생각했다.

안 굶는 거랑, 담배?

그리고 가만히 입을 벌리고 있었다. 내 머릿속으로 단순한 멜로디가 흘러들어왔다. 괴물의 입가에 웃음기가 어렸다. 멜로디 사이로 괴물의 생각이 스며들었다.

노래를 부를 수 있는 거.

나는 괴물의 노래가 듣기 좋다고 생각했다. 노래가 듣기 좋다니, 이건 또 새로운 감각이었다. 유리를 닦던 걸레를 들고 괴물이 다시 가게로 들어갔다. 그녀가 지나간 자리는 투명하게 반들거렸다. 괴물의 상관이 괴물을 불러 세웠다. 상관 앞에 선 괴물의 표정은 읽히지 않지만, 괴물의 생각은 들려왔다. 노래를 부르지 말라는 주의를 들은 괴물은 다시 이쪽으로 몸을 돌렸다. 그녀는 입을 오물거리는 대신 머릿속으로 노래를 부른다. 나는 여전히 괴물의 노래를 들을 수 있었다.

우리의 영혼은 한때 신이었고, 우리의 큰 동료들은 인간을 먹고 살았다. 이제 괴물은 서서히 자신의 기억들을 버릴 것이다. 어느 순간 자신이 고양이였던 시절의 모든 기억을 잊게 될 수도 있다. 인간을 따라다니고 인간에게 먹을 걸 구걸하는 걸 넘어서서 인간이 된 놈들은 가장 끔찍하게 타락한 처지이다. 그들은 이제 인간에게 구속당하는 대신 인간에게 뜯긴다. 노동을 인간에게 가져다 바치며, 영원히 인간의 종이 되는 길을 택한다. 인간의 종이 된 동족은 혐오의 대상이 될 수밖에 없다.

등 뒤에서 누군가 가볍게 기척을 냈다. 그때 그 검은 수컷이었다. 털이 곤두섰다. 그는 짝이었던 괴물을 틀림없이 알아볼 것이었다. 검은 수컷과 눈이 마주쳤을 때 새로운 생각이 내리꽂혔다. 누군가 나와 검은 수컷을 매우 불쾌한 시선으로 바라보고 있었다.

무슨 동네에 이렇게 고양이가 많아? 둘 다 진짜 못생겼네.

검은 수컷은 내게 반가운 몸짓을 보였다. 나는 검은 수컷을 어설프게 반가워하면서도, 계속 가게 안쪽에 신경을 곤두세우고 있었다. 나와 검은 수컷을 불쾌하게 바라보던 가게 주인은 결국 괴물에게 우리를 쫓으라고 명령했다. 괴물은 우울하게 내 쪽을 바라보다 바로 검은 수컷을 알아보았다. 괴물은 주눅이 들어서 천천히 우리 쪽으로 걸음을 옮긴다.

안 돼, 나를 알아볼 거야, 틀림없이 알아볼 거야. 못 가, 저기로는, 못 가.

쟤는 왜 저렇게 늘 행동이 굼떠?

결국 가게 문이 열렸다. 겁에 질린 괴물은 덜덜 떨면서 이쪽으로 다가왔다. 나는 괴물에게 그만두라고 말하고 싶었다. 검은 수컷은 내 상태를 보고 의아해하다가, 뒤에서 다가오는 괴물을 발견했다. 곧바로 검은 수컷은 으르렁대기 시작했다. 검은 수컷은 괴물이 짝이라는 것은 알아보지 못했다. 다만 그것이 괴물이라는 것만은 알아보았다. 어느 쪽이 더 서글픈 상황인지 잘 모르겠으나, 짝에게 보일 자괴와 연민 대신, 그는 단호한 적대감만을 표출했다.

"긍지도 모르는 녀석."

괴물은 검은 수컷의 말을 알아듣고 풀썩 주저앉았다. 검은 수컷은 내게 가볍게 꼬리를 얽었다.

"나중에 보자."

괴물은 심하게 손을 떨면서 내 몸통을 붙잡았다. 나는 저항 없이 괴물의 손에 들렸다. 가게 안에서 여전히 가게 주인이 못마땅한 표정으로 괴물을 지켜보고 있었기 때문이다. 인간의 외양을 하고 있으면 굶지 않을 수 있지만, 굶지 않기 위한 돈을 얻으려면 인간의 종이 될 수 있어야 한다. 쫓겨난 인간 종처럼 비참한 것은 없다. 나는 괴물을 더 비참하게 만들고 싶지 않았다. 괴물은 날 들고 백 걸음가량 걷고 내려놓았다.

이쪽 말고, 저쪽으로 가.

나는 괴물을 향해 다정한 몸짓을 해 보였지만, 괴물은 겁에 질려 보지 못했다.

울음이 터질 것 같아.

놀랐다. 괴물은 이제 울 수도 있게 된 것이다. 인간 다 됐네.

어김없이 해가 졌고, 땅 밑에서 사람들이 꾸역꾸역 끝도 없이 쏟아져 나왔다. 나는 화단 속에 웅크려서 인간들의 시선을 피했다. 인간들의 생각이란 별다를 게 없었다. 이를테면 오늘 화장이 제대로 먹었나, 아까 밥 먹으면서 이에 고춧가루가 끼진 않았겠지, 졸리다, 배고픈데 왜 이렇게 돌아다니는 거야, 춥다, 짜증 나, 기분 좋아, 저 여자 예쁘다, 대체로는 지루하기 그지없는 생각들 뿐이었다. 숨어 있다보니 쟤한테 밥 줄까, 같은 기분 좋은 생각은 들려오지도 않았다. 내가 숨어 있는 화단 앞에 웬 인간들이 책상 따위를 펴고 무언가 팔 태세를 갖추기 시작했다. 아무래도 인간들과 거리가 너무 가까워서 나는 화단을 빠져나왔다.

가만히 보니 여자의 남편이었다. 여자의 가게에서 전기를 끌어다가 화단 앞 나무에 전등을 설치해주고 있었다. 한 무리의 인간들이 여자와 눈인사를 나누고 신문 같은 걸 팔기 시작했다. 나는 여자의 남편이 달고 있는 불빛을 피해 어슬렁거리며 여자를 훔쳐보았다. 평소에 물건을 팔 때는 아주 단순하던 여자의 머릿속이 매우 복잡했다.

반죽. 이러다가 혹시 쫓겨나게 될까. 고추. 아이도 대학에 가게 되겠지. 반죽. 그러면 이제 어떻게 하면 좋나. 튀김. 통장에 모아놓은 돈도 하나도 없는데. 반죽, 아, 아, 튀김.

여자는 결국 손을 데었다. 여자는 입술을 물고, 참았다. 여자가 고통스러워했고, 덩달아서 나까지 고통스러워졌다. 자리를 뜨려고 할 때, 여자의 손님 하나가 명랑하게 떠들어댔다.

"자기야, 여기 핫바 진짜 맛있지?"

괴물은 퇴근하자마자 나를 찾아와 내 옆에 바투 앉았다.

아까 그 고양이, 아는 고양이야?

"그래."

괴물은 날 들어서 품에 안고 걸어갔다. 괴물의 몸에서 달큰한 냄새가 났다. 나는 괴물과 검은 수컷의 오랜 관계에 대해서도 알고 있다고는 말하지 않기로 했다. 괴물은 나를 기억하지 못하지 않았던가. 괴물은 머릿속으로 계속해서 노래를 반복했다. 괴물이 생각으로 부르는 노래와 목으로 부르는 노래는 분명히 차이가 났다. 목으로 부르는 노래 쪽이 역시 훨씬 듣기 좋았다. 거리를 가득히 메웠던 사람들은 새벽이 되자 여기저기로 흩어졌다. 택시를 타기도 했고, 길바닥에 쓰러지기도 했고 아까보다 사람들의 생각은 훨씬 더 단순해져 있었다. 졸려, 배고파, 집에 갈래, 추워. 사람들의 생각 위로 괴물의 노래는 멈추지 않았다.

갈빗집들이 있던 그 공터까지 걸어가서, 괴물은 벤치에 나를 내려놓았다. 나는 벤치에 웅크리고 앉아 괴물을 보았다. 괴물은 탁자 위로 올라가서 나를 내려다보았다. 새벽공기는 차가웠고, 괴물은 귀까지 새빨개진 채, 하늘을 보았다. 몇 개의 별이 반짝였다. 괴물은 노래를 시작했다. 이번에는 목소리로 부르는 노래였다.

괴물의 노랫소리는 듣기 좋았다. 지나가는 사람은 아무도 없었고, 조금 먼 곳에선 누군가가 뱉어놓은 토사물이 가로등 아래에서 조금 반짝거렸다. 괴물은 점점 더 큰 소리로 노래했다. 나는 괴물이 울고 있다는 것을 깨달았다. 괴물의 울음이 격렬해질수록 노랫소리도 커졌다. 괴물의 슬픔이 머리로 전해지는 게 아니라 노래로 전해졌다.

이 소리는 고양이의 울음이 아니었다. 이것은 틀림없이 인간의 울음이었다. 고양이는 이런 방식으로 슬퍼하지 않았고, 이렇게 눈물을 토해내지 않았다. 괴물은 인간의 말로 어떻게 슬픔을 전달해야 할지는 아직 알지 못했지만, 인간의 감정으로 노래했다. 그녀의 손과 발이 그렇듯이, 털이 나지 않은 나약한 낯짝이 그렇듯이, 당연하게도 괴물은 점점 인간이 되어가고 있었다. 문제는 나였다. 나는 괴물과 같은 방식으로 슬픔을 전달받고 있었다. 괴물은 영혼과 허기를 맞바꾼 대가로 다정했던 짝을 잃었다. 그저 배가 고팠기 때문에 모든 걸 다 잃어버린 괴물의 절망이, 인간처럼 내 가슴을 때렸다.

수염과 높이 솟은 귀를 잃어버린 괴물은 노래 부르는 자신의 그림자 속에 짝이 숨어 있다는 건 알지 못했다. 물론 감각을 잃어버린 나 역시 시야에 그가 들어오지 않았다면 알아채지 못했을 것이다. 검은 수컷이 묵묵히 괴물의 노래를 듣고 있었다. 인간들이 다가오기 시작했다. 괴물의 노래는 낭랑하게 멀리까지 울려 퍼졌다.

밤중에 웬 공연이야?

목소리 좋다.

움직이는 생각들 사이로 홀연히 춤을 추던 괴물의 노래는, 천천히 허공에 내려앉았다. 괴물은 멜로디에 실려서 공중을 날듯이, 어딘가 어둠 속을 걸어갔다. 멀리서 괴물의 노래를 듣던 인간들도 제각기 흩어졌고, 내가 벤치에 웅크리고 앉자 숨어 있던 검은 수컷이 튀어나왔다. 화단에서, 골목에서, 벤치 아래에서, 고양이들이 기어 나오기 시작했다. 모두 괴물의 노래를 훔쳐 듣고 있었다. 검은 수컷은 고양이들을 둘러보고서는 내게 꼬리를 들어 보였다. 그들은 검은 수컷의 동료인 모양이었다. 나 역시 그들에게 꼬리를 들어 보였다. 회색 털에 흰 털이 고르지 않게 섞인 고양이가 가까이 다가왔다. 암고양이였다.

"나는 여기서 십 년 살았어."

이 고양이가 이 구역을 책임지고 있는 게 틀림없었다. 그리고 여기에 모여 있는 고양이들은 그녀를 제외하면 대체로 내 자식뻘이거나 그보다 어려 보였다. 아주 젊은 고양이들이었다. 그녀의 후계자들일 터였다.

"나는 여기저기 옮겨 다니며 그쯤 살았어."

떠돌이는 나약한 고양이라는 증거였다. 그럼에도 그녀는 관용 있는 자세로 날 받아들이겠다는 몸짓을 보였다.

"이 동네에도 최근엔 '비어 있는 장소'들이 많이 생겨서 살기가 편치는 않아. 그래도 이곳에서 살아가겠다면 환영하지. 하지만 저놈을 구해주었다는 얘기를 들었어. 냄새를 잘 맡는 모양인데 왜 떠돌이로 살아가지?"

나는 고개를 흔들었다.

"솔직히 말하면 거의 맡지 못해."

회색 털의 고양이는 의아하다는 듯 몸을 움츠리며 내게 물었다.

"저 괴물이랑 친해?"

괴물의 노래를 듣고는 있었으나, 이들 모두 그녀가 괴물이라는 걸 알고 있었다. 친하다고 말하면 공격받을 것인가. 나는 찬찬히 고양이들의 태도를 살펴보다가 무슨 일이 있다면 검은 수컷이 날 지켜줄 거라고 근거도 없이 믿어버렸다.

"내 딸이야."

그들은 서로의 얼굴을 마주 보았다. 이해할 수 없다는 듯 갸릉대는 목소리가 여기저기 튀어 다녔다. 나는 한 마디 덧붙였다.

"나는 인간의 생각이 들려."

검은 수컷이 털을 쭈뼛이 세웠다.

"그게 무슨 말이야?"

"냄새를 못 맡아도 인간의 생각을 읽을 수 있어서 지금껏 살 수 있었다는 거지."

털이 많이 빠진 암컷 하나가 고개를 끄덕였다.

"내가 인간이랑 살 때도 그러던 녀석이 있었어. 인간이 뭘 원하는지 다 알고 있던 그 녀석이 인간의 사랑을 독차지하고 간식을 얻어먹곤 했었지. 녀석이 능력에 대해 말해줬을 때 나는 그 능력이 너무 부러웠어."

털이 많이 빠진 암컷은 검은 수컷의 새 짝인 것처럼 보였다. 나는 괴물의 정체를 말해줄까 하다 다시 입을 다물었다.

"부러워할 것 없어."

나는 수술을 받던 순간에 대해 그들에게 이야기했다. 아이를 신던 작은 주머니가 내 몸에서 빠져나가면서, 함께 빠져나가버린 민첩하던 몸놀림과 날카롭던 후각에 대해서. 내게 남은 둔한 귓바퀴와 쓸모없는 수염에 대해서. 그리고 고양이로 살아갈 수 없게 만든 끊임없이 들려오는 인간의 생각들에 대해서. 괴물이 느낀 인간적 절망에 대해서 아무리 설명해도 그들은 알아듣지 못했다. 다만 그들이 유일하게 알아들은 것은, 내가 끔찍하게도 인간처럼 사고하는 고양이라는 것이었다. 검은 수컷이 송곳니를 핥으며 말했다.

"스스로 영혼을 버리진 않았잖아. 그걸로 됐어."

"하지만 난 이미 고양이가 아닐지도 몰라."

"그렇다고 괴물이 되려는 건 아니잖아."

"인간의 마음이 들린다는 건 이미 괴물이라는 신호일 수도 있지."

회색 털의 고양이가 내게로 다가와 엉덩이를 들이대더니 꼬리를 들어 올렸다. 나는 내 눈앞에 갑자기 펼쳐진 은밀한 광경에 당황했다. 나는 그가 당연히 암컷인 줄 알았지만, 그는 암컷이 아니었다. 음낭이 제거된 수컷이었다. 나는 그의 꼬리 밑동을 핥으며 중얼거렸다.

"우리는 한때 신이었고,"

"우리의 큰 동족들은,"

"인간을 먹고 살았지."

고양이들은 조금씩 다른 눈과 다른 냄새와 다른 털 빛깔을 가지고 있지만, 나는 내일 아침이면 벌써 이들을 다 잊을 수도 있었다. 내 눈은 서로 다른 광채를 구분할 만큼 밝지 못했고, 내 코는 이들 모두가 같은 냄새를 가진 것만 같았다. 나는 이 반 괴물, 반 고양이인 고양이들을 열심히 들여다보았다. 우리는 사는 게 구차하다고 죽을 수는 없는 고양이들이었지만, 그렇다고 영혼까지 팔아 살아남을 만큼 타락하지는 않은 비참한 존재들이었다. 노란 눈들은 아홉 개의 목숨을 가지고 있었다. 우리는 모두가 아홉 번 다시 태어나도 고양이로 태어나고 싶었다. 누군가 허공을 향해 울기 시작했다.

여기저기에서 울음소리가 맴돌았다. 괴물은 노래만 부르고 떠났지만, 괴물이 떠난 자리에 모여든 고양이들은 내가 경고하기 직전까지 절박하게 울부짖었다.

아, 씨발, 이 동네 고양이들이 다 정신이 나갔나.

"조용히 해!"

고양이들이 울음을 그치자마자 공터 옆 건물에서 작은 돌덩이가 하나 날아들었다. 돌덩이는 우리 중 누구도 맞히지 못하고 바닥으로 내리꽂혔다. 우리는 비참하게도 어떻게든 살아남아야만 했다.

그것은 여자도 마찬가지인 모양이었다. 내가 여자를 다시 찾아갔을 때, 여자는 하얀 티셔츠 위로 근육이 불거져 나온 건장한 남자들 앞에 혼자 서 있었다. 익숙한 광경이었다. 고양이로 살아갈 무렵, 나는 결코 개와는 싸우지 않았다. 아무리 큰 개라도 개는 나를 앞에 두면 커다랗게 겁먹은 눈을 하고 어찌할 바를 몰라 네 다리를 휘저으면서 큰 소리로 짖어대곤 했다. 내가 어느 쪽으로 몸을 움직여도 겁을 먹은 개의 반응 속도는 느렸다. 나는 당장에라도 개의 목을 물어 숨을 끊어놓을 수 있었지만 그렇게 하지 않았다. 개는 겁을 먹고 있었고, 겁을 먹은 생물은 너무 약했다. 아무리 큰 소리로 짖어대도 그것은 위협조차 되지 못했다. 여자는 꼭 개 같은 눈을 하고 있었다. 여자는 겁먹은 개처럼 짖고 있었다.

"쳐봐, 어디 한번 쳐봐!"

왼쪽에 서 있던 남자가 웃었다.

미친년.

그는 성큼성큼 여자 쪽으로 다가섰다. 악다구니를 쓰던 여자는 계속 소리를 지르며 어깨를 움츠렸다. 남자는 그 커다란 팔을 들어, 여자를 치는 대신 여자의 노점 한쪽을 쳤다. 한쪽 다리가 무너졌고, 여자의 마음이 같이 무너지는 소리가 들렸다. 나는 그 커다란 소리에 나도 모르게 적의를 내뿜었다. 노점 한쪽을 완전히 무너뜨린 남자는 짐승처럼 적의를 느끼고 고개를 돌렸다. 남자와 눈이 마주쳤다. 남자는 꼼짝도 않고 날 똑바로 응시했다.

기름, 기름.

여자는 쟁여두었던 경유통을 번쩍 들어 머리 위에 부었다.

아이고, 저걸 어떡해.

나는 옆을 돌아보았다. 다른 노점상들이 나와서 여자의 가게가 부서지는 걸 지켜보고 있었다. 여자는 가스라이터를 휘두르면서 무슨 말인지도 모를 말을 고래고래 소리쳤다.

저거 저대로 둬도 되나?

설마 진짜로 죽지는 않겠지.

죽든지 말든지 알 게 뭐야.

솔직히 저기만 인도 위에 있는 건 사실이잖아.

미친년, 춤을 춰라, 춤을 춰.

저 가게만 나가면 다 보장해준다고 했잖아. 어쩔 수 없지.

안됐긴 하지만 하나 죽고 우리 다 살면 그렇게 하는 게 맞지.

저 용역 놈들이 옛날에 우리 가게도 다 엎어버리려고 했었는데, 다시 봐도 아주 소름이 돋네.

저걸 어떻게 해, 저걸, 아이고, 저러다 사람 죽겠네.

근육질에 똑같은 머리 모양을 한 남자들은 터벅터벅, 기름을 뒤집어쓰고 가스라이터를 든 여자를 지나쳐서 여자의 가게를 향했다. 소리를 지르던 여자는 목청을 닫은 채 멍하니 부서지는 가게를 지켜보았다. 여자가 집에서 해 온 반죽들이 사방으로 튕겨져 나갔고, 잘 정리해 온 꼬치들이 아스팔트를 뒤덮었다. 나는 이상한 기분에 휩싸여서 몸서리를 쳤다. 갑자기 몸이 하늘로 둥실 떠오르는 것 같았다. 여자는 물을 떠올리고 있었다. 나는 여자와 함께 푸른 물속에 잠겼다. 그 와중에도 처음 여자의 가게를 부수었던 그 남자는 나를 빤히 바라보고 있었다.

용역들이 여자의 가게를 다 망가뜨리고 새벽에 다시 올 때까지 깨끗이 치워놓으라며 여자에게 으름장을 놓을 때까지 여자는 그 자리에 그대로 주저앉아 계속 새파란 물속을 떠올렸다. 서울로 올라오기 전, 부산에 살고 있을 때의 기억이 여자의 온몸을 휘감았다. 여자는 빠르게 물속을 헤엄쳤고, 걱정 없이 깊은 곳까지 내려갔다. 나는 여자와 함께 물고기처럼 발을 유연하게 흔들었다. 여자의 눈에서 눈물이 흘러내렸다. 나는 울었다. 눈에서 흐르는 게 진물이 아니었다. 붉은색도 아니었고, 눈 아래에서 뭉치지도 않았다. 맑은 눈물이 똑똑, 앞발에 떨어졌다. 분명하게 깨달았다. 나 역시 이제 더는 고양이가 아니었다.

용역들이 모두 가버리고, 여자는 천천히 자리에서 일어나 부서진 가게를 챙겼다. 완전히 우그러지지 않은 것들은 모두 다 야무지게 모았고, 버려야 할 것들은 버렸다. 모든 노점상이 기겁하는 가운데, 여자는 기름과 눈물을 종이행주로 닦았다.

절대로 이대로는 못 가.

여자의 파란 물이 새하얀 햇빛으로 바뀌었다. 나는 갑자기 눈이 부셨다. 대충 가게를 수리한 여자가 엎어진 반죽을 내려다보았다.

반죽 버린 건 주워 담을 수도 없고 어쩌나.

나는 반죽 앞으로 다가섰다. 여자는 나를 알아보았고, 나는 반죽에 혀를 가져다 댔다. 여자에게는 내 마음이 전달되지 않을 것이지만 나는 며칠이 걸리더라도 이 반죽을 다 먹어버릴 기세였다. 여자는 기름 묻은 손을 대충 닦아낸 후 내 머리 위에 얹었고, 난 도망가지 않았다. 여자는 내 털이 부드럽다고 생각했다. 아무것도 쓰다듬지 않는 나는, 내 털의 부드러움을 여자 손에 남은 기름의 끈적함과 함께 느꼈다. 내 영혼도 반죽처럼 녹아내리기 시작했다.

12시가 지나자 한둘씩 고양이들이 여기저기에 몸을 숨기고 모이기 시작했다. 나는 노점 바로 옆 화단에 앉아 있었다. 수염에 힘을 모아서 고양이들이 어디있는지 짐작해보았다. 몇 군데에서 기척이 느껴졌다. 회색 털 고양이와 검은 수컷 짝꿍이 내 곁에 바투 앉았다.

"고마워. 내 밥줄일 뿐인데."

"거기 영기가 많다는 이야기는 전부터 있었어. 그러니까 네게 밥을 줬겠지."

검은 수컷이 목 안쪽을 울려서 조금 큰 소리로 울었다. 젊고 싱싱한 목소리였다.

이 거리를 지나치던 사람들이 모두 흩어져갈 때쯤 그 남자들은 다시 찾아왔다. 이번에는 단단한 쇠몽둥이까지 몇 개씩 든 채로 찾아왔다. 여자와 함께 자리를 지키고 있던 여자의 남편은 남자들이 찾아오자마자 딱딱하게 굳었다. 나는 완고하게 머리를 닫으려고 노력했다. 너무 많은 생각이 들리면 아무것도 하지 못하게 되는 걸, 몇 번의 경험으로 이젠 잘 알고 있었다. 그럼에도 그의 생각은 머릿속을 비집고 들어왔다.

이걸 어쩌지.

"이보십시오, 구청 직원들한테 낮에 직접 와서 말하라고 하십시오."

말을 마치자마자 여자의 남편은 보도블록 위로 나동그라졌다. 그들은 아까보다 훨씬 거칠게 여자의 작은 가게를 부쉈다. 검은 수컷의 엉덩이가 흔들거렸다. 회색 털이 검은 수컷에게 눈짓했다. 검은 수컷은 낮은 소리로 웅웅거리며 자리에 주저앉았다.

나는 있는 힘껏 그들의 생각을 막으려고 노력했지만 불가능했다. 용역들의 짧은 생각들, 노점상 부부의 짧은 생각들이 머릿속을 헤치고 다니는데, 그 가운데로 불쑥 괴물의 목소리가 들려왔다. 괴물, 나는 고개를 들었다.

괴물은 저도 모르게 검은 수컷을 느끼고 있었다. 괴물에게 지금 나는 중요하지 않았다. 아니, 오히려 내 존재를 잊어가는 중이었다. 괴물에게는 검은 수컷에 대한 간절한 감정이야말로 지금까지 완전히 인간의 길로 내닫지 못하게 한 단 하나의 끈이었다. 나는 괴물의 마음을 읽어내면서도 이걸 이제야 이해했다. 수염을 잃어버린 괴물은 단지 간절한 마음 하나로 검은 수컷의 자리를 찾아내고야 말았다. 웅웅거리는 수많은 동족의 외침을, 아직 괴물은 읽어낼 수 있었다.

괴물은 바스러지는 노점상을 지나쳐 옆 도로에 주르륵 줄을 서 있는 노점상 쪽으로 달려갔다. 그들 대부분은 묵묵히 자신의 가게 짐을 정리하고 있었다.

어떻게 그냥 구경만 하고 있어.

그만. 저것들은 인간이지 고양이가 아니야. 같은 종이라거나 같은 위치에 있다고 서로 돕지 않아.

괴물은 끝내 입으로 뱉어내고야 말았다.

"어떻게, 그냥 구경만 하고 있을 수가 있어요!"

조그맣게, 저걸 어떻게 해, 만 반복하고 있던 떡볶이 아주머니의 마음에서 꽝 소리가 울렸다.

"야, 이 나쁜 놈들아!"

"냅두라니까 그러네, 이 아주머니가. 저쪽만 없어지면 우리 다 괜찮다니까."

아주머니는 발을 굴렀다.

"언제 그런 적이 있었어, 언제! 재작년에도 저쪽 하나만 없앤다고 했지만, 결국엔 천막 쳤잖아. 천막 치고서도 몇 번씩 저놈들한테 뜯겼잖아. 언제 그랬어!"

"아, 글쎄, 그때는 우리 다 비슷했지만, 지금은 상황이 다르잖아. 그냥 둬요."

떡볶이 아주머니의 마음에선 계속 대포알이 터지는 소리가 들렸다. 떡볶이 아주머니는 그 대포알이 터지는 리듬에 맞춰서 자신을 말리는 사람의 머리카락을 쥐어버렸다. 비명이 들렸다. 어디까지가 생각이고 어디까지가 말소리인지 구분하기가 어려웠다. 여자는 내게 튀긴 반죽을 잘라내 주던 검은 손으로 부서지는 가게를 꼭 붙들고 있었다. 아까 날 바라보던 그놈이 여자의 손을 향해 쇠몽둥이를 치켜들었다. 나는 그놈의 허벅지를 향해 뛰어들었다. 여기저기에서 고양이들이 뛰쳐나오기 시작했다. 수많은 고양이가 싸움판에 뛰어들자 비명이 더 높아졌다.

"뭐야, 이건!"

어떤 놈들은 굴하지 않고 가게를 부수기도 하고 어떤 놈들은 몽둥이를 휘휘 돌리며 고양이를 내리찍으려 들기도 했다. 나는 다시 한 번 그놈과 눈이 마주쳤다. 그놈이 몽둥이를 내리찍는 순간, 나는 놈의 손목을 거칠게 할퀴었다. 놈은 몽둥이를 떨어뜨리고 손을 붙들었다. 발톱에 놈의 살점이 조금 묻어나 있었다. 놈은 내 몸을 붙들어 내 갈비뼈를 부술 생각이었다. 나는 놈의 생각을 읽고 기분이 좋아졌다. 어쨌든 나는 아직 고양이였고, 놈보다는 몸이 빨랐다. 나는 오히려 놈의 손을 피해서 몸통으로 파고들었다. 놈은 옆구리를 깨문 내 몸을 양손으로 움켜쥐었다. 아까 할퀸 놈의 손목에서 피가 흘러서 내 배로 흘러내렸다. 놈의 손에 힘이 들어가기 시작했다.

나는 눈을 치켜뜨고 사방을 둘러보았다. 여기저기 넘어지거나 도망가는 용역들의 뒷모습이 보였다. 여자는 핫바 꼬치들을 집어 들고 무슨 창이라도 되는 것처럼 휘두르고 있었다. 괴물 소녀는 떡볶이 아주머니와 함께 다른 노점상들에게 계속 항의하고 있었다. 뚝, 온몸의 뼈들이 몸 안으로 오그라 붙었다. 있는 힘껏, 놈의 옆구리를 물어뜯었다. 놈이 비명을 지르며 날 내던졌다.

나는 보도블록에 뺨을 대고 천천히 눈을 감았다가 떴다, 감았다가 떴다.

괴물의 운동화는 빨간색이었고, 끈이 더러웠다. 괴물은 다시 태어나지 못하는 대신 노래를 할 수 있었다. 나는 노래를 하고 싶지는 않았다. 가물가물하게 빛이 멀어져갔다. 아직 여덟 개의 목숨이 남아 있었다. 아직 내 영혼이 허락한다면, 다음 생에도 고양이로 태어나고 싶은데.

그날, 나는 평소부터 친해지고 싶었던 똑똑한 새내기와 점심을 먹고 수다를 떨다가 내가 활동하는 단체 사무실을 보여주겠다고 그 친구를 데리고 사무실로 들어와서 커피를 끓이던 참이었다. 한 여성 노점상 동지, 아니 평소에 부르던 대로, 형숙 언니, 형숙 언니가 성큼성큼 들어왔다. 형숙 언니가 장사하는 홍대입구 역 8번 출구에 형숙 언니를 쫓아내기 위해 마포구청이 화분을 놓으려고 한다는 것이다. 자신들에게 피해가 돌아오는 게 두려워서 다른 노점상들은 형숙 언니의 노점이 위협을 당해도 연대해주지 않는다고 했다. 언니는 언니가 없어진다고 다른 노점들이 무사할 거라고 생각하지 않았다. 철거하겠다고 온 사람들 앞에서 몸에 불을 붙이겠다고 기름을 끼얹었으나, 그 상황에까지 몰려서도 마포구청은 언니의 생명을 위해 물러서주지는 않았다고 했다. 언니는 말을 하다가 조금 눈물을 보였고, 말을 듣는 나도 그랬다.

리치먼드 제과점이 사라지고, 사람들은 공사하는 벽 위에 리치먼드 제과점에 대한 추억을 기록했다. 그 사건을 기점으로《텍스툰》에서 홍대 거리의 '사라지는 것들'을 주제로 한 '홍대기담'을 연재하자는 기획이 시작되었다. 기획을 듣고 내 머릿속에 홍대의 풍경으로 떠올랐던 것은 홍대입구 역 8번 출구 앞에서 핫바를 파는 형숙 언니였다. 나는 강하고 거침없고 웃음이 많은 형숙 언니가, 홍대 근처에서 살 때 우리 집에 기어들어 와 새끼를 낳고 다시 집을 나간, 그 용감무쌍한 길고양이와 조금 닮았다고 생각했다.

정부는 언제나 수많은 도시계획을 내놓는다. 그 도시계획 속에 노점이나 길고양이의 존재는 찾아볼 수 없다. 그리고 지독하게 거기에다가 그네들 대신에 화분이 아름답다며, 삶을 내치는 꽃을 놓으려고 든다. 꽃으로도 때리지 말라지만, "도"라는 조사는 이 문장에 적절하지 않다. 삶을 때리는 꽃은 많이 아프다. 그래서 나는 이 도시의 수많은 고양이들과 그 밥줄에 대해, 형숙 언니의 핫바에 대해 말해야겠다고 생각했다. 정말, 장난 아니게 맛있는 핫바다.

종 의 기 원

종 의 기 원

그가 좀비가 되었다. 좀비가 된 사람들은 격리되고 있었다. 그 사이 300명이 넘는 사람들이 좀비가 되었다. 하고많은 사람 중에 하필이면 그가 왜 기껏해야 300명 안에 들어가야 했을까. 승연은 이제 다시는 그를 만나지 못할 거라고 생각했다.

지금 승연의 눈앞에 있는 건 그다. 그에게서 다시 연락이 왔을 때 승연은 나갈까 말까 한참을 망설였다. 300명 남짓한 좀비들은 발목에 추적 장치를 단 채 풀려났다. 그 뉴스를 보고 삼십 분 후에 그에게서 연락이 왔다. 정말로 그에게서 연락이 온 걸까. 혹시 나도 좀비가 되진 않을까. 함부로 좀비들과 접촉해도 되는 걸까. 하지만 좀비들이 폭력적 행동을 하면 금방 경찰이 출동한다고 하던데. 한참을 망설이던 승연은 집 앞 파출소 바로 옆에 있는 카페에서 만나자고 했다. 그리고 조금도 변한 게 없는 듯한 그가 나타났다.

얼굴색이 좀 거무죽죽하고

냄새가 지독하고

목덜미 근처에 핏덩이가 뭉쳐 있는 것만 제외하면.

"그 피는 안 없어지는 거야?"

"우어."

아마 '어'라는 뜻이겠지. 그는 묵묵히 눈앞에 있는 커피 잔을 내려다봤다. 마시지 않느냐고 물어보려다 입을 다물었다. 아마도 이제 그가 먹고 싶은 건 나나 저 점원 같은 사람일 것이다. 지금 나와 대화를 나누는 건 사람이 아니라, 이미 시체. 말을 하고 있지만, 시체. 그의 발목에 빨간 빛이 반짝이는 발찌가 달려 있다. 우리는 얼떨결에 들어오자마자 출구 쪽에 자리를 잡았다. 덕분에 이 카페에는 아무도 들어오지 못하고 있다. 문이 반쯤 열렸다가, 그를 보고 다시 닫힌다. 가게에서는 안쪽으로 옮겨달라고 말하고 싶은 눈치지만, 점원도 무서워서 다가오질 못하고 자기들끼리만 한참을 수군거린다.

그는 자리에서 일어났다. 안쪽 테이블로 걸음을 옮기는데, 걸음은 놀랍도록 느리다. 점원들이 뒷걸음쳤다. 사실 승연도 뒷걸음치고 싶은 심정이다. 그가 느릿하게 입을 열었다.

"즈어, 스아람, 안 즈압아, 머거요."

사람은 아니다. 좀비들의 먹이가 되는 건, 유기된 시체들의 살점 조각들이라고 했다. 도로 살아나지 못하도록, 다지고 잘라내서 섞인, 햄버그스테이크 같은 시체들. 그걸 이제 사람이라고 할 수 있을지는 승연도 의문이었다.

　남자는 채식주의자였다. 살아 있을 때 단 한 번도 남자와 고기를 먹지 못했는데. 죽고 나서야 이제 함께 육회라도 먹을 수 있다니. 승연은 잠깐 웃었다. 그러다가 온몸에 소름이 끼쳤다. 대체 좀비랑 같이 뭘 먹는단 말인가. 언제 날 덮쳐올지 모르는 남자가 아니었던가.

　그는 승연의 안부를 물었다. 승연은 그럭저럭 잘 지낸다고 대답했다. 거짓말이었다. 그가 좀비가 되어 사라지고 나서 승연은 한동안 아무것도 하지 못했다. 친구들에게 남자친구와 헤어졌다고 말했다. 좀비라니! 승연은 이 슬픔을 전시거리로 놔두고 싶지 않았다. 그는 천천히 입을 일그러뜨리면서 참 우습다고 했다. 승연은 가만히 그를 살펴보았다. 여전히 그는 자기 자신에 대해 냉소적이었고, 타인에 대해 따뜻한 남자였다. 죽었는데도.

　"좀비가 된다는 건, 죽어 있는 것도 살아 있는 것도 아닌 거구나."

　그는 아주 느리게 입을 열었다.

　"전에에도오 그래앴지 무어어……"

　카페에서 나오면서 승연은 남자를 바래다주겠다고 했다. 솔직히 말하면 그가 집 앞까지 오는 걸 원하지 않았기 때문이었다. 건널목 앞에서 신호를 기다릴 때, 그는 느릿하게 승연의 손가락을 잡았다. 물렁하게 부은 듯한 손가락이 느껴졌다. 승연은 손목을 뒤틀어서 살짝 손을 빼냈다.

　승연은 돌아오자마자 샤워를 시작했다. 온몸에 시체 썩는 냄새가 진동했다. 샤워를 하고 나서도, 여전히 승연의 머릿속엔 그 냄새가 남아 있었다. 승연은 한참 방을 청소했다. 구석구석까지 깨끗하게. 열정적으로 걸레질을 하다보니 휴대폰이 울렸다. 그였다.

나는 잘 들어왔어. 오랜만에 보니까 좋더라. 다음에 또 볼 수 있지?

글씨들은 냄새도 느릿한 말투도 전해주지 않았다. 승연은 마음이 놓였다.

그는 꽤 전도유망한 문화인류학도였다. 고고학보다는 종교학이나 사회학에 관심이 많았다. 박물관에 취직하기는 어려워 보였지만, 승연은 그런 그와 이야기를 나누는 게 즐거웠다. 하지만 이제 그것도 끝이었다. 그는 이제 연구실에 있을 수 없었다. 그는 더이상 살아 있는 인간이 아니므로 당연한 일이었다. 그는 시체였다. 시체에게는 시체에게 걸맞은 일이 있는 법이었다. 그는 느릿한 손으로 하수처리장에서 일했고, 쓰레기폐기장에서 일했다. 사람들은 여전히 좀비를 두려워했다. 승연도 마찬가지였다.

귀여운 이미지로 인기 있는 아이돌 멤버가 좀비 공익광고를 찍었다. 요즘 선배가 보이질 않네? 고개를 갸웃거리던 그녀는 느릿한 걸음으로 고개를 숙이고 나타난 청년을 보고 반가움에 달려가서 끌어안는다. 어? 냄새가…… 그녀가 손으로 코를 틀어막는 순간, 좀비 청년은 목을 덥석 물어버린다. 그리고 그녀는 밝고 명랑한 목소리로 노래하듯 주의사항을 읊는다. 지독한 냄새가 난다면 가까이 다가가지 마세요. 걸음이 느리고 목소리가 굼뜬 것도 좀비의 특징입니다. 좀비는 여러분이 알고 있던 사람이 아닙니다. 그들은 이미 시체입니다. 현혹되지 마세요.

광고는 하루에도 수십 번씩 줄기차게 나왔다. 지하철에서도 전광판에서도, 포스터로도 나왔다. 하지만 좀비들은 계속해서 늘어났다. 아버지, 딸, 친구, 애인을 보고 끌어안는 사람들은 슬프게도 다시 깨어났다. 몰라서 당하는 걸까. 승연은 의심스러웠다. 도무지 인간이라고는 생각할 수 없는 지독한 냄새는 모든 상황을 설명했다. 그들이 좀비라는 건 누구나 다 알고 있었다. 어머니들이 제일 문제였다. 지독한 냄새가 나는 죽은 아들을 와락 끌어안았다가 봉변을 당하는 건 대부분 어머니들이었다. 뉴스를 보면서 승연은 자신이 지나치게 감상적이진 않다는 사실에 안도했다.

다음에 그를 만났을 때, 그는 수갑을 차고 대머리가 되어 있었다. 손목에도 발목처럼 똑같이 빨간 불이 반짝였다. 더욱 성능이 좋다는 그 추적장치였다. 좀비가 위험한 행동을 했을 때는 심박수를 측정해서 가장 인접한 경찰서에 바로 연락이 간다는. 머리도 반짝거렸다. 머리 뒤쪽에 까만색 글씨가 찍혀 있었다. 얼핏 주민등록번호처럼 보이는 작은 숫자들.

승연과 그는 또 집 앞 파출소 옆 카페에서 만났다. 승연은 차마 남자친구가 좀비가 되었다고는 누구에게도 말하지 못했다.

아주 음습한 구석에서, 그는 천천히 말했다.

"이일, 으을, 아주우, 마않이, 해."

"밥은 잘 먹고 다녀?"

말을 뱉어놓고 보니 인간을 갈아서 만들었다던 스테이크가 떠올라서 승연은 입을 다물었다. 그는 잠깐 망설였다.

"요즈음…… 바압이……"

그러다가 다시 웃었다.

"그치마안, 패앤찮아아."

승연과 그는 밤 10시가 될 때까지 이야기했다. 그는 여전히 지적이었다. 그와 이야기하는 시간은 두 배 이상 걸렸다. 그는 말이 느렸고, 승연은 참을성이 있는 편이었다. 냄새만 어떻게 된다면 참 좋을 텐데. 그는 헤어지고 나서 한참 시간이 지난 후에 또 문자를 보내왔다.

너랑 만나면 참 좋아. 고마워.

승연은 가슴이 서늘했다. 여전히 그는 좋은 사람…… 시체였다.

며칠 후, 화장실에서 나오다가 승연은 놀라서 핸드백을 떨어뜨렸다. 좀비였다. 좀비는 파란 옷을 입고 승연을 향해 손을 허우적거렸다. 승연은 비명을 지르면서 뒷걸음치다가 바닥에 엉덩방아를 찧었다. 좀비는 우어어 신음을 내더니 손을 뻗어서, 대걸레를 집어 들었다. 넘어진 승연을 보고는 느릿하게 씩 웃었다. 좀비는 자신의 배를 가리키곤 고개를 절레절레 저었다.

"아안, 자압아 머억어……"

여자 좀비였다. 50대 정도 되어 보였다. 화장실 바닥에 주저앉아서, 승연은 걸어가는 좀비의 뒷모습을 멍하니 응시했다. 머리 뒤쪽에 새까만 글씨가 보였다.

정신을 차리고 핸드백을 집어 들고 휘청거리면서 화장실을 나왔다. 넋이 나가서 의자에 털썩 주저앉자 옆자리의 장대리가 어깨를 톡톡 두드렸다.

"무슨 일이야?"

"아…… 화장실에서 좀비가 나왔어요."

"아."

껄껄 웃더니 장대리는 청소 아줌마들이 모두 교체되었다고 했다.

하루가 지나고, 이틀이 지나고, 일주일이 지났다. 시체들은 정말 일을 잘했다. 여자 좀비가 남자 화장실에 있어도 사람들은 신경 쓰지 않았다. 반대의 경우도 마찬가지였다. 탈의실이건 여성 휴게실이건 상관없었다. 그들은 시체였다. 그들에겐 충실하게 말을 따르게 할 숫자들이 머리에 붙어 있었고, 수갑이 손목에 붙어 있었고, 발찌가 발목에 붙어 있었다. 사람들은 한숨 놓았다. 좀비에게선 지독한 냄새가 났지만, 좀비가 지나간 자리에서도 냄새가 나지는 않았다. 좀비 둘이 엎드려서 느릿느릿 바닥을 닦고 있을 때, 승연은 또각또각 굽 소리를 내면서 그 옆을 태연히 지나갈 수 있게 되었다. 그러다가도 문득 승연은 그들이 식사로 제공받을 인육 스테이크를 떠올리며 몸서리를 쳤다. 잠깐 그의 얼굴과 그의 지독한 냄새가 떠올랐다.

그러던 어느 날, 그 사건은 벌어졌다.

복사물을 가져가던 장대리는 발을 헛디뎠고, 종이들이 바닥에 쏟아졌고, 장대리는 허겁지겁 종이들을 줍다가 손을 베었고, 피가 났고, 옆에 있었지만 아무도 의식하지 않았던 작은 좀비 하나가 장대리의 손가락으로 달려들었다. 장대리는 소리를 질렀고, 사람들은 당황해서 뛰어나왔고, 사람들이 112에 전화를 했고, 그러나 아무도 좀비에게 다가서지 못했고, 추적 장치에서는 시끄럽게 경보음이 울렸지만 십오 분이 지나도록 누구도 출동하지 않았고, 장대리는 손가락을 물렸고, 사무보조원 서아름 씨가 날카로운 비명을 이 분쯤 질렀고, 좀비는 꿀꺽꿀꺽 장대리의 손가락 세 개를 먹어치웠고, 그때 경찰이 왔다.

경찰은 기절한 장대리와 좀비를 떼어놓았고, 장대리에게 수갑을 채웠고, 한 사람이 좀비의 머리통을 후려갈겼다.

"이 미친 시체년이!"

"바압…… 며치일째……."

"말대답이냐?"

경찰은 주머니에서 권총을 꺼냈다. 피슈웅, 푸샤앙, 생전 처음 듣는 효과음과 함께 좀비의 머리통이 날아갔다. 좀비의 머리가 날아가기 직전, 좀비는 서글픈 표정을 지으려고 했다. 하지만 얼굴 근육이 움직이는 게 너무 느렸기 때문에 승연은 서글픈 눈동자만 볼 수 있었을 뿐이었다. 승연은 그녀가 언젠가 화장실에서 만났던 좀비라는 사실을 불현듯 깨달았다. 안 잡아먹는다고, 서툴게 말하던 목소리.

"아니, 뭐라고 말하려는 거 같은데, 죽여버리면……"

한 과장이 나서서 입을 떼자, 경찰은 웃으면서 총을 홰홰 내저었다.

"원래 죽어 있는 놈들입니다. 걱정하실 것 없어요. 죽인 게 아닙니다."

경찰보다 조금 느리게 의사가 도착했다. 기절한 줄 알았던 장대리는 죽었다. 완전히 숨이 끊어졌다는 검진을 받고, 장대리는 들것에 실려 내려갔다. 장례식은 없을 것이었다. 장대리는 죽은 채 어딘가에서 숨을 쉴 것이다.

그날, 승연은 그와의 약속을 취소할까 고민했다. 뜯겨 나간 장대리의 손가락과 이름 모를 좀비의 서글픈 눈이 자꾸 왔다 갔다 했다. 버스를 타고 약속장소로 가는 길에도 승연은 계속 고민했다. 끊임없이 속보가 나왔다. 서울시 강서구에서 지나가던 노인이 좀비에게 습격당해, 서울시 성북구에서 지나가던 중학생이 좀비에게 습격당해, 대구시 달서구에서 지나가던 고등학생이 좀비에게 습격당해, 부산시 동래구에서 지나가던 50대 남자가 좀비에게 습격당해, 광주시 북구에서…… 현장에서 녹음된 좀비의 목소리는, 끝까지 들리지 않았다.

바…… 푸샤앙

바아…… 푸샤앙

바아읍…… 푸샤앙

바우압…… 푸샤앙

승연은 낮에 죽었던, 아니 머리가 분쇄당했던 좀비를 떠올렸다. 밤, 며칠째. 틀림없이 좀비는 그렇게 말했다. 승연이 고민하고 있는 사이에도 버스는 승연을 싣고 끊임없이 달려서, 끝내는 집 앞 파출소 옆 카페에 승연을 내려놓았다. 약속시각이 십 분 지나 있었다. 고민하면서 승연은 카페 문을 열었고, 늘 있던 자리에 그는 보이지 않았다.

그는 오지 않았다.

두 시간이 지났을 무렵, 승연은 왜 지금까지 집에 가지 않았는지 의아해하며 자리에서 일어났다. 자신을 위험에 빠뜨릴 수 있는 존재를 기다리기 위해 두 시간이나 기다리다니. 어처구니가 없어서 웃음이 나왔다. 승연이 커피 값을 계산하기 위해 카드를 꺼내 들었다. 동시에 그가 문을 열고 들어왔다. 카페 안 사람들이 비명을 질렀다. 지독한 냄새가 문제가 아니었다. 승연은 온몸이 떨렸다. 그에게 다가갔다.

온몸이 피투성이인 채 그가 승연에게 손을 내밀었다.

몇몇 사람들이 뛰쳐 나갔다. 누군가 그에게 숟가락을 집어 던졌다. 한 남자가 울음을 터뜨린 젊은 여자를 한쪽 팔로 얼싸안고 그에게 욕설을 내뱉었다. 카페 직원 중 한 사람이, 그는 사람을 해치지 않는다고 변명하려고 했지만, 도리어 욕을 얻어먹었다.

"배……고파……"

그의 얼굴 근육은 아주 느리게 움직였기 때문에, 승연은 겨우 그가 울고 있다는 걸 알 수 있었다. 일단 승연은 그를 부축했다. 살 썩는 냄새와 썩은 피비린내가 같이 콧속을 파고들었다. 파출소가 코앞이었다. 다행히 승연의 집도 코앞이었다.

문이 열렸고, 그는 코를 킁킁거렸다.

"오……랜만…… 집……"

승연의 집이 오랜만이라는 건지, 집이라는 곳에 와본 게 오랜만이라는 건지 알 수 없었다. 그의 피는 사람 피처럼 새빨갛지 않았다. 그는 죽은 사람이었다. 승연은 피가 말라붙은 옷가지들을 가위로 잘라냈다. 시꺼멓게 덩어리져 흘러내리는 피를 승연이 다 닦아내고 나자, 그는 나지막이 단어들을 늘어놓았다.

그가 새로 배정받은 곳은 건설현장이었다. 안전장치는 없었다. 떨어져서 다치면, 총탄이 날아왔다. 사흘째 식사가 누구에게도 지급되지 않았다. 이미 죽었기 때문에 그들은 죽을 수 없었다. 죽지 않았기 때문에 그들은 쓰러졌다. 쓰러진 좀비들에게는 총탄이 날아왔다. 그는 일하지 않겠다고 했다. 모두가 일하지 않겠다고 했다. 그들은 일하지 않았다. 사람들은 총탄을 장전하고 전화를 했다. 여분의 좀비가 없었다. 총탄을 쏘아선 안 되었다. 그가 벌떡 일어났다. 느릿하게, 그는, 단, 한 마디를, 할 수 있었다.

밥

까지 말했을 때 주먹이 날아들었다. 그는 걸음이 느렸고, 더 말할 수 없었고, 죽은 사람이었다. 경보장치가 울릴까봐, 맞으면서 그는 머리로 구구단을 외웠다. 구구단을 외우면서 겨우겨우 여기까지, 그는 숨어 왔다. 12단까지 외웠다면서 살짝 웃다가,

그는 고개를 떨어뜨렸다.

괜히 그의 손가락 끝을 물 묻힌 수건으로 닦고 있다가, 승연은 가슴 한구석이 약하게 떨렸다. 승연은 좀비만큼이나 천천히 그의 머리를 끌어안았다. 시체는 따뜻했다.

입사 시험에 떨어졌던 날, 온종일 승연은 단 한 번도 웃지 않았

다. 그가 무슨 말을 걸어도 승연은 날카롭게 물어뜯었다. 그는 종일 어색하게 웃었다. 바래다주겠다고 집까지 따라온 그는, 현관에서 승연의 머리를 끌어안았다. 그는 따뜻했다. 승연은 울음을 터뜨렸다. 콧물까지 묻히면서 몇십 분이고 울어댔다. 승연이 울다 지칠 때쯤,

그는 승연에게,

승연은 그에게,

입 맞췄다.

승연의 입술이 시체에 닿는 순간, 심장박동을 기준으로 울린다는 그 경보장치가 울렸다. 삐용, 삐용, 삐용, 날카로운 경보음은 천천히 멀어져갔다. 좀비는 느렸다. 아주 느릿한 그의 혀가 느껴졌다. 그에게서는 여전히 썩은 냄새가 났다. 흔히 키스가 달콤하다고 말하는 건, 실제로 달기 때문이 결코 아니다. 승연은 가만히 눈을 감았다.

이 시체는 심장도 뛰고 피도 흘렀다. 따뜻하고 딱딱한, 그의 중심이 느껴졌다. 승연은 아까 흐르던 그 썩은 핏덩어리가 그의 혈관에 몰리는 걸 떠올렸다. 더 매섭게 경보음이 울렸다. 아주 먼 곳에서. 누군가 현관문을 두드렸다.

"문 열어!"

승연은 그를 쓰다듬었다.

"문 열어, 115!"

그가 몸을 떨었다. 승연은 스웨터를 벗고, 그의 머리카락을 쓰다듬었다. 현관문을 두드리던 남자가 동태를 보고하는 목소리가

들렸다.

"열 생각이 없는 것 같습니다."

총소리가 내처 들렸다. 현관문 잠금장치가 부서졌다. 총을 앞세우고 경찰들이 우르르 밀어닥쳤다.

"115,"

꽤 윗사람으로 보이는 경찰은 큰 소리를 지르면서 입장했다가 더 이상 말을 잇지 못했다. 115는 비명을 지르면서 침대 밑으로 기어들어 갔다. 승연은 눈을 동그랗게 뜨고 뒤를 돌아봤다.

"아가씨, 지금 뭐하시는 겁니까?"

"아저씨야말로 제 집에서 뭐하시는 거죠?"

"지금 경보장치가 울렸습니다. 저희는 아가씨를 보호하기 위해서……."

"지금 상황을 보시면 모르시겠어요? 제 사생활은 보호하지 않으셔도 되나요?"

몇몇 경찰들이 멈칫거리더니 뒷걸음쳤다. 당혹스러운 표정으로 경찰은 승연을 설득하려고 했다. 공익을 위해 그를 데리고 가야 하며, 그는 당신을 위험에 빠뜨릴 수 있다. 승연은 가택 침입죄로 고발당하고 싶으냐고 소리를 높였다. 경찰은 나이 어린 아가씨가 겁도 없다고 승연을 다그쳤다. 승연은 지금 이 상황에서 내가 옷도 못 입고 있는데 계속 이런 얘길 하고 싶으냐고 경찰을 다그쳤다. 경찰은 이런 냄새가 나는데 대체 뭘 하겠다는 거냐고 승연을 비난했다. 승연은 사생활이 이 나라엔 없느냐고 경찰을 비난했다.

경찰은 현관문을 나섰다.

"아가씨, 우린 아가씨를 보호하려고 이러는 겁니다. 혹시 무슨 일 있으면 우리를 부르세요. 집 밖에 서 있을 테니."

경찰들이 우르르 나가고, 그는 침대 밑에서 기어 나왔다. 승연은 다시 그를 끌어안았다.

밤새도록 경찰들은 정말 집 앞에 서 있었고, 종종 집 안까지 심심한 경찰들의 잡담 소리가 들어왔다. 저런 놈이랑 뭘 하고 싶긴 한가, 별 희한한 페티시즘도 다 있다니까, 세상이 어떻게 되려고, 좀비가 있다는 것부터가 이미 이상하지만, 껄껄껄.

경보음은 더 세게, 오랫동안 울렸다. 아무도 집 안으로 들어오지 않았다.

동이 트기 직전, 승연은 입술을 꼭 깨물었다. 식칼을 꺼내서 허벅지 위쪽을 살짝 베어냈다. 입술 안쪽에서 비릿하게 피 맛이 났다. 그는 허겁지겁 아주 얇고 작은 그 살점을 씹어 삼켰다. 그가 좀비가 된 이후로 본 가장 재빠른 동작이었다.

경찰들이 방으로 다시 뛰어 들어온 건 아침 7시. 그가 승연의 반지하 방 창문으로 도망친 지 두 시간이 지난 후였다.

아마 잠복하고 있던 경찰 중 누군가에게서 정보가 샌 듯, 승연의 집 앞에는 몇몇 기자들이 서 있었다. 몇 명이 승연의 사진을 찍었다. 승연은 경찰에게 좀비가 자발적으로 도주했으며, 그것을 말리려고 했으나 실패했다고 말했다. 경찰은 승연을 믿지 않는 눈치였지만, 그렇다고 어찌할 방법이 있는 것도 아니었다. 뉴스는 발 빠르게 승연과 115번 좀비가 예전에 연인관계였다는 것까지 보도했고, 승연은 모든 인터뷰를 거부했다. 다행히 사람들은 승연에게 오랫동안 관심을 가질 수 없었다. 좀비는 115번 한 마리만 있는 게 아니기 때문이었다.

몇몇 좀비들의 추적 장치가 발견되었다. 발견된 건 추적 장치뿐이었다. 절대로 해체할 수 없게 설계되어 있다던 추적 장치는 해체된 채 발견되었다. 물론 좀비의 뜯겨 나간 발목도 같이 발견되는 때도 있었지만, 좀비는 발견되지 않았다. 발견된 열다섯 개의 추적 장치 중에는 115의 것도 있었다. 발견된 추적 장치는 열다섯 개였지만, 없어진 좀비는 300여 명이었다. 물론 이제 일하는 좀비는 3000명이 넘었다. 300명이 그렇게 큰 숫자는 아니었다. 정부에서는 좀비 특별 예산안을 추진했다. 중소기업 살리기 방안의 일환으로 중소기업에 좀비들을 지원해주기 시작했다. 좀비들 덕분에 GDP가 올라가고 수출이 잘되고 있으며 중소기업들이 흑자로 돌아서기 시작했다는 소식이 연일 들려왔다.

그래도 사람들은 집에 일찍 다녔다. 그게 그렇게 쓸모가 있진 않았다. 직장에서도, 거리에서도, 화장실에서도, 좀비들은 사람들을 덮쳤다. 그런 좀비들은 대체로 아무 말도 못하고 경찰에게 끌려갔지만, 혹여 배고파나 밥의 ㅂ이라도 내뱉었다간 바로 총탄이 날아갔다. 하지만 그게 그렇게 많은 수는 아니었다. 그냥 꾸준히 좀비가 늘어날 뿐이었다. 아주 조금씩. 사라진 좀비 300여 명의 몽타주와 인식번호가 뿌려졌다. 사람들은 아주 열심히 주변을 둘러보며 다녔다. 그렇지만 사라지는 좀비도 꾸준히 늘어났다.

승연은 저번 달 생리를 건너뛰었다는 걸 500여 명의 좀비가 사라졌을 무렵 깨달았다. 생리불순이겠거니, 계속 넘기고 있었는데. 승연은 퇴근 후 산부인과, 라고 다이어리에 쓰다가 펜을 멈췄다. 그가 떠올랐다. 하지만 그는 시체였다. 생명이 없는 존재가 생명을 낳을 수가 있나? 퇴근 후, 승연은 산부인과에 가는 대신 약국에 들렀다.

두 줄이 선명했다.

출근길에 승연은 행진하는 사람들을 발견했다. 사람들이 손에 들고 있는 팻말에는 좀 어색하지만 또렷하게 글씨가 박혀 있었다. "좀비들을 때려잡자" "사람 살기도 벅찬데 좀비 살리기가 말이나 되나" "모든 좀비를 불태우자" 얼마 전에 좀비 특별 예산을 지원받은 제지기업이었다. 팻말들 뒤로 도끼를 든 사람들이 뒤따랐다. 아마도 좀비 대신 잘렸을 사람들은 제지공장 안으로 들어갔다. 차들은 좀비처럼 느리게 기어갔다. 사람들의 함성이 커지자 버스 기사는 라디오를 틀었다. 쾌활하게 노래가 흘러나왔다. 제지공장 철문이 벌컥 열렸다.

배를 저어 가자 험한 바다 물결 건너 저편 언덕에

한 좀비가 끌려 나왔다. 뒤에 서 있던 남자가 도끼로 좀비의 머리를 쪼갰다. 뭉친 피가 꿀럭꿀럭 쏟아져 나왔다.

산천 경계 좋고 바람 시원한 곳 희망의 나라로

좀비들이 우르르 끌려나왔다. 누군가가 한 좀비의 머리를 날렸다. 다른 좀비가 한 남자의 다리를 깨물었다.

돛을 달아라 부는 바람 맞아 물결 넘어 앞에 나가자

다리를 물린 남자가 겁에 질려 넘어졌다. 좀비들이 우르르 달려들었다. 누군가가 뛰어들어서 무술이라도 하듯이 좀비 머리를 세 개나 한번에 날렸다. 좀비들이 울부짖었다. 한 좀비는 다리가 떨어졌다. 그러자 도끼를 든 손을 물었다. 아우성이 몰아쳤다.

자유 평등 평화 행복 가득 찬 곳 희망의 나라로

길이 뚫렸다.

버스 기사는 폭풍처럼 차를 몰았다. 승연은 회사에 도착해서야, 회전문에 비친 자신을 볼 수 있었다. 아침 드라마에서 본부인한테 한 대 얻어맞은 내연녀처럼 마스카라가 뚝뚝 번진 얼굴이었다. 화장을 고치고 사무실로 들어가자, 복사기 옆에 처음 보는 좀비가 서 있었다. 젊은 여자 좀비였다. 사람들은 좀비에게 서류들을 가져다줬다. 좀비는 기계적으로, 이미 기계 그것인 것처럼 복사기를 돌렸다. 늘 복사기를 돌리던 서아름 씨가 토라져 있었다.

"뜬금없이 웬 좀비예요. 사무실 공기도 탁해진 거 같아요."

좀비는 마네킹처럼 그 자리에 서 있었다. 오직 쿰쿰한 냄새만이 좀비의 존재를 증명했다. 점심시간에도 아무도 좀비에게 밥을 먹으라고 권하지 않았다. 저녁 시간에도 아무도 좀비에게 퇴근하라고 하지 않을 것이다.

점심시간이 조금 지났을 무렵, 한과장이 승연의 책상을 살짝 두드렸다. 복도에서 한과장은 봉투 하나를 승연에게 건넸다.

"딸 같은 아가씨한테 내가 주기가 영 껄끄러워서 말이야."

서아름 씨는 여전히 툴툴거리고 있었다. 복사기를 돌리고 시세를 점검하고 필요한 자료를 프린트해서 나눠 주는 일 정도라면 좀비의 느린 손으로도 어떻게든 할 수 있을 것이다. 좀비가 그걸 다할 수 있다면 상고를 졸업하고 바로 회사에 취직한 서아름 씨에게 남는 일은 과장님이나 부장님한테 커피 타주는 일 정도다. 회사로서는 전혀 필요 없는 일. 배 속에서 꿈틀거리는 움직임이 느껴졌다. 승연은 배를 감쌌다. 이제 겨우 이 주가 지났는데. 한과장은 다행히 보지 못했다. 멍하니 허공을 보고 있던 한과장은 잘 부탁한다고 기어들어가는 목소리로 말하고는 돌아갔다.

승연은 서아름 씨가 휴게실로 들어갈 때 벌떡 일어났다. 담배를 물던 서아름 씨는 화들짝 놀라서 자리에서 일어났다.

"앉아요."

승연은 담뱃불을 붙여주고는, 가만히 봉투를 건넸다. 서아름 씨의 커다란 눈이 더 휘둥그레졌다. 금세 눈물이 글썽거렸다.

"제가 좀비보다 못한 게 뭐예요? 전 냄새도 안 나고, 위험하지도 않아요. 일도 훨씬 빠르게 잘 할 수 있단 말이에요!"

서아름 씨는 월급을 받아 가잖아, 라고 승연은 차마 말하지 못했다. 서아름 씨의 어깨에 손을 얹으면서 미안하다고 말하고 죄지은 사람처럼 휴게실을 빠져나왔다. 터졌다. 서아름 씨의 울음소리가 복도 너머까지 한참 동안 들렸다.

침울하게 자리에 앉는데, 휴대폰이 반짝였다. 문자메시지를 열기가 무섭게 승연은 휴대폰을 책상 밑으로 숨겼다. 번호는 달랐지만, 틀림없이 그였다.

잘 있지? 만나러 갈게

서아름 씨가 대성통곡을 하며 짐을 싸서 나갔다. 얼마 안 있어 퇴근 후에 잡혀 있었던 회식이 취소되었다. 퇴근할 때쯤엔 비가 내렸다. 승연은 우산이 없었다. 버스 정류장까지 냅다 질주하면 어떻게든 되겠지. 사람들은 너도나도 정신없이 떠나갔다. 승연도 뛰려고 준비자세를 취하는데, 갑자기 눈앞에서 맨홀 뚜껑이 살그머니 열렸다. 맨홀에서 작은 손이 한들한들 움직였다. 만나러 갈게. 승연은 조심스럽게 맨홀 뚜껑 쪽으로 다가갔다. 안쪽을 들여다보려는 순간, 불쑥, 손은 승연의 발목을 끌어당겼다.

하수구 냄새는 500명이 넘는 좀비들의 지독한 냄새도 덮어버렸다. 승연은 하수구 밑에 악어가 살고 있다는 오래된 도시 전설을 떠올렸다. 수많은 좀비가 천천히 손에서 손으로 승연을 옮겨서 하수구 바닥에 내려놓았다. 승연은 너무 많은 좀비에 지레 겁먹고 도망치려고 몸을 뒤틀었다. 그러나 좀비들은 웃고 있었다. 좀비들의 느린 얼굴 근육은 웃는 얼굴에서도 쉽게 바뀌지 않았다. 볼이 핼쑥하게 들어가서 해골처럼 보이는 좀비가 웃는 얼굴로 나지막이 얘기했다.

"아안쪼옥……으로 쭈욱…… 있으을 거에에요오……."

하수구 안쪽에, 그가 침울한 표정으로 기대어 있었다. 승연을 발견하자, 그는 느릿하게 웃으면서 손을 내밀었다. 승연은 그의 손을 살짝 뿌리치던 저녁이 생각났다. 뭐가 하수구 냄새고 뭐가 그의 냄샌지 구분할 수 없었다. 승연은 그의 손을 잡았다.

"나 임신했어."

그는 가만히 승연의 배에 손을 얹었다.

사람의 코는 상황에 빨리 적응하는 기관이다. 냄새가 사라지지 않았지만 승연은 온전히 숨을 쉴 수 있게 되었다. 승연은 냄새나는 좀비들과 하수구에 둘러앉았다. 고양이들과 둘러앉은 것처럼 비쩍 마른 좀비들은 안광만 형형하게 빛났다. 그때 좀비 둘이 어깨에 시체 한 구를 걸머지고 왔다. 선량하게 생긴 노인이었다. 어디 뭉개진 부분도 없이 깨끗한 것으로 봐서는 나이 들어서 평안하게 간 듯했다.

"오느을…… 묻으은…… 무더엄……."

그는 손도끼를 꺼냈다. 닭도리탕을 만드는 것처럼 쾅, 시체를 내리찍자, 발목이 잘렸다. 발목부터 한 뼘씩, 그는 차근히 시체를 모두 잘라냈다. 두 명당 한 조각 꼴로 시체가 배분되었다. 그들은 사이좋게 시체를 나눠 먹었다.

"이거 먹고, 배고프지 않겠어?"

"바…… 좀비……보다느은…… 후어얼씨인…… 나아……."

막 묻힌 시체나 유기된 시체 몇 구 정도만 있으면, 이 좀비들은 배를 불릴 수 있었다. 몇몇 좀비들이 목숨을 걸고 공동묘지에 가거나, 영안실에 갔다. 때로 돌아오지 못하는 좀비들도 있었다. 하지만 그들은 이곳에서 어떻게든 살아남기 위해 몸부림쳤다. 식사는 여전히 제대로 배급되지 않고 있다고 했다. 식사가 배급되지 않는 이상, 좀비들은 사람들을 습격하지 않을 수 없다. 그가 고개를 들고 결연하게 말했다.

"우우리이, 모오두우, 좀비이…… 조옴비이로 만들……려고……."

승연은 눈이 번쩍 뜨였다. 그가 고개를 끄덕였다. 그랬다. 좀비들은 피곤하지 않다. 잠들지도 않는다. 죽여도 상관없다. 어차피 죽어 있는 시체들이니까. 배가 고프겠지만, 인간을 잡아먹는 좀비를 군이 먹여야 할 필요도 없다. 끊임없이 일할 수 있고, 끊임없이 괴롭힐 수 있다. 일하다가 쓰러지고 죽어가는 좀비들이 끊임없이 생겨날 것이다. 사회는 좀비들을 짓밟고 장족의 발전을 이룩할 수 있을 것이다. 적어도 인구의 반 이상은 좀비가 되고 나서야 이 좀비들의 굶주림은 겨우 끝날 수 있을 것이다.

"우리드을으은…… 인가안을…… 주욱이지이 않고오도…… 배 안 고픈…… 그런…… 세상을…… 만들……."

그는 말을 끝까지 잇지 못했다. 승연은 가만히 배에 손을 얹었다.

"이 아이는 어떻게 하지?"

"네에가아 하아고 시프으은 대로오."

그는 승연을 들여다보았다. 차분하고 단호한 눈이었다.

좀비들은 승연 집 앞의 맨홀 뚜껑을 열어주었다. 빗방울은 더 굵게 내렸다. 찐득하게 묻어 있던 하수구 찌꺼기가 빗방울에 씻겨 내려갔다. 좀비 냄새와 하수구 냄새도 함께 씻겨 내려갔다. 승연의 집 앞에는 여전히 파출소가 있었다. 승연은 파출소 불빛을 멍하니 바라보다가, 신발을 벗었다. 맨발에 찰박찰박 빗방울이 닿았다. 춤을 추듯 물웅덩이를 내달렸다. 승연의 걸음에 맞춰 배 속이 울렸다.

도끼를 든 사람들은 더는 이상한 풍경이 아니었다. 좀비를 죽이는 건 사람을 죽이는 것과는 달랐다. 물론 청소를 하고 있던 좀비의 목을 베어버린다면 청소 회사에 물품을 파손한 데에 대해 배상은 해야겠지만. 분노한 사람들은 수시로 모여서 닥치는 대로 좀비들을 고용한 회사에 쳐들어갔다. 좀비들은 목이 잘리기도 했고, 잘린 목이 내걸리기도 했고, 광화문 광장 한가운데에서 화형당하기도 했다. 그러던 와중에 저항하는 좀비에게 물리는 사람은 죽는 좀비보다 훨씬 많이 생겨났다. 좀비의 수가 많은 회사일수록 그런 현상이 더욱 뚜렷하게 드러났다. 좀비들은 돌격해 오는 사람들을 역으로 좀비로 만들기 위해 덤벼들기도 했다. 그럼에도 사람들은 좀비를 말살하려고 도끼를 꺼내 들었다.

어느 날 아침, 승연은 메일을 한 통 받았다.

"사람을 해고하고 좀비를 고용하는 악덕기업들을 분쇄합시다."

"이날만은 주변의 좀비 청소에 함께해주시길 부탁합니다."

내일모레였다. 함께 모여서 갈 사람들은 광장에 모여달라고 쓰여 있었다. 회사 바로 앞에 있는 시민 광장이었다. 승연은 메일을 휴지통으로 분리했다. 퇴근하기 한 시간 전에, 승연은 전화를 한 통 받았다. 가느다랗게 떨리는 여자 목소리였다.

"언니……"

서아름 씨였다.

"저, 모레, 회사 갈 거예요. 사람들이랑."

승연은 고개를 숙이고 목소리를 낮췄다.

"아름 씨, 그러지 마요."

"우리 회사, 공장에선 훨씬 더 많이 쓰고 있대요. 사무보조원들은 벌써 다 좀비로 바뀌었다면서요."

"그러지 마요, 아름 씨. 좀비들이 나쁜 게 아니에요. 그 사람들도 먹고살려고, 시키는 일 억지로 하는 거예요. 그러지 마요. 거기다가 요즘엔, 좀비 죽이려다 다들 좀비되고 그러잖아요. 뉴스도 안 봐요? 아름 씨, 제발 그러지 마요."

"차라리 좀비가 되죠, 뭐. 그러면,"

아무 소리도 들리지 않았다. 승연이 여보세요, 라고 내뱉으려는 찰나, 나직하게 흐느끼는 소리가 돌아왔다.

"그러면, 밥도 주고, 집도 있잖아요."

하수구의 좀비들이 떠올랐다. 밥이라고 외치다가 숨져간 수많은 좀비의 얘기를, 지금 해줘야 할까. 승연에겐 퇴근하기 전에 끝내야 할 서류가 아직 있었다. 서아름 씨는 계속 흐느꼈다. 이제 승연의 배는 완연하게 둥글었다. 한참 뒤에 겨우 한 마디가 더 돌아오고 전화는 끊겼다.

"언니한텐 얘기하고 싶었어요. 저, 집세를 계속 못 냈거든요."

그날, 광장에서부터 정문까지 좀비 경비들은 빽빽하게 줄서 있었다. 까만 옷을 입고, 지독한 냄새를 풍기고, 느릿하게 몸을 움직이면서. 출근 시간이 끝나기가 무섭게 사람들이 몰려왔다. 양측 전사들은 용감하게 싸웠다. 여기저기 좀비들의 머리가 나뒹굴었다. 여기저기 사람들이 몰려서 나뒹굴었다. 몇몇 직원들이 휴게실 창문에 붙어 섰다. 저걸 어떡해, 아이쿠. 승연은 한숨을 쉬면서 커피를 들이켰다.

좀비들이 이빨을 드러내고 으르릉거리자, 사람들이 주춤거리며 뒤로 물러났다. 리더 격으로 보이는 남자가 기름에 적신 횃불을 흔들면서 쩌렁쩌렁하게 소리를 쳤다.

"좀비 놈들을 불태웁시다!"

함성이 높아졌다. 승연은 자리에서 벌떡 일어났다. 커피가 치마에 엎질러졌다. 뾰족하게 깎은 파이프가 한 좀비의 이마에 박혔다. 이마에 파이프를 박은 좀비가 울부짖었다. 서아름 씨는, 그 파이프를 손으로 꼭 쥐고 부들부들 떨었다. 승연은 휴게실 창문에 밀착해서 붙어 서 있었다. 좀비가 한 바퀴 빙그르르 돌더니 쓰러졌다. 파이프를 붙들고 있던 서아름 씨는 얼떨결에 파이프와 함께 원을 그리다가, 좀비 경비들 사이에 떨어졌다. 한 좀비가 으르렁대면서 서아름 씨의 목을 물었다. 서아름 씨가 날카롭게 비명을 질렀다.

"이 괴물들이!"

"떨어지지 못해, 이 개새끼들아!"

서아름 씨 주변 몇몇 좀비들의 목이 바닥에 굴러떨어졌다. 사람들은 서아름 씨의 발을 잡고 질질 끌어냈다. 서아름 씨는 기절한 것 같았다. 그 사이 좀비 경비들은 다시 전열을 갖췄다. 아스팔트 바닥이 온통 피투성이였다. 사람들이 회사에서 등을 돌리고 주저앉았다. 더 이상 회사로 진입하려고 시도하지 않으려는 것 같았다. 횃불을 든 남자의 주도로 몇 마디 구호를 더 외쳤다. 한순간, 소리가 사라졌다. 횃불을 든 남자가 흠칫 뒤로 물러났다. 정신을 차린 서아름 씨는, 눈을 까뒤집고 느릿하게 몸을 일으켰다. 몸을 일으킨 속도보다 더욱 느리게 서아름 씨의 입술이 벌어졌다.

"으……어어!"

서아름 씨는 다시 좀비들을 공격하려는 것 같았지만, 발이 느렸다. 아주, 느렸다. 좀비처럼. 목덜미에 뭉쳐 있는 핏덩어리. 서아름 씨는 고개를 돌려서 횃불을 든 남자에게 느릿하게 손을 뻗었다. 손이 45도 정도까지 올라갔을 때, 남자가 소리쳤다.

"이 좀비를 잡으세요! 불태웁시다!"

순식간에 서아름 씨는 파이프에 매달렸다. 서아름 씨는 고개를 양쪽으로 휘저으면서 무언가 말하려고 했다. 서아름 씨의 입술이 움직였지만, 사람들의 함성이 너무 컸다. 서아름 씨는 광장으로 들려 나갔다. 소리가 서서히 멀어져갔다. 휴게실은 개미가 기어가는 소리도 들릴 듯이 조용했다. 소리는 멀찍이서 들려왔다. 서

아름 씨는 여전히 파이프에 매달려 있었지만, 표정은 이제 보이지 않았다. 함성은 기름과 불을 던졌다. 광장 한가운데에서 서아름 씨가 엄지손톱만 한 불덩어리가 되었다. 함성이 다시 커졌다.

승연은 눈을 감았다.

배에 두 손을 가만히 얹었다.

눈을 뜨자, 한과장이 승연의 배를 빤하게 보고 있었다. 보름달 같은 배였다.

다음 날, 집 밖으로 나가려고 문을 열자 수많은 플래시가 터졌다. 좀비의 아이를 임신했다는 게 사실이냐는 질문이 마구잡이로 쏟아졌다. 인간의 아이를 낙태시키면 안 된다고 주장하던 산부인과 의사들이 승연의 집 앞에서 피켓을 들었다.

"괴물을 죽여라! 사람을 위해 기술을 사용하라!"

사람을 잡아먹는 좀비들의 사진이 승연의 집 앞에 흩뿌려졌다.

서아름 씨 대신 들어온 좀비가 조용히 승연에게 하얀 봉투를 건넸다. 승연은 봉투를 받았다. 봉투를 옆에 둔 채, 승연은 서류 작성을 끝냈다. 퇴근하려고 자리에서 일어나면서, 승연은 약간 휘청거렸다. 배뿐만 아니라 가슴도 그 사이 눈에 띄게 불어 있었다. 엘리베이터 안에서 봉투를 뜯었다.

부서명, 성명, 직위, 주민등록번호. 해고 날짜는, 일주일 뒤였다.

해고 사유는 경영난이었다.

첫 면접에서 떨어졌을 때, 그는 승연의 어깨를 끌어안았다. 승연은 자기 팔을 쓸어내렸다. 참 춥구나. 승연은 맨홀뚜껑을 살짝 밟아보고서는, 종종걸음으로 지하철 계단을 뛰어 내려갔다.

플랫폼에서 승연은 해고통지서를 구겨서 쓰레기통에 버리려다가, 마침 지하철 쓰레기통을 비우는 좀비의 손에 있는 쓰레기통에 해고통지서를 넣었다. 좀비의 오른손가락은 엄지와 검지밖에 없었다. 승연은 좀비를 봤다. 장대리였다. 장대리는 승연에겐 신경조차 쓰지 않고 쓰레기통을 탈탈 털었다. 지하철 문이 열리고 사람들이 쏟아져 나왔다. 멍하니 사람들을 바라보다, 그는 한마디 툭 내뱉었다.

"배고파……"

승연은 뒷걸음치다 넘어질 뻔했다. 숨이 막혔다. 엄지손톱만한 불덩어리가 울컥 가슴에서 솟구쳤다. 지하철에 타자마자 눈물이 마구 쏟아졌다. 승연의 앞자리에 앉아 있던 아주머니가 승연에게 자리를 양보했다. 승연은 도로 앉으라고 손짓해 보였다. 아주머니는 억지로 승연을 자리에 눌러 앉혔다.

"무슨 일인진 모르겠지만, 홑몸도 아닌 사람이…… 엄마가 슬퍼하면 애한테도 안 좋아요."

승연은 핸드백에서 휴지를 꺼내 코를 풀었다.

퇴직금을 받은 다음 날, 승연은 오랜만에 오전 11시에 일어났다. 대학 때 이후로 이렇게 늦게 일어나본 게 언제였더라.

승연은 쇠 지렛대를 들고, 고양이들이 다니는 집 옆의 틈으로 들어갔다. 그곳엔 작은 맨홀 뚜껑이 있었다. 뚜껑을 열자, 누군가 승연에게 손을 뻗었다. 승연은 토끼굴로 떨어지는 앨리스처럼 사뿐히 그 팔 안으로 떨어졌다. 어두워서 아직 얼굴들이 보이지 않았다. 승연을 안은 팔은 따뜻했다. 승연은 그 팔을 붙잡고 속삭였다.

"당신들과 함께하고 싶어요."

어둠에 눈이 익숙해지자, 얼굴이 보였다. 그였다. 잠시 뒤에 맨홀 아래에선 처음으로 이 맨홀에 살겠다고 주장한 사람을 물어야 할 것인가, 물지 않을 것인가를 두고 거대한 토론이 벌어졌다.

"그으래……도…… 같이…… 하려며언…… 물어야……"

"무울었다아가…… 배 속…… 애애기…… 다아치……면."

"그래도…… 우리이라앙…… 가알은…… 조옴비……"

승연을 둘러싼 공방을 한참 지켜보던 그는 손을 들었다.

"너……느은…… 조옴비……가…… 되고 시잎……어?"

승연은 좀비가 되면 집도 있고 밥도 준다고 외치던 서아름 씨의 목소리가 떠올랐다.

"안 되어도 될 거 같은데. 나는 당신들과 하나도 다를 게 없으니까. 저 위에 있는 사람들도, 벌써 다 좀비인데, 뭐."

좀비들은 느릿하게 술렁거리고, 느릿하게 조용해졌다. 승연은 멍한 표정으로 배를 만지다가, 빙그레 웃었다. 조금 느린 듯, 배 속이 움직였다. 그가 승연의 손을 잡았다. 승연은 힘주어서 손을 꽉 잡았다.

이윽고 모든 좀비는 맨홀 뚜껑을 열 준비를 마쳤다. 바깥의 사람들과 연락을 맡고 있는 사람이 조심스럽게 하수구를 빠져나갔다. 여전히 하수는 흐르고 있었지만, 맨홀 뚜껑들은 더는 그 하수를 조용히 덮고 있진 않을 것이다. 내일 지하는 열릴 것이다. 세상이 뒤흔들릴 것이다. 사람들은 일을 멈출 것이고, 좀비들과 함께 거리를 내달릴 것이다. 더 많은 좀비를 만들려고 했던 그들은 자신들이 환상을 보는 줄만 알겠지. 무기들을 손에 들고, 바쁘게 움직이던 좀비들은 서로 눈이 마주치면 숨 가쁘게 웃었다.

"내애일."

"내애애일."

하수구의 밀도 높은 공기 속에서, 승연은 그에게 기댔다. 그가 승연의 머리를 쓰다듬었다.

"내애일."

승연은 내일이라고 대답하려다, 배에 묵직한 통증을 느꼈다.

엉덩이가 축축해졌다. 배 아래에서 물이 왈칵 쏟아져 나왔다. 승연은 눈을 질끈 감았다. 너구나. 그가 애타게 승연을 불렀다. 그의 얼굴이 흐릿했다. 배 속이 점점 뜨거워졌다. 승연의 배는 생명과 죽음 사이, 작은 틈에서 맹렬하게 꿈틀댔다. 틈이 점점 크게 벌어지기 시작했다.

■ 종 의   기 원 은 ……

황금가지에서 했던 좀비문학상에 응모했던 단편이다. 뽑힌 작품은 좀비들
과 맞서 싸우는 인간의 마지막 전투를 위엄 있게 그린 작품이었다. 이 소설에
는 그런 위엄은 전혀 없다.

공포라는 것은 그 사회가 외면하고 싶어 하는 곳에 존재한다고 생각한다.
우리 모두에게는, 모든 사회에는 망자가 해를 끼치지 않을까 하는 내밀한 공
포가 존재한다. 이것은 단순히 삶과 죽음에 대한 미신적인 이해나 죽음에 대
한 공포 때문만은 아니다. 「장화홍련전」이나 「월하의 공동묘지」 등, 서사 속
에서 굳이 이승으로 돌아오는 망자들은 아직 다 하지 못한 말이 있기에 돌아
온다. 그 사회의 가장 억압적이고 불합리한 부분에 현실세계로 돌아오는 망
자들이 서 있다. 현실에서 그런 불합리에 타협하고 살아가는 많은 사람들은,
사회의 죄악을 망각하고 싶기에, 억압받는 사람들이 존재한다는 사실 자체
를 잊고 싶기에 망자의 죽음을 외면한다. 그렇기 때문에 공포는 끊임없이 재
생산된다. 슬럼가에는 범죄가 있고 미국의 감옥에는 흑인들이 있다.

좀비라는 존재가 공포의 대상으로서 의미 있는 지점은, 그들이 강하지도 빠르지도 않다는 데에 있다고 생각했다. 개별자로서 그들은 총 한 방에 얼마든지 나가떨어질 수 있는 약한 존재다. 그러나 그들은 함께 행동하고, 하나가 사라졌다고 해서 결코 사라지는 존재가 아니다. 그들은 둔하고 멍청한 것처럼 보이지만 서로 연대하고 힘을 합쳐서 현실을 공격해온다.

　나는 공포를 외면하고 싶지 않았다. 다시 지옥으로 돌아가라고 그것과 맞서 싸우고 싶지도 않았다. 본질적인 문제가 해결되지 않는 한, 공포는 언제라도 다시 돌아올 수 있기 때문이다. 집단적이며 느리고 둔한, 세상이 가져다 버린 "노동자들"이 바로 그 하수구에서 다시 돌아오는 이야기를 쓰고 싶었다. 그리고 그들과 함께 이 세상으로 돌아오고 싶었다.

온우주
단편선

악 어 의   맛

악어의 맛

그 현관문을 열면 누구나 기침을 했다. 좁은 통로로 걸어 들어가면 계단이 나타났고 계단 위로 올라가면 화려한 방이 있을 테지만 우리는 계단을 올라가지 않는다. 우리가 만나고 싶어 하는 이 집의 심장, 여자들의 부엌은 그 계단을 내려가야 만날 수 있다. 그 부엌에 들어서면 강렬한 초콜릿 향기가 사위의 감각을 잃게 해서 결국 사람들은 길을 잃게 마련이었으나 그나마 다행인 것은 그 부엌에서 길을 잃지 않을 단 두 사람이 존재했고, 그 두 사람 외에 아무도 그 부엌에 들어가본 적이 없다는 사실이었다.

잠드는 시간을 제외하고서, 두 여자는 온종일, 한 달 내내, 일 년 내내, 평생 초콜릿을 만들었다. 초콜릿이 천천히 녹아갈 때, 여자들의 거친 손은 정확한 분량의 오렌지 필을 붓거나, 거품을 낸 우유를 부었다. 여자들이 만나는 단 한 명의 인간은 이 초콜릿을 가지러 오는 빵집 청년이었다. 여자들은 가끔 바뀌는 청년의 얼굴을 기억하지 못했고 청년 역시 여자들의 얼굴을 기억하지 못했다. 사람들은 여자들의 얼굴보다 그녀들이 평생 등에 지고 산, 그녀들을 낙타처럼 보이게 하는 살덩어리에 시선을 먼저 꽂았고 그래서 여자들은 굳이 힘겹게 얼굴을 들어 사람들의 얼굴을 보려 하지 않았다. 여자들은 고개를 숙이고 있어도 초콜릿이 녹는 걸 볼 수 있었고, 서로의 얼굴을 볼 수 있었고, 더군다나 서로의 얼굴을 보지 않아도 마음을 읽어낼 수 있었기에 그저 고개를 숙였다.

보글보글, 초콜릿이 녹는 소리가 들렸고 여자들은 숨을 죽이며 조용히 귀를 기울였다. 쥐들이 마루를 뛰어가는 소리와 위층 창부의 교성에 섞여서 여자들의 귀에만 들리는, 미세하게 끓는 소리— 이제 불을 줄여야 할 때였다. 둘째가 미리 만들어두었던 초콜릿 셸을 꺼냈다. 오렌지 가나슈에선 달콤하면서도 입안에 침이 고이는 신 냄새가 났다. 허리춤의 리본을 팔랑거리면서 플라타너스 길을 내달리는 열여섯 살 소녀 같은 냄새였다. 아마도 그런 소녀가 이 초콜릿을 선물 받게 될 터였다.

이제 꾸덕꾸덕, 초콜릿이 굳는, 두 사람만 분간할 수 있을 소리가 들렸고, 그 소리 끝에 첫째가 창문을 열었다. 바람이 불어야 할 때였다. 어두운 부엌에 약간 햇빛이 들어오는가 싶더니 첫째가 나직하게 탄성을 내뱉었다. 둘째는 첫째가 입을 다물고 있음에도 첫째의 감정이 요동치는 소리가 들려왔기 때문에 의아한 표정으로 첫째를 돌아보았다. 첫째의 눈앞에 맑은 초록색 눈동자가 반짝였고 그 순간 그것이 입을 벌리고 몸을 뒤틀었다. 첫째는 서

둘러 손을 뻗어 그것, 두 손에 다 들어올 정도로 작은 악어를 들어 올렸다. 악어는 빛나는 꼬리를 흔들었다. 둘째가 첫째 옆에 붙어서 악어의 차가운 등껍질을 손가락으로 쓸어보았다. 작고 여린 몸 위에 단단한 등껍질이었다. 첫째는 둘째가 느끼는 촉감을 오른손 검지에 느꼈다. 여자들은 등에 붙은 혹이 단단하게 빛나는 느낌이었다. 수십 년이 지나도록 느껴본 적이 없는 감각에 여자들은 몸서리를 쳤다. 가슴이 두근거렸다. 그 사이 여자들의 초콜릿은 잘 굳어 있었다.

악어는 들어오자마자 맑은 초록색 눈동자를 굴리면서 부엌 카운터 위로 올라가기 위해 몸부림쳤다. 첫째가 서둘러 악어를 카운터에 올려주었다. 악어는 첫째의 손에 몸을 가볍게 비비고는 카운터 위를 경중경중 뛰어넘었다. 악어는 오렌지 가나슈 앞에 멈췄다. 조그마한 입을 있는 힘껏 벌려서 위턱으로 초콜릿 셸 하나를 뭉갠 악어는 오렌지 가나슈를 씹어 삼켰다. 여자들은 심장이 요동치는 걸 느꼈다. 악어의 맑은 눈이 황홀한 색채로 빛났다. 눈에서부터 시작한 휘황한 빛깔은 작은 띠를 그리면서 악어의 꼬리까지 내려갔다. 여자들은 아무 말도 하지 못했다. 악어는 입을 벌리고 몸을 파르르 떨었다. 여자들은 초콜릿을 만든 자신들의 손가락 끝이 처음으로 자랑스러웠다. 악어는 어두컴컴한 부엌을 한참 동안 빛내고 있었다.

그다음 날, 여자들은 처음으로 약속을 어겼다. 한 개가 부족한 물량에 빵집 청년은 당황했고, 여자들은 아무런 변명도 하지 않았다. 빵집 주인은 투덜거리면서 더 작은 구의 상자를 준비했다. 그렇다고 해서 빵집 주인이 여자들을 찾지 않을 리는 없었다. 이 거리에서 가장 인기 있는 초콜릿은 바로 이 빵집의 초콜릿이었다.

부엌을 등지면 계단 아래쪽에 여자들의 방이 있었다. 여자들이 함께 잠드는 침대는 딱딱했지만, 여자들은 그보다 더 푹신한 감각을 알지 못했다. 여자들은 혹여 자신들이 흉물스러운 혹으로 작은 악어를 짓누를까 불안했다. 여자들은 악어의 침대를 따로 만들어주려고 했다. 첫째는 현관에 버려져 있던 작은 쿠션을 들고 왔다. 계단을 두 번 올라가면 있는 창부의 것이었다. 쿠션 위에 악어를 올려놓자, 악어는 첫째의 손에 턱을 비볐다. 그 순간, 지금껏 한 번도 느껴본 적 없는 감각의 충격이 여자들을 훑고 지나갔다. 물론 첫째가 조금 더 놀랐다. 첫째는 초콜릿을 만들던 통을 들고 왔다. 첫째는 내일 아침에 먹을 빵에 남은 초콜릿을 듬뿍 묻혀 악어에게 가져다 댔다. 악어는 있는 힘껏 위턱을 내리쳤다. 다시 악어가 찬란하게 빛을 내뿜자, 여자들은 행복감에 벅차 올랐다. 물론 첫째가 조금 더 벅찼다.

여자들이 웅크리고 잠이 들자, 악어는 천천히 침대를 기어올랐다. 첫째는 자신의 등 뒤에 악어가 웅크리고 잠들었다는 걸 깨달았다. 첫째는 행복해서 그만 죽고 싶었다. 그때 둘째는 한창 꿈을 꾸고 있었다. 언니가 초콜릿의 강물을 타고 떠내려가는 걸 지켜보면서 둘째는 악어와 함께 강물 밖에 있었다. 악어는 강물을 약간 삼켰다. 바로 그때 옆에서 언니가 느끼는 행복감의 미세한 파동이 둘째를 스쳤지만 둘째는 잠에서 깨지 않았다.

점점 팔기 위해 초콜릿을 만드는지 악어를 위해 초콜릿을 만드

느지 알 수 없어졌다. 둘째가 럼주를 꺼내자 악어는 반색하며 꼬리를 쳤다. 양쪽으로 꼬리를 홰홰 두르자, 악어는 튕겨 나가듯이 둘째의 손등 앞까지 나아갔다. 악어가 눈을 반짝이며 럼주 병을 몸으로 감싸자 병은 초록색으로 빛나는 듯했다. 둘째는 천천히 악어의 등껍질을 쓸어내렸다. 악어는 눈을 감고 몸을 뒤틀었다.

첫째는 둘째의 얼굴을 보고서야 둘째가 행복해한다는 사실을 인지했다. 둘째의 행복감은 어렴풋이 첫째의 감각을 비집고 들어왔지만, 그걸 느끼기엔 첫째의 마음속에 도통 알 수 없는 감정이 들어차 있었다. 첫째는 절망에 대해서는 너무도 잘 알고 있었다. 가슴 아주 깊은 곳이 새까맣게 내려앉고, 어떤 빛줄기도 떨어질 가능성이 보이지 않으며, 숨을 내뱉는 순간 땅끝으로 사라지는 기분. 지금 첫째가 느끼는 감정은 비슷한 것 같기도 했다. 하지만 분명히 다른 점이 있었다. 첫째의 가슴 한구석이 곤두박질쳤지만, 숨은 오히려 쉬기가 어려웠다. 격렬한 감정이 여자의 턱을 치고 올라왔다. 분명한 적의였다.

럼을 열자 악어는 몸이 달아올랐다. 둘째는 초콜릿에 럼을 풀어서 악어 앞에 떨어뜨렸다. 악어는 뛰어올라 초콜릿 통에 들어갔다. 둘째가 나직하게 소리를 질렀다. 미적지근한 초콜릿 속에서 악어의 눈은 천천히 풀리기 시작했다. 다시 기묘한 색채가 드러났다. 둘째가 국자를 꺼내자, 첫째는 국자를 낚아챘다. 첫째는 천천히 초콜릿 통을 휘저었다. 둘째는 이해할 수가 없어서 멍하니 손을 내려다보았다. 첫째가 등 뒤로 다가왔는데도, 둘째는 첫째가 왔다는 걸 전혀 의식하지 못했다. 첫째가 어디든 가려고 한다면 첫째가 첫걸음을 내딛기 전부터 둘째는 첫째의 마음을 읽어왔었다. 비단 걸음만이 아니었다. 둘째는 첫째의 등을 보았다. 커다랗게 굽은 흉측스러운 혹이 있었다. 둘째는 손을 뻗어 자신의 등을 만지려고 했지만, 휘어진 등까지는 손가락이 닿을 수 없었다. 후다닥, 지하실 한가운데로 쥐 한 마리가 뛰어나갔다. 여자들은 뒤를 돌아보았지만, 그녀들의 느린 몸짓으로는 쥐꼬리도 제대로 보기 어려웠다. 실컷 초콜릿을 마신 악어는 느긋하게 통을 빠져나왔다. 초콜릿은 거의 남아있지 않았다.

날카로운 교성이 들렸다. 위층의 창부가 또 울부짖고 있었다. 오늘만 벌써 세 번째 손님이었다. 창부의 날카로운 목소리가 메아리칠 때마다 남자의 질펀한 욕설이 섞여들었다. 살 부딪치는 소리, 살 후려치는 소리가 겹쳐 들렸다. 둘째는 느릿한 손길로 덫을 놓았다. 첫째는 악어를 끌어안고 쓰다듬었다. 악어는 꽤 자라 있었다. 그날 밤, 여자들이 잠이 들었을 때 악어는 슬그머니 여자들의 작은 창문을 빠져나갔다.

여자들은 누가 먼저라고 할 것 없이 악어의 부재를 알아차렸고 정신없이 모든 부엌과 침실을 다 뒤지기 시작했지만 끝내 지하에서 악어가 발견되지 않자 계단을 뛰어 올라갔다. 둘째는 응접실의 카펫을 들추며 악어를 불러댔다. 악어는 더 이상 손바닥에 올라올 크기가 아니었으므로 그렇게 찾을 필요가 없었지만 둘째는 도저히 악어의 몸이 비집고 들어갈 수 없을 틈까지 다 살펴보았다. 첫째는 온통 빛으로 가득한 현관 밖으로 뛰쳐나갔다. 주름진 손과 혹 위에도 햇빛이 쏟아졌고, 눈이 너무 부셔서 차마 주변을 보기도 어려운 와중에, 사람들이 첫째의 옆을 지나며 숨을 죽이는 것을 느끼자 결국 견디지 못하고 가만히 눈을 감았다. 눈을 꼭 감은 채 첫째는 발을 내디뎠지만, 작은 돌이 혹을 맞히자 곧장 걷기를 포기하고는 절뚝이며 휘청이며 지하실로 뛰어들어 왔다.

지하실에는 둘째가 울며 앉아 있었다. 둘째는 2층 계단을 올라가다가 내려오던 검은 구두를 맞닥뜨렸는데, 이 검은 구두는 뒷걸음질을 쳤고, 둘째를 꽤 멀리 돌아서 내려갔다. 바닥만 보고 살아온 둘째는 검은 구두의 구두코에서 익숙한 경멸을 읽어냈고 그 신발이 계단을 내려가고 나자 하얀 맨발이 뛰어 내려와 혹을 거세게 밀쳤고, 둘째는 두 계단 굴러떨어졌다. 발목이 견딜 수 없이 아팠지만, 그보다 견딜 수 없이 아픈 무언가가 있어, 둘째는 발목을 절며 서둘러 지하실로 돌아왔다.

여자들은 서로의 몸을 감싸 안았다. 사실은 자신의 몸을 감싸 안기 위해서였다. 익숙한 감정이 밀려들어 왔다. 첫째의 감정인지 둘째의 감정인지 알 수 없이 감정들이 얽혀들었다. 혹에 돌을 맞을 때, 어머니가 아버지의 주먹으로부터 이들을 숨길 때, 집에서 쫓겨날 때, 고기 냄새를 맡을 때 느꼈던 음습하고 어두우면서도 안온한 감정. 하지만 첫째와 둘째가 서로 느끼는 감정이 미묘하게 달라져 있다는 걸 둘 중 누구도 깨닫지 못했다. 둘째가 먼저 푹 쓰러졌다. 첫째도 같이 눈을 감았다. 이들이 사는 곳이 지하라는 것은 참으로 다행한 일이었다. 언제든 눈꺼풀은 감길 수 있었고, 세계는 깜빡 잊힐 수 있었다. 어느 쪽이 꿈인지 알 수 없게 여자들은 잠에 빠져들었다.

악어는 익숙한 본능에 따라 초록색 눈을 깜빡이면서 하수구를 헤매었다. 지금껏 먹었던 초콜릿들이 달콤하고 위험한 냄새를 감지하고는 위 속에서 끊임없이 출렁거렸다. 악어는 엉금엉금 하수구를 거슬러 올라 악어의 어미가 악어를 낳았던 안온한 구석에까지 나아갔다. 그곳에 악어의 아비가 허공에 푸른 눈을 두고 웅크리고 있었다. 악어는 어딘지 모르게 익숙한, 도무지 기억나지 않는 수컷을 물끄러미 바라보았고 악어의 아비는 반갑게 악어에게 다가갔다. 콧속을 메우는 지독하게도 강렬한 냄새에 긴장한 악어가 더듬더듬 물속으로 기어들어 갔고 수컷 역시 악어를 따라 물속으로 들어왔다. 하수가 내려오기 시작했고 한쪽에서 물이 쏟아지는 소리가 천둥소리처럼 들리자 수컷은 악어의 몸 위에 앞발을 올렸다. 악어는 버둥거렸다. 악어와 수컷을 둘러싸고 거세게 하수가 쏟아져 나왔지만, 수컷은 악어의 몸에서 미끄러지지 않았으며 무언가 악어의 몸속으로 쏟아 넣기 시작했다. 몸속으로 거세게 밀려들어 오는 뜨거운 기운을 느낀 악어가 몸을 뒤틀자 몸이 지금까지는 본 적이 없던 색깔로 빛나기 시작했다. 물이 여전히 쏟아져 내려왔고 하수 위로 벼락처럼 눈부신 빛이 휘몰아쳤다.

악어가 빛나는 걸 보고, 수컷의 눈이 돌아갔다. 아직 성기를 빼내지 못한 수컷, 악어의 아비는 악어에게 이빨을 드러냈다. 악어는 몸을 돌려서 몸에 들어온 뜨거운 살덩어리를 빼냈다. 아비의 이빨이 악어의 머리를 향해 내리꽂혔다. 악어는 몰아치는 하수

속에서 몸을 뒤쳤다. 아슬아슬하게 아비의 이빨을 피했다. 아비는 계속해서 턱을 부딪치며 악어를 향해 꼬리를 쳤다. 악어는 물을 타고 아비의 뒤로 향했다. 물은 악어의 숨을 틔웠다. 악어는 이렇게까지 자유롭게 물을 헤엄칠 수 있다는 게 놀라웠다. 악어의 몸이 더 붉게 빛났다. 춤을 추듯 아비의 꼬리를 잡았다. 아비는 여전히 이빨을 드러내고 악어에게 덤벼들었다. 하수에서 초콜릿 냄새가 났다. 아비의 성기는 아직 빳빳하게 서 있었다. 악어는 다시 한 번 아비의 꼬리를 향해 몸을 내던졌다. 아비는 튕겨 나가는 악어의 등껍질을 물었다. 악어의 등에 세로로 줄이 갔다. 속도를 늦추면 틀림없이 고통은 더하지 않을 것이다. 하지만 악어는 속도를 늦춰선 안 된다는 걸 알고 있었다. 아비의 단단한 꼬리 끝이 악어의 윗니에 걸렸다. 악어는 힘껏 하수도의 벽에 아비를 내리꽂았다. 악어의 등에서 피가 흘러내렸다. 아비는 한순간에 혼절했다. 악어의 몸에서 나던 빛이 사그라졌다.

악어는 급수가 다 떠내려갈 때까지 혼절한 아비를 짓누르고 꼼짝하지 않았다. 아비에게 뜯긴 어미의 오랜 기억이 잠깐 악어의 머릿속에 떠오른 것이었던지 악어는 견딜 수 없이 배가 고팠다. 한참 동안 코끝을 맴도는 고소하고도 그리운 냄새의 진원을 찾아 헤매던 악어는 드디어 아비의 목덜미에 이를 가져다 댔고 그대로 목덜미를 물어뜯었다. 핏방울이 솟구쳐서 하수에 선명한 무늬를 만들었다. 몇 번 몸을 튕겨내듯 떨었지만 단지 그뿐, 정신을 차릴 여유도 없고 힘도 없는 혼절한 아비 위에서 악어는 정신없이 혀를 뒤쳐서 목덜미와 발톱, 쪼그라든 성기까지 꼼꼼하게 집어삼켰다. 아비의 둥근 눈알을 삼킬 때 악어는 다시 반짝였다. 아비는, 눈이 부시도록 맛있는 음식이었다. 아비를 포식하고 난 악어는 교미에 식사까지 마친 평화로운 잠에 빠져들었다.

  악어가 돌아와서 배를 깔고 앉아 있는 걸 보고 첫째와 둘째는 반갑게 악어를 끌어안았다. 악어의 몸집은 나가기 전과 비교해서 세 배가 넘게 불어 있었지만, 여자들은 악어의 눈만 봐도 악어를 알아볼 수 있었다. 악어는 웃을 줄 몰랐지만, 여자들을 반가워했다. 악어의 몸이 하얗게 몇 번 불을 켰다. 첫째와 둘째를 단단하게 이었던 감각이 불빛에 조금 흐려졌다.
  돌아온 바로 그날부터 악어는 탐욕스럽게 먹었다. 초콜릿과 술뿐이 아니었다. 악어는 여자들이 먹으려는 스튜에 뛰어들어 얼마 되지 않는 고기를 삼켰고 그 때문에 여자들은 악어가 돌아오자마자 며칠 동안 어떤 고기도 먹지 못했다. 첫째가 손을 뻗어 고기를 씹고 해맑은 표정으로 엎드려 있는 악어의 등을 만지려고 할 때 바스락거리는 소리가 났다. 고기 맛을 보고 돌아온 악어는 결코 고기 냄새를 놓치지 않았다. 꼬리를 빠르게 흔들던 악어는 부엌 한구석으로 돌진했고 곧장 부엌 벽에 턱을 짓찧었다. 힘세고 날카로운 악어의 턱보다는 작고 약한 쥐의 다리가 빨랐다. 악어는 쥐를 볼 때마다 그 언제보다도 간절하게 쥐를 향해 달려들었지만, 이상하게도 갈수록 악어의 몸은 눈에 띄게 둔해졌다. 둘째는 악어를 지켜보다가 놀라운 사실을 발견했다. 잠자리를 펴고 있던 첫째는 희미하게 둘째의 놀라워하는 감정을 느끼고 뒤뚱거리며 달려왔다. 둘째는 첫째를 보았고 첫째가 고개를 끄덕였다. 입을 벌리고 거친 울음소리를 내며 괴로워하는 악어는 누가 봐도 알 수 있을 만큼 배가 불러 있었다. 이제 초콜릿 셸 하나 정도로 악어는 빛나지 않았다. 양껏 삼키고 나서 겨우 그 찬란한 빛을 보여주는 순간에도, 빛은 좀 더 불길한 빛을 띠었다. 여자들은 첫 생리를 떠올렸다.

여자들의 첫 생리는 같은 날이었다. 여자들이 처음으로 몸에서 피를 쏟던 날에도 여자들의 손은 지금처럼 우둘투둘했고 혹은 늙어 있었다. 어머니가 여자들의 혹을 때리며 울었고 여자들은 몸에서 끈적끈적한 피를 쏟으며 울었다. 여자들은 피를 쏟을 필요가 없는 동물들이라고 여자들의 어머니가 말했고, 여자들은 그 말의 의미를 이해하지는 못했지만, 이 점액질의 시뻘건 액체들이 영원히 제 역할을 하지 못할 거란 사실을 느끼고 있었다. 그것이 슬픈 일이라는 것은 누가 알려주지 않아도 당연하게 알 수 있었기에 여자들은 때때로 침대 시트가 붉게 물들 때나 아랫배를 누군가 쥐어짜는 듯 고통스러울 때면 울어야만 한다는 강박감이 가슴속에서 솟구쳐 오르는 걸 느끼곤 했었다.

악어는 여자들과 같지 않았고, 무언가를 속에 품어 기를 수 있었으며, 자궁 안에서 둥근 알들이 구를 때면 기분 좋은 듯 입을 벌리곤 했다. 때때로 임신한 여자를 마주칠 때, 여자들은 자신들이 서로 닮았다는 것을 재확인하곤 해왔는데, 이번은 조금 달랐다. 여자들은 악어와 닮고 싶었지만, 도무지 닮을 수가 없었다. 이제 더는 피를 쏟을 필요조차 없어진 여자들은 바싹 마른 환통에

심하게 시달렸다.

부엌의 쥐들은 밤이 되면 신이 나서 날뛰었다. 쥐들은 썩은 음식 냄새를 누구보다 빠르게 맡아냈고, 어둠 속에서도 거침이 없었다. 쥐 두 마리는 동시에 그 냄새를 감지하고 서로 견제하기 시작했다. 한 마리가 재빠르게 덫 위를 내달리려다 붙들렸다. 끈적이는 덫은 몸부림치는 쥐를 더 강하게 옥죄었다. 거의 비슷한 순간 다른 쥐는 달려오다가 미끄러져서 벌러덩 덫 위에 누워버렸다. 꼼짝없이 붙잡힌 쥐는 가늘게 숨을 내뱉었다. 먹을 걸 두고 경쟁하던 쥐들은 사이좋게 마주 보는 자세로 누워 있게 되었다. 덫은 단호했고 쥐들은 힘이 빠졌다.

쥐들을 발견한 둘째는 물을 끓이기 시작했다. 악어가 며칠째 쥐를 먹고 싶어 했다는 걸 여자들은 잘 알고 있었기에, 악어에게 주기 위해 물을 부어 쥐를 죽일 생각이었다. 둘째는 가만히 쥐들을 들여다보았다. 쥐들은 눈을 데룩데룩 굴렸다. 곧 죽을 거란 사실은 당연히 알고 있을 터인데도 숨을 쉬기 위해 입을 벌리고 수염을 움직이는 쥐를 보자 둘째는 마음이 심란해졌다. 둘째가 심란해하는 걸 느끼고 첫째가 다가오는데, 커다랗고 푸른 파충류가 첫째를 젖히고 튀어나온 배로 바닥을 쓸며 달려들었다. 덫이 통째로 부서졌고 둘째는 비명을 지르며 엉덩방아를 찧었다. 악어는 살아 있는 냄새를 놓치지 않고 덫을 씹어 삼켰다. 쥐는 소리도 지르지 못하고 사라졌고, 악어의 몸에서는 불길한 빛이 번뜩이기 시작했다. 악어가 내뿜는 휘황한 빛 속에 감싸인 첫째가 고개를 숙여 덫이 있던 자리를 보았을 때, 쥐의 얼굴은 반으로 쪼개져 있었다. 수염은 이제 움직이지 않았다.

그날 오후, 위층에 발걸음소리가 들려왔으나 이번에는 교성이 들리지 않았다. 그 대신 남자의 목소리와 위층 여자의 목소리는 거칠게 섞여서 부엌까지 들려왔다.

"너랑 자고 나면 다음 날도, 그다음 날도 행복했어. 그거 말고는 아무 생각도 나지 않을 정도로, 너무 행복해서 잊을 수가 없어."

남자의 목소리는 거의 비명처럼 들렸고, 여자의 목소리는 잘게 부서졌다.

"가."

위층 여자에게는 화요일마다 찾아오는 새 애인이 있었다. 첫째는 벽에 기대어 앉아서 반쪽만 남았던 쥐의 얼굴을 떠올렸고, 악어는 첫째의 무릎에 기대 눈을 감았다. 그날은 화요일이었고, 애인은 창부를 찾아오지 않았다.

남자를 쫓아 보내고 나서 위층의 창부에게는 손님이 유난히 들지 않았다. 아무리 공을 치는 날이라도 하루에 두 명 이상은 그녀를 찾는다는 사실을 이 마을의 여자도 남자도 노인도 아이도 지하실의 꼽추들까지 다 알고 있었다. 창부는 도무지 이해할 수가 없었다. 그녀는 화요일만을 기다렸지만, 수요일 자정이 될 때까지 그녀의 연인은 나타나지 않았다. 창문을 열었다. 그래도 바깥 날씨가 짐작되지 않아서 창부는 한참을 망설이다가 오랜만에 스타킹을 꺼냈다. 붉은 비로드 스타킹은 언제 신었던지 기억조차 가물거렸고, 겨우 그 스타킹을 신고 첫사랑을 만나기 위해 어두운 수풀을 달려 나갔던 16세의 기억을 떠올리고 그녀는 살짝 미소 지었다. 털이 잔뜩 붙은 두꺼운 겉옷은, 무거웠지만 그리 따스하지는 않았다. 오랫동안 방 안에서 묵었던 냄새를 지우기 위해 창부는 독한 향수를 꺼냈다.

악어가 다시 코를 벌름거렸다. 창부가 한 걸음씩 계단을 내려올 때마다 코를 찌르는 냄새는 점점 더 구체화하였고, 악어의 몸은 깜빡였다. 악어가 계단을 성큼 뛰어 올라가자 둘째가 서둘러 악어의 꼬리를 잡았고, 첫째가 몸통을 붙들었다. 악어는 몸을 뒤틀며 이빨을 드러냈지만 여자들은 결코 악어를 놓지 않았다. 악어가 사라졌을 때의 암연이 되살아났다. 여자들은 손에 힘을 주면서, 가지 말라고 속으로 애타게 중얼거렸으나, 악어가 들었을지는 알 수 없었다. 창부가 나가고 현관이 닫히자 악어는 커다랗게 불어 오른 배를 바닥에 깔고 풀이 죽었다.

여자들이 잠자리에 들고 나서도 한참 시간이 지나서, 동이 트기 직전에 현관이 열렸다. 아무도 건지지 못한 창부가 어깨를 늘어뜨리고 돌아왔다. 밤거리에서 만난 모든 사람이 그녀를 힐끔거렸지만 아무도 그녀에게 다가오지 않았고, 그녀와 살을 섞었던 남자들은 먼발치에서 도망쳤다. 그녀는 애인의 가게에 발을 들이자마자 쫓겨났다. 모두가 낄낄거리며 웃어서, 그녀는 견딜 수 없이 두려워졌다. 얼굴을 가리고 가만히 거리 한 귀퉁이에 서 있었지만 모두 신기하게도 그녀를 알아보았다. 집에 들어온 그녀를 유일하게 반겨준 것은, 커다란 암컷 악어였다. 악어는 천진하게 눈을 깜빡였고, 악어의 눈과 마주친 채 한참 말을 잃었던 그녀가 악어를 향해 처음으로 뱉은 단어는 지하실까지 울리는 비명이었다.

비명 소리에 깬 여자들은 서로의 얼굴을 마주 보았다. 둘째는 혹을 거칠게 떠밀던 여자의 손을 떠올리고 눈꺼풀을 천천히 감았다. 여자들은 평생 해왔던 일을 할 시간이 왔다는 걸 바로 알 수 있었다. 여자들은 계단을 올라갔다. 어머니가 혹을 때릴 때 그랬듯, 아이들이 돌을 던질 때 그랬듯, 누군가에게 빌 시간이었다. 혹여 악어에게 무슨 일이 있지는 않겠지, 이제 저 아이를 묶어놓아야 하나, 첫째가 생각했지만 둘째는 여자의 맨발을 떠올리느라 첫째의 생각을 받아 안지 못했다.

여자들의 머릿속이 캄캄하게 어두워졌다. 창부의 하반신은 이미 사라지고 없었다. 창부는 어딘가 뚫린 거 같은 눈으로 멍하니 천장을 보며 입을 뻐끔거렸다. 다시 악어가 위턱을 내리쳤다. 창부의 몸이 위아래로 심하게 흔들리고, 입도 멈추었다. 창부의 하얀 젖가슴이 악어의 입 속으로 사라졌다. 창부가 머리만 남을 때까지, 여자들은 아무 생각도 하지 못했다. 여자들은 생애 처음으로 어딘지 알 수 없는 곳에 떨어진 기분이었고, 매우 두려웠다. 악어가 창부의 두개골을 깨고 흘러나오는 뇌수를 삼킬 때, 첫째가 겨우 이유를 알아차렸다. 둘째의 생각이 조금도 읽히지 않았다.

첫째가 입을 열었다. 오래도록 쓰지 않은 혀는 아주 어눌하게 움직였다.

"이제…… 어쩌지?"

창부의 피 위에서 잠이 든 악어는 오랜 진통 끝에 알들을 쏟아내어놓았다. 그 사이 쑥쑥 불어난 악어의 몸은 현관을 완전히 장악하고도 모자라 거실에까지 걸쳐 있었다. 한참 애를 쓰고 나자, 악어는 배가 고파졌다. 지금까지는 한 번도 겪어보지 못한 정도의 격렬한 허기였다. 악어는 입안에 밀어 넣을 것을 찾아서 거실을 활개치고 다녔지만, 도무지 먹을 만한 것이 보이질 않았다. 쥐도 없었고, 창부도 없었고, 창부의 손님들도 없어서, 거대하게 자라버린 몸을 지탱하기가 어렵다고 느낄 때쯤, 아주 익숙하고도 맛있는 냄새를 찾아냈다. 악어는 몸부림치던 아비의 목에 이빨을 박던 순간을 기억해냈고, 곧바로 먹이를 향해 돌진했다. 악어는 방금 낳아놓은 따뜻한 알을 씹어 삼켰다. 악어의 이빨 사이로 알의 내용물이 흘러 창부의 피와 섞였다. 악어의 몸이 다시 반짝거렸다. 알에서는 아주 그리운 냄새가 났고, 알에서 흘러나온 액체는 악어가 몸으로 기억한 그 맛이었다. 악어는 꿈을 꾸는 것처럼 위를 채워 나갔다. 악어의 몸에서 다시 눈부신 빛이 뿜어져 나왔다.

마지막 알을 깨뜨릴 때 둘째가 계단을 올라왔고, 둘째의 눈을 마주치고서야 악어는 알을 다 낳았음에도 여전히 배가 부르다는 사실을 겨우 깨달았다. 뱃속에서 데굴데굴 구르던 알의 목소리가 들려왔다. 악어는 바닥에 엎드려서 기괴한 신음을 토했지만, 알을 다시 낳을 수는 없었다.

여자들은 드러누운 악어를 떠메다시피 들고 돌아왔다. 혹이 작아 보일 정도로 거대해진 악어는 끊임없이 신음했다. 더 이상 서로의 마음을 읽을 수 없기에, 여자들은 혀를 놀렸다.

"저걸 꺼내면 괜찮아질까."

여자들은 창고 안에 넣어놓은 초콜릿을 모두 꺼내었다. 커다란 통에서 초콜릿이 녹기 시작했고, 악어는 코를 벌름거렸다. 악어는 다시 배 속을 채워야만 했다. 악어는 통속으로 기어들어갔고 이번에는 매우 조용하게 푸른빛으로 반짝였다. 그 빛을 보고 여자들은 안심했다. 그는 새끼를 낳지 않아도 여전히 여자들의 사랑스러운 푸른 악어였다.

악어는 엷게 빛나는 몸으로 알들을 씹어 삼킨 거실을 지나 창부의 욕실로 들어갔다. 악어의 눈에는 선명하게 가야 할 길이 보였다. 욕조 아래에 악어가 찾던 그 구멍이 있었다. 비대해진 몸으로 배수구에 기어들어갔다.

악어는 동족의 기운을 느끼고, 물을 거슬러 올라갔다. 얼마 지나지 않아 마주치게 된 녀석은 악어보다 훨씬 가느다랗고 작았다. 녀석은 악어를 보자마자 악어가 원하는 것을 알아차리고는 앞장서기 시작했고, 악어는 녀석을 따라 어두운 물길을 한참 동안 걸었다. 악어는 녀석에게서 나는 달콤한 냄새가 무엇을 의미하는지 알고 있었다. 한순간 눈앞이 환해졌고, 알몸의 소녀가 비명을 질렀다. 녀석과 악어는 누가 먼저라 할 거 없이 소녀에게 달려들었고, 비명은 금방 멈췄다. 피비린내 나는 따뜻한 물 안에서 녀석과 악어는 얽혀들기 시작했다. 악어는 이제 녀석의 붉은 성기가 두렵지 않았고, 녀석은 악어의 몸 위에 자연스럽게 앞발을 얹었다. 악어의 몸에 서서히 빛이 감돌기 시작했다. 사방에서 터져 나오는 초콜릿 향기에 악어는 코를 벌름거렸다. 녀석의 앞발이 악어의 등을 만지자 악어는 하얀 우윳빛으로 반짝거렸다. 녀석의 성기가 꼿꼿이 악어의 몸을 파고드는 순간, 악어의 몸이 떨리며 붉은 갈빛이 튀어 올랐다. 빛은 점점 검붉게 타올랐고, 짙은 카카오 빛이 온 방을 휘감을 때 수컷은 악어의 몸에 새로운 알을 박아 넣었다. 그때 악어의 온몸이 번뜩였고, 수컷은 사정과 동시에 눈이 멀고 말았다.

악어는 앞을 보지 못해 헤매는 녀석의 몸을 부드럽게 쓸어내렸다. 녀석은 더듬거리며 악어를 찾으려고 애썼다. 악어는 몸속에서 벌써 알들이 느껴지는 것 같았다. 그 순간 악어는 아비에게 긁혔던 상처에 짜릿한 환통을 느꼈다. 악어는 녀석의 목덜미를 가볍게 물었고, 녀석이 비명을 토해냈다. 녀석의 등가죽을 뜯어내면서 악어는 자신의 단단한 이빨이 사랑스러웠다. 녀석의 피는 끈적이며 악어의 이빨에 들러붙었고, 악어는 꼼꼼하게 이빨을 핥았다. 녀석은 정말로, 정말로, 맛이 좋았다.

악어는 검은 물 밑으로 돌아가면서 자신이 잡아먹은 알들을 생각했다. 이 알들을 잃어버리지 않고 낳아야 한다는 사실만은 분명하게 알 수 있었다. 그리고 알을 낳기 위해 악어는 먹어야만 했다.

악어가 돌아왔을 때, 악어가 남기고 간 초콜릿 통에는 두 마리의 거미가 집을 만들고 있었고, 첫째는 침실에서 둘째는 부엌 구석에서 나오지 않고 있었다. 이제 두 여자보다도 커져버렸지만 여전히 사랑스럽고 푸른 악어를 본 두 여자는 하염없이 울었다. 악어가 떠났을 때, 두 여자는 이 자리에서 삶을 이어 나가기 위해 말을 섞었다. 입을 떼었을 때 그들은 무언가 크게 잘못되었다는 것을 깨달았다. 말을 잃어버린 자들이 그 말을 복기하는 것은 끔찍하도록 외로웠다. 두 여자는 어디서부터 잘못된 건지 이해할 수 없었고, 그 이해할 수 없는 감각을 서로 이해할 수 없다는 현실에 절망했다. 첫째가 초콜릿 상자를 꺼내달라고 하면 둘째는 다른 초콜릿 상자를 꺼내었고 둘째가 악어의 알에 대해 얘기하면 첫째는 악어의 덩치에 대해 대답했다. 완성된 초콜릿은 끔찍하게 맛이 없었고, 빵집 청년은 두 여자를 찾아오지 않았다.

두 여자는 언제부터 서로의 생각을 읽을 수 있었는지 기억을 돌이켜보았다. 여자들을 받았던 산파가 깜짝 놀라서 그녀들을 떨어뜨렸을 때였던가, 어머니가 여자들을 후려칠 때던가, 교회에 오지 말라고 쫓겨났을 때던가, 등의 혹을 가릴 로브를 함께 만들었을 때던가, 도무지 기억이 나지 않았다. 두 여자는 혹여 말을 잘못 해서 서로 다치게 하는 것이 무서웠다. 두 여자는 다시 입을 다물었고, 부풀어 오르는 고독을 내버려두었다. 두 여자는 먹는 것도 잠드는 것도 포기한 채 그저 악어를 그리워했다.

악어는 두 여자에게서 참을 수 없이 달콤한 냄새를 맡았다. 냄새는 도무지 감출 수 없을 정도로 강렬해져 있었다. 악어의 뱃속에서 새로 태어날 알들이 꿈틀대었고, 악어는 이 알들을 키우기 위해서 눈앞에 있는 달콤한 먹이가 필요하다는 걸 알았다. 악어는 두 여자를 향해 입을 크게 벌렸다. 첫째는 조용히 눈을 감았다. 어쩌면 첫째와 둘째가 함께 악어의 배 속에 들어간다면 새로운 소리를 들을 수 있을지도, 지금보다 훨씬 더 따스해질지도 모를 일이었다. 하지만 눈을 감고 있는 첫째의 귀에 생경한 둘째의 목소리가 들려왔다. 비명을 지르는 법도 잘 모르는 둘째는, 밀려오는 고통에 성대를 어쩔 줄 모르고 있었다. 악어는 둘째를 다리부터 씹어 먹기 시작했다. 둘째는 다리 두 쪽을 다 잃은 채 몸부림치고 있었지만 첫째는 둘째의 고통을 느낄 수가 없었다. 첫째가 울었다. 두 여자가 어릴 적, 둘째가 동네 청년들에게 얻어맞고 있을 때에 첫째는 아주 먼 부엌에서도 다 알고 아파했었기 때문이었다. 그 순간 첫째에게서 둘째보다 더 맛있는 냄새가 났고, 악어는 첫째의 머리통을 위턱으로 으스러뜨렸다. 지금까지 보지 못한 아름다운 색깔로 악어의 몸이 물들어갔고, 악어의 뱃속에서는 단단하게 알이 여물어갔다.

다리와 언니를 잃은 둘째는 손을 뻗어 악어의 몸을 쓰다듬었다. 악어는 손바닥보다 작았을 때처럼 애교를 부리며 둘째의 손을 씹었다. 둘째는 말이 없는 세계를 영원히 잃어버렸다는 것을 인정했다. 둘째가 흘린 피에 악어의 아름다운 몸이 비쳤다. 둘째의 고독도 단단하게 여물어 있었다.

악어는 텅 빈 지하실에 홀로 남았다. 악어의 몸은 무거워졌고 배는 불러왔다. 허기가 끊임없이 밀려왔고, 악어는 몸을 단단하게 틀어 말았다. 몸이 무거워서 움직이기가 쉽지 않았기에 시간을 견디는 것 외에 악어가 할 수 있는 것은 아무것도 없었다. 여자들이 그립다고 생각한 순간, 악어는 어둡고 안온한 초콜릿 냄새를 맡았다. 늘어지는 배를 들고서 한참 지하실을 헤매어 겨우 냄새의 진원지를 알았다. 악어는 자신의 꼬리를 물었다. 악어의 몸에서 분출한 빛 덩어리가 지하실의 창문을 깨뜨렸다. 악어는 입을 더욱 크게 벌려서 꼬리를 물었고, 낡은 집은 곧이라도 폭발할 듯이 빛을 내뿜었다.

악어의 몸은 빼어나게 달콤했고, 악어는 고르게 응축된 달콤함에 고통을 잊었다. 뱃속에서 알들이 꿈틀거렸고, 악어는 거침없이 자궁으로 이빨을 들이밀었다. 악어는 자궁의 농익은 달콤함에 혀를 내둘렀다. 악어가 위턱을 높이 들자 악어의 혀에 끈적하게 핏방울이 들러붙었다. 악어가 턱을 내리찧을 때마다 악어의 눈에서 눈물이 도르륵 흘러내렸다. 악어의 온몸에서 뿜어져 나오는 광채는 눈물조차도 빛방울로 날려 보냈고, 온 마을 사람들은 하늘이 무너지는 줄만 알고 이불을 덮어 썼다. 궁금해서 실눈을 떠 보았던 사람들의 눈동자가 멀었다.

빛이 완전히 사그라지고 나서 그 빛발에 한쪽 눈을 잃어버린 빵집 청년이 조심스럽게 현관문을 열었다. 집은 여전히 낡았지만 그렇다고 무너지거나 불타버린 것은 아니었다. 빵집 청년은 어떤 빵집보다 맛있는 초콜릿을 만들던 부엌으로 내려갔다. 부엌에는 깨진 초콜릿 통과, 거미는 사라진 거미줄과, 털이 다 빠진 쥐꼬리 토막과, 여기저기 흩어진 악어 이빨들 사이에, 어스름이, 하지만 아름다운 빛깔로 빛나는 주먹만 한 초콜릿이 있었다. 빵집 청년은 초콜릿을 들어서 한 입 깨물어보았다. 초콜릿은 피처럼 달콤했고, 빵집 청년은 울음을 터뜨렸다. 그 맛은, 마치…….

빵집 청년은 울음을 그치고 사방에 흩어진 악어 이빨을 모아다가 주인에게 가져다주었고, 주인은 악어 이빨을 곱게 갈아서 조금씩 초콜릿에 집어넣었다. 초콜릿은 내놓기가 무섭게 팔려 나갔고, 그 돈으로 주인은 새로운 템퍼링 기계를 샀다. 새로운 템퍼링 기계는 악어의 이빨 가루도 잘 섞었고, 초콜릿에 윤기가 감돌게 만들었다. 지금 당신의 손에 쥐어진 바로 그 초콜릿이 이 마을의 명물 "악어의 맛 초콜릿"이다. 자, 이제 당신도 한 입 깨물어보시라.

마르크스주의 경제학 세미나에 참석해서 "확대재생산"이라는 개념을 들었다. 흥미로운 개념이었다. 자본은 이윤을 남기기 위해 투자되며, 기업의 최대 목표는 분명 이윤을 생산하는 것이다. 그러나 막상 이윤이 생산되었을 때 그것이 이윤으로 남지 않을 수 있다는 것이 확대재생산 개념의 요체였다. 다른 기업과의 경쟁에서 승리하기 위해서 그 이윤은 다시 원자본, 생산수단에 투자되므로 실제로 남는 이윤은 존재하지 않는다는 것이다. 자기가 창출한 이윤마저 집어삼켜 더욱 거대해지는 자본에 대한 이야기였다. 세미나 간사는 확대재생산 공식을 칠판에 써 넣었다. 공식이 나오기 시작하자 강의를 따라가는 것이 버거워졌다. 나는 그저 멍하니 계속해서 확대재생산이라는 개념을 생각하다가 문득, 에리직톤을 떠올렸다. 머릿속에 떠오른 에리직톤은 악어의 얼굴을 하고 있었다. 모든 것을 팔아서 먹어치우다가 결국 자기 자신까지 먹어치우는 커다란 입. '우로보로스'는 결국 자기 완결적인 세계이며, 자기 완결적인 세계는 파멸하는 것 외에 남은 길이 없다. 우리는 서로 영향을 주고받고 변화해야만 진정한 의미로 살아 있을 수 있다.

이 작품이 확대재생산에서 비롯했다고 말을 하면 어처구니없어 하는 사람들이 많았다. 사실, 완성을 하고 나니 확대재생산에 대한 소설이지만 확대재생산에 대한 것만은 아닌 소설이 되었다. 많은 이데올로기와 권력, 기구들이 어떤 토대에서 출발하지만 결국은 그 토대와 아무 상관 없는 것이 되어버리곤 한다. 이를테면 자본이라든가, 국가라든가, 사랑이라든가, 관계라든가. 나는 악어도 자매도 그들의 외로움도 마찬가지라고 생각한다. 자신의 영향이 다른 곳으로 가지 못하고 자기 내부를 향하게 된다면, 그 열정이 바깥과 주변을, 환경을 잃어버린다면, 거대한 완성은 곧 파멸이 될 것이다.

선혈이 낭자한 소설을 좋아하지는 않지만 때때로 쓰게 되곤 하더라. 이 소설에서 악어가 두 자매를 잡아먹는 부분은 상당히 즐겁게 썼다. 특히 하반신을 잃어버린 둘째 부분.

히 스 테 리 아　선 언

히 스 테 리 아 선 언

빨간 줄이 두 개 나타났다. 센은 누군가가 화장실에 들어올 때까지 삼십 분가량을 변기에 가만히 앉아 있었다. 이건 구시대적이긴 했지만 믿을 만한 검사 방법이었다. 더군다나 세 번 검사한 결과가 다 같다면 믿어도 될 법했다. 발소리가 들리자 센은 자리에서 일어나 재빠르게 치마폭에 테스트기를 감추고 꼿꼿한 걸음걸이로 화장실을 빠져나왔다.

방 안에 들어서자 진영이 자리에서 일어나 무릎을 굽혔다. 바닥에 깔린 잔디 시뮬레이션을 밟자, 잔디가 발을 기분 좋게 간질였다. 센의 자리는 벽에 연결된 정원 시뮬레이션의 옆자리였다. 꽃향기가 날아들어왔고, 센은 편안하게 앉아서 주변을 둘러보았다. 센과 같은 방을 쓰는 탄빙이 보이지 않았다. 탄빙은 이제 첫 임신이었고, 아무 일 없이 열 달을 무사히 버티고 예정일을 얼마 남겨두지 않은 상황이었다. 두리번거리는 센에게 진영이 입을 떼었다.

"아까 진통이 시작되었어요."

탄빙은 이 따분한 공간에서 10개월을 견디고서야 겨우 임신이 되었다. 3개월 만에 임신이 된 센은 운이 좋은 셈이었다. 진영의 말은 차분했지만, 질투와 절망은 숨길 수 없었다. 센은 진영에게 임신 사실을 차마 말할 수 없어 입을 다물었다. 진영은 깊게 한숨을 쉬고 계속 혼자서 무어라고 중얼거렸다. 진영은 벌써 1년 반째였다. 3년 동안 임신이 없으면 퇴소되긴 하지만, 아무리 그래도 1년 반 동안 임신이 없다면 화가 치밀 수밖에 없다. 그녀는 화를 다스리려고 애를 쓰는 게 분명했다. 태교에 좋다고 검증된 오랜 옛날의 소리가 천천히 귓속으로 스며들었다. 모차르트가 태교에 좋다면 진영의 불편한 심정도 위로할 수 있으리라.

모차르트 피아노 협주곡 20번이 장중하게 울렸다. 어두운 선율 위로 바이올린이 격렬하게 겹쳐졌다. 센은 눈을 감고 있는 진영을 보면서 탄빙을 떠올렸다. 생산원들은 출산실 근처에도 갈 수 없었고, 출산에 관련한 어떤 소리도 들을 수가 없었다. 이곳에서 아이를 낳는다는 것이 어떤 생김새일지 센은 상상할 수 없었다. 고향에서 누군가 출산하는 날은 온 마을이 시끄러웠다. 아이를 낳는 여자는 온갖 욕설을 다 쏟아냈고 사람들은 걱정스럽게 주변을 맴돌거나 신이 나서 음식을 했다. 센은 아이가 나오는 걸 눈으로 본 적도 있었는데, 이 하얗고 조용한 곳에서는 도무지 그 핏물이 떠오르지 않았다. 3악장의 선율은 어두우면서도 기묘하게 활기찼다. 조금 더 밝은 주제부가 흐르자 방문이 열리고 탄빙이 기진맥진해서 실려 들어왔다. 사람들은 모두 환하게 웃으면서 침대로 손을 뻗었다. 센도 탄빙의 발치 쪽을 잡았다.

둥그렇게 둘러싼 사람들을 희미하게 웃으며 올려다보던 탄빙은 천천히 입을 열었다.

"아이는 어디로 갔어요?"

말을 뱉자마자 아차 싶은 표정을 짓는 탄빙에게 관리사는 자애롭게 미소를 띠고 흰 손을 뻗어 탄빙의 눈을 감겼다. 탄빙은 입을 꼭 다물고 눈을 감았다. 이제 탄빙은 아무 생각하지 않고 푹 휴식할 수 있다. 아니, 휴식해야만 한다. 생산원들의 몸은 아주 귀중한 자산이었다. 센은 빨간 줄을 다시 생각했다. 산 아래 살던 다부지고 통통한 수키 언니는 막 태어난, 붉은 볼의 아이를 품에 안고서 딱 한 번 울음을 터뜨렸다. 그래서 아이는, 어디로 갔을까.

"방패 유전자 계획이 실행된 건 22년 전입니다."

화면에 미스터 언빌리버블의 늠름한 모습이 들어왔다. 이곳에 온 순간부터 지금까지 센을 비롯한 모든 사람은 저 영상을 셀 수 없이 보았다. 교육 시간이면 몇몇 생산원은 바로 졸기도 하지만 대부분은 초롱초롱하게 눈을 뜨고 자신이 만들 미래의 아이, 미스터 언빌리버블을 지켜본다. 화면 속에서 미스터 언빌리버블은 언제나 멍한 눈으로 비틀거리며 걷는다. 때때로 그는 코를 후비기도 하며, 지저분한 머리카락을 벅벅 문지르기도 한다. 센은 미스터 언빌리버블의 몰골 위로 겹쳐지는 교육담당 관리사의 낭랑한 목소리가 기이하게 들렸다.

"25년 전, 우주인을 모집하던 한국 정부는 G-테스트 중 실수를 저질렀습니다. 9G까지만 올라가야 할 기계가 129G까지 올라가버린 것입니다. 테스트를 받던 열 명 중 아홉 명은 목숨을 잃었습니다. 그 대신 우리는 바로 이 남자, 미스터 언빌리버블을 발견할 수 있었습니다."

아홉 명의 목숨과 맞바꿔서 '얻었다'고 말할 수 있는 사람. 이제 미스터 언빌리버블은 적어도 그 아홉 명보다는 중요한 사람이 되었다. 그가 고개를 갸웃거리고 머리를 긁으면서 멍청한 표정을 하고 기계에서 걸어 나오는 영상은 센에게 강렬한 기억으로 남았다. 좀 더 정확히는 지구인 모두에게 강렬한 인상을 남겼다. 산골짝에 살던 센만 이 영상을 그 당시에 접하지 못했을 뿐이었다. 화면 속에서 과학자 한 명이 손을 떨며 말했다.

"언빌리버블."

"바로 이 장면이,"

관리사의 말이 끝나기도 전에 몇몇 생산원이 훌쩍이는 소리가 들렸다. 센의 뒤쪽에서 누군가 낮은 목소리로 중얼거렸다.

"이 부분은 몇 번씩 봐도 볼 때마다 울게 돼."

교육담당 관리사는 엷게 미소를 띠고 말을 이어 나갔다.

"여러분이 감격하는 바로 이 장면, 모두 기억하고 계시겠지요. 이 장면은 전 세계에 전파를 타고 퍼져 나갔고, 그 이후로 김동균은 자신의 이름보다는 미스터 언빌리버블로 더 널리 알려지게 되었습니다."

화면 속에서 과학자들은 여러 기계에 계속해서 미스터 언빌리버블을 밀어 넣지만, 미스터 언빌리버블은 수중생물들조차 심장이 터져버릴 수압 속에서도 무사히 나오고, 모든 금속을 우그러뜨리는 기압 속에서도 무사히 나온다. 미스터 언빌리버블의 얼빠진 웃음 뒤로 신 나는 배경음악이 깔렸다. 그다음 장면은 미스터 언빌리버블의 신체를 철저하게 조사하는 장면이다. 이상한 블록버스터 영화였다. 미스터 언빌리버블의 근육이 특별히 발달한 게 아니라는 것, 관절이 기이한 게 아니라는 것, 뼈가 더 튼튼한 게 아니라는 것, 피부조직이 평범하다는 것들이 자막으로 아주 커다랗게 깔렸고, 몇 번씩 본 영상이지만 영상 앞에 앉은 생산원들은 때마다 감탄사를 토해냈다.

자막의 하이라이트는 여기였다.

[미스터 언빌리버블은 우주인이 되기 위해 태어난 남자였다.]

미스터 언빌리버블을 실은 로켓이 공중으로 솟아올랐다. 센은 똑같은 장면을 몇 번씩 보고도 지치지도 않고 또 눈물을 짜내는 생산원들이 처음에는 신기했지만, 이제는 지겨웠다. 센은 책상 위의 노란 책자를 들여다보았다.

[미스터 언빌리버블―김동균이 혈액 몇 통, 피부조직 몇 만 개, 털 몇 뭉치를 남겨놓고 지구를 떠나고 2년 후, 두 번째 방패 보유자―찰스 도지슨 등장]

미스터 언빌리버블보다 찰스 도지슨은 훨씬 똘망하고 예쁜 인상이다. 아직 스킨스쿠버 복을 다 벗지 못한 금발머리 소년이 한쪽 팔에는 울부짖는 어머니를 매단 채 입에 빵을 한가득 물고 우물거리면서 말을 꺼낸다.

"좀 추웠어요, 겨울처럼. 둘러보니까 온몸이 이끼로 덮인 거 같은 물고기도 있고, 다 눈도 좀 이상하게 생겼고. 솔직히 바다괴물 같기도 하던데. 그런데 데이곤이나 크라켄 같은 거 실제로 있는 건 아니잖아요."

다음 장면에서 소년은 종이 위에 그림을 그리고 있다. 초롱처럼 튀어나온 물고기들의 기괴한 눈이 무채색의 심해 가운데에 번뜩이는 그림이다. 물고기들의 표면은 아주 딱딱해 보인다. 일주일 동안 소년은 심해의 산소로 숨을 쉴 수 있었고, 심해 식물들을 먹을 수도 있었다. 소년을 수색하던 수색대들이 등장한다.

"초보가 50미터 이상 내려갈 리가 없어요. 저희는 근처 수심 200미터까지는 샅샅이 뒤졌거든요. 거기다가 장비가 초심자용이잖아요."

다음 페이지에는 DNA 그림이 하나 있었다. 눈으로 봐서는 그 차이를 도무지 알 수 없었지만, 교육 관리사는 차이가 나는 유전자를 그림으로 형상화한 것이라고 했다. 이것이 바로 방패 유전자였다.

"소년과 미스터 언빌리버블 사이에 공통적인 유전자의 돌연변이가 발견되었습니다. 모든 압력을 막아내는 이 유전자에 방패라는 이름이 붙었지요. 여기에 모인 여러분은 미스터 언빌리버블처럼 압력을 견딜 수 있지는 않을 거예요. 미스터 언빌리버블의 어머니도, 찰스 도지슨의 어머니도 그랬답니다. 하지만 과학자들은 바로 여러분에게 엄청난 힘이 있다는 걸 발견해냈죠. 여러분이 모두 알다시피, 여러분은 미세한 유전적 변이를 가지고 있습니다. 여러분의 유전적 변이가 바로 인류의 커다란 자산입니다."

센의 옆자리에서 진영이 관리사를 향해 환한 표정으로 연신 고개를 끄덕이고 있었다. 진영은 대표적인 방패 유전자 세대였다. 국가 보조금을 받으며 자랐고, 모든 사람에게 끊임없이 '인류의 커다란 자산'이라고 귀에 못이 박히도록 들으며 자랐다. 진영은 체육 시간에 제대로 뛰어본 적이 없었고, 언제나 공무원 두세 명이 진영을 보호하기 위해 붙어 있었다. 진영은 단지 어떤 유전자를 가지고 태어났다는 이유만으로 사랑받아왔다. 진영은 어릴 적에 동화를 읽으면서 생각했다. 마녀를 물리치는 것과 마녀를 물리칠 아이를 낳는 것은 엇비슷한 일이었다. 영웅을 낳고 나서, 영웅의 어머니는 역사에 기여한 대가를 충분히 받을 것이었다. 역사적 사명을 마친 이들이 마땅히 받아야만 할 충분한 보수. 건강한 영웅을 낳은 생산원들은, 그 대가로 풍족한 연금을 받으며 여생을 편안히 보내는 게 순리였다.

처음 이곳에 도착했을 때 진영은 센에게 가장 다정하게 대해준 사람이었다. 센은 진영 같은 사람을 이전에는 한 번도 본 적이 없었다. 어떤 슬픔이나 괴로움도 만난 적이 없는 웃음. 진영에게는 경계가 느껴지지 않았다. 부드럽게 살이 오른 하얀 손이 센의 손을 잡았을 때, 센은 거칠게 손을 잡아 뺐다. 진영은 잠깐 의아한 표정을 짓더니 아무렇지도 않게 다시 센의 손을 잡아끌었다. 지금 있었던 일이 아예 없었던 일처럼 조금도 위축되지 않고 진영은 센의 일상에 녹아들었다.

이곳의 잔디에는 벌레가 없고, 꽃들은 시들지 않는다. 원하는 것이 있을 때마다 딱 적정한 양을 얻을 수 있고 과하게도 덜하게도 되지 않는다. 거친 곳에서 살아온 센은 한참 후에야 이것이 실체가 아니라는 걸 이해할 수 있었다. 그것은 실체보다 몇만 배는 아름다운 환상이었다. 처음 이곳에 도착했을 때 센은 예법을 갖추기 위해 고생을 했다. 모두가 센에게 무릎을 굽혀 인사를 했고 하얀 치마폭이 사랑스럽게 나부꼈다. 그렇게 인사를 할 줄 모른다고 센을 재촉하는 사람은 없었지만 센은 열심히 표정과 몸짓과 목소리를 따라했다. 센은 열여덟 해 만에 착하게 웃는 법을 알게 되었다.

교육이 끝나고 방으로 돌아온 진영은 다시 울적한 표정을 지었다. 진영이 손가락을 뻗어서 버튼을 눌렀다.

"바나나 간 것 하나랑……."

진영은 센을 돌아보며 고개를 갸웃했고, 센은 고개를 끄덕이며 웃어 보였다.

"바나나 간 것 두 개 주세요."

금방 센과 진영의 자리에 주스로 만든 바나나가 올라왔다. 음료를 입에 대자 욕지기가 올라왔다. 센은 진영의 눈치를 보며 침을 꿀꺽 삼켰다. 시벨리우스의 〈핀란디아〉가 그녀들의 침묵을 메우는 동안, 그녀들은 아무 말 없이 천천히 음료를 마셨다. 먼저 침묵을 깬 건 진영이었다.

"센, 내가 이런 말을 하는 게 어떻게 들릴지 잘 모르겠어요."

센은 진영이 늘 짓던 상냥한 미소를 만면에 띠고 진영 쪽으로 몸을 돌렸다.

"내 어머니는 나를 임신하는 데 사 년이 걸렸다고 해요. 그리고 나는 다른 형제가 없어요. 센, 나는, 혹시 나는, 엄마를 닮은 게 아닐까요?"

센은 천천히 숨을 들이쉬었다. '히스테리아' 증상일 수도 있었다. 센은 진영을 말려야 하는 걸지, 달래야 하는 걸지, 감찰 쪽으로 보고해야 하는 걸지, 망설였다. 진영은 센을 가만히 들여다보더니 한숨을 쉬고 눈을 감았다.

"미안해요, 센. 나 때문에 마음이 혼란스러워졌겠어요. 명상해야겠어요."

센은 안도했다. 교정실에서 무슨 일이 일어나는 건지는 알 수 없었지만, 결코 진영의 이상 상태를 보고하고 싶지는 않았다. 센이 살던 동네의 여성들은 쉽게도 임신을 했는데, 어째서 진영의 어머니는 4년이나 임신을 하지 못한 걸까.

진영을 보다가 센 역시 명상을 시작했다. 여기에서 할 수 있는 일은 많지 않았다. 사람들은 지루했지만, 매우 편안하게 권태로웠다. 많은 경우, 생산원들은 사교 관계보다 명상에 더 집중하곤 했다. 오랫동안 임신을 하지 못한 생산원일수록 그랬다. 처음 명상을 하는 법을 가르쳐주었던 강사는 명상할 때는 잡생각을 떨치라고 말했다. 하지만 눈을 감으면 떠오르는 건 그저 생각들일 뿐이었다. 센은 도무지 이들이 말하는 집중이 무엇인지 이해할 수 없었기에 하는 수 없이 눈을 감고, 잡생각을 하곤 했다. 명상을 시작하자마자 진영의 어머니 대신 자신의 어머니가 떠올랐다.

아버지는 오랫동안 집에 돌아오지 않았고, 어머니는 몸이 약했다. 어머니는 특별히 가진 땅이 하나도 없었으나 오랫동안 밭에 서 있거나 앉아 있을 수 없었고, 다리에 힘이 없어 다른 아낙들처럼 나물을 캐러 다니는 것도 할 수 없었다. 센과 오빠는 어렸다. 오빠가 크게 앓던 어느 봄날, 오빠 앞에서 한참을 떠나지 못하고 서성이던 어머니는 벌떡 일어나서 휑하니 집을 나섰다. 센은 아버지가 아픈 어머니를 떠났듯이 어머니가 아픈 오빠를 떠났다고 생각했다. 센은 조용히 오빠 머리에 손을 얹었다. 오빠의 숨이 뜨거웠고, 센은 이대로 세상이 끝나지 않는다는 것을, 어떻게든 삶은 살아진다는 것을 절망적으로 깨달았다. 방문이 열렸고, 어머니는 의원을 집에 데리고 왔다. 의원은 오빠에게 약을 처방해주고 여러 가지 주의사항을 이야기한 후, 어머니와 함께 쪽방으로 들어가서 한참 동안 나오지 않았다.

센은 마루에 앉아서 푸르스름하게 변하는 땅을 지켜보았다. 햇볕은 따스했고 꽃망울이 맺히고 있었다. 튼튼한 팔로 바구니를 지고 아낙들이 산에서 내려오는 게 보였다. 센은 여기저기 흩어진 하얗고 작은 꽃에 손을 내밀었다. 그 꽃으로 달려들던 벌이 느닷없이 센을 쏘았고, 센은 비명이 터져 나오려는 입술을 앙다물었다. 이유는 알 수 없었지만, 결코 비명을 질러서는 안 될 것만 같았다.

그 대신 한참 후에 쪽방에서 나온 어머니가 퉁퉁 부은 센의 손을 보고 비명을 질러주었고, 의원은 웃옷을 입으며 껄껄 웃었다.

"계집아이가 아픈데 소리도 안 지르고 있었니."

의원의 거침없지만 따뜻한 손길에 센은 가만히 손을 내맡기고 눈을 감았다. 의원은 차갑게 적신 천으로 센의 손을 싸매어주고 가방에서 작은 약을 꺼내어 센에게 건넸다. 돌아가는 의원은 키가 커서 온몸이 휘청거리는 것처럼 보였다.

그다음부터 센의 어머니는 가끔 사람들을 쪽방에서 만났다. 어머니를 만나고 가는 사람들은 고기 몇 근을 두고 가기도 하고, 금으로 된 장신구들을 두고 가기도 했다. 오빠와 센은 이전보다 튼튼해졌지만 센은 삶이 다정한 얼굴로도 날카롭게 비수를 벼린다는 것을 기억하고 있었다.

무두질하는 아저씨가 돌아가고 나서 어머니는 부엌으로 들어갔다. 열무를 꺼내서 무치려던 어머니는 구역질을 시작했다. 센은 어머니의 등을 두드렸지만, 어머니는 아무것도 토하지 못했고, 구역질 끝에 눈물만 약간 맺혔다. 어머니는 나지막이 흐느끼며 쪽방으로 들어갔다. 센은 가만히 마루에 앉아서 어머니의 목소리를 기다렸다. 하늘을 덮고 있던 구름이 한쪽으로 다 흘러갔을 때쯤, 쪽방에서 가냘픈 목소리가 들렸다. 어머니는 의원을 불러오라고 부탁했고, 센은 벌떡 일어나 달릴 수 있는 가장 빠른 속도로 내달렸다.

공식 검진은 2개월에 한 번이었다. 자율적으로 테스트기를 사용할 수는 있었지만, 임신 사실을 이야기하지 않는다고 해서 특별히 불이익이 주어지지도 않았다. 검사를 통해 금방 알 수 있었고 무엇보다도 임신 사실을 함구하는 생산원이란 없었기 때문이

다. 너무 잦은 검사는 생산원들의 불안감을 가중시켜서 임신을
막을 가능성도 있었다. 공식적으로 생산원들을 불안하게 하는 요
소로 지목되는 것들은 많지 않았지만, 산후 우울증은 분명하게
그중 하나였다. 산후 우울증은 대표적인 '히스테리아'였다.

탄빙은 명백한 산후 우울증 증세를 보이고 있었다. 센은 탄빙
이 몇 번 흐느끼는 걸 보자마자 알아차렸는데 다른 생산원들 중
그 누구도 그녀가 우울해한다는 걸 알아차리지 못하는 것 같았
다. 이곳에서는 소문이 빨리 퍼지지 않았다. 처음에 센은 예의 바
른 숙녀들이기 때문에 남의 말을 잘 옮기지 않는 걸로 생각했지
만 한 달 넘게 시간이 지나서야 그 이유를 서서히 깨달아갔다.

모든 생산원들은 상대방의 이야기에 예의 바른 미소를 보여
주었지만, 제대로 타인의 이야기를 듣지 않았고 기억하지 않았
다. 그녀들이 생각하고 말하는 건 언제나 자신의 이야기일 뿐이
었다. 누군가가 '히스테리아'를 앓고 있을 때는 언제든 관리사에
게 보고할 수 있었지만, 대부분의 생산원들은 다른 생산원에게
별로 관심이 없었다. 관리사들은 생산원들의 어머니인 양 생산원
들을 대했다. 생산원들이 짜증을 부리면 달랬고, 웃어 보이면 귀
여워했다. 언제나 모두의 관심을 받고 살아왔으므로 자신 외에는
아무것에도 관심이 없는 생산원들에게 관심을 제공해주는 관리
사들은 없어서는 안 될 존재들이었다. 타인의 사소한 일들에 끊
임없이 관심을 보이는 일은 엄청난 스트레스를 낳았다. 그 스트
레스 때문에 관리사들은 6개월을 일하고 다음 6개월을 휴직하는
시스템으로 움직였다.

처음에 관리사들은 센에게 "대단하네요, 굉장하다, 멋져요" 같은 말들을 끊임없이 늘어놓다가, 센의 반응이 다른 생산원과는 다르다는 걸 알고 다른 생산원들에게 관심을 돌렸다. 관리사들은 떠받들어지며 자란 생산원들 틈에서 온종일 피로했다. 관심을 보여주길 특별히 원하지 않는 센 같은 생산원이 있다는 사실이 관리사들에게는 그나마 다행한 일이었다.

밥도 제대로 넘기지 못하는 탄빙을 보고 센은 괜찮냐고 말을 건넸다.

"어떻게 내가 괜찮을 거라고 생각해요? 괜찮은 게 뭐예요?"

탄빙은 온몸을 떨면서 센에게 계속해서 소리를 질렀다. 센은 탄빙의 손을 잡으려 했지만, 탄빙은 그 손을 거세게 뿌리쳤다. 탄빙은 곧 눈물을 흘리기 시작했다. 방금 뿌리쳤던 센의 손을 잡고서, 탄빙은 넋 나간 듯 중얼거렸다.

"미안해요, 나 때문이에요. 내가 잘못했어요."

관리사들이 달려왔고, 탄빙은 여전히 센의 손을 꼭 잡은 채 눈물을 떨궜다. 센의 손 위로 탄빙의 눈물이 한 방울 떨어졌다. 썩 기분 좋은 촉감은 아니었다.

"내가 잘못했어요. 낳은 아이들이 둘이라고 했는데, 다 어디로 갔는지 모르겠어요. 이게, 여기에서, 이렇게 나왔을 텐데, 얼굴도 못 봤어요. 내가 잘못한 거예요. 내가 나빠요. 애당초 그렇게 낳으면 안 되는 거였는데, 아, 이런 말을 하면 안 되겠죠. 미안해요."

탄빙은 이번엔 관리사들을 두리번거리면서 미안하다고 정신없이 사과하기 시작했다.

탄빙은 교정실로 갔다. 사흘 동안 교정실에서 생활할 거라고 했고, 사람들은 탄빙에게 건강해져서 돌아오라고 말했다. 사흘 뒤, 탄빙은 교정실에서 돌아왔고, 예전처럼 착하고 차분한 표정을 하고 있었다. 얼마 지나지 않아 진영의 모습이 사라졌다. 아무도 그녀가 교정실에 갔다는 사실을 알지 못했다. 진영의 행방을 누군가 묻자, 탄빙이 상냥한 미소를 지으며 말했다.

"제가 보고했어요, 진영이 술을 마시고 계시더군요."

생산원들의 눈썹이 八자 모양으로 내려앉았다. 어쩌면 그런 일이, 안타까워라, 애쓰셨어요, 얼른 건강해졌으면 좋겠다. 센은 명하니 탄빙을 바라보았다. 보고하지 않았지만 센 역시 진영이 '히스테리아'를 앓고 있다는 건 잘 알고 있었다. 진영은 매일 두려워했다. 자신의 가치가 사라지는 걸 자궁 속에서부터 느끼는 기분일 터였다.

히스테리아가 무서운 가장 큰 이유는 생산원들의 임신을 막기 때문이다. 임신이 안 된다는 공포감이 짙어지거나 산후 우울감이 심해지면 그녀들의 임신은 지연되기 마련이었다. 모두가 히스테리아를 두려워했고, 히스테리아를 치료할 수 있는 방법은 관리사들만이 알고 있었다. 교정실에서 돌아온 탄빙은, 예전처럼 웃고 다정하게 말을 걸었지만 어딘지 모르게 껍데기만 남은 것 같은 느낌이었다. 센은 배에 가만히 손을 얹어보았다. 착각일지도 모르지만, 어쩐지 따스한 온기가 느껴졌다. 낳는 걸 끝으로 다시는 만질 수 없을 온기라고 생각하자, 센은 도무지 이 아이를 낳고 싶지 않았다. 어떤 것도 낳고 싶지 않았다.

어머니는 하루쯤 시름시름 앓고 나면 하얀 얼굴을 들고 다시 부엌으로 들어갔다. 엄마의 얼굴에는 망설임이 없었다. 때때로 어머니는 의원에게 편지를 보냈다. 센은 글자를 익히고 나서 처음으로 편지를 뜯어보았다.

월경이 끊겼습니다

센이 그 편지의 글자들을 이해하는 건 그리 오랜 시간이 걸리지 않았다. 센의 오빠는 나이가 차고서 의원 밑으로 들어갔다. 해쑥한 엄마의 얼굴을 지켜보며, 센의 오빠는 하루가 다르게 쑥쑥 수염이 자랐다. 어느 순간 엄마는 더는 임신이 되지 않았고, 의원은 그럼에도 엄마를 종종 찾아왔다. 그런 날이면 엄마는 옥색 치마를 입고, 방 안에서 까르르 웃음을 터뜨리기도 했다.

센은 그 의원을 만나야 했다.

교정실에서 돌아온 진영은 센에게 예쁘게 웃어 보였지만, 하루 꼬박 입을 다물고 있었다. 늘 조잘거리던 진영이 어색했던 건 센뿐이었다. 돌아온 진영에게 반갑게 손을 흔들면서도, 아무도 그녀에게 말을 붙이지 않았다. 센이 식사 시간에 진영을 불렀을 때 그제야 진영은 센의 팔을 붙들고 입을 열었다.

"내가 아주 어릴 때부터 사람들은 날 괴물이라고 불렀어요. 아니면 신이라고 부르든가."

센은 진영의 팔을 맞잡았다. 진영의 몸은 얼음처럼 차가웠다.

"내가 신을 낳을 수 있다면 난 신이 되고야 말 거예요."

진영은 전보다 더 많은 관심을 받는 것처럼 보였다. 몇 명의 관리사가 진영의 식사를 챙겨주는 걸 보고서야 센은 탄빙을 돌아보았다. 탄빙 역시 몇 명의 관리사가 계속해서 그녀 주변에서 무언가를 시중들고 있었다. 진영은 화려한 은 식기를 우아하게 들고서, 아주 힘없는 미소를 지어 보였다. 그녀는 묵묵히 밥을 입으로 떠 넣었다. 밥을 씹어 삼키는 입술과 치아만이 그녀에게 남은 유일한 실제인 것처럼 밥을 먹었다. 센도 묵묵히 밥을 입으로 떠 넣었다.

방으로 돌아와서도 관리사들은 괜히 방에 남아서 진영의 머리카락을 만져주거나, 어깨를 주물러주었다. 진영은 힘없이 가만히 그들의 손길에 몸을 맡기고 있었다. 관리사들이 방을 나가려고 문을 열 때, 센은 진영의 손바닥 위에 글씨를 썼다. 가만히 손바닥을 내려다보던 진영의 눈이 하얗고 날카롭게 번뜩였다. 센은 고개를 흔들고 목소리를 낮췄다.

"지울 거예요."

진영은 아까보다 더욱 눈을 크게 떴다. 질투와 놀라움이 섞여 지나갔다. 아주 어릴 적 오빠와 함께 나갔던 시장에서 사탕이 맛이 없다며 집어던지던 아이를 볼 때, 오빠의 눈이 꼭 저런 빛깔이었다. 아마 그때 센의 눈도 마찬가지였을 것이다.

"제정신이에요?"

센은 고개를 끄덕였다.

"탄빙을 봐요."

입을 열자마자 센은 말을 잘못 골랐다는 사실을 깨달았지만 말을 멈추기엔 때가 늦어있었다. 진영은 서늘한 시선으로 천장을 올려다보았다.

"센은 탄빙이 불쌍해 보이나봐요. 센은 자신이 얼마나 행복한지 모르는군요."

"어릴 때, 아이를 지울 수 있던 의사가 있었어요. 그 의사를 찾아갈 거예요."

진영이 기가 막힌다는 듯 눈을 흡떴다.

"생산원인데, 생산원이, 아이를 낳지 않겠다구요?"

센은 손을 뻗어서 환경조절장치를 만졌다. 몇 번 버튼을 누르자 바닥까지도 찬란한 별빛에 휩싸였다. 센은 환한 어둠 속을 걸어 다녔다. 처음 이 방에 들어왔을 때 안내 책자에 "아이에게 미리 체험시키는 아름다운 우주공간"이라고 설명되어 있던 기능이었다. 센은 때때로 아이와는 아무런 상관 없이 센 자신만을 위해서 이 환경을 만들어두곤 했다. 그때까지만 해도 센이 어둠 속에서 황홀해하면 심리적 즐거움이 임신에 좋은 환경을 만들 거라고 진영은 즐거워했다.

"아이를 낳기 위해서 살고 있지는 않아요."

진영은 환경조절장치를 다시 돌렸다.

"센, 지금 당신이 정상이라고 생각하는 건 아니겠죠. 이건 히스테리아예요. 이 상태를 지속하다가는 유산할 거예요. 교정실은……."

진영이 뚝 말을 멈추었다. 교정실에 다녀온 사람들은 누구라도 평안한 표정이 되었다. 교정실은 적어도 마음을 평안하게 다스릴 만한 곳이라는 뜻이라고 모두들 추측했지만, 누구도 교정실에 대해서 자세히 말해주지는 않았다. 센은 교정실에 다녀온 사람들이 늘 무언가 중요한 걸 잃어버린 표정이 되어서 돌아온다고 생각했지만, 그것이 무엇인지 알 수 없었다. 진영 역시, 어딘가 넋이 나간 표정으로 돌아왔었다. 잠깐 말을 멈춘 순간, 진영의 눈에 히스테리아를 앓던 때의 힘 있는 얼굴이 돌아왔다가 다시 사라졌다.

센은 그곳에서 진영이 무슨 말을 듣고 무엇을 보았는지 차마 더 묻지 못했다. 다만 센은 혼자서 이곳을 빠져나갈 방법을 찾기 시작했다.

편안했던 가상공간은 막상 어디가 문인지 찾으려고 하자 아무것도 알 수가 없었다. 모든 문이 위치를 바꿨고, 모든 바닥이 움직였다. 모든 가상장치를 다 실험해보아도 그때마다 변화하는 공간들은 도무지 구멍을 보여주지 않았다. 센은 이 세계가 완전히 동떨어진 다른 세계는 아닐까 의심했고, 영원히 이곳에서 행복하게만 살아야 하는 게 아닌가 두려워졌다. 안정이 필요했다. 하지만 잔디밭으로 환경을 바꾸면서, 이 불안을 위로받을 수 있는 유일한 방법도 결국 환각이라는 사실에 토할 것만 같았다. 그때, 의자 뒤쪽으로 아주 가느다란 선이 보였다.

어디까지가 끝인지 모르게 펼쳐진 잔디밭 한 틈이 차가운 하얀색이었다. 센은 천천히 그 하얀 틈을 쓰다듬었다. 손끝에는 다른 잔디와 똑같은 풀의 감촉이 느껴졌다. 틀림없는 시스템 오류였다.

다음 날부터 셴은 조금씩 그 틈들을 찾아 나갔다. 관리사들은 한 명당 적어도 세 명 이상의 생산원이 부리는 투정을 감당하고 있었다. 투정을 부리지 않는 셴은 그녀들의 시선에서 깨끗이 자유로웠다. 한 번 틈을 찾기 시작하자 지금껏 보이지 않던 틈들이 한꺼번에 보이기 시작했다. 오히려 이렇게 많은 틈 속에서 어떻게 이 공간이 완벽하다고 생각하고 살아왔는지 신기할 지경이었다. 식당의 붉은 카펫 사이에도 하얀 틈이 있었고, 지금껏 소리조차 들리지 않았던 조정실 내부가 다 들여다보이는 틈도 있었다. 기계가 그 자체로 완벽할 수는 없었다. 조정실은 끊임없이 돌아가고 있었지만, 틈은 어김없이 새롭게 생겨났다.

셴은 점점 진영과 서먹해져갔다. 진영은 우울한 표정으로 셴이 뭘 하는지 지켜보기만 했다. 셴은 때때로 진영의 눈을 깊숙이 들여다보았다.

"내가 나가는 법을 알게 되면 진영에게도 말해줄게요."

진영은 더욱 어두운 표정으로 고개를 저을 뿐이었다.

다시 며칠이 걸려서 셴은 그녀가 걸어갈 수 있는 모든 장소에서 변하지 않는 진짜인 문을 딱 하나 찾아냈다. 어떤 틈도 생기지 않고, 다른 가상공간에 잠식되지도 않고, 꿈도 환상도 아닌 단단한 문. 그 문 자체가 거대한 틈인 단 하나의 문. 셴은 문을 쓰다듬어보았다. 셴의 손은 가상 잔디 위에서 부드럽다고 말했고, 가상 과수원에 맺히는 가상 과일이 매끈하다고 말했다. 가상 햇볕이 이 손을 따스하게 감싸왔다. 이 문에 대한 촉감을 믿을 수 있을지, 센은 알 수 없었다. 센은 조심스럽게 문고리를 돌렸다.

문이 열렸고, 눈이 시릴 정도로 강한 햇빛이 쏟아졌다. 이 건물 안에서 한 번도 만날 수 없던 햇빛이었다. 이렇게 강렬한 햇빛은 생산원의 정서에 영향을 미칠 게 자명했다. 센은 가슴이 뛰었다. 천천히 눈이 햇빛에 적응했을 때, 어렴풋이 그림자 세 개가 보였다. 관리사 두 명과 함께 그 자리에서 센을 기다리고 있던 것은, 진영이었다.

관리사들은 센의 몸을 검사했다. 또렷한 아이의 모습이 센의 눈앞에 떠올랐다. 관리사들은 서로 눈빛을 주고받았다.

"아이를 낳으면 어차피 유전자 검사를 하게 돼요,"

"밖에 나간다고 해서 아이를 지켜볼 수 있는 게 아니에요."

진영은 고발자의 권리로 검사대 위의 센을 지켜볼 수 있었다. 고발자는 아이를 지우겠다는 계획까지는 밀고하지 않은 모양이었다. 하지만 센은 교정실에 불려 가지 않았고, 그건 임신을 했기 때문이었다. 임신을 했을 때 갈 수 없다는 건, 유산의 위험이 있다는 말과 다르지 않았다. 센에게는 비밀스럽게 감시역할이 따라붙었다. 고발자인 진영이었다. 어차피 센과 진영은 원래 붙어 다니던 사이였기에 전혀 어색하지 않은 감찰관이었다.

그날은 센의 임신을 축하하는 파티가 열렸다. 센에게는 가슴선이 높은 엠파이어 라인의 새하얀 드레스가 배달되었다. 배가 불러와도 편안하게 입을 수 있도록, 영광스러운 임신을 한 여성들에게만 특별히 허용되는 드레스였다. 모두가 선망하는 드레스를 입고, 센은 연회장을 향했다. 진영이 센의 어깨에 손을 얹었고, 그 어깨가 무겁게 내려앉았다.

사람들은 하나같이 무릎을 굽히면서 센에게 축하한다고 말을 건넸다. 센도 두 번쯤 이 연회에 참석했었다. 여기저기 빛이 찬란하게 흩날렸다. 센을 위해 준비된 자리는 아주 따뜻하고 편안한 의자였다. 센은 교정실의 햇빛을 떠올리며 보드라운 의자 덮개를 만져보았다. 센은 도무지 자신의 감각을 믿을 수가 없었다. 달콤한 딸기 케이크도, 복숭아 향이 감도는 무알콜 칵테일도 믿을 수가 없었다. 센은 말없이 옆에 서 있던 진영의 손가락을 잡았다. 진영이 흠칫 놀라며 센을 굽어보았다. 진영이 밥을 꾸역꾸역 먹던 순간을 떠올리고 센은 가슴 한구석이 아려왔다. 사람들이 다가와서 축하한다고 말할 때마다 진영의 손을 잡은 손가락에 힘이 들어갔다. 적어도 이 손가락은 가짜가 아니었다.

사회자가 낭랑한 목소리로 말을 시작했다.

"여러분의 다정한 친구인 센이 새로운 축복을 안게 되었습니다. 지구의 과학기술발전에 하나의 역사로 남게 된 센에게 축하를 보냅시다."

연회장 전체가 날카로운 박수 소리로 울렸다. 박수 소리 가운데에 아주 얇게 흐느끼는 소리가 들렸다. 센은 모른 척, 입술이 떨리지 않도록 노력하면서 웃음 지었다. 간헐적으로 흐느끼는 소리는 반복되다가 잠잠해졌다. 흐느끼는 소리를 듣지 못한 사람은 없었겠지만, 아무도 그 소리에 대해 언급하지 않았다.

사람들의 웃음소리 속에서 센은 낮은 목소리로 입을 열었다.

"관리사들한테 전부 이르진 않았더군요."

진영은 천천히 고개를 끄덕였다.

"내 어머니는 나를 낳고 나서 수도 없이 아이를 지웠어요. 결국, 다시는 아이를 가질 수 없게 되었죠."

진영은 그저 눈을 조금 크게 떴다가 다시 무표정한 얼굴로 돌아왔다.

"만약 그러지 않았다면 어머니는 살아갈 수 없었을 거예요. 알다시피 난 당신처럼 미리 선택받은 사람도 아니었고, 우리 집은 엄마를 끊임없이 임신시켜야 할 만큼은 가난했거든요."

그 말을 마치고 나서 연회가 끝날 때까지 셴은 내내 사람들의 인사를 받고 웃어 보이느라 정신이 없었고, 진영은 그런 셴을 놓치지 않고 쫓아다녔다. 연회가 모두 끝나고, 주인공과 시녀는 지친 몸을 이끌고 복도를 걸었다. 먼저 분통을 터뜨린 건 시녀 쪽이었다.

"대체 뭐가 문제예요? 당신은 당신 어머니처럼 할 필요가 전혀 없잖아요. 그……."

진영은 차마 말을 꺼내지 못하고 한참을 머뭇거렸다.

"당신이 낳을 건 그냥 아이가 아니에요. 내가 학교에 다니면서 흔하게 만난, 운동장을 달려서 얼굴에 주근깨가 있고, 넘어져서 다리에 피를 흘리며 엄마를 찾고, 여자애들 치마를 들치거나, 울음을 터뜨리는 그런, 그런 아이들이 아니에요. 어떻게 지울 생각을 할 수가 있어요?"

셴은 치맛자락을 만지작거리며 계속 걸어 나갔다. 진영은 빠른 걸음으로 쫓아왔다.

"나는 그 아이를, 방패 유전자를 가진 완벽한 아이를 낳을 수 있다는 희망으로 지금껏 모든 걸 견뎌왔어요. 좋은 그릇이 될 수 있도록 할 수 있는 모든 걸 다했어요. 모든 사람이 내가 훌륭한 그릇이길 바랐고, 나는 노력했어요. 정말 열심히 했어요. 나는 운동도 잘하고, 변환기를 통하지 않고 할 줄 아는 언어도 세 개나 돼요. 당신은 어떻게 내 앞에서 그런 말을 할 수가 있어요? 아무것도 하지 않은 당신이 나보다 더 좋은 그릇…… 이라고."

센은 방문을 열고 해변을 만들었다. 센이 산 위에 올라가서 멀리 보이는 바다를 굽어다볼 때, 진영은 누군가의 기대를 충족시키기 위해서 몸부림을 치고 있었다. 센은 밤바다 위에 간단한 조작으로 노을을 다시 드리웠다. 공식적인 해는 이미 졌지만, 모두가 잠들었을 시간에도 언제든 햇빛을 다시 만들어낼 수 있었다.

"어느 게 진짜 해일까요."

진영과 센은 나란히 모래사장에 앉았다. 부드러운 모래가 발가락 사이로 들어왔다.

"난 진짜 모래도 많이 만져봤어요. 이것만큼 부드럽지 않을 때도 잦아요."

진영이 모래를 한 줌 쥐어 센에게 집어 던졌다. 시스템 오류인지, 센의 얼굴에 밀가루 같은 감촉이 느껴졌다. 센은 쓸쓸하게 웃었다.

"나는 좋은 그릇이 아니에요. 나는 얼굴에 모래를 맞으면, 이것보다 훨씬 아프다는 걸 아는 그냥, 사람이에요. 아마 우리가 낳을

지도 모를 사람들 역시 마찬가지일 거예요."

진영은 모래를 쥐어서 자신의 얼굴에 문질러보았다. 진영은 운동을 상당히 잘했지만, 다른 학생들이 뛰어노는 모래밭에서는 달려본 적이 없었다. 폭신한 바닥에서 폐활량을 재면서 달리고 있을 때, 진영의 어머니와 선생님은 관중석에서 진영에게 손을 흔들었다. 진영은 달리기를 하면서, 언젠가 태어날 건강한 아이를 떠올렸다. 센은 손을 뻗어 진영의 배를 만졌다. 진영이 훅, 숨을 들이켰다.

"거봐요, 당신도 그릇이 아니잖아요."

진영의 얼굴이 일그러졌다. 센은 손을 뻗어 조도를 높였다. 석양이 타올랐지만, 진짜 햇볕만큼 강렬하게 내리쬐진 않았다.

"교정실에서 봤던 햇빛을 기억해요? 그 햇빛 아래에 서 있다면 당신도 나도 지금보다는 더 아름다울 거예요."

진영은 센의 손을 뿌리치고, 앉아 있던 센을 밀어 넘어뜨렸다. 그녀의 평생 가장 거친 손놀림이었다. 진영은 센의 배에 얼굴을 묻고 마구 얼굴을 비비기 시작했다. 센은 진영의 머리카락을 천천히 쓸어내렸다. 진영은 뺨이 쓸려나갈 듯이 몇 번씩이고 센의 배에 얼굴을 비볐다. 온기가 온몸으로 퍼져 나갔다.

조정실의 틈은 자리를 조금 옮겨 있었다. 균열에 손을 내밀자 손은 쑥 빨려 들어갔다. 진영이 먼저 발을 내디뎠다. 커다란 레버를 잡고 그녀들은 잠깐 망설이다, 누가 먼저랄 거 없이 레버를 잡아당겼다. 둔탁한 소리와 함께, 건물 전체가 깜깜하게 내려앉았다. 곧 비명이 들리기 시작했다. 모든 벽이 사라졌고, 모든 방이 하나가 되었다.

날카로운 비명과 함께 무언가 넘어지고 무너지는 소리, 울음소리가 함께 들렸다. 눈은 어둠에 빠르게 적응했다. 하얀 방에는 진짜인 게 아무것도 남지 않았다. 자리에 주저앉아 통곡하는 사람들이 몇몇 눈에 띄었다. 예의 바르고 아름다운 여자들은 정신없이 서로 밀치며 뛰어다녔다. 화장실 벽조차 사라져 있었다. 아수라장을 가로질러 센과 진영은 단 하나 남은 문을 향해 달렸다. 아무도 문을 보고 있지 않았다.

문은 처음 봤을 때와는 매우 다른 생김새를 하고 있었다. 나무도 아니었고, 화려한 문양도 없는 철문이었다. 문을 열자, 다시 눈이 부셨다. 문 안쪽에서 진영이 황급히 문을 잠갔다. 창문을 열었다. 다행히 건물은 1층에 자리하고 있었다. 센은 창문으로 발을 들이밀었다. 발을 살짝 내밀자마자 햇빛과 모래가 센을 현실로 내동댕이쳤다. 건물은 사막 한가운데 있었다. 지평선 외에는 아무것도 보이지 않았고, 거센 바람이 불었다. 진짜 모래가 센의 다리를 갈기고 지나갔다.

어두운 건물 안에 햇빛이 스며든 건 아주 짧은 순간이었다. 하지만 캄캄한 어둠 속의 빛은 눈에 띄지 않을 수가 없다. 빛을 보고 달려온 관리사들이 교정실 문을 두드리기 시작했다. 센은 창문 밖에서 진영에게 손을 뻗었다. 철문에 달라붙어서, 진영은 센을 향해 손을 뻗었다. 센과 진영의 손가락이 스쳤다. 다시 시스템이 가동되기 시작했다. 철문이 다시 부드러운 나무문으로 바뀌었고, 진영의 발밑으로 붉은 카펫이 내려앉았다. 진영은 결국 눈물을 흘리다가 손을 떨궜다.

더 지체할 수가 없었다. 센은 진영을 향해 뻗고 있던 손을 거두었다. 문이 열리는 소리가 들렸지만 뒤돌아보지 않고 휘적휘적, 모래바람 사이로 걸어 나갔다. 하얀 드레스 여기저기에 모래가 섞여 들어갔다. 드레스 아랫단이 뜯어졌다. 센의 다리에 탈출의 흔적들이 새겨졌다. 얼마나 걸어왔는지, 벌써 도망쳐 나온 곳은 보이질 않았다. 사방이 모래바람이라 어디가 어딘지 알 수가 없었다.

센은 뜯어진 아랫단을 손으로 찢어냈다. 오랫동안 빛을 보지 못했던 팔이 쓰리기 시작했다. 센은 숨을 크게 들이쉬었다. 센의 고향은 산이 많은 곳이었다. 산길의 덤불들은 예전에도 센의 다리에 유년의 흔적을 새겨놓곤 했었다. 그 흔적은 진짜였다.

센이 이곳으로 떨어지기 직전에 만났던 오빠는 입술에 짙게 화장을 한 여자들을 찾아다니고 있었다. 오빠는 그 여자들의 몸속에서 어떤 세포들이 태어나기 전에 떼어내고 있다고 했다. 몇 번씩이고 다리를 벌리는 여자들도, 딸을 겁간한 아버지도 오빠 앞에서 고맙다고 눈물을 흘렸다고 했다. 그때 오빠는 엄마가 사랑했던 의원보다도 훨씬 커 보였다.

센은 집을 향해 걸어가기 시작했다.

2009년 말, 낙태한 여성들과 그걸 도운 의사들을 기소한다는 분위기가
온 사회에 팽배했을 때 보았던 뉴스를 기억하고 있다. 20대 초반의 산모는
끝내 낙태할 곳을 찾지 못했다. 내 상상 속에서 그녀는 수많은 감정과 시선
의 파도를 지나서 혼자 모텔 방문을 열고 들어간다. 타인들이 흥분으로 서로
를 끌어안던 화려한 침대 위에서 그녀는 다리를 벌리고 불덩이 같은 감각을
견디기 시작한다. 그녀의 이마에 흐른 땀을 닦아줄 이는 없다. "신의 천벌"이
라던 출산의 고통은 그녀 혼자 감내해야 할 몫이다. 죽음 같은 수고 끝에 아
이가 태어난다. 아이가 첫 울음을 터뜨릴세라, 그녀는 아이의 여린 살을 급하
게 부르쥐고 베개로 아이를 누른다. 작고 부드러운 몸은 열 달을 지나 출산의
순간까지 그녀가 참아내야 했던 고통과 불안의 시간들이 무색하리만치 쉽게
굳는다. 이제 그녀는 사체를 처리할 만한 감정의 여백이 남아 있지 않다. 그
녀는 상처받은 산도를 추스르지도 못하고 흐느끼면서 거리로 뛰쳐나간다. 반
쯤 정신이 나간 것 같은 그녀의 팔을, 아이를 베개로 누르던 그녀의 손짓보다
우악스럽게 경찰이 움켜쥔다. 그러나 그녀의 절망까지는 상상해낼 수 없다.

얼마 전 헌법재판소는 낙태 처벌에 합헌 판결을 내렸다. "낙태를 처벌하지 않거나 가벼운 제재를 가하면 낙태가 더욱 만연할 것"이라는 문장을 읽으면서 발정제와 시정마와 가만히 엉덩이를 들이대고 침묵하는 수많은 암말을 떠올렸다. 낙태를 하기 위해 산부인과 의자에 발목을 묶고 누워서 차가운 기구들이 몸으로 들어오는 감각을 그 누가 행복하게 느낄 수 있겠느냐마는, 누가 낙태하고 싶어서 춤을 추고 콧노래를 부르며 산부인과를 향해 걸어가겠느냐마는, 프로라이프가 연일 뉴스를 타던 2010년, 중국으로 원정 낙태를 간다는 이야기들이 떠돌던 그 시간들에 중국으로 갈 돈이 없어 배를 부여잡고 웅크렸을 마음들을, 사막 한가운데에 떨어진 물고기의 비늘 같은 눈물을 생각했다.

낙태 처벌을 합헌이라고 판결했을 때, 경구피임약을 전문의약품으로 전환하겠다고 공표했을 때 그들은 무언가를 잊고 있었다. 경구피임약을 사재기하러 온 겁먹은 눈동자들 앞에서도 그들은 그것을 기억하지 못하는 것 같았다. 그들이 우리를 애 낳는 기계쯤으로 취급할지라도 우리는 우리의 자궁이 누구 것인지 알고 있다. 월경 때가 가까워올 때 자궁이 우리를 부르는 소리와 냄새를 우리는 알고 있다. 그들도 곧 기억해내게 될 것이다. 끝끝내 모르는 척한다면 끝끝내 알려줄 것이다.

로 보 를 위 하 여

로 보 를 위 하 여

근지러웠다.

겨드랑이부터 스멀스멀 근질거리더니 삽시간에 허리를 타고 발끝까지 근질거리기 시작했다. 겨드랑이에 손을 갖다 댔다가 다칠까봐 손을 내렸다. 어느새 앞발톱이 단단하게 솟아오르고 있었다. 나는 천천히 거울 앞으로 걸어갔다. 가슴이 뽀얗게 융기하고 있었다. 어깨에도 엉덩이에도 수북하게, 눈송이처럼 올라오던 털들은 드디어 얼굴에까지 빼곡하게 올라왔다.

전신이 새하얀 털로 뒤덮이기까지는 십 초 정도 걸린다. 거울 속의 나는 키가 훌쩍 자라 있고, 엉거주춤하게 서 있고, 여기저기에 이상한 뼈들이 툭툭 불거져 나와 있다. 입을 벌렸다. 털 다음으로 격렬한 변화를 보이는 곳은 입이었다. 작은 입안에는 다 담지도 못할 만큼 커진 치아들이 뾰족하게 반짝거렸다. 손가락을 들어 치아들을 만져보았다. 심지어 튀어나온 엄니는 손가락만큼 거대했다. 일그러진 얼굴과 튀어나온 무릎뼈도 쓰다듬어보았다. 다리는 약간 구부러져서 염소를 연상시키는 모양이 되어 있다.

곧바로 증상이 나타나기 시작했다. 나는 커다랗게 변한 혀로 엄니를 한 번 쓸어 넘기고서는 튼튼한 다리로 거실을 향해 달려나갔다. 텔레비전 옆에 주저앉아서 거침없이 전화기를 들었고 역시 거침없이 치킨집 전화번호를 눌렀다.

"후라이드 한 마리, 양념 한 마리 주세요. 콜라 필요 없어요."

처음에는 후라이드 반 양념 반이 아니냐고 몇 번씩 다시 물어보더니, 이젠 주소도 물어보지 않는다. 나는 다시 방으로 들어갔다. 변신하기 직전에 찢어질까봐 급하게 벗어놓은 교복이 여기저기 흩어져 있었다. 까먹고 잠들었다가 옷이 갈가리 찢어진 채 발견된 게 하루 이틀은 아니지만, 교복이 그렇게 찢어졌다가는 다음 날 상당히 난감해진다. 밤에만 입는 헐거운 트레이닝복을 꺼냈다. 안쪽 여기저기 하얀 털이 붙어 있고, 소매는 여기저기 터져 있다. 옷을 다 입고 나서야 겨우 안도했다.

베란다에 나가 하늘을 쳐다봤다. 오늘따라 달빛이 눈이 부시게 환했다. 난간을 붙잡다가, 달빛보다 더 하얗게 빛나는 손등을 보고 얼른 손을 뗐다. 이 눈부신 빛깔이 털이 아니라 살갗이라면 얼마나 좋았을까.

엄마가 처음 아빠를 만난 날에도 달빛은 그렇게 환했다고 했다. 환한 달빛이 엄마 목에 겨누어진 칼날에 반사되었고, 엄마는 후들거리는 다리로 야산으로 끌려가고 있었다. 지갑이고 가방이고 가진 건 다 주겠다고 애원했는데도, 남자는 엄마 뒤에 서서 거친 욕설을 퍼부으며 올라가기를 재촉했다. 엄마는 늦은 시간에 주택가도 아닌 길로 걸어가려고 생각했던 자신을 원망했다. 남자가 엄마를 끌고 올라간 야산의 공터에는 다른 남자가 둘이나 더 앉아 있었다. 그때, 산을 흔드는 듯한 울음소리가 들려왔다.

붉은빛을 띠는 털이 달빛에 흔들렸고, 눈이 번뜩였다. 엄마는 늑대의 빛나는 눈동자 앞에서 돌처럼 굳어버렸다. 엄마에게 칼을 들이대고 있던 남자는 늑대 앞에서 맥도 못 추고 오줌을 지렸겠지만, 그런 건 이미 엄마에게 중요하지 않았다. 산 전체가 달빛과 함께 허공으로 떠올랐다. 늑대는 가볍게 한 남자에게 달려들었고, 남자들은 고꾸라지며 발을 헛디디며 혼비백산 산에서 내려갔다. 늑대는 엄마에게 돌아와서, 가볍게 엄마의 뺨을 핥았다. 엄마는 늑대의 불타오르는 눈동자 속으로 뛰어들었다. 해가 뜨고 마법처럼 늑대는 인간의 모습으로 돌아왔다. 엄마는 뜨는 해를 바라보며 가만히 늑대의 붉은, 아니 검은 머리털을 쓰다듬었다.

어릴 적에 아빠는 동전을 이용해서 변신하는 방법을 알려주었다. 어릴 적에는 목욕하다가 문득 장난이 치고 싶어지면 둥글게 반짝이는 물건들을 뚫어지게 바라보았다. 반짝이는 빛깔이 내 눈동자를 지나서 몸속 어딘가에 숨어 있는 달의 여신에게 닿으면, 눈부시게 새하얀 털들이 온몸에서 솟구쳐 올랐다. 하지만 아빠도 나도, 그때 엄마가 봤다는 것처럼 정말 주둥이가 튀어나오고 네 발로 기어 다니는 진짜 늑대가 되지는 않았다. 어릴 적, 나는 진짜 늑대가 되어보고 싶었다.

"진짜 늑대로 변하려면 사랑을 해야 해."

진짜 늑대가 되는 순간은 인간이었을 때의 기억을 잊고, 달의 목소리가 들린다고 했다. 이 세계 너머에 있는 세계들을 들여다볼 수 있다고 했다. 물론 인간으로 다시 깨어났을 때는 늑대였을 때의 기억을 까맣게 잊어버리지만, 늑대를 타고 달리는 엄마를 상상하면 아빠는, 아빠의 튼튼한 다리가 다 기억하는 거 같은 기분이 든다고 했다.

아빠는 진짜 늑대로 죽었다. 엄마와 나는 떨고 있었고, 코앞까지 불이 다가왔다. 불보다 더 뜨거운 눈동자로, 붉은 늑대 한 마리가 뛰어들었다. 물에 흠뻑 젖은 털은 몇 걸음씩, 계속해서 길을 냈다. 엄마와 내가 집을 빠져나왔을 때, 붉은 늑대는 까맣게 그을린 털로, 가만히 내 뺨을 핥고는 엄마의 발등에 기대어서 숨을 거두었다. 진짜 늑대는 다시 사람으로 돌아오지 못했다. 엄마는 아빠를 동물병원에 안고 가서 화장했다. 아빠의 뼛가루도 우리에게 돌아오지 않았다.

다시 말하자면, 아빠는 아주 멋진 수컷 늑대였다. 그리고 덕분에 날 암컷 늑대로 낳아놓고 떠났다. 손등에 돋은 털을 쓰다듬어보았다. 털은 부드럽게 움직인다. 멋진 수컷 늑대는 엄마를 한눈에 반하게 할 수 있었지만, 아무리 생각해도 인간 암컷이 털북숭이라는 건 크게 문제가 있다. 그나마 "진짜 늑대"가 되지 않는 게 다행이었다. 엄마는 늘 엄마를 구하기 위해 달려들었던 붉은 늑대가 얼마나 아름다웠는지 말하면서, 늑대인간이 인간보다 훨씬 진화된 종이라고 말하곤 한다. 진화고 뭐고 나는 앤을 구하는 킹

콩보다는 앤이 되고 싶다. 그리고 1930년대부터 2005년까지 모든 킹콩 중, 그 어떤 앤도 털북숭이인 적은 없었다. 물론 밤마다 치킨을 먹어 치운 적도 없었지.

닭 냄새가 코를 찔렀다. 반경 50미터 안에 들어온 게 틀림없었다. 나는 떨리는 다리로 소파에서 뛰어내렸다. 닭이었다. 닭이 오고 있었다. 텔레비전 아래의 서랍장을 당기다 한쪽 손잡이를 또 부서뜨렸다. 이따 엄마가 오면 혼나겠지만, 일단은 그게 중요한 게 아니다. 길어진 귀에 마스크를 걸고, 모자를 눌러썼다. 닭이 가까워졌고, 닭들이 바닥에서 불쑥불쑥 튀어나오기 시작했다. 냄새, 닭 냄새가 온 거실에 진동했다. 나는 현관에 앉아 눈을 감았다. 이 정도로 냄새가 짙어졌다면, 아마도 5층, 8층, 10층, 12층, 다리에 힘을 주고 벌떡 일어났다. 닭이었다.

벨이 울렸다. 나는 숨을 크게 들이쉬고 문을 살짝 열었다. 모자를 쓰고 마스크를 썼다고 해도 털투성이 얼굴을 남에게 공개하고 싶지는 않았다. 하지만 배달 소년은 거침없이 바깥쪽에서 문을 잡아당겼다. 나는 당황해서 문을 도로 당기려고 했지만, 문은 활짝 열렸다.

"후라이드 치킨 한 마리, 양념치킨 한 마리 왔습니다."

문이 열렸다는 사실을 까맣게 잊어버릴 정도로 고소한 냄새를 풍기는 닭이 눈앞에 두 마리나 나타났다. 닭을 잡으려는데, 닭 뒤로 어렴풋이 무언가 빛이 보였다. 나는 천천히 고개를 들었다. 빛은 닭을 들고 있는 손, 팔, 어깨, 목을 타고, 내려오고 있었다. 배달 온 남자애와 눈이 마주쳤다. 둥글고 커다란 눈동자가 달빛처럼 환하게 일렁거렸다. 그는 영수증을 꺼내려다 아이팟을 떨어뜨렸다. 얼떨결에 닭을 건네받았다. 이어폰이 빠진 아이팟에서 소리가 흘러나왔다.

팀파니 소리가, 쾅쾅쾅쾅쾅, 트럼펫이 울렸다. 그리고 트롬본과 트럼펫이 함께, 하모니를 연주하기 시작했다. 리하르트 슈트라우스였다. 「차라투스트라」……. 그는 아이팟을 주워서 주머니에 넣고는 입을 열었다.

"3만 원입니다."

만 원권 세 장을 내밀면서, 나는 잠깐 비틀거렸다. 닭 냄새도 나지 않았다. 중력의 법칙이 어긋난 건지, 시신경의 원근감이 어긋난 건지, 후각에 문제가 생긴 건지 이해할 수 없었다. 현관문이 닫히고 나서도 한참 동안 머릿속에서 차라투스트라가 끽끽대는 원숭이들과 함께 말을 걸어왔다.

남자애가 탄 엘리베이터 문이 닫힐 때까지 나는 차마 문을 닫지도 못하고 가만히 서 있었다. 문이 닫히고 나서, 그가 떠난 복도에 시선을 돌렸다. 아이팟이 떨어지면서 같이 떨어진 걸로 보이는 작은 플라스틱 조각, 명찰이었다. 그의 이름은 김정우, 초록색 명찰 위에는 이름보다 더 작은 글씨로 기계과라는 글씨가 새겨져 있었다. 근처에 기계과가 있는 공고는 딱 하나뿐이었다. 닭 냄새가 물큰하게 코에 스며들었다. 김정우, 날카로운 송곳니가 닭을 찢었고, 김정우, 나는 정말 오랜만에 눈물이 날 만큼 아빠가 보고 싶었다. 아빠, 나는 오늘 약간 진화한 것 같습니다.

5교시가 끝나자마자 나는 고개를 툭 떨어뜨리고 교무실로 내려갔다. 담임은 교재를 펴놓고 열중해서 읽고 있었다.

"선생님, 저…… 자꾸 잠이 와서요."

담임은 펜을 책상에 소리 나게 내려놓았다.

"그럼 집에 가야지, 얼른."

옆자리에 앉아 있던 과학 선생님이 고개를 갸웃거렸다.

"이랑이, 아파요?"

"잠이 온대요."

과학 선생님의 얼굴도 삽시간에 어두워졌다.

변신을 해서 야자를 할 수 없다고는 차마 말할 수 없었다. 그렇다고 미술이나 음악에 재능이 있는가 하면, 그것도 아니었다. 엄마는 무슨 수를 썼는지 병원에서 소견서를 작성해왔다. 내 병명은 기면증이었다. 나는 그렇게 오후 5시가 지나면 종종 픽 쓰러져서 잠들어버리는 기괴한 병을 앓는 사람이 되었다. 나는 타인들에게 내 병을 들키는 걸 매우 부끄러워해서, 사람들 앞에서 기면이 찾아올 때면 발작성 우울증 증세도 보인다고 한다. 대체 그 '발작성 우울증'이 무슨 병인지, 실제로 있기는 한 병인지, 나도 잘 모르겠지만.

가방을 챙겨서 교실을 나왔다. 몇몇 아이들이 어디 아프냐고 물어왔을 때, 나는 힘없이 빙그레 웃으며 고개를 끄덕였다. 공고까지는 걸어서 십오 분이면 갈 수 있는 거리였다. 학교 언덕을 달려 내려가는 대신 힘없이 걷기 위해 매우 노력해야만 했다. 학교에서 보이지 않을 곳까지 걸어가서 나는 마구 달리기 시작했다. 명찰을 돌려주면서 말을 붙일 수는 있을 것이었다. 그래서 명찰을 받으면 그다음에는 뭐라고 해야 할까. 닭을 주문하다가 널 만났다고는 말할 자신이 없었다. 그때 분명히 나는 그의 눈을 보았다. 그도 틀림없이 내 털투성이 팔을 보았을 것이다.

공고 옆 담벼락에 가만히 붙어 서서, 온갖 생각들에 가쁘게 숨을 쉬며 한 시간이 지났다. 하나 둘씩 공고 학생들이 하교하기 시작했다. 남자애들은 서로에게 발길질하기도 하고, 생전 처음 듣는 욕설을 소리 높여 외치기도 하면서 와자지껄하게 쏟아져 나왔다. 그때 그를 발견했다.

그는 친구를 향해 뭐라고 낄낄대면서 하얀색 오토바이 위에 몸을 숙여 엎드렸다. 그리고 힐끗 이쪽을 바라보았다. 나는 그쪽으로 걸음을 내디디려고 했지만, 어처구니없게 다리의 힘이 풀려서 휘청거렸다. 오른쪽 다리에 손을 짚었다. 둥근 물체를 본 건 아무것도 없었는데 가슴속에서 달의 눈꺼풀이 뜨일락 말락, 깜빡이기 시작했다. 눈을 감고 다리를 안정시키기 위해 노력했다. 어쩌면 그가 먼저 날 볼지도 몰랐다. 오토바이 위에 앉아서 그는 시동을 걸다가, 이쪽을 돌아보고, 왜 공고 앞에 인문계 여학생이 서서 눈을 감고 머뭇거리는지 의아하게 생각할 것이다. 어쩌면 내가 그랬듯이 지금 이 순간 그의 귓전에 슈트라우스가 울릴지도 모를 일이다. 그가 한 걸음 한 걸음 내게로 다가오는 장면을 떠올리는데, 튜닝한 머플러 소리가 요란하게 들렸다. 나는 살그머니 눈을 떴다. 그가 탄 오토바이가 기괴한 배기음을 내면서 멀어져가고 있었다. 다리에 힘이 탁 풀렸다.

집으로 가는 버스를 탔다. 집까지 십 분 거리인 버스는 하필이면 오늘따라 심하게 막혔고, 이럴 줄 알았으면 차라리 걸어갈 걸 그랬다고 생각했다. 이십 분이 지나서야 길이 열렸다. 얼마 가지 않아 찌그러진 철가방과 아스팔트에 흩뿌려진 탕수육 소스가 보였다. 버스는 이제야 시원하게 그 옆을 지나쳐 갔다. 나는 창문을 열었다. 바람이 얼굴로 거세게 불어왔고, 여전히 마음이 갑갑했다. 주머니에서 명찰을 꺼내 보았다. 김정우, 명찰이 없어서 오늘 선생님한테 혼나지는 않았을까. 어쩌면 여분의 명찰이 많아서 이런 건 필요 없을지도 모르는데. 닭을 시키면 그가 올까…… 생각하다가, 귓불이 후끈해져서 거세게 고개를 흔들었다.

집에 들어서자마자 옷을 벗었다. 교복 치마를 벗고, 블라우스를 벗고, 속옷들도 다 벗고 나서 나는 태어난 모습 그대로 책꽂이에 다가섰다. 시튼 동물기는 매우 아껴서 보았는데도 책등이 이제 나달나달하다. 책을 들고 침대에 엎드려서 「늑대왕 로보」를 폈다.

블랑카는 발이 몹시 빨라서, 22킬로그램이나 되는 암소 머리를 끌고 가면서도 내 동료와의 거리를 금세 벌려놓았다. 하지만 우리는 바위 지대에서 블랑카를 따라잡았다. ……블랑카는 내가 본 중 가장 아름다운 늑대였다. 털은 흠잡을 데 없이 고왔고 털빛은 거의 흰색에 가까웠다.

고개를 돌리자 화장대 옆의 거울이 눈에 들어왔다. 흠잡을 데없이 고운 털이 돋아나기 전에도 나는 여전히 하얗다. 이 책을 읽고 있는 동안 아마 그 하얀 털들이 빽빽하게 돋아나겠지만. 아빠가 이 책을 읽어줄 때면, 나는 내 하얀 털이 블랑카의 털과 같기를 기대했었다. 아름다운 블랑카는 날쌔고 강하지만, 로보보다는 약해서 결국 로보의 발목을 붙잡는다. 인간뿐 아니라 모든 암컷은 사실 결정적으로 연약한 순간에 가장 아름다운 것이었다. 나는 나보다 훨씬 강한 그 로보와 사랑에 빠지게 될 거라고 확신하고 있었다. 문득, 이상한 느낌에 혀로 송곳니를 쓸어내렸다. 어느새 커다랗고 날카로운 송곳니가 단단하게 잇몸을 떠받치고 있었다. 닭이 그리운 건지, 로보가 그리운 건지 헷갈리기 시작했다.

여느 때처럼 닭을 시키고 이번에는 미리 3만 원을 꺼내 손에 쥐었다. 닭 냄새는 아파트 단지에 들어설 때부터 어렴풋이 맡을 수 있었다. 닭이든 토끼든 인간이든, 맛있는 냄새가 가까워질수록 발끝부터 소름이 돋는 건, 모든 늑대의 본능이다. 어릴 때는 이빨을 드러내고 닭 봉지에 매달려서 배달원을 상처 입힌 적도 있었다. 엄마는 몇 번씩 고개를 숙여 가며 배달원에게 사과했고, 배달원은 할퀸 자국을 쓰다듬으며 연신 "장애가 있는 애를 키우시려면 얼마나 힘드시겠느냐"는 말만 반복했다. 나는 닭 앞에서 차분할 자신이 없었다. 그가 올지조차 알 수 없었지만 어쨌든 나는 그에게 이빨을 드러내고 싶지도 않았고, 침을 흘리는 모습을 보여주기는 더욱 싫었다. 어쩌면 사람을 좋아한다는 거 자체가 문제일지도 몰랐다. 나는 강하고 날쌘 로보를 만나야 했다. 닭 냄새로 그가 엘리베이터에 올라탔다는 걸 알았을 때, 나는 3만 원을 현관문에 내려놓고 집 문을 살짝 열어두었다. 명찰을 3만 원 옆에 내려놓을 생각이었는데, 막상 명찰을 꺼내서 내려놓으려니 손이 떨렸다. 나는 다시 명찰을 주머니 속에 집어넣었다.

엘리베이터 문이 열리자 닭 냄새와 함께 그의 냄새도 났다. 분명히 그였다. 웬만해서는 닭 냄새에 다른 냄새는 제대로 맡지도 못할 텐데, 그렇다고 해서 그의 향취가 유독 강한 편인 것도 아니었는데. 나는 숨을 크게 들이쉬었다. 그의 목소리가 들렸다.

"거기서 일하지 말랬는데. 어? 거기서 일하지 말랬다고. 지금 일하는 데가 좋은 건 아니지. 근데 그 짱깨는 좆만 한 가게에서 거기가 도미노 피잔 줄 안다고. 어디든 삼십 분 만에 배달하래. 개새끼가. 그 자식은 존나 열심히 하잖아. 삼십 분 만에 배달하라고 하면 씹창 날 줄 알았다고. 말을 하면 들어 처먹어야지, 새끼가 귀에 좆을 박았나."

내일 얘기하자, 나 지금 일해야 돼, 라고 내뱉고 그는 전화를 끊은 듯했다. 그는 저번처럼 또 문을 훅 잡아당겼고, 나는 현관 옆에 몸을 숨겼다.

"거기 돈 놔뒀으니까 가져가세요. 닭은 현관에 두고……."

그가 닭을 내려놓는 동안, 나는 현관문의 거울을 훔쳐보았다. 거울에 비친 그의 눈에서 가느다란 눈물이 떨어졌다. 눈물이 닭 봉지 위에 떨어질 때까지, 심장이 세 번 정도 뛰었다. 나는 그가 엘리베이터를 타고 내려갈 때까지 등을 돌리고 앉아 있었다. 심장이 백팔십 번, 삼백육십 번, 끊임없이 뛰었다. 심장이 뛰는 속도와 관계없이 닭 냄새가 집 안에 퍼지기 시작했다. 나는 닭을 물어뜯으면서 계속해서 심장박동을 세었다. 가슴 아래가 묵직하게 아팠다. 나는 멍하니 꼬리를 움직이다가 벌떡 일어났다. 꼬리라니. 나는 손을 뻗어서 꼬리를 쓰다듬었다. 가느다랗지만, 분명히 꼬리가 자라나 있었다.

해가 뜨자, 꼬리는 흔적도 없이 사라졌다. 평생을 꼬리가 없었는데도 꼬리가 달리자마자 나는 아무렇지 않게 꼬리로 감정표현을 했다. 꼬리가 다시 자라지 않을까 화장실에서 유심히 엉덩이를 지켜보기도 하고 전등을 바라보면서 변신 시도도 해봤지만, 꼬리는 전혀 나타날 생각을 하지 않았다. 어느새 지각이었다.

등굣길에 이상한 운구 행렬과 맞닥뜨렸다. 차가 들어올 수 없는 좁은 길을 관 하나가 지나가고 있었고, 관 앞에서 사진을 들고 있는 건 허리가 약간 굽은 할아버지였다. 관 뒤를 똑같이 바지통이 좁은 공고생들이 훌쩍거리며 따라가고 있었다. 앞쪽에서 관을 들고 있는 달처럼 하얀 얼굴에 눈이 꽂혔다. 나는 주머니 안에 손을 넣어서 명찰을 꼭 쥐었다.

나는 김정우의 뒷모습을 지켜보다가, 학교를 향해 걸음을 다시 옮겼다. 다섯 걸음을 걷는 시간이 백 년 같았다. 귓속에 날카롭게 그의 목소리가 내리꽂혔다.

"이 새끼예요, 이 새끼가 권이 죽인 거라고. 내가 일할 때도 맨날 빨리 갖다주라고, 지랄했던 새끼라고."

고개를 돌리자, 그는 관을 바닥에 내려놓고서 거칠게 소리치고 있었다. 그의 앞에 그에게 가려서 잘 보이지 않는 옹송그린 어깨가 있었다. 고개를 조금 기울였다. 후줄근한 회색 티셔츠가 남자를 더 작아 보이게 했다. 남자는 연신 땀과 눈물을 함께 닦아내며 불쌍한 표정으로 김정우를 올려다보고 있었다.

"형이 여긴 왜 와? 꺼져."

거칠게 그가 양손으로 남자를 밀치자, 남자는 비틀거리며 뒷걸음질을 쳤다. 남자는 바닥을 내려다보다가 주춤거리며 고개를 들었고 매우 천천히 입을 열었다.

"권이가 일하는 동안 계속 같이 살았어. 집을 나와서, 어떻게 좀 해달라기에……. 권이가……."

남자는 말을 잇지 못하고 흐느끼기 시작했다. 이번에는 사진을 들고 있던 노인이 바닥에 주저앉아 울음을 터뜨렸다.

"내 죄요, 내가 죽인 거요. 그때 나가버리라고만 안 했으면, 그리 되지는 않았을 텐데."

그는 노인의 눈물과는 상관없이 계속 남자를 떠밀었다. 남자는 그에게 어깨를 흔들리면서도 관 앞을 떠나지 않으려고 했다. 갑자기 주머니에서 휴대폰이 울려서, 휴대폰을 꺼내다가 명찰이 바닥에 떨어졌다. 나는 허겁지겁 명찰을 줍고 휴대폰을 들여다보았다. 대체 어디냐며, 이러다 1교시 시작하겠으니 얼른 오라는 짝의 문자였다. 나는 신발 끈을 다시 묶고 줄을 맞춰 선 공고생들을 지나쳐 달렸다. 동네 어딘가의 오토바이 위에서 한 번쯤은 모두 만난 적이 있음 직한 표정들이 휙휙 스쳐 지나갔다.

겨우 1교시 시작 전에 자리에 앉았다. 짝이 등을 후려쳤고, 나는 손을 들어 웃어 보이고서 엄마에게 문자를 보냈다.

―엄마, 오늘 몇 시에 와?

―밤에

―조금 일찍 오면 안 돼? 그리고 오는 길에 생닭 하나 사오면 안 돼?

―오늘 바빠. 시켜 먹지 뭘 생닭?

짧은 문장을 들여다보고 있자니 엄마에게 미안해졌다. 늑대로 변신하는 것만으로도 이미 충분히 귀찮은 딸년이 이젠 닭까지 사오라고 하다니. 야생성이 넘쳐흘러서 생닭 아니면 못 먹는 종류의 늑대인간도 아닌 주제에. 그의 하얀 얼굴이 떠올랐다가, 그 작고 예쁜 머리통이 깨져서 도로 위에 그의 뇌수가 흩어지는 장면이 떠올랐다. 나는 수업 시간 내내 불안하게 다리를 떨어댔다.

그날 밤에는 전화를 받은 가게 주인에게 몇 번씩 부탁했다. 천천히 와도 돼요, 천천히 오라고 해주세요. 아뇨, 도착해야 하는 시간이 있는 건 아니고 급하게 오실 필요가 없다고요. 네, 네, 괜찮아요. 닭 다 식어도 되니까, 천천히, 천천히 오라고 해주세요. 가게 주인은 의아한 목소리로 아무튼 알겠다고 대답했다. 실제로 한 건 아무것도 없는데도, 괜히 마음이 놓였다. 나는 소파에 누워서 빙그레 웃었다.

얼마나 시간이 지났을까, 보드라운 감촉에 놀라서 앞발을 내려다보았다. 멍하니 소파를 긁고 있었던 모양이었다. 가죽 소파가 완전히 찢어져서 속을 드러내고 있었다. 또 엄마한테 혼날 일만 남았다. 우울해져서 뾰족한 발톱을 있는 힘껏 쥐었다. 밤의 나는 아주 힘이 세지만, 내 발톱은 그 힘을 견뎌낼 정도로는 강한 모양인지, 미세하게 금이 가는 것 정도가 한계인 것 같았다. 집 안은 온통 상처투성이다. 부러진 손잡이도 한두 개가 아니며, 장식장은 한쪽이 아예 우그러져 있다. 어쩌면 배달을 하다가 그가 혹시라도 위험에 처한다면 그를 향해 돌진하는 중형차 정도는 한 손으로 번쩍 들어서 날려버릴 수 있을지도 모른다. 그날따라 헬멧을 가지고 오지 않은 그가 급하게 차들 사이를 가로지르며 커브를 돌았을 때, 맹렬한 속도로 달려오는 까만 소나타 한 대. 늑대의 다리로 달려서 그의 앞을 막아선 나는 달려오는 소나타를 보닛부터 번쩍 들어 올리고, 그는 내게 고맙다고 말하며…… 나는 잠깐 미소를 짓다가, 다시 침울해졌다. 한 손으로 자동차를 번쩍 드는 여자애를 좋아할 남자애가 어디 흔할까. 마음이 우울해지자 정말로 생닭이 먹고 싶어졌다. 그냥 허옇기만 한 녀석 말고, 피가 아직 남아서 *꼬꼬꼬* 노래를 부르는 생닭으로.

현관 거울 앞에 서서 모자와 마스크를 썼다. 모자를 벗었다. 캡모자를 벗고 사파리 모자를 썼다가, 집 안에서 이런 걸 쓰고 있는 꼴이 우스워 보일 것 같아서 다시 벗었다. 여름이니 밀짚모자를 써볼까 했다가, 이것도 우스워 보여서 다시 벗었다. 생각해보니 집 안에서 모자를 쓰고 있다는 상황 자체가 어차피 우스운 거라, 그냥 캡 모자를 다시 눌러썼다. 아무리 그래도 마스크는 연쇄살인범처럼 보일 것만 같았다. 마스크를 벗자 볼에 수북하게 하얀 털들이 드러났다. 나는 처음으로 털을 깎아야겠다고 생각했다. 그때, 멀리서 흐릿한 닭 냄새가 났다.

허둥지둥 부엌에서 가위를 가져와서 주둥이 근처의 털을 잘라냈다. 발톱에 가위가 걸려서 제대로 자르기가 어려웠다. 닭 냄새가 점점 짙어졌다. 왜 진작 털을 잘라야겠다는 생각을 하지 못했을까. 튀어나온 이빨은 어쩔 수 없지만, 털만 잘라도 아주 흉측하게 보이지는 않을지도 모르는데. 한참 털을 자르는 데 열중하고 있자니 어느새 그는 이 아파트 근처까지 다가와 있었다. 아까 꺼내놓았던 면도기로 볼을 슥 밀었다. 피부가 드러났다. 털이 아닌 말랑말랑한 살갗이었다. 나는 신이 나서 한참 면도를 했다. 순간, 익숙한 냄새가 코를 찔렀다. 그의 냄새가 난다고 인지하자, 또다시 어처구니없는 속도로 가슴이 뛰었다. 심장이 바들바들 떠는 것과 동시에 털들은 쑤욱, 다시 수북하게 자라났다. 내가 당혹스러워서 얼굴을 손으로 감쌀 때, 그가 벌컥 현관문을 열어젖혔다.

그의 눈을 보고 나는 순간 뒷걸음질을 쳤다. 그리고 뒷걸음질을 치자마자 깨달았다. 내가 그가 보기에는 거의 짐승에 가까운 엄청난 속도로 움직였다는 사실을. 나는 서둘러 얼굴로 앞발을 가져갔다. 다행히 그 경황 중에도 마스크를 써야 한다는 이성은 발동한 모양이었다. 나는 천천히 일어나서 주춤주춤 그에게 3만 원을 건넸다. 그는 멍하니 3만 원을 받았고, 나는 닭 봉지를 거의 뺏다시피 낚아챈 후에 서둘러 현관문을 닫았다.

문을 잠그고 나서 마스크를 끌러보았다. 심지어는 주둥이가 어제보다 더 튀어나온 것처럼 보였다. 나는 흐느끼면서 닭 봉지를 열었다. 오늘따라 울음소리도 늑대 소리처럼 들렸다. 그가 이 털북숭이 얼굴을 봤을까. 제발, 못 봤어야 하는데. 초등학교 때 털보라고 놀리던 남자애들이 떠올라 고개를 흔들었다. 하지만 지금도 나는 틀림없이 털보였다. 양념이 하얀 털에 계속 묻었다.

이번 토요일에는 엄마도 오전 근무가 없는 모양이었다. 엄마는 아침 10시가 넘도록 늘어지게 자다가, 밥하기 귀찮으니 나가서 빵 좀 사오라며 지갑을 떠넘겼다. 엄마는 어제 바쁘다면서도 새벽에 생닭을 사 들고 집에 들어왔다. 나는 귀찮다고 입술을 비죽이며 지갑을 들고 빵집을 향해 걸음을 옮겼다.

빵집 앞에는 온갖 색깔과 디자인의 오토바이들이 늘어서 있었다. 낯익은 오토바이가 있었다. 그의 학교 앞에서 그가 몸을 낮춰서 올라타던 시트였다. 손잡이가 높지 않은 하얀색 바이크. 아마도 닭을 올려놓고 다녔을 손잡이와 안장 사이의 작은 공간은 노끈이 감겨 있었다. 노끈으로 칭칭 묶인 아래쪽 공간. 바이크의 주인들은 불만스러운 얼굴로 빵집 옆 중국집 앞에 모여 있었다.

무리의 맨 앞에 서 있는 하얀 얼굴은 그 애였다. 옆에 서 있는 삐죽 머리에게 무언가 속삭이더니 그는 가게를 향해 돌을 던졌다. 처음 날아든 돌이 중국집 창문을 깨부수자 소년들은 저마다 무언가 소리치며 돌을 던지기 시작했다. 돌뿐만 아니라 페트병도 날아들었고, 소주병도 날아들었다. 거친 욕설들이 창문 깨지는 소리에 섞여 들렸다. 창문에 이어서 꽤 두꺼워 보이던 유리문도 깨졌다. 유리문이 부서지자 그들은 소리 높여 환호했다. 구경꾼들이 한둘씩 늘어났다. 저걸 어쩌느냐고 낮은 소리로 사람들은 혀를 찼지만, 아무도 그 상황에 뛰어들지는 않았다. 동네 노인들이 미친놈들이라고 조그맣게 중얼거렸다.

유리문을 깨부수고 나서 그는 옆에 놓아두었던 각목을 집어 들었다.

"씨빨, 작살내자."

그는 가게로 돌진해서 들어가려는 듯이 한 발을 내딛다가 멈 칫거리며 그 자리에 멈춰 섰다. 구경하던 사람들이 크게 술렁거 렸다. 누군가 가게 안에서 어깨에 힘이 쭉 빠진 채 걸어 나오고 있었다. 아까 소년들이 던지던 돌을 맞았는지 이마에 피가 흘렀 다. 관 앞을 가로막던 그 남자였다.

"정우야."

각목을 들고 그는 한참 동안 남자를 앞에 두고 서 있었다. 남자 는 슬픈 눈으로 그를 응시했다. 결국, 그는 각목을 남자 앞에 집어 던지고 바닥에 침을 뱉었다. 그리고 몸을 돌려서 걷기 시작했다.

그가 무표정으로 이쪽을 향해 터벅터벅 걸어왔다. 숨이 차올랐 다. 익숙한 얼굴이었다. 김정우의 눈 속에 달이 보였고 나는 눈살 을 찌푸렸다. 엉덩이께에서 꼬리뼈가 꿈틀대는 게 느껴졌다. 나 는 전봇대를 붙들고 그에게서, 그의 눈 속에 있는 달에서 마음을 돌리려고 노력했다. 그는 고개 숙이고 있는 나를 힐끗 보더니, 바 이크 위에 올라탔다. 그가 멀어지는 소리를 들으면서 나는 내 손 을 내려다보았다. 흰 털이 어스름하게 비치려다가 다시 살 밑으 로 들어가고 있었다.

그가 탄 바이크가 한참을 멀어지고 나자, 남자는 그제야 어깨 를 폈다.

"이 깡패 새끼들이, 내 가게 물어내."

남자의 태도 변화에 소년들은 다시 웅성거렸다. 잡아서 족치자는 목소리가 튀어나왔다. 남자는 피가 흐르는 이마를 누르면서 소년들 앞에 섰다.

"안에서 돌 던지는 사진도 다 찍었고, 112에 신고도 했으니까 늬들 잡는 건 일도 아니야."

삐죽머리가 남자의 멱살을 잡았다.

"이 살인마 씨발년이, 오늘 진짜 뒈지고 싶냐?"

남자는 차분하게 말을 되받았다.

"서북공고 2학년 기계과 조성민. 김정우랑 같이 소년원 한 번 가보고 싶나보지?"

아무도 나를 보고 있지 않았는데, 난데없이 얼굴이 화끈거렸다. 누군가 다가와서 김정우를 아느냐고 물어올 것만 같아, 나는 잰걸음으로 빵집에 들어가서 아무 빵이나 집어 들고 바깥을 바라봤다. 소요를 구경하던 빵집 주인이 가게에 손님이 들어온 걸 보고서는 서둘러 가게로 돌아왔다. 우물쭈물 소년들이 흩어지기 시작했다. 요란한 바이크 소리가 한참 동안 울렸다. 나는 집어 든 빵을 계산대 위에 올렸다.

"이천구백 원이에요."

내가 지갑에서 돈을 꺼내는 동안에도 빵집 주인은 계속 조잘거렸다.

"진짜 저 공고 좀 없어졌으면 좋겠어. 쟤네 때문에 무서워서 어딜 나다닐 수가 없다니까요. 중국집 아저씨는 저게 무슨 날벼락이래. 하여간에 나쁜 놈들이에요."

빵처럼 하얗고 말랑말랑한 손으로 빵집 주인은 내 손에 백 원을 쥐어줬다.

"학생은 어느 학교 다녀요?"

"서북고요."

"좋은 학교 다니네. 공부 열심히 해요."

빵집 주인은 사람 좋게 웃어 보였다. 나도 쑥스럽게 웃어 보였다. 빵집을 나오고 나서 보니 내 손에 들린 밤식빵이었다. 엄마는 우유식빵을 더 좋아하는데.

어릴 적에는 언제나 별명이 털북숭이였다. 조금이라도 눈물이 날 거 같으면 눈물보다 털이 먼저 돋아났고, 화가 날 거 같아도 털이 먼저 돋아났다. 털이 돋아날 때마다 엄마와 아빠는 내 학교를 옮겼다. 나는 끊임없이 전학을 다녔지만, 곧 다시 털보라고 불렸다. 나는 밤식빵을 멍하니 씹다가, 앞에서 똑같은 표정으로 밤식빵을 씹고 있는 엄마에게 말을 걸었다.

"엄마, 은지 기억해? 최은지."

"그게 누구야?"

오랫동안 친하게 지낸 단짝 같은 건 한 번도 없었다. 은지 역시 마찬가지였다. 한 달 정도 붙어 다녔지만 난 다시 전학을 갔다. 내가 인사를 할 때 은지는 고개조차 들지 않았다.

"나 상안초등학교에서 전학 가게 되었을 때, 소문 퍼뜨린 애가 은지였어."

"나쁜 계집애네."

엄마는 식빵을 우유에 푹 찍었다.

"아니야. 걔가 나한테…… 손잡고 같이 집에 가자고 해서……
내가 손을 잡았어."

손을 잡는 순간, 기분 좋은 촉감이 손바닥에 스며들면서 가슴
이 두근거리기 시작했다. 그 두근거림조차 기뻐서 은지의 손을
꽉 쥐었다. 은지가 비명을 질렀다. 날카로운 발톱이 은지의 손등
을 파고들었고, 내 손은 벌써 하얀 털로 뒤덮여 있었다. 은지가 피
가 흐르는 손등을 붙잡고 울었고, 당황한 내가 한 걸음 다가서자
은지는 비명을 지르며 도망갔다. 그 이후로 내가 전학 갈 때까지
은지는 결코 말을 걸지 않았고, 내 근처로 오지도 않았다. 전학 가
던 날, 나는 아빠 차 안에서 변신해버렸다. 나는 울지 않았고 가슴
이 뛰지도 않았는데도 어느새 몸이 변해 있었다. 엄마가 여기서
변신하면 어떡하느냐고 한 마디 하자, 아빠는 엄마에게 담요를
주며, 덮어씌우고 들어가라고 말했다.

"이랑이, 눈 좀 봐요. 눈 속에 달이 있을 땐 어쩔 수 없어."

나는 집에 돌아가서 침대에 누워서 달이 뜰 때까지 오래도록
잠을 잤다.

날 놀리던 남자애들을 미워해야 했을까, 은지를 미워해야 했을
까, 불량배에게서 엄마를 구한 아빠를 미워해야 했을까, 그날 괜
히 밤늦게 다니다 불량배를 만난 엄마를 미워해야 했을까, 털북
숭이 여자애에게 저주를 내린 세상을 미워해야 했을까. 아빠는
살풋 잠이 든 내 머리털을 쓰다듬으며 말했다.

"눈 속에 달이 있는 늑대가 진짜 늑대야. 게다가 암컷은 눈 속
에 달이 있을 때가 가장 아름다워. 넌 블랑카보다 더 아름다운 늑

대가 될 거야."

하지만 그날 밤 꿈에 나는 덫에 걸렸다. 하얀 눈으로 가득한 숲속에서, 가만히 달을 바라보는 거 외엔 아무것도 할 수 없었다. 그래서 김정우는 누구에게 화를 내야 할까, 지금 그 눈을 하고 어디서 무얼 하고 있을까.

한참을 말이 없던 엄마는 내 손을 물끄러미 보다가 입을 열었다.

"식빵 맛없어? 그러게, 웬 밤식빵을 사 와서."

"그러게, 미안해."

엄마는 내 잔에 우유를 가득 따랐다.

얼마 지나지 않아, 김정우와 그 무리는 이상한 유인물을 뿌리고 다니기 시작했다. 출근길과 등굣길에 동네 사람들 모두 그 유인물을 하나씩 받았다. 험상궂게 생긴 소년들은 고개를 꾸벅꾸벅 숙이며 꼭 읽어달라고 부탁했다. 철가방과 닭 배달 청년들은 짜장면과 닭 봉지 위에 종이를 놓아두고 돌아갔다. 우리 집에 온 닭 봉지 위에도 작은 종이 한 장이 놓여 있었다.

서북공고 학생들은 오토바이를 함부러 운전하지 안습니다. 며칠 전 오토바이 사고로 사망한 우리 친구 임권은 영화루에서 음식을 빨리 배달하라고 해서 함부러 운전한 것입니다. 영화루말고도 많은 음식점들이 우리들에게 음식을 빨리 배달하라고 합니다. 삼미아파트 옆에 있는 피자집에서는 아예 20분 안에 배달하겠다고 써잇서서 우리는 아주 함부러 운전을 할 수밖에 업습니다. 이러면 서북공고 학생들은 자꾸 위험해집니다. 서북공고 학생들은 토요일 저녁 다섯시에 신보마트 앞에서 오토바이 시위를 할것입니다.

토요일 저녁 5시. 그가 닭을 내게 배달하러 오는 건 하루에 단 몇 분뿐이다. 닭을 배달하러 오지 않을 때 그가 무엇을 생각하고 있는지, 나는 매우 알고 싶었다. 그 자리에 수많은 바이크 주인들을 끌고 온 그의 표정을 읽고 싶었다. 진정한 늑대는 눈 속에 달이 있다. 그런 늑대만이 달의 목소리를 들을 수 있다. 로보는 무리보다 앞장서서 위험한 곳을 헤매어 먹이를 찾아냈고, 먹이를 찾아내면 큰 소리로 동료를 불렀다. 블랑카를 찾으려다가 인간들에게 잡힐지언정 늑대왕은 결코 혼자 살아남으려고 하지 않았다.

늑대왕이라니. 나는 더 굵어진 꼬리를 흔들며 크게 웃었다.

토요일 저녁, 신보마트 앞에는 서북공고 학생들만 모인 것 같지 않았다. 하필이면 그날은 한일 친선 축구가 있는 날이었고, 서북공고 불량학생들 없이는 어느 닭집도 닭을 배달할 수 없었기에 아저씨들은 7시에 시작할 축구를 볼 자리를 맡으려고 신보마트 맞은편 편의점 앞 TV로 몰려들었다. 편의점 주인은 신이 나서 파라솔을 잔뜩 내놓았다. 도로에는 축구보다 더 신명 나는 구경거리가 펼쳐져 있었다.

색색의 오토바이들 위에 동네 불량배들이 전부 모여 도로 위에 진을 치고 있었다. 사람들은 텔레비전을 보는 척하면서 도로를 힐끔거리기도 했고 도로를 향해 손가락질을 하며 혀를 차기도 했다. 나는 망설이며 가로수 옆에 가만히 서서 그 장면을 지켜보았다. 6시가 되면 해가 지기 시작할 터였다. 5시 반이었고, 삼십 분 안에 그가 이 시위를 끝내고 돌아갈 것 같지는 않았다. 나는 계속 주머니 속의 명찰을 만지작거렸다. 바이크 앞에 걸어놓은 비뚤비뚤한 글씨들이 눈에 들어왔다.

20분 안에 니가 배달해봐라
권아 우리가 있다
영화루 사장 새끼 죽여버려
서북공고 전기과 짱

무리의 맨 앞에 그가 보였다. 그가 손을 높이 들자, 하얀 오토바이는 살짝 흔들리는가 싶더니 표범이 울부짖는 거 같은 요란스러운 배기음을 냈다. 기다렸다는 듯이 도로에 깔린 바이크들이 다 함께 울부짖기 시작했다. 구경 나온 동네 사람들이 귀를 틀어막았다. 에라이, 이 깡패 새끼들아, 벌써 맥주에 취해 욕을 하는 아저씨 목소리도 묻혔다. 몇 분 지나지 않아 선량한 주민의 좋은 친구, 경찰들이 나타났다. 커다란 버스가 도로 양쪽에 세워졌고, 까만 옷을 입은 늠름한 경찰들이 무법천지의 불량배들 앞을 가로막았다. 바이크들은 이제야 놀 물을 만났다는 듯 신 나게 울부짖었다. 짭새는 꺼지라고 괴성을 지르는 소년들도 간간이 눈에 띄었다.

경찰차에서 고운 여자 목소리로 방송이 흘러나왔다.

"서북공고 학생 여러분은 지금 불법으로 도로를 점거하고 있습니다. 어서 집회를 해산하고 부모님께서 기다리는 집으로 돌아가십시오."

방송을 듣던 김정우는 경찰차를 손가락질하며 낄낄거렸다.

"맨날 빨리 달리면 잡아 족치겠다고 쫓아오더니, 이제는 집에 가라는데?"

사방에서 머플러 소리가 더 요란하게 울렸다.

"너희 같은 새끼들이 쫓아오니까 권이 같은 놈들은 더 빨리 달리려다 뒈지는 거야, 개자식들아!"

"서북공고 학생 여러분은 지금 불법으로 도로를 점거하고 있습니다. 어서 집회를 해산하고 부모님께서 기다리는 집으로 돌아가십시오."

무리 가운데쯤의 누군가가 키티 모양의 작은 스피커를 꺼내 들었다.

"지금 씨부리는 개년은 아구창 터지기 전에 닥치고 부모님께서 기다리는 집으로 돌아가십시오."

도로 안쪽에서는 와자하게 웃음이 터졌고, 도로 바깥쪽에서는 한숨이 터졌다. 아주머니들이 혀를 찼고, 새댁들이 끔찍하다는 듯 눈살을 찌푸렸고, 술에 취한 아저씨의 버르장머리 없는 놈들을 다 혼내줘야 한다는 고성은 더 높아졌다. 경찰차에서 나오는 방송은 조금 거친 남자 목소리로 바뀌었다.

"지금 경고방송 몇 번씩 했다. 서북공고, 집에 안 가면 진압하겠습니다."

방송이 나오자마자 방패를 든 전경들이 줄을 맞추어서 몇 걸음 앞으로 다가섰다. 전경들을 바라보는 김정우의 얼굴이 붉게 물들었다. 김정우뿐만 아니라, 수많은 바이크들이 붉게 반짝이고 있었다. 전경들의 방패도 파도처럼 반짝였다. 하늘 가득히 노을이 지고 있었다. 나는 서둘러 휴대폰을 들여다보았다. 어느새 6시가 지나 있었다. 서둘러 집으로 돌아가야 했다. 위풍당당한 바이크들 앞에서 경찰들은 주춤거리면서, 하지만 일사불란하게 앞으로 걸어 나갔다. 안경을 낀 전경 한 명이 손잡이가 높은 바이크 앞에서 천천히 방패를 들어 올려서 앞쪽을 찍어 내렸다. 유리가 부서지는 소리가 들렸다. 더 이상은 무리였다. 나는 근처 상가로 달려가기 시작했다. 등 뒤에서 거칠게 외치는 목소리가 들렸다.

"누가 이기나 해보자고?"

내가 고개를 돌렸을 때, 김정우는 바이크의 핸들을 돌리고 있었다. 곧 달이 떠오를 시간이었다. 현명한 늑대라면 누구나 알고 있는 것이다. 조심성 없이 앞서나가면 반드시 덫에 걸리게 되어 있다. 조심성 없는 블랑카를 위해 로보는 오래도록 산을 헤맸다. 빠른 속도로 해가 떨어졌다. 나는 상가 뒤쪽 후미진 담벼락에 몸을 붙였다. 어깨뼈가 솟아오르는 게 느껴졌다.

킹콩이 앤을 구한다면, 로보가 위험에 처했을 때 구해주는 누군가도 있어야 할지 모른다고, 잠깐 생각했다. 또 전학을 가게 되면 그를 만날 일은 더 줄어들 수도 있을까. 하얀 꼬리가 바닥에 툭 떨어졌다. 겁이 덜컥 났다. 평소와는 다른 변신이었다. 나는 손으로 주둥이를 만져보려고 했지만, 그럴 수 없었다. 내 앞발은 벌써 내 몸무게를 지탱하고 있었고, 나는 바닥에 엎드린 자세였다. 옷솔기들이 뜯어져 나갔다. 평소보다 두 배 이상 커진 나는, 커다란 꼬리를 한 번 휘둘렀다. 달이 뜨고 있었다. 귓속에 달빛이 꽉 차올랐다. 나는 도로로 시선을 옮겼다. 세상의 감각이 완전하게 달라져 있었다.

김정우를 시작으로 수십 개의 바이크들이 전경들을 향해 질주하기 시작했다. 나는 큰 소리로 한 번 울고 나서 힘차게 발을 내디뎠다. 내 울음소리는 방송 소리보다, 머플러의 굉음보다 더 컸고, 누군가의 비명이 들렸다.

눈을 뜬 곳은 습기 차고 어두운 방 안이었다. 걸치고 있는 옷이 전혀 없다는 걸 깨닫자마자 벌떡 몸을 일으켰다. 하지만 방 안에는 아무도 없었다. 더러운 매트리스와 방 여기저기에 흩어진 옷가지들, 씻지 않은 그릇들이 눈에 들어왔다. 이 방이 어딘지도 알 수 없었지만, 고개를 약간 돌리자 휴대폰과 지갑이 김정우의 명찰과 함께 옆에 잘 모셔져 있었다. 엄마에게 온 문자는 40개가 넘었다.

―어디니
―빨리 연락 좀
―너 어디서 무슨 짓을 하는 거야
―경찰들이랑 학생들이랑 다 같이 와서 병원이 미어터지고 있어 왜 이런 거니

—오토바이들도 다 부쉈다며

—네 교복 찢어진 거 신고 됐더라 사람들이 너 늑대한테 물려 죽은 거 아니냐고 물어보잖아 대체 어디야

—문자 보자마자 연락해

—이랑아 엄마 화 안 났어 빨리 연락이나 해 제발

—사살하려고 수색 중이래 늑대인 상태로 나오지 마 절대로 그리고 연락해라 엄마가 이랑이 사랑하는 거 알지

반 친구들에게 온 문자도 있었다.

—이랑아........괜찮아???

—늑대 나타났다는데 정말이야?? 네 찢어진 교복 발견되었다고 뉴스에 나왔던데... 괜찮은 거지?ㅠ

어쨌든 엄마에게는 어서 연락해주어야 했다. 배터리는 간당간당, 6퍼센트가 남아 있었다.

—엄마, 나 여기가 어딘지 잘 모르겠는데 휴대폰도 있고 지갑도 있으니까 어떻게든 집에 찾아갈게. 걱정하지 마. 자세한 이야기는 이따 집에서 해

더듬더듬 벽에 손을 짚어서 형광등 스위치를 켜자, 입으라는 듯이 옷걸이에 걸어서 문고리에 걸어둔 옷이 있었다. 한쪽 어깨

만 끈이 걸려 있는 샛노란 원피스였다. 몸에 너무 끼어서 지퍼를 올리는 데에도 한참을 낑낑댔다. 어깨끈에 달린 싸구려 같은 레이스가 기분 나쁘게 간지러웠다. 대체 누가 여기다 데려다놓았는 지는 모르겠지만, 아직 사람이 돌아오지 않았을 때 빨리 빠져나가는 것 말고는 방법이 없어 보였다. 휴대폰과 지갑을 챙기고, 삼 초 정도 망설이다가 김정우의 명찰도 집어 들었다. 내 신발은 보이지 않아서, 그냥 현관에 있는 샌들을 발에 꿰었다. 여기가 어디든 집으로 가야 했다.

현관문을 열고 밖으로 나오자, 이 후줄근한 다세대 주택 대문 앞에서 누군가 주저앉아 담배를 피우고 있었다. 고개를 들자 익숙한 동네 상가의 뒷모습이 보였다. 그러고 보니 상가 뒤편으로는 한 번도 들어가본 적이 없었다. 집은 여기서 이십 분 정도 거리였다. 이 옷을 입고 집까지 걸어가는 동안 제발 아는 사람을 만나지 않기를. 종종걸음으로 대문 계단을 내려가다 샌들의 굽에 휘청거렸다. 그때 담배를 피우던 사람이 입을 열었다.

"깼냐."

화들짝 놀라 고개를 돌리자, 그가 날 치어다보고 있었다. 그의 얼굴에는 긁힌 자국이 하나 생겨 있었고, 다리에는 커다란 멍이 보였다. 나는 돌처럼 굳은 표정으로 그를 보다가 다시 고개를 돌렸다. 집, 집으로 어서 가야 했다. 걸음을 재촉하려는데 계속 다리가 휘청거렸다. 이건 위험했다. 여기서 또 변신했다가는 사살당할지도 모를 일이었다. 바닥을 바라보며 열심히 걷는데, 김정우가 다시 말을 건넸다.

"야, 1502호."

다리에 힘이 풀렸다.

"태워다줄게."

그의 하얀 바이크는 그 난리통에도 건재했다. 그는 내게 헬멧을 건넸고, 나는 헬멧을 받아 썼다. 바이크가 출발하고, 바람이 불자 땀 냄새가 담배 냄새와 함께 실려 왔다. 나는 그의 허리를 힘껏 붙잡았다. 얼마 달리지 않아 아파트 단지가 나타났다. 오른손에 힘을 꽉 주자, 휴대폰 안쪽에 같이 쥐고 있던 그의 명찰이 손바닥을 파고들었다. 오늘은 반드시 돌려주면서 말을 걸어야 했다. 건넬 말을 열심히 고민하는데, 순간, 그의 바이크가 늑대 같은 속도로 하늘을 가로질렀다.

　어느 비 오는 날 배달음식을 시켜 먹을까 말까 고민하다가 쓰기 시작했
다. 혹시라도 빗길에 다치는 사람들이 있지 않을까, 흔한 고민을 하다가 끝내
편의점으로 갔다. 도미노 피자의 30분 배달정책 철회에 대해 청년 유니온이
냈던 환영 성명이 떠올랐기 때문이었다.

　내가 다니던 고등학교와 오 분 거리에 공고가 하나 있었다. 우리 학교의
선생님들은 공고생들을 매우 무서운 존재쯤으로 묘사하면서 공고생들과 시
비 붙지 말라고 신신당부하곤 했다. 걔네들이 펜치 들고 덤비면 원고지로 막
을 거냐면서. 그럼에도 우리는(가끔은 나도) 공고생들과 시비가 붙곤 했었
다. 땍땍거리기는 했어도 나는 그 공고생들이 무서웠다. 사람 얼굴에다 대놓
고 "썹창"이라고 내뱉는 그들의 세계도 무서웠다 소위 "날티 나는" 사람들을
무서워하지 않게 된 것은 꽤 최근 일이다. 2008년 촛불 때 만났던 "날티 나
는" 청소년들 덕분이라고 생각한다. 지금도 그들이 고맙다.

　김정우의 말투나 분위기는 학창시절 입이 험했던, 공고를 졸업한 내 친오
빠에게서 많이 가져왔다. 욕설을 입에 달고 있는 김정우가 근육질의 마초맨
이 아니라, 피부가 흰 청년이 된 것도 아무래도 내 오빠가 그런 사람이라서
그리된 듯하다.

나는 말랑말랑한 하이틴 로맨스를 쓰려고 마음먹고 이 소설을 썼다. 귀엽고 사랑스러운 첫사랑 이야기를 쓰고 싶었다. 아무리 숨기려고 해도 마음이 흘러넘쳐서 결국에는 내 의지와 상관없이 그 사람에게 전달되고야 마는 그런 서툰 사랑 이야기.

　연약하지만 사실은 강인한 존재라는 이미지는 도무지 놓을 수가 없다.

　로보와 블랑카 이야기는, 많은 사람들이 그렇겠지만 『시튼 동물기』에서 가장 좋아하는 에피소드다. 이 이야기가 발표되었을 때 학계에서는 동물이 이렇게 인간 같을 리가 없다고, 사실이 아니라고 반발이 있었다고 안다. 블랑카의 죽음을 알고 밤새 울부짖는 로보의 격정적 이미지가 내가 알고 있는 늑대다.

　쓰면서 굉장히 행복했던 소설이다. 제어할 수 없는 감정적 폭발을 끊임없이 느끼며 썼다.

사 형 집 행 일

사 형 집 행 일

남자는 양팔이 결박된 채 비척거리며 걸어 나왔다. 얼굴이 가려져 있었지만 그 자세로 한눈에 그를 알아보았다. 그가 등장하자 경호원들은 총을 고쳐 잡았고 사형집행인들은 자세를 바로잡았다. 그에게는 벌써 열여섯 번째 사형집행이었다. 그는 엉거주춤하게 서서 한쪽 다리를 불량하게 떨고 있었다. 그에게 왜 그렇게 불량한 자세로 있냐고 물었던 게 벌써 10년 전이었다. 그는 불량하게 웃어 보이며 가난해서 그렇다는 말도 안 되는 대답을 했었고 나는 순진하게 그 말을 믿었었다. 문득 서글퍼졌다.

　상관에게 처음 그 이야기를 들었을 때, 나는 상관이 농담을 하는 줄만 알고 웃음을 터뜨렸다. 한참을 웃으며 상관을 보는데, 상관의 표정에는 전혀 변화가 보이지 않았다. 순식간에 웃음기가 걷혔다. 아무리 전시라고 해도, 아무리 나밖에 할 사람이 없다고 해도, 그걸 나한테 시키다니. 그 순간 계기판에 폭탄이 떨어졌다는 빨간 신호가 다시 들어왔다. 담당자는 화급하게 통신을 돌렸다. 빨간 신호 옆으로 우리 군대를 의미하는 노란 점들이 다닥다닥 다가섰다. 나는 손을 뻗어 상관의 손가락을 꼭 쥐었다.

"열심히 가르치고 있어요. 재능이 보이는 친구들도 있고."

상관은 고개를 흔들었다.

"언제 또 도망갈지 모를 놈이야. 너도 잘 알고 있잖아."

적국에게 폭격을 당한 자리들은 검은색으로 표시되었다. 폭격당한 자리는 풀 한 포기도 못 자랄 정도로 황폐해졌다. 사람들은 하루하루 빠른 속도로 죽어가고 있었다. 물론 저쪽도 사정은 마찬가지일 터였다. 상관이 내 손에 쥐여 있던 손가락을 빼냈다. 나는 멋쩍어진 왼손을 들어 손톱을 자근자근 깨물기 시작했다.

"생각해볼게요."

"그럴 시간이 없어."

"이따가 숙소에서 말하면 안 돼요?"

상관은 눈썹을 곤두세웠다.

"유소이 씨."

제기랄. 저 호칭은 도저히 견딜 수가 없었다. 상관은 그와 나의 관계를 아예 무너뜨리고 전제된 다른 관계만 강요할 셈이다. 저 압력에 노출되어서 굴복하느니, 차라리 상관과 내 개인적 관계 위에서 수락하는 게 나았다. 나는 엄지손톱을 입에 문 상태로 오른손을 휘휘 내저었다. 어차피 남자와 내 관계는 10년도 전에 끝난 상태였다. 저 호칭을 듣지 않을 수만 있다면야, 뭐가 중요하겠는

가. 나는 그 자리에서 사형집행을 맡아버렸다. 내가 수락하자, 상관은 다시 상냥하게 내려앉은 눈썹을 하고 내 어깨를 두드렸다.

나는 숙소에 돌아와서 문득 서랍을 열어보았다. 오래전 남자가 화이트데이에 선물했던 편지를 아직 버리지 않고 있었다. 일부러 버리지 않았다기보다는 특별히 버릴 만한 동기를 찾지 못한 거지만. 남자는 쪽지 여러 개를 꼬깃꼬깃 플라스틱 통에 담아주었다. 순서대로 찾아 읽느라 고생했던 생각이 났다. 종이를 펼치려고 손을 뻗었다가, 나는 플라스틱 통째로 쓰레기 분쇄기에 밀어 넣었다. 지금 와서 쓸데없이 저 종이쪼가리를 읽어봤자 마음만 혼란스러울 터였다.

모두의 얼굴에 긴장감이 스쳐 지났다. 팔다리를 결박하고 구속복을 입히고 온갖 짓을 다해보았지만, 그에게는 도무지 당해낼 수가 없었다. 사실 이 감옥에 지금까지 얌전히 있어 왔던 것도 그에게는 그저 있어주는 것, 혹은 사형집행인들을 놀리는 것일 뿐이다.

그는 누구보다도 기민하게 총알을 피할 수 있었다. 열여섯 번이나 사형장에서 빠져나가는 그의 모습을 떠올려보았다. 구속복을 입고 있으니 옷 안쪽으로 문을 열어야 했을 것이고, 결국 그는 완전한 알몸으로 사형장을 빠져나갔을 것이다. 그 후에 그는 어디에 떨어졌을까. 그토록 자주 얘기하던 고등학교 시절, 90년대의 풍경일까. 어릴 적에 살았다던 80년대의 홍제동 골목일까. 아예 다른 나라에 떨어졌을지도 모를 일이다. 어쩌면 내가 전혀 모르는 그의 삶이 있을지도 몰랐다. 그가 나와 만나는 동안 진실만을 말했다는 보장은 어디에도 없었다. 미국 같은 곳으로 떠나면 어떻게 하나…… 그는 영화 〈백 투 더 퓨쳐〉를 좋아했고, 펩시콜라에 대해서 이야기하곤 했었다. 영화 속에서 주인공 마티 맥플라이는, 30년 전의 과거로 돌아가서 젊음의 상징인 '펩시'를 주문한다. 물론 한때의 젊은이들이었던 기성세대는 마티의 '펩시'를 이해하지 못한다. 그 영화 자체가 이미 오래전에 기성세대가 되었다는 걸 그도 알고 있었겠지. 펩시, 라는 발음은 그의 입속에서 콜라 김이 빠지는 소리처럼 향긋하게 퍼졌다가, 사라졌다. 그가 하도 그 이야기를 자주 해서, 나중에 펩시, 라는 발음을 들을 때 나는 김이 다 빠진 콜라처럼 눅눅해 보이는 그의 보라색 잇몸을 멍하니 바라보고 있었다. 펩, 시, 하고.

상관은 날 보면서 결연하게 고개를 끄덕였다. 어젯밤에 보았던 등판이 떠올랐다. 상관과 함께 살기 시작한 건 이 전쟁이 시작되면서부터였다. 상관이 군사적 문제들에 매달려 있는 동안 만날 수 있는 시간들이 급격히 줄어들어갔다. 우리 둘 다 견딜 수 없을 만한 시점이 다가왔을 때, 같이 살자고 먼저 제안해주었던 건 상관이었다. 상관은 어제도 돌아오자마자 옷을 아무렇게나 벗어던지고 잠이 들었다. 나는 어두운 방 안에서 하얗게 드러난 상관의 가슴팍에 천천히 손을 얹어보았다. 상관은 신경질적으로 몸을 뒤척였다. 상관과의 마지막 섹스가 1년 전 계곡에서 국지전이 발생하기 전날이었다는 것이 떠올랐다. 깊이 잠이 든 상관은 천둥처럼 코를 골다가, 흐느끼며 제발 죽지 말라고 잠꼬대를 했다. 상관이 꿈에서 만나고 있는 사람이 누구인지 알 수 없었다. 상관이 죽지 말라고 애원하고 싶었을 사람들이 요 몇 년 동안 너무 많이 죽었다. 그리고 나는 오늘 또 누군가를 죽여야만 한다.

적어도 이곳에서 그가 문을 열 때 그 문을 발견할 수 있는 사람은 오직 나뿐이다. 그가 얌전히 사형을 당할 확률은 아마도 0에 수렴할 것이고, 나는 문이 닫히기 전에 재빠르게 보아야 했다. 그가 내 앞에서 처음 그 기이한 문을 열었을 때를 생각했다. 나는 그 문이 열렸다는 걸 발견할 때까지 상당히 오랜 시간이 걸렸지만, 그는 내가 처음으로 문을 찾아냈을 때 눈을 반짝이며 내게 재능이 있다고 말했다. 내가 시간 속에서 길을 잃어버릴까봐 내 손을 꼭 붙잡고도 노심초사하던 그의 표정이 떠올랐다. 이상한 기분이 들었다. 그 수많은 기억들 위에서, 지금은 그를 죽이기 위한 시간들을 찾고 있는 중이라니.

상관은 내가 그 기술을 더 많은 사람들에게 전수하기를 바라고 있다. 나도 알고 있지만, 아무리 설명을 해도 대부분의 사람들은 문이 열리는 것조차 보지 못한다. 설령 본다고 해도 현재 시간으로 돌아올 수 없으면 전쟁에는 아무 짝에도 쓸모가 없는 기능이다. 그냥 여기가 아닌 다른 우주로 건너가서 영영 돌아오지 못할 수도 있다. 나는 기술을 가르칠 때마다 삶과 기억에 대한 애정과 혐오가 함께 강해야 한다고 이야기했다. 삶에서 가장 사랑했던 순간들을 혐오하고, 가장 괴로웠던 순간들을 사랑한다는 것이 무엇인지 그들은 지금까지 이해하지 못했다. 나는 딱딱하게 굳은 상관의 얼굴을 힐끔거리다가 이 기술을 상관에게 전수하는 게 더 효과적이겠다고 생각했다. 상관은 내가 반드시 이 기술을 누군가에게 전수해야 한다고 말했다. 무엇보다도 나를 위해서.

그의 이름이 불렸다. 그리고 차근차근히 그의 죄목들이 읊어졌다. 그는 우리 군대의 매복 위치, 병참선을 알아냈고, 주요 설비들과 생산물들을 집중 포격할 수 있도록 정보를 제공했다. 바로 전날쯤으로 돌아가서 상황이 터지기 직전의 모든 것을 파악하고 그는 현재로 돌아오곤 했다. 여러 번 돌아오는 지점을 엇갈려서 생포되었지만, 그때마다 그는 다시 과거로 돌아갔다가 다시 돌아오곤 했다. 그러다가 또 어디선가 유쾌하게 웃으며 생포되었다. 그 사이에 수많은 사람들이 죽어갔다. 그의 첫 사형이 집행된 것은 2016년 6월이었다. 지금은 2017년. 우리는 1년 동안 열여섯 번의 사형집행을 했지만 한 번도 그를 사형시키지 못했다. 나는 그가 과거의 연인이었다는 이야기는 결코 보고한 적이 없었다. 그저 내 지난 연애 이야기를 현재의 연인에게 도란도란 얘기한 적이 있을 뿐이었다. 상관에게 그 이야기를 한 다음 날 나는 모든 임무에서 철수되었다. 남자가 생포될 때까지 나는 하루 종일 시간을 건너뛰는 법을 가르쳤다. 불행히도 아직까지는 시간을 건너뛸 수 있는 사람이 그와 나, 둘뿐이다.

마지막으로 남길 말을 묻자 그는 낄낄거렸다. 긴 머리채가 흔들렸다.

"예전 여자친구가 머리카락 좀 자르라고 했었는데……."

상관이 내 쪽을 돌아보았다. 나는 상관을 향해 목이 부러질 듯 머리를 흔들었다. 내 얘기가 아니었다. 그 여자가 머리카락을 자르라고 했다며 내게 투덜거리는 건 그의 단골 레퍼토리 중에 하나였다. 머리카락에 코멘트 좀 한 게 뭐가 그렇게 서러운 건지 이해할 수 없었지만. 아무튼 이 와중에 꺼낸 말이 내 얘기가 아니라서 다행이었다.

시간을 건너뛰지 못하는 다른 집행인들은 눈에 힘을 주고 계속 낄낄거리는 그를 노려보고 있었다. 그는 악마였다. 적어도 이 세계에서 그는 자신의 상관들보다도, 반대 진영의 총사령관보다도 더 악마화되어있었다. 저렇게까지 혐오의 대상이 된 데에는 그의 기이한 외모도 적지 않게 영향을 미쳤다. 눈을 가늘게 뜨고 그의 부스스한 머리카락 끝을 바라보았다. 그는 나와 헤어진 이후로 적어도 20킬로그램은 더 찐 것 같았다. 벌써 10년이나 지난 일이었다. 내가 저 악마의 연인이었다는 것도 이제는 모두가 알고 있다. 나는 상관을 한 번 더 돌아보았다. 나까지 악마와 같은 취급을 하는 사람은 아무도 없었다. 그의 연인이었다는 사실이 알려지면 사람들이 나를 혐오하지 않을까, 진지하게 걱정했었지만 나는 어떠한 혐오의 기미도 느끼지 못했다. 나는 여전히 전우였으며 동지였다. 나는 여전히 진지하게 이들과 함께 더 좋은 세상을 꿈꾸는 사람이었다. 그러나―나는 상관을 돌아보았다. 상관에게 나는 어떤 의미일지에 대해선 짐작하기 쉽지 않았다.

나는 잠깐 고개를 떨어뜨렸다가 얼른 다시 눈을 그에게 고정했다. 언제 문이 열릴지 모를 일이었다. 지금까지는 사형집행이 시작되기 이전에는 결코 사라지지 않았다고 하기는 했다. 그럴 법도 했다. 그는 늘 지나치게 이벤트를 좋아하는 성격이었다.

이곳에는 커튼도 없고, 부저도 없다. 그는 평범한 사형수가 아니니 하는 수 없는 일이다. 더군다나 지금은 전시고, 그 같은 범죄자에게 교수형이 허용될 리가 없다. 모두가 초조하게 빨간 등을 지켜보고 있다. 총은 소음총이지만, 그는 어떻게든 죽기 직전에 형장을 빠져나갔다. 빨간 등에 불이 들어왔다.

곧바로 방아쇠가 당겨졌다. 나는 눈을 부릅떴고, 순간적으로 그의 죄수복이 환하게 빛났다. 그의 몸이 죄수복 안에서 분절되는 것이 보였다. 나는 석궁을 놓치지 않게 꼭 쥐고서 빠르게 내 몸의 구성을 해체했다. 그는 시간의 기류를 타고 문 안으로 날아들어갔다. 문이 닫히기 전에 아슬아슬하게 몸을 온전히 기류 안으로 밀어 넣었다. 빛 속을 내달리는 그의 맨 엉덩이와 허벅지가 보였다. 나는 그를 따라 뛰면서 소매 한쪽을 재구성하지 못했다는 걸 깨달았다. 꼴이 우스웠지만 어쩔 수 없는 일이었다. 아주 오랜만에 보는 그의 맨살이었다.

우리가 떨어진 곳은 고궁이었다. 나는 그와 약간 차이를 두고 떨어졌다. 고궁이라고 해도 이 시대가 조선시대일 리는 없다. 차원의 문을 연다는 것도, 결국 자신이 가지고 있는 기억들을 통해서 여는 것이니만큼 살아오지 않은 시기의 문을 열 수는 없다. 그저 다른 세계의 우리들을 찾아가는 것뿐인데도, 사람들은 도무지 그 기억들의 파편을 연결해내질 못한다. 단지 그 파편의 반짝거림만 찾는다면 문은 금방 발견할 수 있는데도 말이다.

그는 알몸인 채 고궁 벽을 따라 한 걸음씩 움직였다. 나는 고궁 벽에 붙어서 천천히 그를 따라갔다. 따라가고 있자니, 그가 날 따라오던 기억들이 떠올라서 어처구니없이 실소했다. 그를 만나고 있을 무렵에, 나는 거의 신경증 환자였다. 하루에도 몇 번씩 소리를 지르고 울음을 터뜨렸고, 그에게 꺼지라고 소리쳤다. 그는 묵묵히 몇 시간이고 가만히 나를 따라오곤 했다. 그 수많은 기억들을 지나, 지금 그는 내가 뒤에 있다는 걸 모른 채 조심스럽게 걸음을 옮기고, 나는 아주 조용히 숨을 죽이고 그를 따라가고 있다.

모퉁이를 돌자 커다란 연못이 나타났다. 경회루라는 안내판이 햇빛에 반짝였다. 안내판 옆에 수정펜으로 쓴 오밀조밀한 글씨가 보였다. "TAIJI BOYS 영원히 96. 5. 23". 글씨는 쓴 지 얼마 안 된 듯 깨끗했다. 1년 단위로 넘어오는 문의 특성을 생각한다면, 지금은 틀림없이 1996년 5월 24일이었다. 평일 낮인지 사람들이 많지 않았지만, 알몸의 그는 누구보다도 눈에 띄었고, 그가 가는 길에선 몇 번 비명 소리도 들렸다. 그는 비명 소리에 개의치 않고 훌쩍 담을 뛰어넘었고, 나 역시 그를 따라 고궁의 담을 뛰어넘었다. 담 아래로 내딛는 발소리에 그는 이쪽을 흘깃 보고선 빠르게 달리기 시작했다.

고등학교 쪽이었다. 1996년이라면 그가 고등학생일 법한 시기였다. 나는 그가 달려간 길을 정신없이 쫓아 뛰었다. 짧은 머리의 소년이 허둥거리며 학교 앞을 걸어가고 있었다. 소년의 가방은 빵빵하게 부풀어 있었고, 알몸의 그는 여러 번 해본 솜씨로 곧장 가방을 낚아챘다. 난데없이 나타난 알몸의 남자에게 가방을 빼앗긴 소년은 소리를 질렀다. 그는 소년의 머리를 학교 담벼락에 짓찧었고, 소년은 정신을 잃고 쓰러졌다. 그는 가방을 열어서 부풀어 있는 가방에서 소년의 교복을 꺼내 몸에 걸치기 시작했다. 다 걸치고 나서는 아마 소년을 죽일 것이다.

석궁을 장전했다. 그를 쏠 무기를 찾기 위해 상관과 함께 무기고에 갔을 때 나는 이 석궁을 집어 들었다. 손에 들린 석궁을 보고, 상관은 내게 소음총을 권했다. 이상하게도 도무지 소음총에는 손이 가질 않아서, 나는 석궁으로 하겠다고 고집을 부렸다. 그를 놓치면 대체 누가 그 책임을 질 거라고 생각하느냐고 상관은 내게 소리를 질렀고, 나는 하는 수 없이 소음총을 집어 들고 숙소로 돌아왔다. 그날 밤, 살짝 술이 취한 상관의 손에 내가 들었던 석궁이 들려 있었다. 나는 잠깐 가슴이 뛰었다. 고맙다고 웃으며 상관의 목을 끌어안았지만, 상관은 날 끌어안는 대신 침대에 쓰러져 바로 코를 골기 시작했다. 잠이 든 상관 옆에서 나는 석궁을 끌어안고 그를 쏘는 내 모습을 상상했다. 분명히 이 원시적인 무기는 편리하지 않았다. 그러나 다른 무기가 상상되지 않았다. 느리고 힘이 세며 강한 파괴력을 가지는 단 한 번의 화살.

단추를 아직 다 잠그지 못한 채, 그는 나를 발견했다. 잠깐 입을 벌리고 멍하니 나를 바라보던 그는, 내 석궁이 당겨짐과 동시에 재구성을 시도했다. 이미 화살은 날아갔고, 석궁을 켠 채, 내 몸도 흩어지기 시작했다. 문이 열렸고, 고등학생 교복을 입은 그가 먼저 빛 속으로 사라져갔다. 그의 머리카락이 깃발처럼 휘날렸고, 나는 아직 재구성되지 못한 몸들을 서둘러 이동시키면서 되는 대로 길게 기른 그 머리카락이 지저분하다고 생각했다.

문이 열리자 거대한 초록색 물결이 눈앞에 펼쳐졌다. 내 키보다 훨씬 큰 식물들이 사방을 가로막고 있었다. 나는 손을 뻗어서 식물에 매달려 있는 열매를 뚝, 따냈다. 옥수수밭이었다. 그가 스티븐 킹의 소설을 원작으로 한 영화 〈옥수수밭의 아이들〉 이야기를 하던 걸 생각해냈다. 하지만 기억 속에서 옮겨갈 수 있다는 건 현실 세계의 이야기다. 아무리 좋아하는 작품이라고 해도 가상의 이야기로 옮겨가는 건 불가능하다.

누군가 그의 이름을 불렀다. 젊은 여성의 목소리가 아주 간절하고, 애타게.

"어디 있니!"

그는 소설 자체도 매우 무서운 역작이지만, 영화가 소설보다 훨씬 무섭다고 말했다. 그와 헤어지고 나서 나는 굳이 이 영화를 찾아보았다. 영화는 계속해서 옥수수 줄기들만 보여주었다. 어디에선가 소리가 들리지만 키보다 높은 옥수수밭은 도무지 그 소리의 진원을 알 수 없게 만들었다. 소리를 지르는 젊은 여성은 그의 어머니이거나, 그의 보호자 역할을 할 여성이리라. 그렇다면 그는 나이 어린 소년일 것이다.

그는 머릿속에서 열심히 장소를 찾았을 것이다. 이곳에서 내가 그를 찾아 활을 쏘는 건 지독하게 어려운 일이다. 부스럭거리는 소리는 끊임없이 들리지만, 그게 그의 소리인지, 어린 그의 발소리인지, 아니면 바람 소리인지 짐작할 수도 없었다. 나는 눈을 질끈 감았다. 그를 찾는 건 이곳에선 거의 불가능해 보였다. 한 시간 내에 그를 찾아낼 수 있을 것인가, 아니면 그가 자신을 찾아낼 수 있을 것인가. 내가 그를 찾기가 힘들다면 그 역시도 어린 날의 자기 자신을 찾을 수 없다. 기억을 열어서 차원을 뛰어넘은 사람이 자기 자신을 죽이지 못하면, 같은 기억을 두 개나 가지고 있는 세계는 과잉으로 소멸한다. 바람이 불기 때문에 부스럭거리는 소리에 집중하는 건 아무런 의미가 없었다. 그를 찾아낼 수 있는 방법을 고민하면서 나는 천천히 한 걸음씩 걸음을 떼었다. 가까운 발치께에서 울다 지친 쉰 목소리가 들렸다.

나는 풀을 헤치고 아래를 내려다보았다. 아직 작고 하얗지만 긴 눈매와 큰 코는 그대로였다. 아이는 울다 지쳐 이제 더 이상 울 힘도 없어 보였다. 나는 토끼처럼 가느다란 아이를 안아 들고서 엉덩이를 토닥였다. 지친 아이는 그대로 내 품에서 잠이 들었다. 나는 가만히 아이를 안고 그 자리에 멈춰 섰다. 그는 어떻게든 이 아이를 찾아야만하고, 나는 그를 죽여야 했다. 그는 아이를 만나기 위해서 찾아올 것이었다.

그는 이 옥수수밭 어딘가를 헤매고 있다. 아이의 울음소리가 들리지 않음에 황망해하면서, 내가 자신을 어디서 노리고 있을지 알 수 없어서 당혹스러워하면서. 내가 울음을 터뜨릴 때면, 그는 아무 말 없이 조용히 내가 지쳐서 울음을 그칠 때까지 기다리다가 머리를 쓰다듬곤 했다. 여기저기 쓰레기가 널려 있고 퀴퀴한 냄새가 나는 그의 집에서 나는 그의 무릎을 베고 선풍기 바람을 받으면서 지친 개처럼 고개를 떨구고 잠이 들었다. 아이의 몸은 작고 가늘었다.

어린 시절 내 허벅지를 토닥이던 손길들이 떠올랐다. 외할머니와 엄마와 친구들과 옆집 오빠와…… 지금 내가 죽이려고 하는 그의 손길들. 그는 이곳으로 처음 날아온 것일까. 내가 끼어들지 않았던 순간들에, 어쩌면 지금 내 품에서 잠든 이 아이는 큰 소리로 울음을 터뜨렸을지도 모른다. 가만히 생각해보면 지금 내가 죽이려고 하는 그가 나와 한때 서로 사랑했던 그인지 아닌지도 알 수 없는 노릇이었다. 그 역시도 다른 세계에서 건너왔을지 아닐지, 장담할 수 있는 건 아무것도 없었다. 나는 그와 헤어지고 나서 다른 세상에 가서 살 생각을 한 번도 하지 않았다. 내가 나를 만난다면, 그건 분명히 내가 아닐 것이지만 내 기억 속의 나는 여전히 나 이외의 무엇으로도 사고되지 않았다. 다른 세상에 떨어진다면 나는 나를 부정해야만 살아남을 수 있었다. 내 기억 속에 살아 있는, 나와 똑같이 생각했을 그것. 그것을 내 의식이 견뎌낼 수 있을 거라고는 믿어지지 않았다. 풀을 스치는 바람 소리가 끊이지 않고 들렸다. 그는 수없이 자신을 해하며 도망쳤을 것이었다. 그는 그것을 어떻게 견뎌낼 수 있었을까. 함께 있을 때도 그는 자기 자신의 실존 외에는 아무것도 믿지 않는 것처럼 말했다. 하지만 그는 냉소적인 말을 내뱉으면서도 내게 입을 맞췄다. 저쪽 편에서 싸우고 있는 그는 지금도 사람들이 서로 연결될 수 있는 순간보다는 자신의 실존을 더 믿고 있을 터였다. 그와 나의 지향점은 서로에게 들이대고 있는 총구만큼이나 달랐다.

아이의 몸이 따뜻했다. 이 작고 예쁜 몸이 그가 된다니 믿어지지 않았다. 누구에게나 삶은 다정한 동시에 끔찍한 것이다. 이 아이에게는 다른 선택의 여지가 많을까, 아니면 이 우주의 삶은 애초에 정해져 있는 것일까. 나는 아이의 엉덩이를 토닥토닥 두드렸다.

시간은 멈추지 않았다. 옥수수밭이 얼마나 광활한지는 알 수 없었지만, 이곳으로 떨어진 지 사십오 분째, 바람이 뒤틀린 방향으로 흘러갔다. 나는 바람이 모이는 쪽을 바라보았다. 그는 나와 스무 발짝 정도 떨어진 곳에서 머리 위로 문을 열고 있었다. 나는 잠든 아이를 땅 위에 내려놓았다. 아이가 잠투정을 할 듯한 눈으로 날 치어다보았고, 나는 가볍게 아이의 이마에 입을 맞추고, 아이의 손을 한 번 꼭 쥐었다 놓은 뒤 등에 석궁을 걸쳐 메고 열 발짝을 내리 달렸다.

나는 시공간을 뛰어넘는 그의 발을 보고 있다. 그는 그 사이 발바닥에도 투실투실하게 살이 올랐을 것이다. 발바닥을 넘어서 그의 약간 너덜거리는 교복 와이셔츠가 보였다. 그는 이제 곧 불혹이 될 배 나온 아저씨였다. 나는 그의 발을 향해 손을 뻗었다. 가물가물, 손이 닿을 것 같다고 생각하자, 시간의 바닥이 텅 하고 열렸다. 갯비린내가 나는 곳이었다.

갯벌에 커다란 무대가 펼쳐져 있었고, 해가 뉘엿뉘엿 떨어져가고 있었다. 호피무늬 비키니를 입은 아가씨가 고양이 같은 목소리로 노래하고 있었다. 가슴이 철렁 내려앉았다. 나는 이곳을 알고 있었다. 기왕이면 내가 없는 기억을 선택해서 떨어지는 게 나았을 테지만, 아마 계속 내가 쫓아오고 있는 데다가, 그 역시도 다급한 마음에 기억들을 찬찬히 골라볼 시간이 없었으리라. 그리고 무엇보다 상관이 내게 이 일을 맡긴 이유도 바로 그것일 터였다. 그만 아니었으면 다른 것들을 훨씬 더 잘 할 수 있을 텐데. 사형집행보다는 전술에 관한 문서를 작성하는 게 내겐 더 맞는 일이라고 생각하다가, 마음이 아파졌다. 나는 이 전쟁에서 무엇을 하고 있는 것인지 스스로도 알 수가 없었다. 이 노래가 나오고 있을 때, 아마 열아홉 살의 나는 무대 앞의 수많은 사람들 틈에 섞여서 춤추고 노래하고 있었을 터였다. 그는 나를 놓치지 않기 위해 꽤 고생했었다. 사람들은 한 덩어리가 되어 섞여 있었고, 그 틈으로 들어가기는 쉽지 않을 듯했다. 몸이 많이 약했던 나는 지쳐서 밀려 나왔을 것이다. 그것이 언제였는지 기억나지 않았다. 이때 저기에 있었던 건 사실일까, 포기하고 술을 마시러 가지는 않았을까, 분명 저 군중들 속에서 리치 코젠의 노래를 들은 기억이 났다. 하지만 그 기억은 당연히 진짜가 아닐 수도 있었다. 사실 리치 코젠이 무대 위에 올라왔을 무렵에는 아주 멀리에 서 있었을 수도 있다. 마치 가까이서 듣는 듯한 기분으로. 그는 군중들 틈에 끼어드는 걸 별로 좋아하지 않았었다. 그랬었던가, 기억이 잘 나지 않았다.

만약에 한 시간이 지나도 그를 찾지 못하고, 그가 먼저 자신을 찾아내서 죽이는 데에 성공한다면 나는 원래 세계로 돌아가서 그를 사형시키는 데에 실패했다고 말해야 한다. 하지만 기억을 타고 돌아가야 하니, 결국 그가 날아가기 직전으로 돌아가야만 할 것이다. 그때 나는 뭐라고 말하면서 사형집행의 순간에 실패의 보고를 할 수 있을까.

상관은 내가 나 자신을 위해서 반드시 기술을 전수해야 한다고 말했다. 그가 죽고 나면 나는 그 기술을 가진 유일한 사람이 된다. 적들 역시 나를 결코 살려두지 않을 거라고, 몇 번씩 강조하고 나서 그는 말을 더 잇지 못하고 말꼬리를 흐렸다. 말하지 않아도 알고 있었다. 아군에게도 난 썩 달가운 사람이 아닐 터였다. 내가 적의 손에 넘어간다면 열심히 싸워서 일구어낸 모든 성과들이 한순간에 없어질 수도 있었다. 기억을 돌아가서 상황을 읽고 돌아온다는 건 다른 세계들의 승리에는 오히려 해가 될 수도 있었다. 하지만 윤리위원회가 그 사항을 점검하기에 우리의 세계는 그만큼 인식이 넓지 않았다.

수많은 교육들이 있었지만, 나는 결국 그 누구에게도 시공간을 건너뛰는 법을 알려주지 못했다. 가르치면서도 나는 끊임없이 두려워했다. 내가 가르친 이들 역시 그처럼 우주를 건너뛰는 사형수가 되지 않으리라는 보장이 없었다. 그렇다면 나 역시 다르지 않을 것이었다. 나는 아까 보았던 광경을 다시 떠올렸다. 얼굴이 가려진 사형수 하나가 어깨를 옹송그리고 들어오는 모습이 그려졌다. 혹시 내 움츠러든 어깨만 보고서도 상관은 나를 알아볼 수 있을까. 상관은 언젠가부터 내게 세상에 대해 말하지 않았다. 나는 외로워질 때마다 그의 이야기를 상관에게 털어놓은 것을 후회했다. 사형수가 된 나는 옷 안으로 문을 열어서 도망을 친다. 하지만 어디로 도망쳐야 할지를 알 수 없었다.

그때 리치 코젠이 연주를 시작했고, 불현듯 정신이 든 나는 대학교 쪽으로 달리기 시작했다. 나는 이날 그와 함께 술을 마셨다. 정말로 마셨는지 확신할 수가 없었다. 하지만 그래도 가능한 건 그 기억에 매달리는 것뿐이었다. 그것 말고 내가 할 수 있는 일은 아무것도 없었다.

지하철역에서 긴 머리를 하나로 묶은 남자가 술에 취해 친구들에게 무어라 고함을 지르고 있었다. 옆에 서 있는 겁먹은 표정의 나이 어린 소녀를 보고 나는 한숨을 참았다. 나는 화장기 없이 푸석푸석한 얼굴을 좌우로 흔들면서, 겁먹은 눈을 한 채 웃고 있었다. 열아홉 살의 나는 그의 손에 휴대폰을 쥐여주었다.

"아저씨 전화기 여기 있어요."

스물일곱 살의 그가 휴대폰을 주머니에 넣으면서 말을 받았다.

"그건 휴대폰이잖아, 전화기 어디 갔어, 전화기."

왁자하게 웃음이 터졌고, 어린 나는 울음을 터뜨릴 것 같은 눈으로 크게 웃어 보였다. 분명하게 기억이 났다. 나는 저때 울고 있었다. 그의 친구 중 한 명이 집 전화기라도 가져왔냐며 낄낄거렸다. 그는 내 앞에서 자주 술을 마셨고, 저녁이면 나는 그와 함께 늘 취해 있었다. 난데없이 온갖 울음의 기억들이 솟구쳐 올라왔다. 술에 취한 그는 친구들 앞에서 그녀에 대해 '평생 끌어안고 갈 거라고' 말했고, 나는 여행지의 술집 화장실에서 입을 틀어막고 울었다. 그날 밤에는 꿈을 꾸었다. 꿈속에서 그는 다정스럽게 나를 향해 내가 아닌 이름을 불러왔고, 나는 그 꿈속에서도 그에게 화를 내지 못했다. 잠이 든 그의 팔을 붙잡고 나는 다시 입을 틀어막고 울었다. 열아홉 살의 질투 많고 겁 많은 나는 있는 힘껏 다리를 버티고 서 있었다.

마음속에서 무언가가 일그러지기 시작했다.

하늘색 교복 와이셔츠를 입은 배 나온 남자가 스물일곱 살의 그에게 달려들었다. 나는 거칠게 스물일곱 살의 그를 떠밀었고, 그 와중에 그의 손에 들린 칼에 열아홉의 내 팔뚝이 날카롭게 베였다. 마음속의 실핏줄이 터졌다. 어린 나는 자기 팔을 붙잡고 울기 시작했다. 그가 내게 결혼하고 싶다고 말했을 때, 내가 떠올린 순간은 평생 그녀를 잊지 못할 거라던 그의 넋두리였다. 나는 석궁을 들어 그를 향해 겨누었다. 그의 마지막 사랑 같은 건 하고 싶지 않았다. 그때 나는 그에게 영원히 잊히지 않는 날카로운 상처가 되고 싶었다. 돌아가야 할 곳을 잘못 생각한 게 아닐까. 내 삶은 상관에게 그와의 관계를 고백하기 훨씬 이전부터 궤도를 이탈해 있었다. 잘못된 것은 그것만이 아니었다. 그는 날 뚫어져라 보다가 날 향해 짐승처럼 으르렁대기 시작했다. 그의 눈 속에서 온갖 감정들이 쏟아져 나오기 시작했다. 아무 말도 들리지 않았지만, 심장이 물어뜯기는 걸 분명하게 느꼈다. 나는 느슨하게 감각을 열어서 날카로운 감정들을 다 받아냈다. 가슴에서 감정의 끈들이 폭발하는 소리가 들렸다. 폭발을 그대로 전달받은 그의 다리가 떨리기 시작했다. 부들부들 떨리는 손으로 내가 활시위를 당겼을 때, 그는 힘겹게 차원의 문을 열어젖혔다. 그를 따라 돌아다녔던 수많은 예전들처럼, 나는 그의 뒤로 발을 옮겼다.

눈을 깜빡이자 시야가 좀 더 명확해졌다. 나는 시외버스 안에 앉아 있었다. 도로는 광활한 들판 한가운데를 가로지르고 있었고, 버스는 어딜 봐도 시골 동네로 보이는 곳으로 진입하고 있었다. 나는 이곳에서 내려야 하는데, 내 어깨에 여전히 열여덟 살의 내가 머리를 기대고 잠들어 있었다. 바로 내 옆으로 건너왔다. 그의 기억과 내 기억이 혼재되기 시작하고 있었다. 어쩌면 나도 살아남기 위해 이 소녀를 죽여야 할지 몰랐다. 소녀의 왼쪽 귀에서 이어폰이 삐져 나와, 음악소리가 들렸다. 김현철의 노래였다. 〈횡계에서 돌아오는 저녁〉은 1993년에 발매되었고, 나와 이 소녀는 1993년에 초등학교에 입학했다. 우리는 이 노래들을 좋아할 가능성이 그리 많지는 않은 사람들이었다. 소녀는 천천히 애인의 색깔로 물이 들고 있는 참이었고, 견딜 수 없이 새로운 세상 속에서 편안히 잠들어 있었다. 머리를 편하게 기대어주려고 하자, 소녀는 화들짝 놀라 잠이 깨더니 내게 고개를 꾸벅 숙이고는 이어폰을 제대로 끼웠다. 〈달의 몰락〉이 더 이상 들리지 않았다.

내가 내 옆에 떨어졌다면, 그 역시 그 옆에 떨어졌을 수도 있었다. 나는 등에 메고 있던 석궁을 쓰다듬으며, 차 안으로 고개를 돌리다가 그와 눈이 마주쳤다. 고등학교 때 교복은 이제 더 이상 그에게 맞지 않는 모양인지, 단추도 한두 개 떨어져 있었다. 단추가 떨어진 부분을 가만히 들여다보고 있자니, 죽여야 할 사람을 눈앞에 둔 상황에서 물색없이 배가 고파졌다. 사형집행 대기 시간까지 포함해서 다섯 시간 이상 아무것도 먹지 못했다. 그는 내 표정을 살피더니 다시 고개를 돌려 앞쪽을 바라보았다. 옆을 힐끔 바라보니, 소녀는 그에게 조금 있으면 도착한다는 문자를 보내고 있었다. 소녀를 보면서 나는 가슴이 뛰었다. 위험한 징조였다.

터미널에 도착하자, 소녀는 나보다 빨리 내리고 싶어서 안절부절못했다. 나 역시 그보다 먼저 스물여섯의 그를 찾아내야 했다. 소녀는 내리자마자 후닥닥 터미널 안으로 뛰어들어 갔다. 소녀의 뒤를 따라 터미널로 걸어 들어가는 내 뒤로 교복을 입은 그가 따라왔다. 터미널 안에서 소녀의 손을 꼭 붙잡은 남자는 색깔이 들어간 촌스러운 안경을 끼고 있었다.

그와 나는 어느 정도의 거리를 두고 소녀와 남자를 따라갔다. 누가 누구를 죽여야 하는 것인지 약간 헷갈리기 시작했다. 그는 어째서 남자를 공격하지 않는 것이며, 나는 어째서 그를 공격하지 않는 것인가. 나는 천천히 오른손을 왼쪽 손목에 가져다 댔다. 심장은 터질 듯이 빨리 뛰고 있었다. 기억을 따라 계속 차원을 뛰다보니, 끝내는 어린 나와 감정이 겹쳐지기 시작한 것이 틀림없었다. 남자의 팔에 꼭 매달린 소녀의 뒷모습은 거침이 없었다. 소녀에게 내 감정은 어떠한 영향도 미치지 못했다. 사형을 집행해야 하는 내 책임감은 저 압도적인 설렘에 비해서는 턱도 없이 모자랐다.

나는 석궁을 쥔 손에 힘을 주었다. 이것은 살해가 아니라 사형 집행이었다. 이렇게 그를 쏘아 죽일 수는 없었다. 소녀와 남자는 재래시장 쪽으로 방향을 틀었다. 투둑투둑, 비가 떨어지기 시작했다. 우산이 없는 그들은 빗속을 내달렸고, 뒤를 따르던 우리들은 걸음을 빨리 했다. 포장마차에 멈춰 서서 그들은 떡볶이와 순대를 샀다. 남자가 소녀에게 무엇을 좋아하냐고 묻자, 소녀는 허파를 좋아한다고 작은 소리로 대답했다. 남자는 소녀의 머리에 손을 얹고, 물컹거려서 무슨 맛으로 먹느냐고 한 소리 하고는, 허파를 많이 달라고 칼을 든 주인에게 부탁했다. 남자는 편의점에 들어가서 소주 한 병과 디스 한 갑을 샀다.

언제부터 편의점에서 저 담배를 팔지 않았는지 기억이 나지 않았다. 그와 함께 소주를 마셨던 마지막 기억은, 그가 자해를 하고 내게 전화했던 때였다. 나는 놀란 표정을 지었지만 조금도 놀라지 않았다. 놀라기는커녕, 나는 커터 칼로 그은 자리에 자잘하게 앉은 피딱지도, 그의 보라색 잇몸도, 잇새로 끊임없이 새어 나오는 그의 모욕들도, 무엇보다도 방 한구석에 쌓여가는 그의 초록색 술병들이 견딜 수 없게 지겨웠다. 나는 그 자리에 도착해서는 그를 한없이 걱정하는 표정으로, 그 술을 통째로 목구멍에 쏟아부었다. 모든 것이 죽고 싶도록 지겨웠기 때문이었다.

소녀와 남자는 재래시장과 연결되어 있는, 그 동네에 하나밖에 없는 모텔을 찾아 들어갔다. 내 옆에는 마흔이 가까워온 배 나온 아저씨가, 90년대 중반의 교복을 입고 떡볶이 포장마차 앞에 앉아 있었다. 나는 그 옆에 자리를 잡고 앉았다. 그가 떡볶이 1인분과 순대 1인분을 시켰다. 나는 허파를 집어 떡볶이 국물을 묻힌 뒤 천천히 입으로 가져갔다. 그는 순대를 소금에 찍었다. 주인이 오뎅 국물 한 컵씩을 담아서 내밀었다. 십여 년이 지나도 나는 여전히 뜨거운 걸 잘 마시지 못했고, 그는 여전히 혀를 데지 않았다. 소녀가 시야에서 사라졌는데도 나는 여전히 가슴이 뛰었다. 그의 내리깐 눈이 송아지처럼 보였다. 원래 저렇게 착하고 여린 눈빛이었던가, 기억이 나지 않았다. 입을 맞추고 싶은 충동에, 나는 휴지로 입술을 꾹 눌렀다. 갑자기 입술에 강한 전류가 흘렀다. 소녀와 감각까지 겹쳐지고 있는 모양이었다. 옆에 앉은 그의 얼굴이 붉어졌다. 나는 주먹을 꽉 쥐었다. 폭탄이 떨어졌을 때의 계기판 역시 붉은색으로 빛났다. 그때마다 수많은 사람들이 죽어갔다. 나는 분명히 해야 할 일이 있었다.

떡볶이와 순대를 깨끗이 비우고 나서, 그는 포장마차 의자 위에 문을 열었다. 그는 이제 더 이상 시간을 끌지 않을 생각이었다. 나도 마찬가지였다. 그리고 나는, 내가 갈 곳이 어딘지 이제 알고 있었다. 어쩐지 다시는 그 전쟁의 시간으로 돌아갈 수 없을 것 같은 생각이 들었다.

익숙한 편의점과 패스트푸드점이 눈에 들어왔다. 이제 어떻게 되었는지는 알 수 없지만, 내가 그를 기다릴 때마다 앉아 있던 목마가 눈에 들어왔다. 아이들의 꿈과 희망 위에서 꼬맹이 여자애가 담배를 피우고 있다고, 그는 내게 낄낄대곤 했다. 주변을 둘러보았지만, 그는 보이지 않았다. 하지만 나는 수많은 술집들과 가게들을 지나쳐 내달리기 시작했다. 수없이 올랐고, 수없이 내려왔던 길이었다. 내가 화를 내면서 그의 손을 뿌리치고 뛰쳐 내려오기도 했고, 그가 팔짱을 끼고 도란도란 버스정류장까지 날 바래다주기도 했다. 그를 빨리 만나고 싶은 마음에 있는 힘껏 이 길을 달렸던 봄날, 나는 지금보다 빨랐을까, 느렸을까. 그 역시 이 길 어딘가에 떨어졌다면 분명 그곳을 향하고 있을 터였다.

나는 어깨에서 석궁을 내려 시위를 매겼다. 활을 본 누군가가 비명을 질렀다. 사람들이 웅성댔다. 누군가가 휴대폰을 꺼내 사진을 찍었고, 누군가는 전화를 걸기 시작했다. 나는 더 빨리 달렸다. 이제는 그때보다 더 빨리, 더 멀리 뛸 수 있게 되었다. 나는 거침없이 계단으로 발을 내디뎠다. 그의 방은 이 건물 꼭대기에 있었다.

방문이 잠겨 있던 적은 한 번도 없었다. 방문을 열고 들어가면 언제나 실오라기 하나 걸치지 않은 채 대자로 누워 있곤 했다. 하루 종일 단둘이 집에 있을 때면, 내 몸까지 눅눅하게 바닥에 녹아들었다. 온 집 안에 지독한 정액 냄새가 진동했지만, 이미 집의 일부가 된 나는 느낄 수도 없었다. 행복했던 기억들이다. 방문을 열자, 그가 자신에게 칼을 겨누고 있었다. 화살이 날아가면서 동시에 몸속으로 느닷없이 저릿한 충격이 밀려왔다. 그에게 헤어지자고 말하던 날, 그는 내게 끊임없이 모욕적인 말들을 내뱉으며 거칠게 옷을 벗겼다. 그가 내뱉은 모든 언어들이 명치끝을 아프게 찔러왔다. 시위에서 날아간 화살은 그의 배를 관통했고, 그는 칼을 꼭 쥔 채 모로 쓰러졌다. 그가 내 위에서 날 짓누르며 단속적으로 움직이는 동안 날 상처 입히기 위한 그의 모든 움직임들 때문에 참을 수 없이 괴로웠고, 기뻤다. 드디어 우리는 서로의 지울 수 없는 명백한 상처가 되었다. 나는 그의 얼굴을 보았고, 그는 나의 얼굴을 보았다. 아주 낯설고 강렬하게, 냄새나는 모텔, 술에 취해 뱉어놓은 토사물, 그의 핏방울, 보라색 잇몸, 자살하겠다고 칼을 들고 계단을 올라오던 발자국소리, 밥 짓는 냄새, 달의 몰락, 스티븐 킹, 커트니 러브와 차갑게 저물던 저녁, 굵은 팔뚝, 가늘게 짓던 웃음, 성기를 입에 물던 소녀의 옆얼굴, 사랑, 사랑, 사랑, 사랑과 함께 짙은 싸구려 커피 냄새가 어처구니없이 내 얼굴 위로 쏟아졌다.

쓰러진 그와, 여전히 잠들어 있는 그의 옆을 지나, 늘 켜져 있던 그의 컴퓨터 앞에 앉았다. 모니터 아래쪽에 2007-05-24라는 하얀 숫자가 보였다. 나는 고개를 돌려, 여전히 잠들어 있는 스물아홉의 그를 들여다보았다. 바로 옆에 눈을 부릅뜨고 입을 벌린, 서른아홉의 시체가 있었다. 나는 살그머니 문을 닫고 방을 나왔다.

나는 저 길 어딘가를 올라오고 있다. 손에는 아마, 그에게 줄 생일 선물을 들고 있는 것 같다. 내가 방문을 열고 들어서서 그의 옆에 누우면, 그는 날 잠시 끌어안았다가 일어나서 내게 커피를 끓여준다. 그가 끓인 커피는 머그컵으로 한가득이다. 물의 양만큼 커피도 설탕도 손 크게 집어넣는다. 나는 컴퓨터 앞에 앉아서 까딱까딱, 그의 파일들을 건드리며 천천히 커피를 다 비운다. 게으른 그는 언제나 설거지를 늦게 해서 컵 바닥에는 커피 자국이 그대로 남아 있다. 나는

그 싸구려 커피가 마시고 싶었다.

계단을 자박자박 올라오는 발소리가 들렸다. 톤이 높은 소리로 가늘게 노래를 부르면서, 스물한 살의 나는 흥겹게 그를 만나러 오고 있었다. 그녀는 10년 뒤에 자신이 그를 죽이게 된다는 걸 모르고 있다. 10년은커녕, 1년 뒤에 어떤 마음으로 이 계단을 오르게 될지도 알지 못했다.

이 세계에 머문 지 삼십 분이 지났다. 나는 사형집행 임무를 완수했다고 상관에게 보고해야 한다. 그러면 상관은 반갑게 날 안아주고 예전처럼 웃어줄 것이다. 나는 웃어주지 못한다. 생각해보면 처음 상관을 만나는 순간부터 지금까지 한 번도 그렇게 웃어주지 못했다. 다행히 우리에게는 누군가의 죽음을 딛고서라도

이루어야 할 세상이 있었다. 사랑이라니. 감히, 사랑이라니. 나는
눈을 감고 여기저기 칠이 벗겨진 나무문에 기대었다가,

조용히 눈을 떴다.

■ 사 형 집 행 일 은 ……

이 소설에는 말을 덧붙이고 싶지 않다.

성 문 너 머 코 끼 리

성 문 너 머 코 끼 리

하나.

    녀석은 잘 지내고 있어요. 당신은 어떤가요. 나는 오늘도 하루 종일 풀을 베었어요. 손가락에서 풀 냄새가 나요. 녀석은 내 키보다 더 많은 양의 풀을 먹어치웠어요. 당신이 놔두고 간 저울로 재보니 58킬로그램이나 먹었어요. 그렇게 먹은 주제에도 설탕을 더 이상 주지 않으니 그게 불만스러운가봐요. 가져다주는 대로 풀도 꾸역꾸역 잘 먹긴 하지만, 풀을 다 먹고 나서도 설탕이 없으면 발을 거세게 굴러요. 긴 코를 치켜들고 부오오우, 파오오우, 큰 소리로 울어대죠. 하지만 난 설탕을 주지 않을 거예요. 절대로.

    당신은 내게 말했었죠. 당신의 세계에서 가장 아름다운 생물을 데리고 왔다고. 솔직히, 난 아름답긴커녕 무서워서 고개도 제대로 들지를 못했어요. 하지만 내가 맡은 역할이 이거라, 담당관한테 밉보이기 싫어서 억지로 고개를 들었죠. 내가 이상한 게 아니에요. 그게, 그렇잖아요. 녀석은 너무 크잖아요? 당신이 처음 왔을 때, 사람들 반응을 생각해봐요. 아무도 당신을 제대로 보지도 않았잖아요. 저 괴물 때문에 주저앉고 소리 지르느라. 장군님까지도 덜덜 떨면서 손가락 하나 까딱 못하지 않았나요. 카를을 기억하나요? 내 친구. 그 자식은 근위대씩이나 되어놓고서도 창 떨어뜨리고 바닥에서 벌벌 기고. 내가 그 괴물 앞에서 고개를 든 것만으로도 엄청난 거였다고요. 당신은 그 괴물을 쓰다듬기까지 하면서 괜찮다고 말했지만, 난 전혀 괜찮지 않았어요. 그저 당신이 이상하기만 했죠. 당신은 이 괴물 앞에서 어쩌면 그렇게 멀쩡해 보일까. 난 다리에 힘이 자꾸 풀렸어요. 담당관 앞에서 주저앉을까 봐 그게 계속 걱정이었어요.

슬금슬금 고개를 드는데, 이건 다리라기보다는 기둥에 가깝고 입에는 이빨인지 뿔인지 모를 게 붙어 있고, 코랍시고 달려 있는 건 그냥…… 호스였잖아요? 귀는 보자기보다도 크고. 나 정도의 조그만 여자애는 그 코로 살짝 건드리기만 해도 하늘나라로 가버릴 거 같았으니. 죽는다는 얘기가 아니라, 하늘로 붕 날아갈 거 같았어요.

물론 지금은 그렇게 무섭지 않아요. 당신이 말했듯이, 녀석의 눈을 보면 오히려 마음이 차분해지곤 하죠. 이렇게 커다랗고 힘센 녀석이 어쩌면 이렇게 선한 표정을 하고 있을까. 그게 더 신기해지곤 해요. 당신이 웃을 때면 꼭 이런 기분이 들었는데. 당신은 잘 있을까요. 녀석이 우리 나라의 풀도 잘 먹어서 정말 다행이에요. 내가 녀석에게 풀을 먹인다는 사실을 알게 되면 당신은 뭐라고 할까요. 웃을까요, 화를 낼까요. 기왕이면 웃었으면 좋겠는데 말이에요. 당신이 뭐라고 하든 난 설탕을 먹이지 않을 거예요. 어차피 당신이 뭐라고 할 수도 없잖아요? 녀석은 나한테 맡겨둬요.

둘.

당신은 예언자의 존재에 대해서 언제 알았나요? 전부터 얘기해줄까, 계속 고민했었는데. 그래도 결국에는 알게 되었겠죠. 모든 사람이 당신과 구세주에 관해서 얘길 했으니. 당신이 오기 전에도 많은 사람이 구세주랍시고 난리를 쳐댔었죠. 그중에 어떤 사람은 그런 속임수로 사람들의 돈을 긁어모아서 영주가 되기도 했어요. 대부분은 그냥 미친놈 취급받고 끝났지만요. 하지만 당신은 이 얘기에 대해서 조금도 알지 못했죠. 미안해요. 진작 얘기해줄 걸 그랬었나봐요. 얘기해준다고 뭐가 달라졌을까? 그건 잘 모르겠네요.

녀석은 오늘도 풀을 먹었어요. 꼬박 50킬로그램에서 60킬로그램 정도는 먹어요. 전보다 좀 건강해진 것처럼 보이기도 하는데. 자꾸 사람들이 녀석을 죽일지도 모른다는 얘기를 해서 놀라곤 해요. 나는 녀석을 돌봐주는 일이 아니면 이제 할 일도 없고 갈 곳도 없어요. 녀석을 살리기 위해서 기껏해야 내가 할 수 있는 일이라고는 열심히 풀을 베는 거밖에 없어요. 하지만 나 혼자 하기엔 역시 힘에 부쳐요. 담당관한테 풀을 벨 사람들을 조금 더 구해줄 수 없느냐고 물어봤는데, 뭐 하러 그 괴물한테 그렇게까지 힘을 써야 하느냐고, 한 마디 던지더니 다시 날 돌아보지도 않더군요. 어쩌겠어요. 힘닿는 데까지 낫질해야지. 근데 이게 쉽지가 않아요.

그 예언자 있잖아요. 쿨리크. 이건 비밀인데, 사실 나 쿨리크 할머니를 알아요. 그 구세주 예언을 하고 나서 성에서 쫓겨났거든요. 그 할머니가 쫓겨나고 나서는 아예 담을 넘어서 우리 마을로 들어왔어요. 그 조금 후에 내가 태어났고요. 유명한 예언자가 있으니까 우리 엄마는 신나서 날 안고 쿨리크 할머니를 찾아갔어요. 보통 사람들은 반역을 예언한 사람이라고 말도 잘 안 걸었는데, 우리 엄마가 성격 희한한 거죠. 근데 이 할머니가 날 보더니

"왕궁 성문을 열 아이로구먼."

해버린 거예요. 왕궁 성문을 연다는 게, 무슨 의미인 줄 알아요? 우리 엄마는 때때로 영주의 성문을 여는 소녀들을 본 적이 있대요. 물론 영주의 아들놈들은 늘 그렇듯이 빌어먹을 놈이 많아서, 대부분 논두렁에서 소녀들이 한바탕 엉엉 울고 나면 모든 일이 끝나버리곤 하죠. 하지만 아주 가끔, 몇몇은 영주의 성문을 여는 거예요. 소녀들이 아주 아름답거나, 영주의 아들놈이 꽤 착하거나 한 경우예요. 아니면 서로 많이 좋아하게 된 경우일 수도 있겠죠. 예쁘고 화려하게 땋은 머리를 양쪽으로 얹어 올리고서, 질

질 끌리는 빨갛고 긴 치마를 입고, 영주의 성문으로 들어가는 소녀들이 아주 가끔, 있기는 있다는 거예요. 영주의 성문을 열면, 돼지가 새끼를 열 마리 낳으면 아홉 마리는 영주에게 바치는 게 아니라, 그 아홉 마리 새끼돼지를 진상 받는 자리에 서게 되죠. 영주의 성문만 연다고 해도 눈이 돌아갈 판인데, 왕궁 성문이라니. 우리 엄마는 내 머리를 매일 땋아서 얹었었어요. 머리 땋아서 얹는 거, 당신도 봐서 알겠지만, 지체 높은 아가씨들이나 하는 거잖아요. 거기다가 쿨리크 할머니한테 보내서 글을 가르치질 않나. 어릴 때는 미레가 소젖 짜는 걸 도와줬다가, 아, 미레 알죠? 카룰이랑 결혼하기로 한 그 여자애요. 아무튼, 미레가 소젖 짜는 걸 도와줬다가 엄마한테 뺨도 맞은 적이 있어요. 확 후려치고서는 울면서 그러더라고요.

"넌 왕궁 성문을 열 아이란 말이다!"

소젖도 한 번 제대로 못 짜봤는데, 낫질이야 제대로 할 리가 있겠어요. 딱 죽을 맛이에요. 그렇다고 녀석을 굶길 수는 없는 노릇이잖아요. 알아서 잘하고 있어요. 녀석은 걱정하지 마세요. 누가 뭐라고 해도 내가 녀석을 지킬게요.

셋.

오늘은 유난히 당신 생각이 많이 나네요. 당신을 처음 보았던 순간이 떠올라요. 당신은 전혀 몰랐겠지만, 사람들은 다 놀랐어요. 예언의 내용이랑 똑같았으니까요. 하늘이 열렸고, 동그랗게 빛이 쏟아졌고, 구세주가 하늘을 뒤흔들 듯 커다란 회색 기사와 함께 나타났죠. 기사라기보다는…… 괴물이긴 했지만. 난 그렇게 빨리 왕궁 성문이 열리는 걸 본 적이 없어요. 왕궁 앞에 있는 북은 아무리 두드려도 왕궁 문을 열지는 못하는데. 당신은 순식간에 왕궁 문을 열어버린 거예요. 그것도 여왕님까지 소환해가면서. 그날은 여러 가지로 중요한 날이었어요. 미레랑 카룰이 약혼하는 날이었고, 왕궁 성문이 열린 날이었고, 여왕의 아들을 만난 날이었고, 녀석도 만난 날이었죠. 솔직히 나, 며칠만 더 있다간 시청에서 잘릴 판이었거든요.

나는 담 너머 출신이라 도무지 그 번쩍거리는 기기들엔 익숙해지지가 않았어요. 지금도 잘 못 다뤄요. 당신은 왕궁에서 살았으니 더 화려한 것들을 자주 보았겠죠. 나는 자료를 찾으려고 기계에 손가락을 연결하기만 해도 온몸에 소름이 돋아요. 처음 다룰 때는 거부반응까지 일어났어요. 촌스럽죠?

기계에 손가락을 대자마자 갑자기 시야가 바뀌더라고요. 커다란 금빛 시스템이 열리면서, 주변도 싹 바뀌었어요. 하지만 무엇보다 두려웠던 건 방대한 데이터베이스들이 끊임없이 내 뇌 속으로 들어오기 시작하는 거예요. 그리고 내가 기억하는 것들을 복사하기 시작했죠. 신경 하나하나가 곤두섰어요. 머릿속을 지네가 휘젓고 있는 것만 같았죠. 나도 모르게 비명을 질렀어요. 내 비명을 듣고 사람들이 달려왔어요. 난 입에 거품까지 물고 쓰러져 있었다더군요. 단순히 쓰러져 있던 게 문제가 아니었어요. 내 공포가 시스템에 너무 강력하게 작용해서 데이터베이스의 천분의 일 가량이 날아갔어요. 시스템이 빨리 날 끊어내서 다행이었죠. 그 때문에 난 죽을 뻔했지만. 아무튼 다른 사람들은 쉽게 연결해서 생각하는 것만으로 자료를 입력해서 돌아오는데, 난 겁먹어서 자료를 지우기나 하고 있으니. 최근 자료라 머릿속에 남아 있는 사람들이 빨리 재입력을 하긴 했지만, 그다음부터 기계 앞에 서는 것만으로도 무서워서……

그러다보니까 어떻게 취직은 했는데…… 취직을 한 게 용한 거죠. 그나마 담당관이 날 불쌍하게 여기다보니까 겨우겨우 몇 달은 갔어요. 그렇지만 한계가 있죠. 다른 사람들이 손가락으로 직접 연결해서 입력하고 있는 걸 자판이나 두들기고 앉았으니. 월급이 아깝죠. 맞아요, 저도 그렇게 생각해요. 그런데 그날 나를 딱 그 자리에서 계속 일하게 해줄 구세주를 만난 거예요. 당신 말 고, 여왕의 아들이오. 이상하지 않았어요? 왕궁은 그렇게 넓고, 당신은 왕궁에서 묵는데 왜 녀석은 시청에 있는지. 그게 다 나 때문이었다고요. 여왕의 아들이 한다는 소리가, 오래전부터 나를 알고 있었대요. 예뻐서 보고 있었대요. 난 그날 그 사람을 처음 만났는데. 그 사람은 자료 입력하는 기계 앞에서 잭에 손가락을 댔다가 뗐다가 겁먹고 있는 날 진작 보고 있었던 거예요. 엄마가 살아 있었다면 역시 왕궁 예언자의 예언이 틀릴 리가 없었다면서 신나서 동네에 떡이라도 돌렸을 거예요.

나도 그 생각했죠. 예언이 맞는구나. 미레랑 카룰의 약혼식은 못 가지만. 그 사람이 내 시꺼면 공무원 유니폼을 벗기고 가슴팍에 손을 집어넣을 때도 그 생각을 계속했어요. 예언이 맞는구나.

미레와 카룰을 생각하니 마음이 갑갑하네요. 카룰, 잘되어야 할 텐데. 미레는 여전히 집에서 잘 나오지 않는 것처럼 보이지만, 사실은 밤만 되면 모두 미레의 집으로 찾아가고 있어요. 당신이 지금 옆에 있었다면 뭐라고 말해주었을까요.

아, 녀석이 오늘 베어온 풀을 다 먹었나봐요. 당신이 녀석을 데려오면서 건네준 종이를 아직 가지고 있어요. 철자법이 엉망인 건 알고 있나요? 우리말을 배웠다더니 어떻게 된 거예요. △이나 ㆁ 같은 글자는 아주 옛날 말인데. 이 기계를 가지고 당신에게 글자를 알려줬던 그 사람은, 또 아주 옛날에서 글자들을 보낸 걸까요. 그래도 당신이 초원에서 이 녀석이 얼마나 먹는지 써줘서 다행이에요. 그 정도는 챙겨서 먹이고 있어요. 쉽지는 않지만요. 녀석은 내가 손을 내밀면 코를 내 손에 조용히 가져다 대요. 녀석이 뿜는 콧김은 강하지만 따뜻해요. 절대로 설탕은 먹이지 않을게요.

넷.

당신이 떠나기 직전에 봤던 녀석을 기억해요? 지금 당신은 녀석을 알아보지도 못할 거예요. 말하고 보니 알아보긴 할지도 모르겠네요. 이렇게 커다란 녀석이 그렇게 흔한 것도 아니고. 하지만 당신이 왔던 그 땅에는 녀석처럼 커다란 괴물도 여러 마리 있다면서요. 그런 녀석들이랑 섞어놓으면 당신은 아마 이 녀석을 알아보지 못할 거예요. 녀석은 아주 씩씩해요. 힘없이 울지 않아요. 처음 이곳에 도착했을 때처럼 우렁차게 울죠. 그럴 때면 시청이 무너질 것처럼 흔들려요. 당신이 말했던 그곳으로 지금이라도 달려갈 것만 같아요. 대초원이오.

종종 꿈을 꿔요. 꿈은 조금씩 달라지지만, 항상 배경은 그 대초원이에요. 새파랗고 눈부신 풀들이 끝도 없이 펼쳐져 있어요. 그리고 녀석이 그곳 어딘가에 서 있죠. 나는 설탕을 들고 애타게 녀석을 불러봐요. 하지만 녀석은 결코 나를 돌아보지 않죠. 때때로 나는 녀석과 함께 그 대초원을 달리고 있기도 해요. 아무리 달려도 초원은 끝이 나질 않아요. 이상한 일이에요. 난 단 한 번도 당신이 말한 것 같은 거대한 초원을 본 적이 없는데. 내가 본 파란 풀들이라야 보리밭이 전부인데. 이상하게도 그 대초원의 풀냄새가 꿈을 깨고 나서도 오랫동안 코끝을 간질여요.

내가 왜 풀을 먹기 시작했는지, 묻고 싶겠죠. 당신이라면 벌써 알고 있을지도 모르겠어요. 내가 카룰 때문에 울던 걸 기억하죠? 당신한테는 아주 단순하게 말했었죠. 굉장히 단순한 일이었지만, 단순하지 않기도 했었어요. 여왕의 아들은 난감해하더군요. 날 정식으로 후궁으로 맞고 싶었대요. 반란을 일으킨 도당이랑 소꿉친구여서 좀 곤란해졌다는 거예요. 그는 조심스럽게 말을 꺼내놓고는 내가 실망할까봐 걱정했지만, 나는 실망이 아니라 슬펐어요. 카룰은 반란을 일으키려고 한 게 절대로 아니었어요. 카룰이 얼마나 얌전한 아인데요. 처음 그 녀석이 창을 배운다고 했을 때, 어처구니가 없어서 미레랑 한참을 비웃었어요. 강에서 붕어를 잡아도 미레가 잡지, 카룰은 못했거든요. 나요? 나는 뭐, 엄마한테 맞기 싫으면 셋이서 소풍 갈 때 케이크나 만들어 가는 정도였죠.

그날, 소문이 사실이 된 날, 미레 아버지가 밭을 빼앗긴 날 말이에요. 카룰이 그 밭을 지키는 사람 중의 한 명이었거든요. 미레 아버지가 난리가 났어요. 미레 아버지는 처음 그 소문이 들렸을 때부터 말도 못했어요. 미레 어머니가 조금 기다려보자고 하는데도 쟁기를 집어 들면서 영주님이랑 담판을 짓고 오겠다고 소리 지르고. 원체 성격이 그런 분이시기도 하고요. 그런데 자기 아들 같은 카룰이, 미레랑 약혼까지 한 카룰이, 미레 아버지 땅이 이제 영주님 땅이라고 거기 버젓이 창 들고 서 있으니 얼마나 복장이 터졌겠어요. 너 이 새끼 죽여버리겠다고 고래고래 소리를 지르면서 날뛰시는데, 카룰은 얼굴도 들질 못하더라고요.

요즘 담 안쪽에서는 별의별 얘기가 다 들려요. 카룰이 미리 역도들과 모의했다가 역도들이 쳐들어온 순간에 왕궁을 습격하자고 외쳤다느니, 영주가 다니는 비밀 통로를 몰래 알아뒀다가 역도들에게 알려줬다느니, 사실 그때 카룰과 함께 반란을 일으키기로 한 근위대들이 카룰을 배신해서 반란이 진압된 거라느니, 엄청나게 똑똑해서 옛날부터 거짓말을 하면 모두가 다 속았다느니, 성내의 모든 기계를 다 능숙하게 다룰 줄 안다느니, 사실 시청 안의 자료들도 밖에서 모두 카룰에게 해킹당하고 있다느니.

그 멍청한 카룰이 그럴 리가 없잖아요.

미레 아버지가 사람들을 모아서 쟁기나 낫 같은 거나 들고 성으로 몰려갔을 때, 카룰한테 불검이 주어졌대요. 불검, 본 적 있어요? 나도 시청 안에 있는 거 한 번밖에 못 봤는데. 몇 걸음 멀리서도 그 사람의 얼굴을 인지하기만 하면 자동으로 검이 그 사람의 뇌를 끝장내버린다고 하잖아요. 카룰뿐만 아니라 근위대 모두에게 그 불검이 주어진 거예요. 미레 아버지가 오고 있는데, 카룰이 불검을 들고 있었다고요. 카룰한테 그게 어떤 의미겠어요. 카룰이 근위대가 된 건 다 미레 때문이었는데. 약해빠졌다고 늘 카룰을 놀려댔거든요. 물론 근위대는 월급도 안정적으로 받고, 나름대로 담 안으로 들어갈 기회도 많긴 하죠. 아마 왕궁 근위대까지 승진하는 걸 꿈꿨을 거예요. 그 이상은 꿈꿀 애도 아니고. 카룰은 미레 때문에 어깨 펴고 살아보겠다고 근위대에 들어갔어요. 미레는 카룰의 구혼을 받아줬고요. 그런데 불검을 들고 미레 아버지를 노려보게 되다니.

카룰은 그냥, 불검을 떨어뜨리고 도망갔어요. 그거 말고 카룰이 한 건 아무것도 없어요. 미레의 아버지 얘기를 듣고는 당신도 울었지요. 미레는 그 사건 이후로 집 밖으로 나오질 않았어요. 당연하죠. 마을 입구에 뇌가 깨끗이 지워진 채 매달려서 굶어 죽어가는 아버지를 누가 멀쩡한 정신으로 볼 수 있겠어요. 뇌가 지워져도 신경은 살아 있는지, 미레 아버지는 때때로 경련을 일으켰어요. 다들 자기 집 안에서만 숨죽여서 울었죠. 더 자세한 얘기는 나중에 해줄게요. 어쨌든 내가 녀석에게 풀을 베어다 먹이기 시작한 건, 다 이거 때문이에요.

아, 당신 말이 맞았어요. 영주는 거기다가 냄새가 지독한 꽃들을 키우기 시작했어요. 기계랑 뇌를 더 쉽게 연결할 수 있게 해주는 꽃이라는데, 잘못 쓰면 뇌가 잠식당할 수도 있어서 위험하대요. 그런데 그 꽃물을 마시고 머리에 직접 커서를 연결하면 세상이 어둑한 꽃밭처럼 보이기도 하고, 생선 내장 속처럼 보이기도 한다더라고요. 그 밭에서 영주한테 월급을 받고 일하는 사람들이 점점 흐려진 눈으로 돌아와요. 하루 종일 그 밭에 서 있다보면 머리가 통째로 날아가는 기분이 든대요. 누군가는 집에 오자마자 세 시간 동안 토악질만 하더니 숨을 거두기도 했대요.

녀석이 먹을 풀을 구하려면 담을 넘을 수밖에 없는데, 그래서 풀을 벨 때 더욱 조심스러워요. 녀석한테 자칫 그런 걸 먹일까봐 무섭기도 하고요. 다행히 담과 담이 연결되는 산등성이에는 길고 큰 풀들이 많아요. 한참 동안 녀석이 먹을 풀을 베다보면, 이 일에 꽤 소질이 있는 게 아닐까 생각이 들기도 해요. 대체 우리 엄마는 뭣 하러 나한테 글을 가르친 걸까요. 그냥 풀이나 베고 살 걸. 아직 녀석에게 위험한 걸 먹이진 않은 거 같아요. 녀석은 점점 건강해지고 있거든요. 당신도 점점 건강해지고 있나요? 그랬으면 좋겠어요.

다섯.

하루가 다르게 대장간이 시끄러워요. 이젠 더 찍어낼 농기구도 없는데, 내내 쇠 두드리는 소리, 쇠 식는 소리가 끊이지를 않아요. 대장장이들 말고 다른 사람들은 전혀 일거리가 없는 거 같지만요. 몇몇 사람들은 산을 넘어서 옆 마을로 갔다고 하는데, 그 마을이라고 어디 농사지을 데가 있을까요. 우리 마을뿐만이 아니에요. 영주들이 하나둘씩 땅을 빼앗고 있대요.

무슨 일이 일어나도 사람들은 살아간다고 하잖아요. 그거 거짓말이에요. 너무 오랫동안 살기가 어려우면, 사람들이 죽어요. 우리가 살기 어려워진 건 하루 이틀 일이 아니었어요. 금화에 구리가 섞여 들어갔다는 소문이 돌았어요. 가끔 물건 팔러 들르는 행상인 아저씨 말고는 아무도 그 말에 신경 쓰지 않았죠. 누가 금화를 만져보기나 하겠어요. 평생 우리랑 상관이 없는 얘기인 줄로만 알았죠. 그런데 그 얘기가 돌고 나니까, 영주들이 달라고 하는 돈이 늘어나기 시작했어요. 영주들이 많은 돈을 요구하자, 달걀 값이 비싸지기 시작했어요. 소젖값이 비싸지기 시작했고, 그러면 영주들은 더 돈을 많이 달라고 했어요. 달걀도 소젖도 밀도, 아무것도 우린 살 수가 없었어요. 엄마 젖을 못 빨아서 굶어 죽는 아기들이 한 마을에 꼭 두세 명씩은 생겼어요. 먹고살려면 어떻게든 담 안으로 들어가야 한다고들 얘기했죠. 카를은 창을 배우기 시작했어요. 언젠가부터 계속 아프던 우리 엄마는 점점 약해져서 끝내 돌아가셨어요.

시청에 면접을 보러 갔을 때, 숨이 막히더군요.

여기선 그 누구도 굶어 죽지 않을 것 같았어요. 밀도 없고 농가도 없어요. 하늘을 찌를 듯이 높이 솟은 철골들이 햇빛을 받고, 반사하고, 또 받고, 반사하고. 수많은 햇빛을 계속 복사해서 다시 만들어내고 있었어요. 복사된 햇빛을 받은 사람들의 얼굴은 화사했고, 공중에는 정신없이 홀로그램들이 떠다녔죠. 어지러워서 시청까지의 그 짧은 거리를 걸어가는 데에 한 시간이나 걸렸어요. 홀로그램이 박힌 비단 강보에 싸인 아기가 날 보고는 까르륵 웃었어요. 아기가 까르륵 웃자, 아이를 안고 있던 엄마가 잔잔하게 미소 지었죠. 담 안은 눈이 부셨고 숨이 막히도록 고요했어요. 겉으로는 시끄럽게 보였지만, 그건 고요였어요. 지금도 이 담 안은 참 고요하죠. 담 밖에서는 대장간이 바빠져도, 담 안에는 숨이 막히는 정적만 있어요.

녀석도 고요하게 풀을 씹고 있어요. 종일 녀석과 나, 단둘이서만 이 지하실에 가만히 있어요. 지하실에 들리는 소리는 풀 씹는 소리뿐이죠. 요즘 들어서 알게 된 건, 녀석이 풀을 많이 먹을수록 똥 냄새가 지독해진다는 거예요. 전에는 이상할 정도로 아무 냄새도 안 났는데. 이게 당신이 말한 바로 그 대초원의 냄새겠죠. 녀석은 크기가 큰 만큼 똥도 한 무더기를 쏟아놓는데, 요즘에는 똥을 치우면서 가끔 헛구역질도 했어요. 시청 직원들이 나한테서 똥 냄새가 난다고 수군거리는 소리도 들어요. 연결을 못 하니까 똥이나 치우는 거라는 말이 그 똥 냄새 안에 들어 있는 걸 나도 알아요.

처음 녀석을 데려왔을 때, 당신은 설탕을 먹이라고 말했죠. 설탕을 먹이면 말도 더 잘 듣고, 힘도 더 약해질 거라고. 설탕은 달지만, 몸에 영양소가 되지 않으니까, 주면 잘 먹지만, 자기도 모르는 사이에 이 녀석은 점점 힘이 약해질 거라고 했었죠. 건초는 나흘에 한 번씩만. 절대로 싱싱한 풀을 주면 안 되고, 건초만. 처음엔 울음소리부터 우렁찼던 녀석은, 점점 잠이 많아졌죠. 하루 종일 자리에 앉아서 때때로 건초를 씹고, 냄새가 나지 않는 똥을 누고. 나는 당신이 시킨 대로 설탕을 주면서 안심했어요. 녀석은 너무 크잖아요. 예언에 나오는 하늘을 뒤흔들 회색 기사라는 표현이랑 딱 맞아떨어지잖아요. 처음 녀석이 왔을 때, 녀석이 코 한 번만 흔들어도 나는 지하실 구석에서 떨면서 울기만 했던걸요. 때때로 당신이 찾아와서 녀석의 콧잔등을 쓰다듬어주지 않았다면 진작 심장마비로 죽었을지도 몰라요. 설탕이 있어서 얼마나 다행이었는지.

그런데 이상하죠. 이제 더는 설탕을 주지 않는데도, 녀석은 거칠지 않아요. 물론 우렁찬 울음소리도 되찾았고, 지독한 똥 냄새도 되찾았지만, 거칠지 않아요. 까만 눈동자를 들여다보면 꼭 어딘가 아주 먼 곳을 꿈꾸는 것만 같아요. 이 유리벽 밖의 세상 어딘가를. 물론 녀석은 아주 크니까, 힘도 아주 세겠죠. 하지만 녀석의 눈을 보면, 하나도 무섭지 않아요. 미레 아버지는 어릴 때 종종 우리 셋을 동시에 들어 올렸다가, 내려놓곤 했어요. 공중으로 나는 것만 같았지만, 우리는 무섭지 않았어요. 창 연습을 하던 카룰의 벌어진 어깨도 무섭지 않았어요. 당신은 미레 아버지보다도

더 컸지만, 당신의 그 커다란 손바닥도 무섭지 않았어요. 녀석의
눈을 보면 그런 것들이 떠올라요.

녀석을 조금이라도 닮을 수 있다면 좋을 텐데.

여섯.

미레의 아버지가 땅을 빼앗겼을 때, 당신은 놀라워했죠. 땅이
빼앗길 수 있는 거냐고 나한테 되물었었죠. 하지만 난 당신의 이
야기들이 더 놀라웠어요. 당신은 사랑에 대해 이야기했어요. 도
저히 그녀를 잊을 수가 없어서 먼 여행길에 올랐다고, 당신은 서
글픈 표정으로 말했어요. 그녀와 헤어져서 새로운 집으로 이사를
했지만 삶 전체가 뒤흔들리는 것 같았다고. 난 당신의 슬픈 사랑
이야기보다 그 말이 훨씬 더 충격이었어요.

당신의 세계에서 이사는 행상인들만 다니는 게 아니었어요. 당
신은 행상인도 아니었고요. 깨어진 사랑 때문에 이사를 할 수 있
다니. 이사를 할 때 얼마나 돈을 지불했냐고 내가 묻자, 당신은 눈
살을 조금 찌푸렸지요. 그랬다가 이해했다는 듯 고개를 끄덕였지
요. 우리가 사는 이 행성은 그렇다고 들었다면서. 원래 당신의 세
계도 그랬었다면서. 하지만 집과 땅은 팔 수 있는 게 아니라고 당
신이 말했어요.

왕궁을 빠져나와 시청까지 오는 길에, 당신은 낡은 옷을 입고

꽃을 파는 여자애를 만났다고 했죠. 나는 왕궁에 당신이 그걸 이를까봐 겁을 먹었는데, 그 꽃이 실은 신경에 이상 작용을 일으켜서 심장을 빠르게 뛰게 하는 꽃이거든요. 말하자면 최음제죠. 불법이에요. 과용하면 고혈압으로 죽을 수도 있고. 하지만 당신은 불법인 꽃을 파는 데엔 별로 관심도 없어 보였어요. 그 여자애의 낡은 옷에 대해서만 계속 이야길 했죠. 그날은 녀석에게 내가 토끼고기를 먹인다고 해도 신경도 안 쓸 거 같았어요. 어째서 그렇게 낡은 옷을 입고 있는 거냐며, 그렇게 낡은 옷을 입고 있는데 왜 아무도 그 여자애에게 옷을 주지 않는 거냐며, 당황한 표정으로 끊임없이 내게 따져 물었어요. 아마 당신은 그날 왕궁에 들어가서도 그걸 따져 물었겠죠. 여왕님도 여왕의 아들도 당혹스러워했을 거예요.

하지만 당신은 잘 모를 거예요. 담만 넘어가면 낡은 옷은커녕 한 번도 제대로 된 옷을 입어본 적이 없는 사람들이 수두룩한걸요. 나한테 예쁜 옷을 입히기 위해서, 우리 엄마는 평생 찢어진 옷만 입고 살았어요. 옷이 찢어져도 새 옷을 달라고 말할 곳이 아무 데에도 없었죠. 당신이 말해준 세계는 이상했지만, 꿈처럼 아름다웠어요. 집이 없으면 집을 달라고 할 수 있고, 배가 고프면 밥을 달라고 할 수 있고, 옷이 없으면 옷을 달라고 할 수 있는 그런 세계. 당신이 지금 가 있는 세계는 또 어떤 세계인가요. 여기보다 더 나은 사람들이 살아가나요, 여기만큼 평범한 사람들이 살아가나요, 여기보다 더 끔찍한 세계에서 살아가나요. 당신에겐 이 세계가 끔찍했을까요. 내 머리카락도 그랬을까요.

항상 땋아 올린 내 머리를 보면서, 당신은 왜 머리가 이러냐고 물었죠. 당신의 세계에 관한 이야기를 들을수록, 난 당신에게 점점 더 내 얘기를 할 수 없어졌어요. 그렇지 않겠어요? 낡은 옷만 보고도 충격을 받는 사람한테 엄마가 날 출세시키려고 머리를 땋았다고 어떻게 말해요. 난 우물쭈물하다가,

"예쁘잖아요."

라고 대답했지요. 당신은 고개를 갸웃했어요.

"다 너무 똑같아서 당혹스러워요."

아, 그랬어요. 온종일 왕궁에 있는 당신은 이 머리 모양을 한 여자밖에 만나질 못했겠지요. 그제야 얼굴이 붉어졌어요. 왕궁에 있는 것도 아닌 주제에 얼마나 주제넘어 보였을까. 당신은 그렇게 생각하지 않았겠지만, 여왕의 아들은 틀림없이 그렇게 생각했을 거예요. 하지만 여왕의 아들을 그다음에 만날 때도 머리를 풀지는 못했어요. 당신을 만날 때도 마찬가지였고요. 아침에 그냥 집에서 나오려고 몇 번씩 시도해봤지만, 어색해서 도저히 발을 뗄 수가 없었어요. 그 대신, 당신을 데리고 담을 넘어 나오고 싶었어요. 대충 묶은 미레의 머리카락, 탐스럽게 길러서 나부끼는 대장간 집 딸아이의 머리카락, 행주 수건으로 올려버린 산지기 아이의 머리카락들을 보여주고 싶었어요.

끝도 없이 말이 길어지네요. 요즘에는 이거 말곤 딱히 낙도 없어요. 당신이 이걸 놔두고 가서 정말 다행이다 싶어요. 자꾸 외로워지거든요. 시청에서도 마을에서도 아무도 내게 말을 걸어오지 않아요. 당신과 같은 세계에서 온 이 녀석은, 이곳이 얼마나 끔찍

할까요. 유리벽 안으로 나 혼자 옮겨오는 풀 냄새는 찬란한 풀밭과는 비교도 안 되겠죠. 그저 미안할 따름이에요. 그게, 녀석도 나처럼 외로워 보이더라고요.

일곱.

단순한 노동은 쓸데없이 생각을 많이 하게 해요. 풀을 베고, 풀을 먹이고. 시간은 오래도록 지나가지 않고, 나는 자꾸 당신에게 할 말들을 떠올리죠. 당신이 화형당하게 된 이유에 대해서 당신은 얼마나 알고 있었나요? 사실 난 모든 걸 알고 있었어요. 내가 접할 수 있는 정보는 한정되어 있지만, 여왕의 아들은 그보다 더 많은 정보를 알려주곤 했지요. 미안해요, 얘기해주지 않아서.

당신을 두고 아주 많은 싸움이 있었어요. 옆 나라에서 온 사신은, 수백의 근위대가 줄지어 서 있는 여왕님의 홀에서 조금도 기죽지 않고 소리를 버럭버럭 질렀다고 하더군요. 쿨리크 할머니는 단 한 번도 틀린 적이 없다고, 당신은 틀림없이 이 세계를 뒤엎을 위험한 사람이라고. 계속 처리를 못할 거라면 옆 나라로 넘기라고 호통을 쳤다고 하더군요. 당신은 아마 그걸 못 들었겠죠. 여왕님은 허리를 꼿꼿하게 펴고 맞서서 호통을 쳤대요. 그대의 말이 사실이라면 우리에겐 구세주가 있다, 함부로 하지 말라고. 옆 나라 사신은 움츠리고 돌아갔다고 하더군요.

하지만 그 나라뿐만이 아니었어요. 국경을 접하고 있는 모든 나라에서 여왕님을 찾아왔죠. 당신이 내려왔을 때, 사람들이 웅성대던 걸 기억하나요. 우리 나라뿐만 아니라 모든 나라에서 그랬었다는 거예요. 구세주가 나타났다고. 어떤 나라에선 일주일 만에 예순다섯 마을에서 사람들이 봉기를 일으켰대요. 그중에는 영주를 살해해버린 사람들도 있다고 하더군요. 다른 나라들이 모두 무역을 끊겠다고 선언했을 때, 그때가 되어서야 여왕님은 급하게 당신이 반역죄라고 외쳤어요. 여왕님은 당신이 외교적 가치가 있다고 생각했던 모양이에요. 우리 나라 빼고 다른 나라가 다 연합해버릴 거라곤 생각도 못한 거죠.

여왕의 아들은 당신을 걱정했어요. 그래서 난 여왕의 아들이 조금이라도 당신을 도울 줄만 알았죠. 진작 당신한테 얘기해줬어야 하는 건데.

당신이 끌려가던 순간은 지금도 또렷하게 기억이 나요. 당신은 그때 나와 함께 녀석을 보고 있었죠. 힘이 없어진 녀석을 보면서 당신은 안쓰러워했어요. 파란 하늘과 끝없이 펼쳐진 풀밭을 당신이 말하고 있을 때, 그들이 달려왔어요. 당신은 반역죄라는 단어를 알아들었죠. 당신은 황급히 이 기기를 켰어요. 가끔 당신이 뭐라 알 수 없는 말로 떠들어대곤 했던 기기였죠. 뭐냐고 묻자, 당신은 알 수 없는 발음을 했었죠. 이 기기의 이름은 지금도 따라할 수가 없어요. 언젠가의 과거에서 당신이 이 행성으로 뛰어온 만큼, 언젠가의 미래로 송신하고 있다고 했죠. 딱 수천 년을 건너뛰어서 말을 걸고 있다고. 당신이 온 그 별이, 수천 년의 시간을 건

너와서 지금 이곳에서 하늘을 보면 빛나고 있을 거라고. 당신이 무어라 말을 하면, 그 상대방은 내가 알 수 없는 언어로 당신에게 대답해주었어요. 당신이 송신기에다 대고 급하게 말을 했고, 문이 벌컥 열렸어요. 당신은 그들보다 훨씬 컸지만, 그들은 우악스럽게 당신의 팔다리를 쥐었죠. 구세주는 불검 따위로 쉽게 죽어선 안 되었어요. 당신은 그들에게 끌려가면서도 상대방의 대답이 흘러나오고 있는 수신기를 놓지 않았죠.

송신기는 내 발치에서 구르고 있었지만요. 난 얼른 송신기를 집어서 치맛자락에 숨겼어요.

당신이 화형대에 매달렸을 때, 사람들은 당신이 하늘을 열고 내려왔을 때처럼 구름같이 몰려들었어요. 수많은 사람들 앞에서 당신의 발치에 불이 붙었죠. 커다란 화염이 당신을 집어삼킬 바로 그때, 다시 하늘이 열렸어요. 화염은 더욱 커다랗게 불타올라서, 당신의 모습은 더 보이지도 않았죠. 하얗고 동그란 빛은 화염과 합세한 듯이 번쩍였어요. 아, 그래요. 당신은 녀석을 데려가지 못했어요. 녀석은 바로 그 지하실에서 건초를 우물거리면서 천천히 숨을 쉬고 있었죠. 난 아주 먼발치에서 그 빛을 바라보았어요.

불이 모두 꺼졌을 때, 당신의 시체는 그 자리에 없었어요. 불타서 사라진 흔적도 없었죠. 시체라고는 눈을 씻고 찾아봐도 보이질 않았어요. 구세주를 하늘이 구해간 거라고 사람들이 수군거렸어요. 당신이 돌아올 거라고 말이에요. 여왕의 아들은 가슴을 치면서 당신이 가엾다고 말했지만, 그는 결국 아무것도 하지 않았어요. 여왕님은 당황했고, 옆 나라 왕들은 분노했고, 사람들은 당

신을 기다렸지만, 난 다 알고 있었어요. 당신이 먼 미래로 도망갔
다는 걸. 그리고 다시는 이곳에 돌아올 수 없을 거라는 걸. 오직
나만, 다 알고 있었어요.

어때요, 모든 사실을 알고 난 감상은. 아니, 이제 미래로 갔으니
까 모든 걸 벌써 다 알았으려나요. 그래도 내가 이런 이야기를 해
주는 게 조금은 재미있지 않아요? 당신은 그러면 이 녀석이 앞으
로 어떻게 될지도 알고 있나요? 당신이 알고 있다면, 내게도 알려
주면 좋을 텐데. 당신의 목소리가 나도 듣고 싶어요. 어째서 송신
기는 남겨두고 수신기만 가져갔나요. 여기에선 아주 많은 사람이
당신이 돌아오길 기다리고 있어요. 여기, 당신을 잃어버린 녀석
의 울음소리를 들려줄게요. 부우우, 파오오, 여전히 힘차게 우는
저 긴 코에 대해 얘기해줄게요.

여덟.

오늘은 유리에 조금 금이 갔어요. 아침에 풀이 든 자루를 끌면
서 지하실로 내려오자, 신이 났는지 녀석이 엄니로 유리를 긁었
어요. 유리는 역시 약하더군요. 녀석의 엄니가 닿자마자 커다랗
게 금이 갔어요. 유리가 깨지니까 녀석은 도리어 제가 놀라서 뿌
와아앙 비명을 지르면서 바닥에 주저앉아버렸어요. 그 모습이 귀
여워서 한참을 웃었네요.

녀석이 유리를 깰 만큼 힘이 생겨서 기뻐요.

당신이 떠나고 나서, 얼마 지나지 않은 새벽이었어요. 누군가 내 방 창문을 두드리더군요. 카룰이었어요. 처음엔 카룰을 알아보지 못했어요. 해쓱해져서 그런 줄 알았는데, 가만히 보다보니 그게 아니었어요. 눈 때문이었어요. 카룰의 눈은 완벽히 다른 사람처럼 보였어요. 얼굴은 마르고 해쓱해졌지만, 눈은 그래서 더욱 형형하게 빛났어요. 카룰은 날 보고 환하게 웃었어요. 나는 우리 엄마가 귀한 손님들에게 그랬던 것처럼, 아껴뒀던 고기를 꺼냈어요. 카룰은 무언가 말을 꺼내려고 했지만, 고기를 보자마자 허겁지겁 집어 먹기 시작했어요. 나는 등불을 조금 어둡게 했어요. 카룰이 여기 있다는 걸 누가 알아보기라도 할까봐 두려웠어요.

카룰은 입에 고기를 밀어 넣다가 내 행동을 보고서는 웃더군요. 걱정하지 말라고, 여기에 카룰이 있다는 걸 모두가 안다고. 성 안 사람들은 빼고서요. 카룰은 목소리를 낮추고 말했어요. 봉기는 옆 나라에서만 일어나는 게 아니라고. 바로 옆 마을, 옆옆 마을에서도 사람들이 숨 죽여서 모이고 있다고. 함께 가자는 카룰의 제안을, 나는, 아주 천천히 입을 열어서 거절했어요. 여왕의 아들은, 내 어깨를 끌어안고 늘 포근하게 속삭이고 있었거든요. 언젠가 함께, 저 왕궁에서 복사되는 찬란한 햇빛들을 보자고. 나는 그 햇빛들 위에서 눈부신 하늘을 보게 될 거라고.

카룰은 내 이야기를 다 듣고는 그 빛나는 눈을 들어서 날 보았어요. 카룰의 눈 속에 내가 그대로 보였어요. 그 글썽거리는 빛 속에 아주 작은 내가 있더군요.

"쿨리크 할머니가 항상 말했었지. 넌 왕궁 성문을 열 아이라고. 넌 우리가 아니었어."

내가 무어라 변명하기도 전에, 카룰은 창문을 열고 어둠 속으로 뛰어들어 갔어요. 난 가만히 창문에 기대었죠. 웅성거리는 남자들의 목소리가 들렸어요. 같이 안 한대? 죽여야 하는 거 아니야? 카룰은, 괜찮아, 말하지 않을 거야, 라고 대답하더군요. 어떻게 아느냐, 확실하게 해둬야 한다는 웅성거림을 카룰은 걱정하지 말라고 단박에 무질러버렸어요.

그날은 여왕의 아들이 초콜릿 밀피유를 가져왔어요. 그의 생일이었죠. 그걸 축하하기 위해서 수많은 사람이 광장을 행진했어요. 여왕의 아들은 인자하게 웃으면서 사람들에게 손을 흔들었지만, 해가 저물자 시종 두 명에게 밀피유를 들려 날 찾아왔어요. 나는 생일 축하한다고, 말하면서, 초콜릿을 한입 물었어요. 달콤하고 보드랍게 초콜릿이 혀에 스며들었어요. 눈이 저절로 감기더군요. 그가 초콜릿이 묻은 내 입술을 핥았어요. 그의 혀도 달콤하게 내 입술에 감겼어요. 그때 당신이 떠올랐어요. 설탕만 먹고 힘없이 늘어져 있던 녀석도 떠올랐죠.

당신을 구해준 사람은 아무도 없었어요. 나도 당신을 구하진 못했어요. 녀석이 설탕을 입에 넣었을 때, 그건 어떤 기분이었을까요. 저절로 눈이 감기지만 몸을 움직일 수는 없는 이 달콤함. 점점 몸에서 힘이 빠지는 걸 알면서도, 저항할 수 없을 만큼 짜릿하죠. 난 팔을 뻗어서 여왕의 아들을 끌어안았어요. 초콜릿처럼 달콤하게 그가 내 속으로 밀려들어 올 때, 나는 생각했어요. 풀을 베어야겠다고.

카룰이 날 찾아왔다가 간 그다음 날부터, 어떤 마을 사람들도 내게 인사를 하지 않아요. 시청에선 원래 아무도 내게 말을 걸지 않았고요. 왜 녀석을 사살하지 않느냐고, 어떤 사람은 담당관에게 청원을 넣기도 했대요. 녀석이 일어나서 발로 한 번 차면 벌벌 기면서 오줌이나 갈길 거면서, 라고 전 속으로만 생각해요. 아무도 녀석을 죽이지 못할 거예요. 당신을 지키진 못했지만, 녀석은 지킬 거예요.

아홉.

시청 앞을 가로질러서 군인들이 국경으로 행진하고 있어요. 어차피 국경으로 갈 때는 레일을 타고 갈 거면서, 용맹한 모습을 실컷 자랑하는군요. 옆 나라에서는 당신의 도주에 관한 책임을 물었다고 하더군요. 여기저기에서 사람들을 불러 모았고, 여왕의 아들은 나라를 위해서 함께 싸우자고 모든 마을에 홀로그램을 띄웠어요. 시청은 어느 때보다도 바빠졌어요. 입대하지 않으면, 강제로 입대를 시켜야만 했으니까요. 수많은 장정의 기록들이 시청에서 일하는 사람들의 머릿속을 들락날락하고 있어요. 하지만 이곳은 여전히 고요해요.

녀석을 아무래도 사살해야 할 것 같다고 어제 여왕의 아들이 말했어요. 나는 흐느끼면서 매달렸지만, 여왕의 아들은 안타까운 얼굴로 내 손을 붙잡기만 했어요. 그러더니, 나한테, 사랑한다고 말하더군요. 내가 아무리 부탁해도 소용없는 일이란 걸 난 금방 알았어요. 그는 그런 사람이잖아요.

미레의 집으로 사람들이 모이고 있어요. 카룰의 이야기를 들었는지, 미레는 내게 찾아오지 않아요. 나도 미레를 찾아갈 수 없어요. 미레의 집을 나오는 사람들은 날 경멸하는 눈으로 보곤 하죠. 나도 알아요. 내가 머릿속까지 설탕물에 찌들어 있다는 걸. 어릴 때부터 그랬던걸요. 사람들은 내 앞에선 아무런 말도 안 하려고 해요. 혹시나 생각하는 걸 들킬까봐 두려워하는 표정이죠. 대장간에서 뭘 만드는지, 이제 알 것 같아요. 이 사람들은 풀을 먹어온 사람들이에요. 미레의 집에 들어갔다가 온 사람들은, 풀 냄새가 향긋하다는 걸 깨달은 표정이에요. 다들 빛나는 눈으로 걸어나오죠.

그리고 나는 녀석의 눈을 들여다보고 있어요. 녀석의 눈 속에도 빛들이 글썽거려요. 녀석의 눈에 반짝이는 게, 몇천 년 전의 그 빛이라는 걸 바로 지금 알았어요. 당신과 녀석이 함께 왔던 그 시간의 빛이었어요. 그 깊고 선한 눈. 척, 척, 척, 군홧발 소리와 사람들의 환호가 들려요. 저 환호성은 멀기만 해요. 들리지 않죠?

방금 녀석이 약한 소리로 울었어요. 하지만 자신이 약하지 않다는 걸 녀석도 알고 있을 거예요. 당신이 그랬잖아요. 대초원에서 이 녀석은, 날카로운 이빨을 가진 무서운 육식동물들도 한 번 밟으면 끝장내버릴 수 있는 녀석이었다고. 이번엔 군가를 부르기 시작한 모양이에요. 세상이 살짝 떴다가 내려오는 것 같은 환호성이 같이 들려요. 나는 녀석을 지켜야만 해요.

열.

녀석에게 약물을 주사할 거래요. 울면서 담당관을 붙잡았는데 안 된대요. 그래도 자비로운 방식으로 죽이는 거래요. 녀석에게 무슨 말을 해줄 수 있을까요. 녀석은 풀을 코로 돌돌 말아서 입으로 가져가요. 녀석의 둥그런 눈이 천천히 구르고, 아, 뭐라고 말해야 할까요. 당신이 말해줬던 대초원을 녀석은 아직 기억하고 있을까요. 파란 하늘과 숨이 막히도록 펼쳐진 끝없는 벌판. 녀석만큼 커다란 동물들, 깊은 동굴, 깊은 물, 밤이 되면 날아다니는 박쥐들, 녀석의 머리 위를 날아다니는 구름만큼 커다란 새들, 내가 한 번도 본 적이 없는 거대한 벌판.

당신이 조사한 바로는, 이 땅 어딘가에도 그 벌판이 있다고 했죠. 녀석은 그곳이 그립지 않을까요.

사람들이 들어왔어요. 아주 작은 주사기 하나를 들고 왔어요. 녀석은 이렇게 거대한데, 저 작은 주사기 안의 물이 들어가면 바닥에 쓰러지겠죠. 녀석의 등에서 손을 뗄 수가 없어요. 사람들이 나오라고 말하는데, 난 도무지 나갈 수가 없어요. 단단한 이 몸에 저 주삿바늘이 들어가기나 할까요. 녀석은 풀을 먹었는데. 나처럼 설탕에

절어버린 몸도 아닌데. 녀석의 눈에 빛이 일렁여요. 카를의 눈에서 보았던, 바로 그 빛이. 나는…… 녀석이 풀을 먹는다면, 나도 설탕을 먹지 않을 수 있을 걸로 생각했어요. 녀석의 눈을 보고 있으니, 저 빛은 내 눈에도 비치겠죠. 이대로 녀석이 쓰러지게 둘 순 없는데. 난 녀석을 지키겠다고 당신한테 몇 번씩이나 말했잖아요.

들었어요? 유리 깨지는 소리? 녀석의 엄니 때문에 금이 갔던 유리가 녀석이 코로 한 번 치니까 무너져버렸어요. 유리조각에 사람들이 넘어진 사이에, 녀석은 자리에서 벌떡 일어났어요. 바깥에서 사람들의 목소리가 들려요. 회색 기사를 죽이지 말라고 누군가 외쳤어요. 카를, 카를의 목소리예요. 난 녀석의 등을 짚고 올라탔어요. 녀석은 강해요. 틀림없이 풀 냄새를 기억하고 있는 거예요. 지하실 계단을 녀석이 올라갈 때마다, 계단이 무너질 것 같은 소리가 들려요. 사람들이 시청 앞에 몰려와 있어요. 녀석이 코를 높이 들어서 뱃고동소리를 냈어요. 사람들이 소리 높여 환호해요. 들었어요? 회색 기사를 연호하고 있어요.

비상경보를 알리는 홀로그램들이 여기저기서 깨져가요. 사람들은 공중에 떠다니는 환상 따위에는 신경도 안 쓰고 왕궁을 향해 나아가요. 대장간에서 만든 건, 곧게 뻗은 창이에요. 일자로 올곧게, 왕궁으로 밀려들어 가고 있어요. 녀석은 사람들 사이에서 기사처럼 걷고 있어요. 천천히, 하지만 힘차게.

갑자기 사람들이 걸음을 멈췄어요. 이번엔 뒤로 밀려나기 시작해요. 분명히 근위대는 얼마 되지 않을 거고, 군인들은 전쟁 때문에 이미 이곳에 없을 텐데. 아, 녀석이 발걸음을 내딛기 시작했어요. 사람들이 뒤로 물러나네요. 녀석은 소리를 높이 지르면서 발걸음을 더 옮겨요. 왕궁이 보이네요. 커다랗게…… 해자가 있어요. 적군이 왔을 때만 가동되게 되어 있다는 그 해자예요. 바닥이 열렸고, 물이 깊숙하게 깔렸어요. 데이터베이스에는 사람의 피부로 스며들어서 사람을 마비시키는 물이라고 되어 있어요. 아무도 건너가질 못해요. 몇몇 사람들이 힘차게 물속으로 뛰어들었나봐요. 다시 나오지 않아요. 바로 눈앞에 커다란 성문이 있는데, 열리질 않아요.

누군가가 슬프게 울부짖으면서 몸을 가누지 못하고 쓰러졌어요. 나는 녀석의 귀를 쓰다듬어요. 성문이 바로 저기 있는데. 여왕의 아들은 아마 저 안에서 와들와들 떨고 있겠죠. 전쟁에 그가 나갔을 리가 없잖아요.

방금 바닥이 심하게 흔들렸어요. 녀석이, 물속으로 뛰어들었어요. 물은, 녀석의 다리께밖에 오지 않아요. 녀석은 검은 물속을 걸어가고 있어요. 주삿바늘이 들어가지도 않을 것 같은, 두꺼운 피부엔 독물도 스며들지 못해요. 철수세미처럼 까칠거리는 녀석의 등이 엉덩이에 부대껴요. 사람들은 한꺼번에 조용해졌어요. 녀석이,

성문을,

코로 툭 쳤어요.

성문이, 내려왔어요.

유리가 깨지듯이 소리가 깨져 나가요. 사람들이 마구 소리를 지르면서 성 안으로 밀려들어 가고 있어요. 녀석은 해자를 빠져나와선 총총히 성 안으로 걸어 나가요. 사람들이 고개를 숙여요.

회색 기사, 회색 기사에게 경의를 표한다는 목소리가 사방에서 들려와요. 당신도 들리나요? 당신은 구세주잖아요. 들려요? 맨 앞에서 카를이 외치고 있어요. 성 안으로 들어가라고 외쳐요. 녀석은 왕궁을 가로질러서 안쪽으로 들어가요. 성난 사람들을 뒤로하고, 혼비백산 도망가는 근위대들 사이를 지나서, 꼿꼿이 고개를 쳐들었어요. 기둥 뒤에, 여왕의 아들이 보여요. 기둥에 매달려서 넋을 놓고 있네요. 왕궁은 눈이 부시도록 아름다워요. 후원은 향기롭네요. 녀석은 코를 뻗어서 나무 이파리를 따다가 입으로 가져가면서, 천천히 걸어가요.

이제 목소리가 아주 멀리서 들려요. 나는 담의 반대편 끝까지 걸어왔어요. 이 담을 넘으면, 아마 난 돌아오지 않을 거예요. 나는 빛에 둘러싸여서 떠나가진 않더라도, 그 풀밭을 찾기로 했어요. 녀석은 자기 코로도 맛있는 풀들을 찾을 수 있을 거예요. 소리가 점점 더 멀어져가요. 담 바로 옆에…… 미레가 있어요. 식칼을 든 동네 아주머니들이, 미레와 함께 담을 넘어왔어요. 녀석이, 앞발을 들어서 담벼락을 뭉개버렸어요. 그 바람에 땋은 머리카락이 흘러내려 왔어요. 내 머리카락도 미레의 머리카락처럼 바람에 나부껴요. 미레가, 웃네요.

이제 이 송신기는 버릴 거예요. 회색 기사는 여기 있어도, 코끼리는 초원에 있어야 하잖아요. 내 말이 맞죠? 난 갈 거예요. 나도 이젠 설탕을 먹으면서 살지는 않을 테니까. 안녕, 구세주. 당신이 잘 지내고 있길 바라요. 앞으로도 오래도록. 나도 마찬가지고요.

■ 성 문 너 머 코 끼 리 는 ……

코끼리는 참을 수 없이 매력적이다. 공화당이 상징으로 코끼리를 가져간
게 원통할 정도로 매력적이다. 크고 강하지만 순한 눈으로 풀을 먹는다. 순한
눈으로 풀을 먹으면서도 자신이 강하다는 것을 망각하지 않는다.

이 소설을 쓰게 된 것은 쥘 베른의 『80일간의 세계일주』를 읽다가 코끼리
에 대한 부분을 발견하면서였다. 주인공 포그 씨가 아우다 부인을 만나게 되
는 바로 그 공간, 인도를 여행할 때, 이렇게 크고 강한 코끼리가 인간의 말을
듣는다는 점을 의아해하는 포그 씨에게 안내인이 친절하게 설명해준다. 설
탕과 적은 양의 건초를 먹이면 힘이 약해진 코끼리가, 자신의 힘이 강하다는
사실을 망각하고 먹을 것을 주는 인간이 자신보다 훨씬 더 강하다고 생각한
다고. 그 말을 들은 포그 씨는 그것이 대단한 과학 상식인 것처럼 반응하지
만, 나는 급격하게 우울해졌다. 코끼리는 강한 동물이니까 언젠가는 자신이
가진 힘을 깨달을 거고, 그때는 포그 씨나 안내인 같은 멍청한 인간들 따위,
등에서 뿌리치고 초원으로 돌아갈 거라고 생각했다. 그래서 코끼리를 내 소
설에서는 풀어주기로 했다.

편지 형식을 택한 것은 '여성'으로서의 주인공을 온전한 일인칭이 아니고
는 설명하기 어려울 것 같아서였다. 구세주를 바라보는 주인공의 구체적이
고 다각적인 감정들을 전달하고 싶었다.

온우주
단편선

너 의 낡 은 캐 주 얼 화

너 의 낡 은 캐 주 얼 화

장여사는 종업원을 향해 손을 높이 들었다.

"아가씨, 여기 뜨거운 걸로 커피 한 잔."

환하게 웃으면서 다가온 종업원은 가게 안쪽을 가리켰다.

"안쪽에 있는 계산대에서 주문해주셔야 하는데요."

장여사는 한숨을 쉬었다. 장여사는 이런 커피숍이 싫었다. 몇 번 와봤지만, 도무지 적응이 안 된다. 주문도 안 받을 종업원을 대체 왜 두고 있는 걸까. 하지만 아들놈을 만나려면 어쩔 수 없었다. 아들놈은 자꾸 무슨 대학교 근처로 오라고 했다. 그리고 대학교 근처에 있는 커피숍이라는 건 다 이 모양이다. 장여사는 몸을 일으켰다.

"뜨거운 커피 한 잔."

"커피, 어떤 종류로 하시겠어요?"

"그냥 커피."

계산대에 서 있는 종업원은 장여사를 내려다보며 눈살을 찌푸린다.

"그럼, 그냥 오늘의 커피로 드릴까요?"

"그래요. 그렇게 해주세요."

한참 컴퓨터를 두드리더니 종업원은 오늘의 커피 한 잔에 3500원입니다, 카드로 계산하시겠어요, 현금으로 계산하시겠어요, 를 묻는다. 장여사는 지갑에서 5000원짜리 한 장을 꺼냈다. 종업원은 거스름돈 1500원 되시겠습니다, 라며 장여사에게 1000원권 한 장과 500원 한 개와 동그랗고 묵직한 플라스틱 덩어리 하나를 내밀었다.

"진동이 울리면 가지러 내려오시면 돼요."

주문도 와서 시킬 뿐 아니라, 나올 때도 와서 받아가야 된다. 고개를 돌려 메뉴판을 봤다. 어떤 메뉴는 6500원까지도 한다. 이래놓고 6500원이나 받아먹다니. 장여사는 혀를 찼다.

문이 열리고 아들놈이 들어왔다. 투박한 발소리가 들렸다. 역시, 또.

갈색 가죽으로 된 낡은 랜드로바.

장여사는 아들이 자리에 와서 앉을 때까지 랜드로바에서 눈을 떼지 못했다. 많이 낡아서 끝이 허옇게 드러난 랜드로바. 뒤축은 얼마나 닳았을까. 아들은 반갑게 웃었다. 장여사는 아들의 얼굴을 보고, 랜드로바를 보고, 다시 아들의 얼굴을 봤다. 저번에도 이거 좀 그만 신으라고 그렇게 잔소리를 했는데.

"엄마, 오랜만이네."

장여사가 입을 떼려는 순간 플라스틱이 윙 울렸다. 내가 갔다 올게, 라며 아들은 벌떡 자리에서 일어나버렸다. 아들은 올해 마흔다섯이다. 적어도 랜드로바를 신고 다닐 나이는 오래전에 지났다. 아들이 대학교에 들어갔을 때 아들에게 선물했던 게 바로 랜드로바가 아니던가. 엠티나 가거든 신고 다니라고. 그걸 마흔다섯까지 신고 앉았다.

아들은 싱글싱글 웃으면서 커피를 가져왔다. 장여사는 김이 나는 커피를 아들의 발에 쏟고 싶은 걸 간신히 억눌렀다.

"내가 저번에 한 말은 완전히 잊어버렸냐? 돈 주면 신발 좀 사 신으랬지?"

아들은 당황한 표정으로 손을 내젓는다.

"아니, 그게, 엄마, 진짜, 이게 너무 편해서, 엄마."

"너 진짜, 이러면 돈 못 줘."

아들은 머리를 긁적인다. 아들의 티셔츠에 수염투성이 할아버지가 그려져 있다. 예순일곱 먹은 데다가 상업고등학교를 졸업한 장여사가 알 만한 사람은 아니지만, 장여사는 그 할아버지가 누군지 알고 있다. 카를 마르크스, 1800년대의 독일 혁명가. "만국의 노동자여 단결하라"라는 말을 남긴 세기의 유명인. 아들이 25년 동안 쫓아다니고 있는 그 남자. 생각해보면 마흔다섯에 그림이 그려진 티셔츠를 입는 것도 부끄러워하지 않는 아들이다. 무엇보다도, 지금 이 상황을 부끄러워하지 않는 아들이다.

"엄마, 아무래도 내가 이번 달엔 돈이 좀 없을 거 같아서."

마흔다섯에 당당하게 용돈을 달라고 요구하면서도 얼굴 한 번 붉히질 않는다. 장여사는 지갑을 꺼냈다. 뻔히 알면서도 장여사는 봉투에 빼곡히 50만 원을 넣어서 왔다. 아들이 어릴 때야 이다음에 크면 엄마 호강시켜달라고 허공에 떠도는 소리라도 해봤지, 장여사는 이제 별말을 하고 싶지도 않았다.

"신발 새로 사 신어."

"알겠다니까."

"그렇게 말하고 새로 안 사잖아."

"이번엔 진짜 꼭 새 신발 살게."

"네 나이에 맞는 신발이 따로 있는 거야."

"알겠어, 알겠어. 근데 내가 내 나이에 맞게 살고 있지도 않잖아?"

아들은 하얗게 웃으면서 손을 내민다. 아들이 내민 손도 하얗다. 돈 봉투를 내밀다가 참고 있던 한숨이 밀려 나왔다. 한숨과는 상관없이 돈 봉투는 아들의 가방으로 들어갔다.

"어떻게 지냈어. 잠은 잘 자?"

"애인이랑 살아, 그냥."

아들의 애인은 아들보다 스무 살 가까이 어리다. 아들보다 돈도 잘 벌고 잘나가는 여자인가 하면…… 그것도 아니다. 무슨 사진을 찍는 대학원 연구원으로 있다는데, 월급이라고 해봐야 얼마나 되겠나 싶기도 하고. 그래도 아들한테 종종 용돈도 주는 모양이다. 스무 살 어린 여자애한테 돈 받고서 그걸 또 신 나라 쓰고 있는 걸 보자 하면, 장여사는 참아도 한숨이 절로 나왔다. 장여사는 고개를 숙여서 흘끗 다시 아들의 신발을 봤다.

코끝이 저렇게 바래면, 뭘 대거나 발라도 소용이 없다. 저건 새 신발을 사지 않으면 안 된다. 아들놈은 저걸 또 밑창이 떨어져 나갈 때까지 신고서는 그다음에 새 '랜드로바'를 사고야 말 것이다. 장여사는 아들이 가져온 커피를 그제야 입술에 가져다 댔다. 썼다. 설탕도 프림도 안 넣은 커피를 3500원이나 받아먹다니. 장여사는 다시 분개했다.

장여사가 제일 처음 아들에게 랜드로바를 사줬던 건 25년 전이었다. 장여사는 아들한테 뭐 하나 잘해준 것도 없었다. 공부하라고 닦달할 시간조차 없었다. 아들 대학 등록금을 대라고 돈을 가져온 건 큰딸이었다. 아들은 이 나라에서 제일 좋다는, 서울에서 제일 크다는 그 대학 합격통지서를 쑥 내밀었다. 그때 장여사는 울었다. 이제 고생할 것도 없었다. 좋은 대학교에 입학한 아들을 모두가 부러워했다. 장여사는 집안을 이끌어갈 대학생 아들에게 뭘 사줘야 할까 한참 고민했다. 장여사는 숨겨둔 쌈짓돈을 꺼내서 백화점에 갔다. 백화점에서 고기 한 번 제대로 사본 적이 없는 장여사는 금강제화 코너 앞에서 발을 멈췄다.

요즘 텔레비전에서 자주 나오던 그 신발이었다. 대학생쯤으로 보이는 젊은 애들이 남녀가 섞여서 산을 오르는 광고였다. 태양이 좋다, 땅이 좋다, 발끝의 자유가 좋다, 랜드로바. 신발 속에서 아들이 배낭을 메고 산을 올라서 기타를 치고 노래를 했다. 아들은 고등학교에 다니는 내내 운동화 한 켤레뿐이었다. 아들한테 필요한 건 바로 이 신발이라는 확신이 들었다. 장여사는 랜드로바를 샀다. 장여사의 많지 않은 돈으로도 살 수 있었다. 역시 대학생들의 신발이었다. 장여사는 품에 신발을 꼭 안고 집에 돌아왔다. 신발에서 책 냄새가 나는 것만 같았다.

집에 와서 랜드로바를 건네주면서, 장여사는 다정하게 말했다.

"공부 많이 해야지. 예수님이 말했듯이 사람들을 사랑하는 훌륭한 사람이 되어야 한다."

장여사가 다시 그 랜드로바를 품에 안은 건, 아들이 2학년이 되던 해 여름이었다. 최루탄 연기는 삽시간에 매캐하게 온 거리를 뒤덮었다. 아들은 아버지와 싸우고 전날 집에 들어오지 않았다. 아들은 사회주의자로 살겠다고 소리를 질렀고, 남편은 빨갱이 호로새끼라고 아들에게 재떨이를 집어 던졌다.

설마 하는 마음으로 아들을 찾으러 나왔다가, 장여사는 그 귀한 아들이 곤봉으로 얻어맞는 걸 보았다. 아들은 머리를 얻어맞고는 일어나지 못했다. 양쪽에서 경찰들이 아들의 팔을 꿰고서는 아들을 끌었다. 장여사는 내 아들을 어디로 데려가는 거냐고 외치려고 했지만, 목소리가 나오질 않았다. 끌려가다가 아들의 신발 한 짝이 벗겨졌다. 장여사는 닭장차들이 한참 멀어지고 나서야 거리로 나섰다. 아들의 신발은 하얀 거리에 덩그러니 버려져 있었다. 장여사는 아들의 신발을 끌어안고 울었다. 책 냄새 대신 최루탄 냄새가 났다.

장여사는 랜드로바 한 짝을 안은 채 교회로 달려갔다. 의자에 앉을 겨를도 없이 주저앉아 울면서 기도를 했다. 제발 아들이 살아 돌아오게 해달라고, 돌아와서 다시 이 신을 신게 해달라고 했다. 지금껏 이렇게 열심히 기도하면서 살아왔는데, 딱히 좋은 꼴 본 것도 없는데, 제발 이번 한 번만 살려주시면 뭐든 하겠다고 기도했다. 아들은 돌아왔고, 다시 신을 신었다. 장여사는 신께 감사하며 아들을 끌어안았다. 그때는 설마 지금까지 저 신발을 신을 거라고는 생각도 못했다.

아들은 전화를 받더니만, 황급히 자리에서 일어났다.

"나 나가봐야 할 거 같은데, 엄마."

3500원짜리 커피가 아까워서 장여사는 아들과 함께 일어나지 못했다. 아들이 나가자 다시 왁자지껄한 대학생들의 목소리가 귀에 들어왔다.

집에 들어오자마자 장여사는 소파에 털썩 앉았다. 낡은 소파가 부서질 듯한 소리를 냈다. 리모컨을 찾아서 텔레비전을 켰다. 요즘 한창 주목받고 있는 자동차 공장의 파업 소식이 또 나오고 있었다. 아들이 만든 정치단체의 깃발이 화면 한구석에 잡혔다. 경찰이 곧 진압할 것으로 전망된다고 아나운서가 말했다. 열심히 화면을 보다가 장여사는 깨달은 듯이 채널을 빠르게 돌렸다. 대체 왜 장여사가 저 공장 파업 소식을 알아야 한단 말인가. 저녁 시간대에 하는 드라마가 나왔다. 아주 커다란 집과, 결혼을 반대하는 '사모님' 엄마가 나왔다. 그녀는 아들에게 호통치고 있었다.

엄마 말이 말 같지 않니?

라고, 장여사는 말을 내뱉을 뻔했다. 파업 중인 공장 앞에는 여러 천막이 진을 치고 있었다. 사람들이 와글와글 모인 앞에 단상이 서 있었다. 소개를 받은 아들이 쑥 사람들 앞에 섰다.

"사측이 제시한 협상안은 아시다시피 저들의 최종안에서 별로 달라지지 않았습니다. 저들의 경영 실패, 저들의 방만함, 저들의 부패를 어째서 노동자들이 책임져야 합니까. 고통 분담을 얘기하지만, 우리는 이미 충분히 고통 전가를 당했습니다! 그렇지 않습니까, 여러분!"

사람들이 함성을 지르며 손뼉을 쳤다. 장여사는 아들의 신발을 보고 있었다. 여전히 하얗게 바랜 그놈의 랜드로바. 안 살 거라고 생각은 했지만, 막상 안 산 걸 눈으로 보니 분통이 터졌다. 대체 어제 준 50만 원은 어느 구멍으로 먹은 건지.

장여사한테 문자가 온 건 어제 잠들기 직전이었다. 장여사는 아들이 만든 정치단체의 회원이다. 그 정치단체가 국가에서 지정한 이적단체에서 벗어났을 때 장여사는 슬쩍 회원으로 가입했다. 그 단체에서 오는 전화에는 매우 무뚝뚝하게 대답했고, 그 단체에서 주최하는 모임에는 단 한 번도 간 적이 없지만, 가끔 집회를 홍보하는 문자가 오면 슬그머니 찾아가보곤 했다. 10년 전에도 아들은 랜드로바를 신고 사람들 앞에 있었다. 사람들은 아들의 목소리에 환호했고, 시꺼먼 조끼를 입은 사람들이 경찰들 앞에서 피를 흘리면서 부딪혔다. 달라진 건 없었다. 단지 아들의 얼굴에 주름살이 늘고, 그만큼 장여사의 얼굴에도 주름살이 늘었을 뿐이었다.

장여사는 몸을 휙 돌렸다. 사람들의 목소리가 더 커졌다. 대체

여길 왜 왔나 싶었다. 빠른 걸음으로 그 장소를 빠져나오려다가 들어오는 입구에서 유인물을 나눠 주고 있는 젊은 여자를 발견했다. 하얀 얼굴에 까만 머리를 아무렇게나 대충 묶은 여자. 키가 크지도 않고 딱히 예쁠 것도 없었다. 아들의 연인이었다.

아들이 결혼했던 여자도 저런 여자였다. 까만 머리를 아무렇게나 대충 묶고 청바지를 입은 여자였다. 아들과 함께 혁명에 몸을 바치겠다고 말했고, 장여사는 미친년이라고 결론 내렸다. 하지만 아니었다. 아들이 5년 형을 받고 감옥에 들어가고, 3년쯤 지났을 때, 그녀는 이혼을 선택했다. 그리고 아들의 대학 선배와 다시 결혼했다. 그녀는 제대로 된 여자였다. 제대로 된 여자가 저 등신 옆에 붙어 있을 리가 없지. 장여사는 아들의 연인을 다시 보았다. 하얀 운동화를 신고 있다. 저 여자도 정신 차리고 나면 아들을 떠날 것이다. 아들 역시 그건 잘 알고 있을 텐데. 여자는 장여사에게 유인물을 내밀었다.

장여사는 유인물을 받았다.

"운동화만 신어요?"

여자는 잠깐 멍한 표정으로 장여사를 보다가 미소 지었다.

"가끔 힐도 신어요"

"젊은 아가씨가 왜 이런 걸 해요, 힘들게. 파업이야 저 사람들 일이지."

"아니에요. 제가 사는 세상 일이에요. 그건 제 일이 아니라고 할 수 없죠"

장여사는 갑자기 왜 이 여자한테 말을 걸었나 싶었다. 아들이 하는 말이랑 딱히 다를 게 없는 말이다. 장여사는 고개를 숙이고 빨리 자리를 벗어났다. 넌 내 아들을 버리면 그 운동화에서 벗어날 수 있겠지만, 난 그럴 수가 없지. 장여사가 그 어머니란 사실을 알게 되면 여자는 뭐라고 대답할까. 장여사가 아들에게 준 50만 원은 도대체 어디로 갔을까. 아들의 허옇게 까진 랜드로바가 눈에 밟혔다.

토요일, 장여사는 교회 구역 모임에 갔다. 이번엔 윤집사 집이었다. 집에 들어서자마자 고소한 국물 냄새가 풍겼다. 장여사는 뭐 이렇게 고생해서 했어, 라며 부엌에 들어갔다. 양파에 대파에 사과까지 들어간 국수 국물이 보글보글 끓고 있었다. 정갈하게 담아놓은 고명도 보였다. 다음 주가 장여사 차례였다. 대체 이번엔 뭘 해야 하지. 장여사는 속으로 좀 짜증이 났지만, 아주 맛있겠다며 손뼉을 쳤다. 벨이 울렸다. 목사님이었다. 반갑게 문을 열고 장여사는 환하게 웃으려……다가 놀랐다. 약간 늦게 오신 목사님은 웃으면서 랜드로바를 벗었다. 장여사는 신발을 한참 내려다보다가 끝내 한 소리 하고 말았다.

"목사님, 그 신발 보기 안 좋아요."

"왜요? 참 편하지 않습니까?"

"목사님께서 무슨 랜드로바예요. 제대로 된 구두 신고 다니셔야죠."

목사님은 가라앉은 호수처럼 그윽한 표정으로 장여사를 건너다보았다.

"집사님, 주님께선 신발을 보지 않으신답니다."

멋쩍게 고개를 돌리니, 윤집사와 양집사가 다소곳하게 서 있었다. 장여사는 정말 재수가 없는 날이라고 생각했다. 이게 다 아들놈 때문이었다.

자유기도가 끝나고 나서 양집사가 먼저 운을 뗐다.

"요즘엔 정말 시끄럽네요, 그렇죠?"

곧 도지사 선거였다. 바깥에선 계속 선거운동차들이 음악을 틀어대고 있었다. 그리고 도지사 후보 중 한 사람이 주목받고 있었다. 전 도지사를 밀어낼 대항마로, 사람들은 개혁을 주도할 사람이라면서 그 남자를 응원했다. 아들놈의 대학 선배였다. 아들놈과 함께 골방에 틀어박혀서 마르크스니 레닌이니 호치민이니 하는 책들을 읽던 후줄근한 놈 중 하나였다. 목사님이 반갑게 고개를 들었다.

"이 땅의 생명을 다 죽이면서 강바닥 들어내는 공사는 막아야 한다고 생각합니다. 꼭 투표해야죠."

윤집사가 격하게 고개를 끄덕이며 맞장구를 쳤다.

"사람들이 뭐라고 생각하든 상관없나봐요. 이건 무슨 공산주의도 아니고."

장여사는 흠칫 놀랐다. 공산주의. 목사님은 전부터 정부의 강공사 계획에 완강하게 반대한다고 말해왔다. 아마 아들의 대학 선배에게 투표할 생각인가보다, 장여사는 생각했다. 하지만 아들은 잘나가는 선배를 지지하지 않을 터였다. 아들이 몇 년 전에 쓴 글을 떠올렸다. 도지사 후보에 대해 아들은 신랄하게 썼다. 그는 우리를 배신했고 다시 또 배신할 거라고. 그리고 아들이 그 선배처럼 국회 의사당에 들어가고 텔레비전에 나오는 일은 영영 일어나지 않을 것이다. 장여사는 3년 동안 며느리였던 여자를 생각했다. 그가 도지사가 되면 텔레비전에서 그 여자의 얼굴을 볼 수 있을까.

그 선배도, 그와 함께 도지사 자리를 놓고 붙는 남자도 아들과 같은 대학 출신이었다. 오래전에 아들이 있는 그 바닥을 떠나온 사람이기도 했다. 장여사는 텔레비전에서 그들이 나오는 다큐멘터리를 보면서 김칫국물, 열무, 고추장, 호박나물에 비벼 밥을 먹었다. 아까 윤집사의 집에서 국수를 먹기는 했지만 계속 속이 허했다. 고추장을 더 많이 넣었다. 비빔밥은 달콤했다. 그러나 눈물이 펑펑 쏟아지게 매웠다. 아들의 대학 선배는 화면을 향해 단호하게 말했다. 우리 함께 길에서 돌 던지던 사람들 아닙니까, 다시 같이 합시다, 같이 싸워야 하지 않겠습니까. 그의 목에는 파랗게 반짝이는 넥타이가 걸려 있었다. 저 넥타이 아래에 있는 게 설마하니 랜드로바는 아니겠지. 그만큼 반짝이는 검은 구두일 것이다. 언젠가 저 남자는 국회에 청바지를 입고 출근했었다. 아들이 돌을 집어 던졌던 사람들이 그를 비난했다. 그는 청바지가 뭐가 어떠냐는 식으로 말했다. 하지만 청바지를 입는 아들은 그가 '우리'를 배신할 거라고 했다. 그리고 파란 넥타이를 한 저 남자는 이제 '이건 무슨 공산주의도 아니고'라고 말할 수 있을 것이다. 장여사는 텔레비전을 끄고 밥솥에서 밥을 더 퍼왔다.

장여사는 슬그머니 계산대에 들어섰다. 노래방은 낮이면 뻔하게 한산한데도 남편은 굳이 10시에 문을 열고 계산대 옆방에서 잠이 들었다. 장여사는 계산대를 지키는 대신 계산대에서 어제 번 돈을 슬쩍했다. 그 돈으로 백화점에서는 까만 구두가 든 빨간 상자를 살 수 있었다. 장여사는 그 상자를 들고 아들을 찾아갔다. 여전히 그곳에는 무대가 있었고, 사람들이 앉아서 무어라 소리를 질렀다. 무대 위에선 어떤 사람들이 시꺼먼 옷을 입고 춤을 췄다. 춤이라기보다는 몸부림에 더 가까울까. 사람들은 하늘을 향해 손톱을 치켜세웠다.

아들은 천막 속에서 누군가에게 귓엣말을 하고 있었다. 아들의 랜드로바는 천막 밖에 가지런히 놓여 있었다. 아들은 여전히 후줄근한 티셔츠 차림이었다. 장여사는 차마 천막으로 들어갈 수가 없었다. 아들에게 전화해서 잠깐 나오라고 해야겠다고 생각하며 장여사는 휴대폰을 꺼냈다. 그때 하얀 얼굴의 여자가 잰걸음으로 천막을 향해 달려왔다. 장여사는 그 여자보다 잰걸음으로 날쌔게 나무 뒤에 숨었다. 여자는 아들에게 귓속말을 시작했다. 장여사는 차마 발이 떨어지질 않았다. 빨간 상자를 그대로 들고 장여사는 몸을 돌렸다. 그 와중에도 무대 위에선 누군가가 아들같이 후줄근한 차림으로 노래를 하고 있었다.

나의 낡은 캐주얼화 뒤축이 많이 닳았지
나의 낡은 캐주얼화 색도 많이 바랬어
나와 함께 많이 다녔지

오랫동안 많이 다녔어

그냥 너를 노래하고 싶었을 뿐이야

지하철을 타고 집에 돌아가는 길에 장여사는 아들에게 전화를
걸까 말까 고민하다가 휴대폰을 닫았다.

아들이 천막을 치고 있던 그 자리에는 푸른 옷을 입은 경찰이
떼로 들어섰다. 경찰이 들어섰을 때부터 장여사는 노래방에 앉아
서 텔레비전을 계속 봤다. 24시간 동안 뉴스만 해주는 케이블 채
널은 꼼꼼하게 상황을 보여줬다. 화면은 경찰이 들어섰다는 이야
기, 옥상에서 남은 노동자들이 저항하고 있다는 이야기, 사지가
들려서 떠메어져 나오는 사람들을 이따금 보여주었다. 아나운서
의 차분하고 맑은 목소리가 깔렸다. 노조는 여전히 사측과의 대
화를 거부하고 있으며, 서로의 입장을 조율하지 못하고……. 장
여사는 아나운서의 목소리가 귀에 잘 들어오지 않았다. 언젠가
경찰에게 질질 끌려가던 대학생 아들처럼 보이는 한 사내애가 몸
부림을 치면서 끌려 나갔다.

넥타이를 허리춤에 매거나 머리에 맨 남자들이 우르르 들어왔
다. 개중에 어떤 남자들은 얼굴이 하얗게 질린 채 어쩔 못하고
넥타이를 머리에 맨 남자를 부축하고 있기도 했다. 조금 전에 소
피를 보고 왔는지 바지춤을 제대로 추스르지 못하는 남자도 있
다. 장여사는 눈살을 찌푸렸다. 제일 귀찮은 종류다. 역시 술에 취
해 보이는 한 남자가 냉장고에서 맥주를 쓸어 모았다. 당혹스러

운 표정을 짓고 있던 남자가, 장여사에게 물었다.

"얼마예요?"

"맥주까지 합하면 3만 원이오."

"아가씨들 부르면요?"

그럼 그렇지. 장여사는 수화기를 들었다.

"몇 명이오?"

"어……."

남자가 망설이던 차에 옆에서 넥타이를 머리에 맨 남자가 소리쳤다.

"다섯 명, 다섯 명!"

장여사는 번호를 눌렀다. 아가씨들은 십 분이면 온다고 했다. 오면 들여보내 줄 테니 먼저 들어가라고 하자, 텔레비전을 보던 남자가 여전히 지퍼를 열어둔 채 말했다.

"저, 민주노총 개새끼들 때문에 다 안 되는 거야. 그럼 어쩌라는 거야, 씨발놈들이……."

장여사는 대답했다.

"6번 방 들어가세요."

다시 텔레비전을 보았다. 헬리콥터가 공중에서 물을 뿌려대고 있었다. 옥상에 있는 사람들이 무너졌다. 아들은 대체 어디에 있을까, 장여사는 화면을 뚫어져라 노려봤다. 2번 방 문이 열렸다. 짧은 치마를 입은 여학생이 뽀르르 화장실로 올라갔다. 6번 방 문이 열렸다. 까맣게 빛나는 구두가 비틀거리면서 장여사에게로 다가왔다.

"아줌마, 아가씨들 언제 와?"

"십 분 안에 온다고 했어요."

올라갔던 여학생이 도로 내려왔다. 몸을 비켜서 남자를 지나치려는 순간, 남자가 여학생의 손을 잡았다.

"아, 이제 오면 어떻게 해, 계속 기다렸잖아. 저쪽 방이야."

"네?"

여학생은 손을 빼려고 했다. 남자는 여학생을 계속 붙든 채 6번 방을 향해 걸어갔다.

"아가씨 귀엽네. 아가씬 나랑 놀자, 응? 다른 언니들은 다 어디 갔어?"

"저…… 뭔가 오해가 있으신 거 같은데……."

장여사는 남자의 손에서 여학생을 떼어내려고 했다.

"이분은 손님이세요. 손님, 오해하셨어요. 아가씨들 아직 안 왔어요."

남자는 여학생의 허리를 끌어안으면서 장여사를 떠밀었다.

"뭐야! 아까 돈 다 냈잖아! 여기는 내 마음에 드는 아가씨 고르지도 못하나!"

장여사가 넘어지는 것과 거의 동시에 여학생이 비명을 질렀다. 2번 방 문이 열렸다. 장여사가 도로 자리에서 일어나기도 전에 하얀 티셔츠를 입은 남학생의 주먹이 술에 취한 남자의 뺨에 꽂혔다. 여학생은 계속해서 비명을 질렀다. 얻어맞은 남자는 입가가 터진 채 뭐야, 이 새끼는, 이라고 주절대며 다시 주먹을 돌려주려고 엉거주춤 섰다. 이번엔 남학생의 발길질이 남자의 복부에 꽂혔다. 남자는 크헉, 비명을 질렀고, 6번 방 문도 열렸다. 이번에도 여학생이 비명을 질렀고, 6번 방 남자들이 술에 취한 남자에게 달려들어 끌어냈고, 2번 방에 있던 또 한 명의 남학생이 뭐야, 뭐야를 주절대며 나왔다. 여학생은 이제 울기 시작했다. 6번방 남자들이 뭐야, 뭐야를 날카롭게 외쳤다. 그때 아가씨들이 들어왔다. 착 달라붙은 원피스에 빛나는 하이힐을 신은 아가씨들이 뭐야, 뭐야라고 말했다. 술에 취한 남자가 말했다.

"이빨 부러졌어!"

차분한 목소리로 아나운서가 말했다.

"공장 안에 노조원이 이제 한 명도 남지 않았습니다. 경찰의 진압은 종료되었습니다."

장여사는 경찰서에서 그들이 합의하는 걸 보고 돌아왔다. 다행히 아가씨들을 부른 건 경고로 넘어갔다. 장여사는 아들에게 전화했다. 아들은 전화를 받았다.

"넌 괜찮니?"

"응, 괜찮아."

"도지사 선거 말인데…… 누구를 뽑아야 할까. 네 선배는 싫다고 했지?"

"그 사람보다는, 같이 나온 그 여성을 찍는 게 낫다고 생각해."

그 여자는 장여사도 잘 알고 있었다. 집회 현장에 종종 나와서 발언도 하고, 가끔은 방패를 든 경찰들 앞에서 드러눕기도 하던 여자였다. 오늘 있었던 일을 얘기할까 생각하다, 장여사는 입을 다물었다.

"그치만 그 여자가 도지사가 되어도 넌 또 그 여자 욕할 거지?"

아들이 웃었다.

"아마 그렇겠지."

"그럼 넌 누가 대통령이 되면 좋을 거 같니, 대체. 투표는 뭐하러 해?"

"난 엄마가 대통령이 되면 좋을 거 같은데."

장여사는 대답하지 않고 전화를 끊었다.

처음 아들이 교도소에서 나왔을 때, 장여사는 두부를 사 들고 교도소 앞에 갔다. 아들은 영치되었던 옷을 그대로 입고 있었다. 여전히 낡은 랜드로바를 신고서. 두부를 먹으라고 내밀자, 아들은 웃었다.

"두부를 먹는 건 좋은데, 아마 또 들어갈지도 몰라."

장여사는 날카롭게 말했다.

"그러면 두부 먹을 필요 없지. 내놔."

아들은 순순히 두부를 내놓았다. 장여사는 머리끝까지 화가 치밀었다.

"왜 그러는데!"

아들은 5년 전에 입고 들어갔던 지저분한 셔츠 깃을 쭉 폈다. 아들의 좁고 구부정한 어깨는 펴봤자 여전히 없어 보였다. 아들은 꾹 쥔 주먹을 가슴에 가져다 댔다. 교도소 앞은 서늘했다. 장여사는 사막 냄새를 맡았다. 차가운 모래 바람이 불었다. 아들은 주먹을 가슴에서 떼지 않은 채 덜덜 떨었다. 장여사는 코트를 가져올 걸 그랬다고 후회했다. 아무도 없는 데에서 갑자기 아들이 냅다 소리를 쳤다.

"엄마, 세상이 이상하지 않아? 엄마는 이대로 괜찮다고 생각해?"

"갑자기 무슨 소리를 하는 거야. 얼른 가자, 코트 사줄게."

"난 코트를 살 수 있지만, 서울역 계단에선 누군가 또 코트도 없이 얼어 죽을 수도 있잖아."

"그래서 코트 안 입을 거야?"

아들은 갑자기 말을 뚝 멈추더니 장여사를 내려다봤다.

"누구는 집에서 코트가 놀고 있잖아. 누구는 한 벌도 없고."

장여사는 아들이 감옥에서 미친 것만 같았다.

"네 코트를 대신 주겠다고?"

"그럼 한 사람만 따뜻하잖아. 난 다들 자기 코트는 자기가 가졌으면 좋겠다고."

아들은 이제 이를 딱딱 부딪치면서 말하기 시작했다. 그런 주제에 어깨는 어떻게든 펴보겠다고 안간힘을 쓰고 있었다. 지금 얼어 죽을 판에 무슨 서울역 계단을 떠올리나 싶어서, 장여사는 어이없어하다가, 눈물이 터졌다.

"이 미친놈아, 어? 네가 감옥 가면 누가 코트 생기냐? 어?"

장여사가 콧물을 흘렸다. 아들은 장여사를 확 끌어안았다. 아들은 여전히 떨고 있었다. 차가운 아들의 품에서 오래된 옷 냄새가 났다.

"안 생길지도 모르는데, 난 안 생긴다고 생각할 수 없어. 엄마 말대로, 예수님도 그랬을 거야."

아들이 장여사의 어깨를 잡았지만, 장여사는 고개를 들어 아들의 얼굴을 보지 않았다. 아들의 랜드로바는 푸석해 보였다. 장여사는 교회 달력에서 보았던 물 위를 걷는 예수님을 생각했다. 예수님의 맨발은 빛이 났다. 베드로는 예수님을 따라가지 못하고 물에 빠져 있었다. 예수님의 얼굴도 빛이 났다. 아들의 랜드로바에서 빛이 날 리가 없었다.

시내로 나오자마자 코트를 샀다. 제일 싼 코트로 몸을 두른 아들을 데리고 집에 돌아오던 길, 버스 안 라디오에서 광고가 나왔다.

나를 봐 내 작은 모습을 너는 언제든지 웃을 수 있니
하지만 때론 세상이 뒤집어진다고 나 같은 아이 한둘이 어지럽힌다고
변화, 난 두렵지 않아
모두가 똑같은 손을 들어야 한다고 그런 눈으로 욕하지 마
난 아무것도 망치지 않아, 난 왼손잡이야
감각 쿠데타, 예, 랜드로바

아들은 장여사의 어깨에 기댄 채 곤히 잠이 들어 있었다.

파업은 끝났다. 뉴스에서는 노조가 사측과 겨우 타협점을 찾았다고 했지만, 몇몇 사람들이 교도소로 갔다. 아마, 그들도 각자의 어머니 손에 랜드로바를 남겨졌으리라. 아들은 이 파업에 대해서 평가하는 길고 긴 글을 썼다. 장여사는 그 글을 읽기가 귀찮아서 관뒀다. 아들이 쓰는 글을 읽으려고 시도해본 건 아주 오래

전 일이었다. 솔직히 말하자면 장여사한테는 너무 어려웠다. 아들이 찍으라고 말하던 여자 후보는 파업이 시작된 초기에는 그 파업 현장에서 목소리를 높이기도 했었다. 하지만 파업이 끝나던 날 그 후보는 후보명단에서 빠졌다. 사퇴를 기념해서 아들의 대학 선배와 손을 맞잡고 카메라 앞에서 사진을 찍었다. 선거 날 사흘 전이었다. 장여사는 계속 뉴스를 보았다. 사실 그거 말고 별달리 할 일도 없었다. 아들은 후보명단에서 빠진 여자 후보에 대해서도 뭐라고 글을 썼다. 장여사는 그 글도 읽지 않았다. 집에 날아온 선거 공보물에는 여전히 그 여자의 사진이 있었다. 장여사는 꼼꼼히 그 여자의 프로필을 읽어보았다.

국가보안법으로 잡혀 갔던 경력을 읽으면서, 장여사는 그 여자의 어머니를 생각했다. 두부를 사 갔을까. 아들의 대학 선배와 손을 맞잡고 찍은 사진에서 그 여자는 하얀색 구두를 신고 있었다.

장여사는 투표를 하러 갔다. 아침 일찍 온 사람들은 장여사 나이 또래의 사람들이 꽤 있었다. 장여사 앞의 노인이 주민등록증을 내놓았다. 장여사를 보고선 고개를 끄덕였다. 장여사는 멋쩍게 눈인사를 했다. 언젠가 노래방에 왔던 사람인가, 잘 기억이 나지 않았다.

투표용지에는 사퇴한 여자의 이름과 아들의 대학 선배 이름이 둘 다 있었다. 장여사는 도장을 들고 가만히 고개를 갸웃거리다 아들의 대학 선배 이름 옆에 도장을 찍었다.

투표장에서 나오자, 투표장 앞 벤치에 아까 그 노인이 앉아 있었다. 노인이 장여사를 불러 세웠다. 장여사는 다시 노인을 돌아보았다.

"우리 같은 나이대에는 투표하러 나오기 쉽지 않은데 수고하셨소이다."

"아…… 선생님도 수고하셨습니다."

"요즘엔 빨갱이들이 자꾸 설쳐서 집에서 쉬려도 도무지 쉴 수가 없단 말이오."

노인은 껄껄 웃었다. 장여사는 삼 초 정도 망설이다가 같이 웃었다.

밤 8시부터 장여사는 텔레비전 앞에 바싹 붙어 앉았다. 감질나게 숫자가 올라갔다. 아나운서들은 끊임없이 전국 각지의 상황을 이야기했다. 당사에 앉아 있는 아들의 대학 선배가 나왔다. 5퍼센트가 개표되었을 때, 아들의 대학 선배는 압도적인 표차로 상대를 앞지르고 있었다. 아들의 대학 선배는 유쾌하게 말했다.

"그만큼 개혁에 대한 사람들의 열망이 큰 거겠죠. 하지만 승부는 더 지켜봐야 알 수 있지 않겠습니까."

10퍼센트, 20퍼센트, 30퍼센트가 개표될 때까지도 그는 계속 우위를 지켰다. 장여사는 텔레비전 앞에서 깜빡 잠이 들었다. 새벽 2시에 다시 눈을 떴을 때, 여전히 텔레비전에선 개표방송이 나오고 있었다. 아들의 대학 선배는 2만 표 차로 뒤지고 있었다. 개표는 83퍼센트가 진행되었다. 상대 후보의 이름 앞에 '당선예상'이라는 글자가 보였다. 장여사는 다시 눈을 떴다. 95퍼센트까지 개표되고, 상대 후보의 이름 앞에 '확정'이라는 글자가 떴다. 새벽 5시였다. 첫차가 다니기 시작할 시간이었다.

장여사는 옷을 갈아입었다. 옷장 안에 넣어두었던 빨간 상자를 꺼냈다. 다시 상자를 열어보았다. 까만 구두는 여전히 반짝거렸다. 장여사는 빨간 상자를 품에 안고 신발을 신었다. 버스가 다니고 있었다. 아들이 자취하는 그 애인의 집까지는 버스를 타고 이십 분. 장여사는 이십여 년만에 처음으로 아들의 자취방을 찾아가기로 마음먹었다.

아들의 자취방은 생각보다 찾기 쉬웠다. 반지하 방에는 철창하나 달려 있지 않았다. 더군다나 아들은 창문을 훤히 열어놓고 잠들어 있었다. 장여사는 방충망을 열었다. 삐걱 소리가 살짝 났다. 아들은 깨지 않았다. 장여사는 창문으로 발을 내디뎠다. 떨어지면서 빨래 바구니를 밟았다. 장여사는 휘청거리며 넘어졌다. 빨래 바구니가 우지끈 소리를 내며 부서졌다. 아들이 신음하며 몸을 뒤쳤다. 장여사는 숨을 멈췄다. 아들은 여전히 깨지 않았다. 아들은 팬티만 입고 몸을 모로 둔 채 잠들어 있었다. 어찌 된 일인지 아들의 애인은 보이지 않았다. 장여사는 신발을 벗고 발끝으로 걸었다. 침대 옆으로 떨어진 이불을 끌어다가 아들의 배를 가려주었다.

"엄마……."

화들짝 놀란 장여사가 바닥에 엉덩방아를 찧었다. 여전히 깨지 않은 아들의 눈가가 가늘게 반짝였다. 장여사는 묵묵히 아들의 눈물을 지켜보다가 마음을 다잡고 현관으로 걸어갔다. 신발장이랄 것도 없는 작은 현관에, 아들의 낡은 랜드로바가 있었다. 장여사는 빨간 상자를 열어서 구두를 꺼냈다. 빛이 거의 없는 방에서도 구두는 아들의 눈물보다 더 빛났다. 장여사는 아들의 랜드로바를 집어 들었다.

조심스럽게 아들의 현관문을 열었다. 문이 열렸다. 장여사는 현관문 밖에 서서 다시 구두를 내려다봤다. 후줄근한 운동화 두 켤레 사이에서 구두는 아름답게 빛났다. 푸르스름하게 하늘이 밝아오고 있었다. 장여사는 가만히 현관문을 닫았다. 삑, 문이 잠기는 소리가 들렸다. 완벽한 성공이었다. 장여사는 소리를 지를 뻔한 걸 꾹 참았다. 하지만 날 것만 같은 발걸음은 어떻게 할 수가 없었다. 날듯이 계단을 뛰어올랐다. 그리고 계단 위에서,

담배를 물고 있는 하얀 얼굴의 여자를 맞닥뜨렸다.

여자는 담배를 물었다가, 입에서 떨어뜨리고는, 멍하니 장여사를 응시했다. 그러고는,

"어……."

라고 운을 떼었다. 장여사는 랜드로바를 떨어뜨렸다. 랜드로바 한 짝이 계단 아래로 굴러떨어졌다. 하얀 얼굴의 여자는 랜드로바를 보더니 다시 한 번

"어……."

라고 말했다. 장여사는 남은 랜드로바 한 짝을 품에 안고 달렸다. 버스정류장이 너무 멀었다. 어디선가 새벽닭이 울었다.

내가 알고 있는 한 노老 활동가(라고는 해도 50대 정도)가 어느 날 내게 투덜거렸다. 그는 노모를 만나고 왔다고 말하며, 자신의 어머니는 자신이 랜드로바를 신는 게 마음에 안 든다고 한다는 것이다. 그는 랜드로바가 얼마나 편하고 좋은 신발인지에 대해 내게 열심히 설명하며, 자신의 노모는 자신에게 "나잇값 못한다"고 했다고 말했다. 나는 그냥 웃으며 그의 이야기를 들으면서, 그의 어머니를 상상해보았다. 50대의 맑시스트가 아들이라는 것에 대해서.

유정고밴드(정윤경 동지, 사랑합니다)의 1집 앨범 〈남상濫觴〉에 실려 있는 〈나의 낡은 캐주얼화〉를 듣다가 그때 그가 했던 이야기가 다시 떠올랐다. 나는 내 주변의 많은 활동가들과 생각지도 못했던 그들의 어머니들을 생각했다. 내가 사랑하고 존경했던 선배들 중 운동을 떠난 선배들을 생각했고, 아직까지 남아서 삶의 고통을 참아내는 사람들을 생각했고, 이제 그만두고 싶다는 생각을 계속하는 사람들도 생각했다. 뒤축이 많이 닳은 캐주얼화를 차마 버리지 못하는 이유는 무엇일까, 우리 엄마는 무슨 생각을 할까.

나와 함께 활동하던 친구 하나는 학내에서 어떤 문제를 제기했다가 "민주
노동당에 들어가서 출세하려고 저러는 것"이라는 말을 들었다. 그리고 내 주
변의 "출세"한 사람들은 구두 하나 제대로 신지 못하고 있었다. 어디 비단 운
동판에서만 그런 일이 있겠는가. 너무 힘든 일은 안 했으면 좋겠다는 우리 엄
마의 둥그런 눈망울이 어디 우리 엄마한테만 있겠는가. 그리고 어느 만큼의
활동가가 "엄마, 내가 이렇게 세상을 바꿨어."라고 당당하게 말할 수 있을까.
우리의 운동은 끓어오르기 전까지 많은 실패를 기억하고 있지 않은가. 그럼
에도 우리는 뒤축이 많이 닳은 캐주얼화를 버릴 수가 없다. 다시 한 번 유정
고밴드에게 사랑을.

노 병 들

노 병 들

처리를 기다리고 있는 사안이니 조금 더 기다려보라는 친절한 말을 끝으로 전화가 끊겼다. 휴대폰을 손에서 놓자 휴대폰의 무게가 가볍게 뒷목을 자극했다. 바지 주머니에 손을 넣고 손가락을 세워서 아주 천천히 주머니 속에 들어 있는 네 장의 종잇장을 만졌다. 엄지손가락 끝으로 얇게 돋을새김되어 있는 세종대왕님의 얼굴 윤곽이 느껴졌다. 4만 원으로 할 수 있는 일은 절대로 적지 않다. 공원 뒤편에 늘어서 있는 고깃집에 들어가서 영배 녀석과 술을 한잔할 수 있을 것이다. 고깃집이 아니라 중국 요릿집에 들어가서도 적당한 가격의 고급 요리에 술을 시킬 수 있을 것이다. 종로 3가 역 바로 앞에 있는 일본식 돈가스 집에서 안심이나 등심을 시켜 먹을 수 있을 것이다. 에어컨 바로 앞에 앉아서 시원하게.

땀에 젖은 모시 적삼이 등줄기에 들러붙었다. 등을 꼿꼿이 세우려고 했지만 모시 적삼은 영 쉽게 떨어지지 않았다. 아침의 일이 도무지 머릿속을 떠나지 않아 고개를 홰홰 내저었다. 며느리가 항상 화장대 오른쪽에 돈을 넣어둔다는 것을 안 건 정말 오래전이었고 그전에는 단 한 번도 그 돈을 꺼내려고 생각한 적이 없었다. 지금 와서 며느리에게 말해보아야 아무 의미도 없는 일이다. 화장대 오른쪽에서 만 원권 한 장을 집어 들었을 때 문이 열렸고 무어라 입을 뗄 틈도 없이 며느리가 팔자로 처진 눈썹을 하고는 말없이 만 원권 네 장을 꺼내 내 주머니에 꽂아주었다. 나는 가래를 돋워 보도블록에 침을 뱉었다. 참을 수가 없었다. 그 경우 없는 계집애가 누굴 민망하게 만들려고…… 라고 생각하다 고개를 숙였다. 그 착한 며느리를 두고 정말이지 부끄러운 줄도 모르는 생각이 아닌가. 더욱이 며느리는 지금 거의 남산만큼 배가 부른 상태였다.

나이 든 시아버지를 봉양해야 하는 딸아이 걱정에 얼굴이 어두운 사돈을 앞에 두고 나는 연금이 있으니 걱정하지 말라고, 혼자서도 괜찮다고 되레 큰소리를 떵떵 쳤었다. 연금은 자주 연체되었다. 벌써 반년 가까이 연체되고 있는 연금을 달라고 전화를 걸면, 지금처럼 이 친절하고 사근사근한 여자가 몇십 분 가까이 걸리는 통화 끝에 조금 더 기다려보라고 말해준 뒤 전화를 끊기 일쑤였다. 나는 엄밀한 의미에서 퇴직 공무원이었다. 어디에도 내 근무 기록이 남아 있지 않은 게 문제였지만. 청와대에 글을 쓸 수도 없고, 얼굴도 모르는 전화기 너머의 직원에게 내가 조국을 위해 바람을 불러왔다고 말할 수도 없는 노릇이었다.

괴로웠다. 평생 나쁜 놈들을 잡기 위해 동분서주했는데, 어느새 자신이 도둑놈이 된 셈이었다. 살면서 한 번도 생활이 넉넉해본 적은 없었고 결국 아내에겐 고생만 시켰지만, 아들을 마주할 기회만 있으면 나는 아무리 사정이 어렵고 생활이 괴로워도 인간으로서의 도덕과 기품을 잃어버려서는 안 된다고 가르쳐왔다. 한바탕 싸움이 벌어질 때마다 마음속으로 내가 사회 속에서 사는 인간이라는 점을 몇 번씩이고 되새겨왔다. 삶이 고통스럽지 않은 사람은 세상에는 아무도 없고, 그렇다고 해서 세상을 원망하다간 결국 내가 사는 세상마저 무너지고 마는 것이다. 설마하니 일을 하지 못한다고 해서 마음의 기둥까지 무너진 것일까. 가슴이 서늘해졌다.

전철 안에 자리가 없었다. 나이 어린 총각애 하나가 다리를 넓게 벌리고 앉아 멍한 표정으로 천장을 치어다보고 있는 꼴이 눈에 들어왔다. 나는 많이 늙었고 저 청년은 그렇게 피로해 보이지는 않았다. 나는 청년 앞에 가서 섰다. 에어컨 바람이 모시 적삼 사이로 스며들면서 조금 등이 편해졌다. 청년은 계속 입을 벌리고 멍하니 천장만 보고 있었다. 무슨 생각에 골똘히 빠져 있는 것인지는 알 수 없지만, 이 청년에게는 눈앞에 사람이 있다는 걸 알려줄 필요가 있었다. 나는 몇 번 헛기침했고, 청년의 눈동자는 약간 흔들렸지만 다시 천장에 고정되었다. 어쩔 수 없는 노릇이었다. 나는 에어컨에서 쏟아져 내린 바람들을 몇 가닥 조심스럽게 머리 위로 끌어당겼다. 사람들을 다치게 해서는 안 되므로 내 머리 위에서만 천천히 맴돌게 했다. 잠시 뒤, 나는 그 바람들을 죄다 청년의 엉덩이 밑으로 밀어 넣었다.

"으어!"

소리를 지르며 청년이 벌떡 자리에서 일어났고, 바람들은 청년의 등과 엉덩이를 떠밀어냈다. 나는 가볍게 바람들을 전철 안에 흐트러뜨리고 그 자리에 앉았다.

독립문역을 지나면서부터는 비슷한 나이대의 사람들이 늘어갔다. 곧 도착이었다. 오직 이곳에만 정의의 기억들이 남아 있었다. 역 계단을 올라오면서부터는 다시 내 몸에서 나는 땀 냄새를 맡을 수 있을 지경이었다. 결국, 며느리에게 새 빨랫감을 오늘도 늘려주게 될 것이었다. 벚꽃처럼 수십 개의 태극기가 공원 문 앞에서 반짝거리며 흔들렸다. 나는 느릿느릿 배를 조금 내밀고 공원 안으로 들어갔다. 오늘도 경건한 손병희 선생의 얼굴을 치어다보는데, 영배의 얼굴이 불쑥 시야에 끼어들었다.

"형님, 이렇게 휴대폰 목에 걸고 다니다가 말년에 디스크 걸리면 뼈도 못 추린다. 여, 스마트폰은 두껍기도 두껍고 무겁기도 오죽이나 무거운데. 형님 같은 약골은 디스크 금방이야."

팔각정에 도착하자마자 영배는 모자를 벗고 팔각정 한가운데 우뚝 섰다. 그리고 익숙하게 아리랑을 부르기 시작했다. 영배의 목소리에 실린 에너지는 하루가 다르게 옅어져갔지만 미군정 때부터 영배는 포기를 모르는 놈이었다. 영배 역시도 자신의 목소리가 갈수록 힘없이 흩어지는 건 알고 있을 터였다. 그럼에도 영배는 굴하지 않고 애타게 목청을 부여잡았다. 영감들은 영배가 노래를 부르건 말건 신경 쓰지 않았다. 가끔 몇몇은 얼쑤, 좋구나를 외치기도 했지만. 대체로 영배는 팔각정 주변 영감들의 기분을 유쾌하게 만들기 위해서 노래했다. 영배 덕분에 찌는 듯한 더위 속에서도 노인네들은 그럭저럭 유쾌한 기분으로 웃고 떠들었다. 영배 덕분인지는 영영 모르겠지만.

아리라흥, 우리라흥, 아리어리우리라흥.

바람이 모시 적삼 속으로 훅 끼쳐 들어왔다.

"아이고, 시원허다."

이마 위로 땀줄기가 스쳐 지났고 비둘기가 종종거리며 옆을 지나쳤다. 늘 그렇듯이 시원한 바람의 시간은 빠르게 지나갔다. 나는 바지춤에서 부채를 꺼내 들었다. 바람 정도야 이 부채만으로도 탑골공원 전체에 휘몰아치게 할 수 있었다. 가볍게 목 주변을 부채로 부치는 내게 영배가 슬그머니 웃어 보였다. 인간에게는 누구나, 알고 있지만 말할 수 없는 것들이 있게 마련이다.

나이 어린 한 쌍이 손을 꼭 붙들고 천천히 걸어서 팔각정 옆으로 다가왔다. 계집아이 쪽이 영배 쪽을 손가락질하며 까르르 웃음을 터뜨렸다. 웃음을 터뜨린 계집아이에게 노래를 부르는 영배 대신 화단 근처의 얼치기 영감들부터 팔각정 가운데 자리 잡은 말 많은 영감들까지, 모든 노인의 시선이 일제히 꽂혔다. 삿대질을 멈추지 않으며 연인을 치어다보는 계집아이의 하얀 얼굴에 홍조가 떠올랐다. 계집아이는 이곳이 어디인지 알지 못했다. 어린 나이에 그럴 수도 있었지만, 모르는 게 있으면 알아가야 할 일이었다.

계집아이가 사내놈에게 달라붙어서 스위티, 어쩌고, 영어로 주절댔다. 사내놈은 주변을 두리번거리며 감겨오는 팔을 몇 번 떨어내려고 시도했지만, 계집애는 그때마다 눈치 없이 다시 사내놈의 팔에 엉겨 붙었다. 그러더니 기어코 주둥이를 쭉 내밀었다. 사내놈은 계속 주변의 영감들 눈치를 살피기는 했지만, 입이 귀에 걸릴 듯이 웃어대더니, 결국에는 계집아이의 입술에 손가락을 몇 번 가져다 대다가 슬쩍 계집아이의 입술에 입을 맞췄다. 계집애가 물을 만난 듯 사내놈의 혀에 혀를 얽어대기 시작했다. 세조의 비가 세조의 죄를 씻기 위해서 세웠던 그 원광사지 십층석탑 바로 앞에 서서. 그럴 수 있는 일이었지만, 누구나 모르는 게 있으면 배워야 했다.

나는 가래침을 뱉으면서 바닥을 발로 슬쩍 내질렀다. 중력의 도움을 받아 땅으로 곤두박질치던 가래침은 그대로 신 나게 바람을 가르고 달려서 계집애의 허벅지에 철썩 들러붙었다. 잠깐 입술을 떼고 고개를 숙인 계집애가 펄쩍 뛰며 비명을 질렀다. 계집애는 사자 눈을 뜨고 주변을 살폈지만, 석탑 근처까지 걸어온 영감은 아무도 없었다. 나는 몸을 돌려 지그시 눈을 감은 채 영배의 노래를 감상했다. 영배의 노래가 겨냥하고 있는 건 사내놈 쪽이었다. 영배는 분명히 많이 약해졌지만 그래도 저런 어린놈의 기분 정도야 누워서 떡 먹기였다.

사내놈은 눈물까지 글썽이며 비명을 지르는 계집애를 오만상을 찡그린 채 보고 있었다. 영배의 목소리가 흔들거리며 허공으로 날아들었고, 사내놈은 계집애에게 그만 좀 하라고 벌컥 소리를 지르며 계집애를 떠밀었다. 날뛰던 계집애는 모랫바닥에 엉덩 방아를 찧었다. 치마가 뒤집혀 계집애의 파란 줄무늬 팬티가 보였고, 영감들은 슬그머니 모두 계집애를 주목했다. 계집애는 얼굴이 시뻘게져서 영어로 소리를 치기 시작했고, 사내놈은 무어라 한 마디 내뱉고는 인사동 쪽 쪽문으로 횡하니 자리를 떴다. 계집애 역시 씩씩거리며 종로 쪽 문을 향해 걸어 나갔다. 모든 실패에서는 배우는 게 있게 마련이었다. 영배가 내 어깨를 툭 쳤다.

"형님, 안 죽었네."

말세는 말세였다. 하기야, 말세가 아닌 적이 어디 있기는 했던가. 우리는 여느 때처럼 장기를 두는 영감들 옆에 몸을 옹송그리고 앉아서 단둘이서만 아는, 끔찍한 말세에 관해 이야기하기 시작했다. 우리가 격퇴해온 말세의 끔찍한 망령들과 선량했던 옆집 처녀들을 충동질해 야산으로 데려갔던 빨치산 놈들에 대해서. 세상 물정 모르는 학생 놈들 틈바구니에서 엿가락처럼 긴 팔을 뻗어 경찰들의 방패와 곤봉을 날리던 흉물스러운 그 남자에 대해서. 체면이고 뭐고 없이 대로변에서 담배를 뻑뻑 피우던 마녀 같은 그 여자에 대해서. 옛날이야기 속에선 여전히 대쪽같이 정의와 허기의 시간이 살아 있었다. 모두가 그때는 배가 고팠다. 허기를 감내하는 것이 정의였고, 허기를 막아줄 수 있는 것이 정의였다. 장기판 주변의 노인들은 눈을 빛내기도 하고 훈수를 두다 조용히 좀 하라고 핀잔을 주기도 했다. 하나 그들 역시 정의와 허기의 시간을 기억하는 사람들이었다.

나는 흔들리는 영배의 모자 깃털을 물끄러미 바라보다가 깃털

너머로 낯익은 표식을 발견하고는 얼떨결에 벌떡 자리에서 일어났다. 장기판이 약간 흔들렸고, 이기고 있는 편의 몇 명이 안타깝게 소리를 질렀다. 틀림없었다. 눈앞으로 이파리 다섯 개 모양 대마초 문신이 뾰족하게 새겨진 팔뚝이 지나갔다. 이기고 있던 쪽이 내게 무어라 큰 소리를 질렀지만, 나는 꼼짝도 않고 녀석을 지켜보고 있었다. 허여멀건한 얼굴, (숱이 많이 줄어들긴 했지만) 목을 덮는 구불구불한 곱슬머리, (근육이 모두 없어져서 헐렁해 보였지만) 러닝셔츠 같은 민소매 셔츠에 관자놀이 옆으로 지나가는 큰 흉터 자국이 모두 그대로였다. 도무지 잘못 볼 수가 없는 그 걸음걸이. 여전히 녀석은 어깨를 비뚜름하게 추켜올리며 해괴한 스텝으로 춤을 추는 것같이 걸어갔다. 어느새 영배도 입을 벌린 채 자리에서 일어나 있었다. 크게 열린 동공으로 우리는 같은 곳을 바라보고 있었다. 바로, 녀석이었다.

녀석을 처음 만난 건 광복 이후 얼마 안 되어서 있었던 파업 사건 때였다. 나는 탱크와 기관총 뒤에 숨어 있었지만 내게 걸려 있는 기대는 탱크 이상이었다. 군인들은 열다섯 살 소년을 조심스럽게 이동시켰다. 서울 어디든 골목골목마다 소문이 파다했던 바로 그, 대한민청 감찰부장님이 내 어깨에 따뜻하고 묵직하게 손을 얹었다. 나는 김좌진 장군의 피가 내 심장으로 흘러드는 기분이었다. 거의 열흘째 철도가 완전히 마비 상태였다. 장사꾼들은 물건을 나르지 못했고, 환자들은 병원에 가지 못했다. 무엇보다 쌀, 쌀을 옮길 수 없었다. 감찰부장님의 나직한 목소리가 등 뒤에서 넘어왔다. 네 손에 달려 있다. 나는 주먹을 꼭 쥐었다. 모든 무기보다도 바로 내 손이었다. 곳곳에서 사람들이 굶고 있었다. 서울철도 파업단에는 수많은 사람이 진을 치고 있었다. 두 대오의 거리가 점점 가까워지자 사람들의 얼굴이 뚜렷하게 드러났고 함성이 하늘을 치받으면서 경관들 앞에 선 대한노총 청년들은 방망이를 치켜들었다. 사람들에게 쌀을 실어다가 줄 기차를 움직이기 위해 방망이들이 용감하게 움직였다. 감찰부장님은 힘차게 내 등을 쳤다. 자, 나가라. 나는 그들을 노려보며 힘껏 바람을 떠밀었다. 방망이들 사이로 날카롭게 달려 나간 바람은 격전지를 한참 지나 적진 한가운데에서 칼을 뽑아 들었고 곧 피가 솟구쳤다. 바람에 얻어맞고 몇 명이 바닥에 나뒹군 듯했다. 잘했어, 아주 잘했어.

정신없이 양손을 뻗었다. 어디로 바람이 흘러가는지도 알 수 없었다. 바람 끝에 휘말려 눈이나 손을 잃어가고 있을 사람들도 보이지 않았다. 아직 힘을 제대로 다루지 못했던 어린 나는 허공에 손가락을 휘젓다가 손을 붙잡는 강한 힘에 바닥으로 넘어졌다. 다루고 있던 바람이 사방으로 터졌고, 내 옆에 서 있던 경관의 양 발목이 끊어졌다. 손을 붙잡은 건 땅속에서 불쑥 뻗어 나온 손이었다. 나는 비명을 지르면서 손을 빼기 위해 안간힘을 썼지만 그럴수록 땅 밑에서 뻗어 나온 긴 팔은 더욱 억세게 내 손을 휘감았다. 손에 이끌려서 바닥에 납작 엎드린 채 버둥거리고 있자, 감찰부장님은 부대들에 각기 지시를 내리고 나서 권총을 들고 내 곁으로 다가왔다. 손목을 휘감은 손가락은 가늘고 희었지만, 도무지 떨쳐지지 않았다. 감찰부장님은 망설임 없이 내 손을 향해 총을 쏘았고 나는 한 번 더 비명을 질렀다. 갑자기 손이 자유로워졌다. 바닥에 구멍만 남기고 기괴한 손은 사라졌다. 나는 멍하니 고개를 들어 적진을 바라보았다. 바닥에 손을 넣고 있던 소년 하나가 자기 손을 깨끗이 회수하고서 자리에서 일어났다. 멀쩡한 길이의 팔로 이쪽을 돌아보는 짧은 더벅머리의 소년은 나보다 한 뼘이나 키가 작았다. 뼈가 흐느적거리며 늘어나서 땅속을 통과해 오다니. 엿가락도 아니고. 소년을 가만히 응시하고 있자니 등줄기에 오스스 소름이 돋았다. 이건 말도 안 되는 일이었다.

이건 말도 안 되는 일이었다.

우리의 넋 나간 시선을 받으며 아무렇지 않게 공원 안으로 걸어 들어간 엿가락은 팔각정에서 가장 목이 좋은 그늘 자리에 다리를 벌리고 앉았다. 그는 노인 특유의 부들부들하게 살가죽이 늘어진 팔로 많이 구겨진 담배 한 갑을 꺼냈다. 그는 멍하니 담장 너머를 응시하며 담배를 빼어 물었다. 라이터를 찾느라 한참 가슴팍의 앞주머니를 손바닥으로 뒤적이더니 불을 빌리기 위한 요량인 듯 고개를 들고 주변을 두리번거렸다. 그리고 끝내 나와 눈이 마주쳤다. 눈을 가늘게 뜨고 이쪽을 바라보던 그 눈빛이 오래전 어느 순간으로 돌아왔다. 그는 내 주변을 훑어서 영배가 있는 것을 확인하고 입을 길게 찢어 히죽 웃었다. 오싹하게 소름이 돋았다. 재빠르게 녀석의 주변을 훑어보았다. 마녀는 보이지 않았다. 백 걸음도 채 안 될 거리에서 서로 말도 붙이지 않고 서 있다니. 나는 금방이라도 그의 손이 치솟아 오를 듯해 발끝으로 바닥을 슬슬 다져보았다. 이건 말도 안 되는 일이었다.

평소보다 이르게 집에 들어서자, 며느리가 눈을 동그랗게 떴다. 나는 묵묵히 방에 들어가서 모시 적삼을 벗었다. 땀에 젖어서 거의 반쯤 비치게 된 모시 적삼에서 냄새가 진동했다. 엿가락의 러닝셔츠 뒤에도 땀이 배어 있었다. 녀석이 그 자리에 앉아 있다는 것만으로, 조금 전까지만 해도 우리 모두에게 유일한 정의의 장소였던 팔각정이 주춧돌부터 무너지는 것만 같았다. 녀석을 몰아내야 했다. 하지만 누구 하나 먼저 녀석에게 다가서지 못했다. 나는 팔각정에서 멀리 떨어진 벤치에 앉았고, 영배는 바닥에 칵 소리 나게 침을 뱉고는 다시 팔각정 가운데에 서서 노래를 시작했다. 영배의 노래에는 어떤 기운도 느껴지지 않았다.

옷을 모두 벗어두고 방에 딸려 있는 화장실에 들어갔다. 물소리 뒤로 며느리가 방문을 열고 들어가 옷을 챙겨 나가는 소리가 들렸다. 며느리가 준 4만 원이 여전히 주머니에 있을 터였다. 며느리는 꼼꼼한 아이였고 결코 지폐를 세탁기에 넣는 일은 없었다. 따뜻한 물속에서, 나는 며느리가 부른 배를 한 손으로 안고서 지독한 땀 냄새에 눈살을 찌푸리며 손끝으로 주머니를 뒤지는 장면을 상상했다. 알몸으로 욕실을 나오자, 갈아입을 옷가지와 주머니 속의 4만 원이 정갈하게 욕실 문 앞에 놓여 있었다. 나는 옷을 주섬주섬 주워 입었다. 주름이 진 허벅다리가 오늘따라 유달리 말랑하게 느껴졌다. 하루가 다르게 부드러운 몸이 되어가고 있었다.

팔각정 한구석에 어제와 같은 뒷모습이 보였다. 온 지 얼마 되지 않아 아직 규칙을 전혀 모르는 태도였다. 가만히 보니 엿가락의 머리는 숱만 줄어든 게 아니라, 아주 많이 세어 있었다. 저렇게 머리카락에 힘이 없어 보이는데도 곱실거리는 모양새는 그대로라니. 공원 옆에서 들려오는 관광객들을 위한 순라 행진의 음악소리가 쨍쨍하게 들려왔고, 엿가락은 늘 그렇듯이 그저 담배를 피우고 있을 뿐인데도 음악에 맞춰 흐느적흐느적 춤을 추는 것처럼 팔을 움직였다. 공원 안의 노인네들 대부분이 존재 자체가 이상한 이 녀석을 힐끔거리고 있었다. 슬그머니 한쪽 입꼬리가 올라갔다.

당연한 일이었다. 수십 년 전에도 엿가락은 불량해 보였고, 양놈처럼 빛나는 저 갈색 머리카락 덕분에 눈에 쉽게 띄었다. 수많은 경찰이 자신을 노리고 있는 상황에서도 저 불량한 차림새를 한 번도 바꾸려 들지 않은 놈이었다. 모두가 녀석을 수상쩍게 보고 있다는 걸 알게 되자, 나는 등 뒤에 탱크 군단이라도 얻은 기분이 들었다. 당연한 일이었다. 저놈이 저 자리에 앉아 있다는 것만으로 한순간에 정의가 사라질 리가 없었다.

녀석은 담뱃불을 끄면서 등 뒤에 눈이라도 달린 듯이 비뚜름히 고개를 돌려 내 눈을 똑바로 바라보고는, 실쭉하니 웃어 보였다. 나는 시선을 피하지 않았다. 엿가락은 싸움을 걸어올 때면 먼저 웃었다. 귀신처럼 웃는 남자에 대한 소문은 오래도록 우리 쪽을 맴돌았고, 수많은 청년이 저 소름 돋는 미소에 희생되었다. 나는 수많은 싸움에서 단 한 번도 저 눈을 피한 적이 없었다. 저 눈과 맞서 싸워왔다. 오래전의 기억들이, 정의를 지키기 위해 싸웠던 낡은 감각들이 손끝에서 다시 꿈틀거렸다.

담배를 다 피우고 나서, 녀석은 주변을 휘둘러보고는 팔각정 밑으로 내려와 화단 쪽으로 다가섰다. 늘 볕 쬐던 자리를 잃어버린 고양이처럼 좌불안석이던 영배는 녀석이 자리를 뜨기가 무섭게 늘 아리랑을 노래하던 자리로 뛰어 올라갔다. 나 역시 영배의 뒤를 따라 팔각정 한 기둥에 등을 대고 앉았다. 엿가락은 여전히 춤을 추는 듯이, 양쪽 발끝을 희한하게 교차시키며 화단으로 다가가서, 화단 가운데 있는 벤치에 앉는가 싶더니, 벤치 옆에 웅크리고 앉았다. 화단 쪽 벤치에는 그늘이 없었다. 그 벤치에 앉아 있는 노인들은 지독히도 말이 없었고, 엉거주춤한 자세로 팔각정 쪽을 흘깃거리며 자기 옷자락만 때가 타도록 만지작거리다 해가지면 집으로 돌아가곤 했다. 차라리 이상한 행동을 하는 노인들이 나았다. 말이 없는 노인들이 앉는 자리는 결국 화단 근처의 구석 자리였다. 오랫동안 싸워왔던 나 같은 사람들은 그 노인들의 파리 쫓는 송아지처럼 끔뻑끔뻑한 눈동자만 봐도 어떤 종자인지 파악할 수 있었다. 여럿이 모여서 목소리가 커졌을 때는 우리와 곧잘 맞섰으나 혼자 떨어지면 아무것도 못 하는 멍청한 놈들. 이번에도 엿가락은 자신이 찾을 곳을 정확하게 파악했다. 돌이켜보면 녀석은 항상 저런 식이었다. 무언가를 열심히 하지도 않고 혼자서는 아무것도 할 힘이 없는 저 멍청한 놈들 옆에 붙어 앉아서 이러니저러니 그놈들의 성질머리를 돋우는 것엔 천부적 재능이 있는 녀석이었다.

나는 멀찍이 앉아서 아무것도 하지 않고 화단 쪽을 지켜보았다. 엿가락이 입을 연 지 얼마 지나지 않아 그 소심한 얼굴들에 웃음기가 비치기 시작했다. 그러더니 끝내는 왁자하게 웃음소리가 터졌다. 여기저기 앉아서 담소를 나누던 노인들이 모두 화단 쪽을 바라보았다. 그들은 웃음소리라고는 들릴 일이 없었던 자리에 앉아서 무릎을 손바닥으로 치면서까지 웃고 있었다. 엿가락은 옆에 웅크리고 앉아 무어라 중얼거리며 싱글거리고 있었다. 웃음소리는 파도처럼 팔각정을 덮쳐왔고, 물을 맞은 사람들처럼 우리는 모두 조용해졌다. 안 될 일이었다. 그걸 잘 알고 있는 영배는 팔각정 안에 있는 사람들에게 큰 소리로 노래를 부르기 시작했다. 영배의 노랫소리에 조금씩 불안감이 섞이기 시작했다. 팔각정은 하나였지만 화단은 공원 곳곳에 놓여 있었다. 자칫하다가는 저 멍청한 놈들이 목소리만 커져서는 이 댓돌 위까지 올라오려고 할 수도 있었다. 한 놈씩 다가와서 말을 걸어오는 것과 여러 놈이 우르르 댓돌 위로 올라오는 건 정말이지 다른 일이었다.

너무 신경 쓰지 말라고, 불가능한 흰소리를 영배에게 던져놓고 나는 낡은 가방 안에서 책을 꺼냈다. 아무것도 할 수 없다고 해도 책만은 계속 읽겠다고 결심한 것이 10년도 넘었다. 언제나 책은 읽는 것보다 읽을 만한 것을 고르는 것이 난제였다. 읽을 만하지 않은 책, 읽어서는 안 될 책, 읽는 것이 죽기보다 괴로운 책이 세상에는 너무 많았다. 종이 아까운 줄 모르는 젊은 놈들이 그만큼 많다는 뜻이리라. 책이란 적어도 바른 뜻을 펼치는 데에 사용되어야 했다. 책갈피를 집어 들고 읽은 곳을 빠르게 눈으로 훑어 내리다가 저자가 강한 어조를 사용한 부분에서 눈이 머물렀다.

공산주의자·사회주의자들이 이 땅에 엄존하고 있고, 그들이 남한 사회를 변혁시켜 한반도를 저들의 깃발 아래 통일하려고 하는 한 反共은 결코 포기할 수 없다. 그것은 自由民主主義를 지키고자 하는 自由鬪士들의 고귀한 깃발이다. 反共은 역사 무대에서 매도되고 매장되어야 할 惡이 아니라 한반도의 미래를 담보하는 善이다.

까지 읽었을 때, 눈앞에 그늘이 지나갔다. 하늘에 구름이라도 끼고 있나 싶어 고개를 들자, 코앞으로 막 지나쳐 간 게 그사이 친밀해진 엿가락과 화단 근처에 앉아 있던 녀석들이라는 것을 알게 되었다. 놀랍게도 저 얼치기들은 탑골공원에 자리를 잡은 지 몇 년 만에 느긋한 걸음으로 산책이라는 걸 하고 있었다. 그들은 웃고 떠들면서 팔각정을 한 바퀴 돌았다. 그러고 나서 가만히 서서 석탑을 보면서 손가락질을 하고 무언가 주절거리다가 탑돌이라도 하는 것처럼 다시 팔각정을 돌기 시작했다. 나는 다른 화단들을 훑어보았다. 다른 화단에 웅크리고 있는 녀석들도 팔각정을 맴도는 저놈들을 주목하고 있었다. 멍청이들이 떼로 몰려서 옮기는 걸음. 나는 지금껏 수없이 저 걸음들을 목도해왔고, 제일 앞에서 엉덩이를 쭉 빼고 어깨춤을 추고 있는 엿가락이 깃발만 치켜들면 한 장면이 완연해진다. 엿가락의 괴상한 몸짓에 얼치기 녀석들과 함께 탑을 구경하던 백인 여자들이 웃음을 터뜨렸다.

"헬로!"

엿가락은 왼쪽으로 고개를 기울이며 눈을 찡긋했다. 허리춤에 살이 두툼한 오렌지색 머리의 백인 여자가 싱글거리며 엿가락에게 무어라 영어로 말을 했다. 녀석은 고개를 연신 끄덕거리며 듣고 있었다. 예전이나 지금이나 녀석의 얼굴은 여전했다. 쌍꺼풀이 짙게 자리한 눈동자는 엷은 재색을 띠었고 낯빛은 사내답지 못하게 허여멀겠다. 녀석은 늘 반쯤 잠이 든 것 같은 나른한 표정으로 전장을 싸돌아다녔고 공순이들은 그게 멋지다고 수군댔다. 60년대에는 저 길게 기른 머리 위에 손으로 염색한 것 같은 천 쪼가리를 두르고서 혀를 굴리며 러브 앤드 피스니 어쩌니 하면,

"쏘리, 아이 돈 노우 잉글리시. 러브 앤드 피스!"

그래, 저렇게 손으로 브이 자를 그리면서 휑하니 사라지면 경찰들도 저놈이 양놈인지 조선놈인지 구분을 못 하고 그냥 보내주곤 했었다. 백인 여자들은 깔깔대며 러브 앤드 피스라고 녀석의 말을 맞받았다. 코리안 히피 어쩌고 하는 소리가 들렸다. 녀석은 팔뚝에 있는 대마초 문신을 가리키며 더 우스꽝스럽게 엉덩이를 흔들며 걸음을 옮겼다. 그래도 나이를 먹으면 좀 나아질 줄 알았건만, 저 나이를 먹도록 여전히 뭘 지켜야 하고 뭘 놓아야 하는지도 구분을 못 하는 녀석이었다.

익숙한 풍경을 앞에 두고 영배가 차갑게 굳은 얼굴로 입을 달싹이기 시작했다. 녀석들은 팔각정을 한 바퀴 돌아서 우리 쪽으로 다가오고 있었다. 나는 영배를 향해 고개를 저었다. 영배는 미간을 찌푸리며 입을 닫았다. 저 표정의 영배가 노래를 시작한다면 자칫 뉴스에 실릴 사달이 날 수도 있을 터였다. 우리가 세상에 존

재했다는 사실 자체도 밝혀져서는 안 되었다. 설령 연금이 제때 나오지 않아도, 아무도 우리를 알아주지 않아도, 나와 영배는 죽을 때까지 이 비밀을 간직할 것이다. 녀석들이 우리 옆을 천천히 지나쳐 갔다. 까불거리면서 엿가락이 힐끗, 이쪽을 바라보았다.

정의의 시절들에 고문을 당했던 사람들이 텔레비전과 신문에 등장해서 자신이 당한 일들을 이야기할 때마다 우리는 먹먹하게 모여 앉아 술을 부었다. 저항할 수 없는 약한 사람에게 끔찍한 짓을 했다고 젊은 놈들이 떠들어댔다. 우리의 시절을 견뎌오지 않았던 어린놈들은 당연하게도 우리의 시절을 이해할 수 없을 것이었다. 약한 사람들을 괴롭히는 건 당연히 나쁜 짓이지만, 그들은 약한 사람들이 아니라 악당이었다. 순진한 처녀를 희롱하고 있는 치한에게는 주먹을 날리는 것이 정의이듯이, 사람들을 굶주리게 하고 살해하는 빨갱이 악당의 소굴은 소탕하는 것이 정의였다. 더구나 세상은 결코 만화처럼 가볍게 굴러가지 않았다. 우리는 정의로웠지만, 우리의 정의를 위해 입을 다물어야만 했다. 고문 사실이 밝혀질 때마다 세상은 들썩거렸다. 혹시라도 우리의 존재가 밝혀졌을 때 자신이 무슨 말을 하는지도 모른 채 말들을 쏟아낼 수많은 사람을 떠올리면 등줄기에 소름이 돋았다. 정의롭기 위해서는 조심해야 했다. 나는 맹세코 평생을 걸고 정의를 위해 노력해왔다.

문득, 마녀가 떠올랐다. 마녀를 위해 손을 뻗었던 그 순간에도 나는 노력하고 있었다. 마녀의 그 검고 커다란 눈동자도 장갑차 앞에서는 무력했고, 아무렇지도 않게 그녀를 향해 돌진하는 장갑차 앞에 선 마녀의 하얀 다리가 파르르 떨리는 것이 보였다. 장갑차를 도무지 피할 수 없다는 게 확실해지자 마녀의 긴 속눈썹이 가만히 감겼다. 나는 손을 뻗었다. 날카로운 바람이 장갑차의 바퀴를 짓뭉갰고, 마녀는 고개를 들어 내 쪽을 바라보았다. 아, 눈을 마주치면 안 되었던 거였는데. 그새 마녀의 목소리가 머릿속으로 기어들어 오기 시작했다.

칼바람, 이름이 뭐야?

철구.

난, 연주.

공중에서 엿가락의 긴 팔이 날아들어서, 마녀의 몸을 낚아챘다. 연주, 아니 마녀는 내 머릿속으로 미소를 보내고는 통신을 끊어냈다. 나는 그녀의 이름을 상부에 보고하지 않았다. 나는 정의를 실천하기 위해 노력했으며 그녀는 그 순간 저항이 불가능한 가녀린 여성이었다. 단지 그것뿐이라고, 나는 끊임없이 자신에게 되뇌었다. 나는 여전히 내 조국을 마음 깊이 사랑하고 있었다.

마음을 진정시키고자 장기판 옆으로 갔지만, 장기에 훈수를 두기도 전에 영배는 푸르르 화가 났다. 어깨에 기타를 멘 계집아이 하나가 목이 훤히 드러나게 짧은 머리를 하고 담배를 뻑뻑 피우면서 이쪽을 힐끔거리고 있었다. 공원 뒤쪽으로는 낙원 빌딩이 있었다. 낙원 빌딩에서 기타니 뭐니 깽깽이들을 팔기 시작하면서 영화관에 비역질하는 놈들이 모였고, 이제는 이 근처에서 저렇게 뻑뻑 담배를 피워대는 계집애 보는 것은 일도 아닌 일이 되어버렸다. 낙원아파트가 처음 생길 때는 결코 이렇지 않았는데. 아까의 흥분이 가라앉지 않은 영배는 곧 담배를 피우는 계집아이를 익숙한 이미지에 연결 지었다.

"마녀 같은 년."

나는 고개를 저었다. 마녀는 어떤 싸움판에서건 허벅지가 드러나는 새빨간 드레스를 입고 나타났다. 도로 한가운데에서 가늘고 긴 굽이 달린 빨간 구두를 신고, 마녀의 빨갛고 긴 손톱 사이에 끼워진 궐련, 궐련 끄트머리에 묻어 있던 빨간 루주. 언젠가 그녀는 "한국노총은 법의 심판을 받아야 한다"라고 쓰여 있는 천 쪼가리 아래, 약간 움츠러든 표정으로 소주병을 사이에 둔 채 모여 앉아 있던 석면 공장 근로자들 사이로 그 빨간 구두를 또각거리며 걸어들어 갔다. 모든 사람이 지켜보고 있는 가운데 아주 느리게 한 쪽씩 다리를 들어서 발뒤꿈치부터 천천히, 구두를 벗었다. 누구의 숨소리조차 제대로 들리지 않을 정도로 조용한 좌중을 쭉 둘러보더니, 구두를 오른손에 모아든 그녀는 철퍼덕, 양반 다리를 하고 도로 한가운데 주저앉아버렸다. 그리고 소주잔 하나를 집어 들고는 술잔을 내밀었다. 아직 진압 명령을 받지 못한 채 멀찍이 서 있던 나와 영배, 그리고 재성은 웃음을 터뜨리며 땅을 두드리는 마녀를 그저 지켜보았다. 석면 공장 작업복을 입은 엿가락이 사람들 사이에서 쑥 얼굴을 내밀고 마치 새처럼, 가지에서 가지로 뛰어내리듯이 마녀 옆에 앉았다. 얼굴이 불콰하게 달아오를 정도로 술을 마신 마녀는 거칠게 엿가락의 팔을 잡아끌어 그에게 입을 맞췄다. 근로자들 사이에서 휘파람 소리가 들렸고, 입술을 뗀 마녀는 요란스럽게 웃으면서 사람들에게 눈을 찡긋해 보였다. 어느새 그녀는 사람들의 중심에 앉아 있었고, 나는 파란 작업복 사이에 앉은 그녀가 파란 나뭇잎 사이에 피어난 열대지역의 꽃 같다고 생각했다.

굽 높은 구두에서 빠져나온 엄지발가락이 마녀의 웃음소리를 따라 까딱거렸다. 불그스름한 발뒤꿈치 위로 불거져 나온 복사뼈, 파란 실핏줄이 도드라진 종아리를 지나서 하얀 허벅지를 보았다. 마녀의 루주가 엿가락의 입술로 번져 있었다. 이 싸움이 끝나고 저 둘은 늘 그랬듯 무사히 이 싸움판을 빠져나가고, 엿가락이 자신의 입술에 있는 루주를 저 잡스럽게도 하얀 허벅지에 다시 문지르는 장면을 떠올리다가 나는 욕설을 내뱉었다.

"저 간첩 년이 사람들을 홀려서 이 지경이 되었구만."

아직 싸움 경험이 많지 않았던 영배는 긴장하고 있던 듯 빠르게 말을 받았었다.

"아주 시뻘건 빨갱이 년입니다."

재성이 영배의 어깨를 두드렸다.

"그렇게 긴장할 거 없어, 인마."

대전에서 체불임금을 내놓으라고 공장 문을 닫아버렸던 실밥 따는 계집애들이 저 마녀에게 언니, 언니 하며 팔짱 끼는 모습을 보고, 나는 집에 와서 아들놈을 불러 앉혔다. 공순이들은 필연적으로 함부로 몸을 굴려 임신을 하고 사창가에 빠지는 아이들이니 무슨 일이 있어도 공순이들은 만나면 안 된다고 말했다. 졸음 섞인 눈으로 네, 아버지, 네, 아버지, 하는 아들의 목소리를 열 번 이상 듣고서야 안심하고 잠이 들었다. 다행히 방직 공장에서 일하던 아내는 그날 새벽이 되어서야 집에 들어왔다. 아내는 경탄할 만큼 조용조용한 몸짓으로 옷을 갈아입고 내 옆자리에 몸을 눕혔다. 재성의 부인은 아내와 함께 일했지만 언제나 아내와는 조금 달랐다. 오히려 마녀와 엇비슷할 만큼 속 시원하게 잇몸을 드러내면서 웃던 얼굴을 떠올리자, 아내가 웃으면 옆에서 같이 낄낄대고 웃어대곤 하던 재성의 가무잡잡한 얼굴이 떠올랐다. 나는 서둘러 고개를 흔들어 그 얼굴을 지워냈다.

아무튼, 저 계집애를 마녀와 비교하는 건 도무지 어불성설이었다. 저렇게 평범한 계집아이도 담배를 물고 뻔뻔하게 거리를 돌아다닌다는 게 한스럽다면 한스럽기는 했지만.

"무슨 말이야. 마녀라면 이런 거쯤은 막아내고도 남을 텐데."

나는 손톱을 튕겨 담배꽁초를 날려버릴 생각으로 가볍게 오른손 엄지와 검지를 마주 댔다. 그리고 바로 엉덩방아를 찧었다. 무언가가 바짓가랑이를 잡고 아래로 잡아당겼다. 담배를 피우던 계집아이가 바닥에서 일어나지 못하고 허우적대는 내 꼴을 보고 키득거렸다. 엉덩이께를 더듬자, 차가운 손가락이 만져졌다. 나는 이를 악물고 문 안쪽을 노려보았다. 역시나, 화단 근처에 웅크리고 앉은 엿가락이 송곳니로 담배를 꼬나물고는 키득키득거리며 땅바닥에 손을 쑤셔 박고 있었다.

나는 손 위에서 바람을 굴리면서 담벼락에 닿지 않도록 있는 힘껏 몸을 뒤틀었다. 자칫해서 담벼락에 닿았다가 담이 무너지기라도 하면 매우 곤란해질 터였다. 첫 번째 바람은 3분의2 정도 가다가 중간에 흩어졌다. 젊을 때에는 날아가던 바람도 한가운데에서 자유롭게 휘게 할 수 있었는데, 이제는 직선거리로도 바람을 보내는 게 쉽지 않다는 것을 새삼 깨달았다.

두 번째 바람이 엿가락의 팔에 맞았다. 엿가락은 여유로운 표정으로 팔을 흔들다가 급하게 눈살을 찌푸렸다. 이렇게까지 녀석을 핀치에 몰아본 것은 처음이라, 순간 가슴이 떨렸다. 녀석은 팔을 흐물흐물하게 만들려고 잠깐 시도했지만, 바람이 닿는 지점을 착각했고, 오히려 팔이 바람에 끊어질 것 같다고 판단하자 다시 몸을 원상태로 만들었다. 녀석의 상황 판단 자체는 아직 녹슬지 않았지만, 그럼에도 충격이었다. 직선으로 바람을 보냈는데도 그 엿가락이 팔을 직격으로 맞았다.

85년 여름, 구로에서 맞붙었던 때, 엿가락만을 노리고 그의 온몸을 칭칭 휘감는 바람을 보냈던 기억이 났다. 악을 쓰는 미싱사 소녀들 사이에 주저앉아, 녀석은 멀찍이 서 있는 이쪽 청년들의 머리채를 휘어잡았다. 미싱사 소녀들은 녀석을 의식하고 있었다. 녀석이 바람에 휘말려 온몸이 뜯겨 나가면 분명 전열이 흐트러질 것이었다. 바람이 밧줄처럼 몸을 휘감으려고 한다는 걸 느끼자 엿가락은 몸 전체를 엿가락처럼 녹여서 납작하게 만들더니 칼바람의 오라를 빠져나갔다. 엿가락의 흐물흐물한 몸을 보면서, 우리의 싸움을 주의 깊게 지켜본 누군가가 있다면 내게도 엿가락에게도 박수를 보내줬을 것으로 생각했다.

하지만 오늘 녀석의 팔뚝에서는 핏방울이 비쳤다. 엿가락도 비슷한 생각을 했으리라, 예전 같았으면 팔을 끊었을 수도 있을 것을 핏방울만 비친 거라고. 그렇게 생각하니 엿가락의 눈을 바라보기가 수치스러웠다. 엿가락의 손아귀 힘이 약간 느슨해졌다. 나는 그 틈을 노려 차가운 손가락에서 바짓가랑이를 빼냈다.

나는 발을 헛디뎌서 넘어진 것처럼 엉덩이를 툭툭 털며 일어나려 했다. 바닥에서 두 개의 손목이 치솟아 올랐다. 두 개의 손은 노련했다. 한쪽 손바닥이 내 무릎을 밀어내고 다른 손은 그 손이 보이지 않게 빠른 속도로 엉덩이를 끌어당겼다. 나는 아주 자연스럽게 일어나려다 도로 자리에 앉았고, 발을 동동거려 담벼락에 붙어 앉았다. 어디까지나 남들이 보기에는. 나는 있는 힘껏 엉덩이를 담장에 내리 찍혔다.

"거, 이 씨. 많이 더워? 땅바닥에 앉고그래."

"그늘이 시원하구만."

손등으로 땀을 훔치면서 나는 일부러 너털웃음을 지어 보였지만 몇몇 노인들은 날 턱짓하며 고개를 갸웃거렸다. 고통의 표정은 완전히 숨길 수가 없었다. 꼬리뼈가 깨진 것처럼 아팠다. 이전 같으면 담벼락을 무너뜨리지 않고서도 내 내장까지 전부 파열시킬 수 있었을 텐데, 정말이지, 녀석도 많이 늙어 있었다.

영배의 목소리가 높고 거칠게 울려 퍼졌다. 영배는 엿가락의 파장에 맞춰서 노랫가락에 불쾌감을 실어 보내고 있었다. 엿가락의 얼굴이 일그러졌다. 불쾌감의 파동은 점점 강해졌고, 강한 파동을 견디다 못해 파동 자체가 일그러져 불쾌감이 주변으로 튀기도 했다. 뜬금없이 장기를 두던 노인 하나가 장기판을 거세게 내리쳤다. 엿가락의 주변에는 거대한 분노의 바다가 일렁이는 것처럼 보였다. 바짓가랑이가 뜯어지는 소리가 들렸다. 영배의 대실패였다. 영배의 노래는 엿가락의 기분은 상하게 했지만, 엿가락을 무기력하게 만드는 데에는 아무 소용이 없었다. 오히려 엿가락의 공격성이 몇 배로 뛴 것처럼 느껴졌다. 이 상태라면 오히려 엿가락의 이성이 끊어져서 더 끔찍한 사태가 벌어질 수도 있었다. 엿가락은 있는 힘껏 내 엉덩이를 꼬집어대기 시작했다. 나는 입 밖으로 비어져 나오는 신음을 꾹꾹 참았다. 개자식 같으니라고. 나도 굴하지 않고 녀석에게 바람을 날렸다.

빌어먹을 녀석, 손가락에 쇠뭉치라도 달았는지 엉덩이에는 감각이 없어져갔고, 녀석이 엉덩이를 쥐어짤수록 손가락에서는 힘이 빠졌다. 하지만 녀석 역시도 힘이 빠져가고 있었다. 이제 바람은 녀석에게 피 한 방울 내지 못했고, 그저 손바닥으로 슬슬 치는 정도에서 더 나아가지 못하는 주먹질이었다. 그 주먹질에도 녀석의 러닝셔츠는 비라도 맞은 듯 땀으로 젖어 있었다. 녀석의 손아귀 힘이 느슨해졌다. 하지만 이미 나는 엉덩이가 너무 아파 일어날 수도 없는 상황이었다. 담벼락 아래로 축 늘어진 녀석의 손은 여린 나뭇가지 묶음을 닮아 있었다.

나는 천천히 손을 들어서 바람을 하나 보냈고, 바람은 정문을 지나 녀석을 향해 가다가, 문득, 시원한 바람이 종로 한복판에 휙 불자 흔적도 없이 사라졌다. 녀석의 손이 담벼락 아래에서 천천히 빠져나갔다. 예의 화단 옆 얼치기 놈들이 녀석에게 와서 음료수를 건네고 있었다. 누가 봐도 명백하게 기진맥진한 엿가락은 늘 하듯이 어깨를 기울여 유쾌하게 음료수를 받으려다 음료수를 약간 흘렸다. 나는 고개를 돌려 낙원상가 쪽을 바라보았다. 담배를 꼬나물었던 계집애는 어디로 갔는지 흔적도 보이지 않았다.

집에 오자마자 나는 씻지도 않고 텔레비전 앞에 아무렇게나 드러누웠다. 며느리는 대자로 뻗은 내 꼴을 내려다보더니 조용하고 빠르게 거실 구석에 놓인 에어컨을 작동시켰다. 삑, 삑. 가벼운 기계음과 함께 상쾌한 바람이 쏟아져 내려오기 시작했다. 숨이 확 트였다. 마치 여름이 아닌 것처럼 온몸을 감도는 공기가 너무도 시원해서, 나는 그만 며느리에게 호통을 쳐버렸다.

"이거 당장 꺼. 사람이 말이야, 여름에는 더운 걸 알고 살아야지. 조금 덥다고 에어컨 틀고 조금 춥다고 보일러 틀고, 그래서 어디 사람 산다고 할 수 있겠어?"

며느리는 대답 없이 조용히 에어컨을 껐고, 며느리의 손길처럼 차분하게 에어컨이 잦아들었다. 나는 나직하게 욕설을 내뱉었다.

마녀를 체포한 것은 내가 아니었다. 앓아누워 이틀 동안 설사를 하고 기운이 쭉 빠져서 사흘째 오후가 되어서야 겨우 출근할 수 있었던 그날은, 사람들의 입에서 나오는 공기조차 떠들썩했다. 누군가 내게 마녀가 잡혀 왔다고 귀띔해주었다. 한창 연쇄 파업이 일어나던 방직 공장 중 하나에서 잡혔다고 했다. 하얀 줄로 줄줄이 몸이 묶여서 들어오는 여자들 가운데 눈과 귀마저 가려진 채 끌려오는 부서질 것처럼 가느다란 마녀가 눈에 들어왔다. 그 바로 뒤에 묶여서 낡은 치마가 반쯤 찢겨 나간 채 겁먹은 눈을 휘둥그렇게 뜨고 사방을 두리번거리는 재성의 부인이 보였다. 등 뒤에서 무언가 후다닥 달려가는 소리가 들렸다. 다음 날 팀에서 재성이 누락되었다는 통지가 내려왔다.

앓아눕기 바로 전날, 재성과 나는 꼬막을 앞에 두고 막걸리를 토할 때까지 들이켰다. 집까지 어떻게 왔는지 잘 기억나지 않지만, 언제나 나보다 튼튼했던 재성이 다리가 개개 풀려서도 어떻게든 나를 부축해 집 마루에 던져놓고 나서 허청허청 밤길을 되짚어갔다는 이야기를 아내에게 전해 들었다. 기억해보려고 노력했지만 재성의 마지막 얼굴이 도통 기억나지 않았다. 날 부축하고 집까지 걸어왔다는 그 강인한 어깨의 온기도 기억나지 않았다. 재성의 집 주소는 빤히 알고 있었지만, 재성이 팀에서 빠진 이상 이제 찾아갈 수 없는 곳이었다. 나는 재성과 가장 친밀했기에 당분간은 더욱 몸을 사려야 할 판이었다.

재성의 부인은 고문실까지는 끌려가지 않았다고 했다. 고문실을 가로지르다가 전면이 전부 거울 유리로 되어 있는 방 앞에서 걸음이 멈추었다. 마녀의 나신은 물기 하나 없이 바싹 마른 풀잎처럼 보였고, 그 사이 오른쪽 발목은 피고름이 배어 나와 까맣게 썩어 있었다. 마녀의 새하얀 허벅지 사이를 의식하자마자 나는 불안하게 바닥으로 눈을 떨궜다. 머릿속으로 직접 전해지는 마녀의 목소리는 이제 더는 공격이 아니었고, 구해달라는 힘없는 요청은 여기저기로 맥락 없이 떠다녔다. 멍하니 허공을 바라보던 눈이 갑자기 이쪽을 향해서, 나는 흠칫 물러섰지만, 자세히 보니 눈에는 초점이 잡혀 있지 않았다. 지나가던 누군가가 어깨를 툭 치며 웃었다.

"거울 유리잖아."

발이 아파요.

마녀의 목소리가 다시 머릿속으로 들어왔을 때, 마녀는 내 의식을 감지해냈다.

칼바람? 철구?

사람들이 동시에 내 쪽을 돌아보았다. 정신을 반쯤 놓친 듯한 마녀는 내게만 목소리를 전하고 있지 않았다.

철구, 어디에 있어? 나, 연주야. 어디야?

마녀에게 당하지 않기 위해 재성과 영배와 나는 늘 생각을 흘려보내는 명상을 하곤 했기에, 늘 연습했듯이 마녀에 대한 생각을 가능한 한 붙잡지 않으려고 노력하면서, 나는 잰걸음으로 자리를 떴다. 연습은 성공적이었다. 사건은 여러 번 싸움터에서 맞닥뜨렸던 마녀가 나와 영배가 대화하는 와중에 우리의 의식을 엿듣고 나서 내 이름을 알게 된 사건으로 보고되었다. 생각도 암호명으로 해야 했을 것 아니냐고, 우리는 한바탕 혼이 났다.

집에 있던 파업 홍보 전단을 발견한 건 그러고 나서도 한 달이나 지난 후였다. 전단을 앞에 두고 소리를 높이는 내게, 아내는 곧 돌입할 옥쇄 파업을 앞두고 혼자 앓아누운 나를 간호하기 위해 파업에 참여하지 않았다고 얘기해주었다. 나는 생애 처음으로 아내를 때렸고, 바닥에 엎드러진 아내를 내려다보다 내가 벽에다 주먹을 꽂자, 아내는 어린아이처럼 소리를 높여 울음을 터뜨렸다. 아내의 울음소리를 들으며 묵묵히 앉아 있던 나는 벗어놓은 잠바 주머니에서 담배를 꺼내 들었다. 방문을 열고 마루에 앉자, 방문 앞까지 왔다가 총총히 문밖으로 다시 나간, 틀림없는 아들의 발자국을 눈송이가 천천히 다시 지워내고 있었다. 함박눈이었다.

불을 끄고 자리에 누웠지만, 아내도 잠들지 않은 것을 알고 있었다. 새벽 3시가 넘어서야 아들이 건넌방으로 들어가는 소리가 들렸다. 결국, 한숨도 잠들지 못하고 새벽 5시쯤, 나는 장롱 아래 칸에 들어 있던, 재성의 부인이 아내에게 만들어준 보자기를 꺼내 마당에서 불태웠다. 아내는 나오지 않았다. 재성의 부인은 수선스럽기는 해도 매사 명랑하고 잘 웃던 여자였다. 보자기를 아내에게 만들어주던 날, 나와 재성 앞에서 머리에 보자기를 쓰고 빙그르르 돌고는 박장대소하던 그녀가 떠올랐다.

출근하자마자 집무실 한쪽 구석에 있는 책꽂이에서 처음으로 책을 꺼냈다. 『韓國學生建國運動史』라는 책을 꺼냈다. 끄트머리가 史인 걸 보니 역사책인 듯했다. 무엇부터 읽어야 할지는 모르겠지만, 역사책을 읽으면 간첩들이 지금껏 뭐라고 사람들을 꼬드겼는지 알 수 있지 않을까 생각했다. 세 번째 장을 넘겼을 때 출동 명령이 떨어졌고, 영배와 함께 서둘러 싸움터로 달려 나가면서, 아내는 착한 여자이니 집에 좀 여유가 있다면 간첩들의 헛소리에 귀 기울이지는 않을 텐데, 라고 생각했다. 조심스럽게 요청을 하자 월급은 소폭 인상되었으나, 여유가 있다고 말할 만큼은 아니었다. 능력자는 눈에 띄어선 안 되기 때문이라는 상관의 말을 수긍했다.

세상을 제대로 굴러가게 하기 위해서는 언제나 힘이 필요했다. 힘은 가만히 있는 사람들에게 주어지는 것도 아니었고 떼를 쓰는 사람들에게 주어져서도 안 되었다. 당연히 잘못될까봐 아무 것도 하지 않는 사람들보다는 무엇이라도 하는 사람들이 더 용기 있는 사람들이었다. 옳고 그른 것은 변함없이 올곧게 존재하고 있었다.

날이 선선해지기 시작하자, 노인들은 종종 다가올 선거 이야기를 했다. 선거 이야기가 나오면 나는 말을 아꼈다. 내가 굳이 말을 꺼내지 않아도 대부분의 사람은 가리켜야 할 방향으로 손가락을 뻗었다. 가끔 끼어드는 다른 손가락들이 있었지만, 그들은 빠르게 공원의 중심에서 퇴출당했다. 퇴출당한 놈들은 공원 입구에 몰려 앉아서 정치판은 다 똑같다며 어린애 같은 소리를 해댔다. 그 와중에 어떤 사람들은 몇 번쯤 엿가락에게도 선거 이야기를 건넸고, 엿가락은 역겹게 손가락으로 키스를 날린다든가 코 내지는 귀를 후비는 방식으로 그 이야기를 웃어넘겼다. 엿가락은 손가락을 어느 쪽으로도 펴지 않는 것처럼 보였다.

"글쎄, 누가 되든 비슷하지 않나?"

같은 소리를 하며 귀를 후비는 꼬락서니를 몇 번 보다가 보면, 아무리 열의를 가지고 말을 걸었던 사람이라도 금세 몸에 힘이 쭉 빠지게 마련이었다. 엿가락은 멀리 서 있는 나를 흘끗 건너다보며 웃음기 섞어 입을 열었다.

"선거가 뭐 그렇게까지 중요하겠어."

등골이 선뜩했다. 세상이 통째로 멈추는 끔찍한 테러들, 엿가락 역시 그것을 결코 잊을 리가 없었다. 철도가 마비되었던 그날의 기억은 아직도 선명했다. 그날 누군가는 인생을 결정할 중요한 어느 순간을 앞두고 있었을지도 모를 일이었고, 누군가는 생사의 갈림길에 서 있었을 수도 있었다. 엿가락 녀석에게 선거보다 중요할 만한 것은 하나뿐이었다. 철구는 차마 그 단어를 떠올리지 못해 몸을 떨었다. 장기의 어느 한 부분이 작동하는 것을 멈추면 모든 몸의 기능에 이상이 생기듯이 바로 이 세상도 마찬가지였다. 그렇기에 모두가 최대한 열심히, 열심히, 폐를 끼치지 않는 삶을 살기 위해 노력하고 있었다. 엿가락 같은 정신 나간 놈들이 아니라면. 그리고 정신 나간 놈들은 아무리 온 힘을 다해 날려버려도 몇 번이고 나타났다. 철구는 인간들이 꿈틀거리며 가득 메우고 소리를 지르던 수많은 거리에서 인간이란 종은 지독하게 이기적인 동물이라고 뼈저리게 배웠다.

"하기야, 전쟁 일어나거나 빨갱이들 쏟아져 나오지만 않으면 되지."

익숙한 화제가 튀어나오자 노인들이 저마다 하나씩 말을 거들기 시작했다. 전쟁 때 빨갱이들이 얼마나 잔혹했는지, 무엇을 털어갔는지, 짝사랑하던 동네 처녀가 어떻게 빨갱이 놈들에게 몸을 버렸는지에 대한 이야기들이 튀어나오는 동안 엿가락은 그저 빙글빙글 웃으며 이야기들을 듣고만 있었고, 노인들은 흥이 나서 말을 덧붙이느라 엿가락을 설득하려던 애초의 목표 따위는 까맣게 잊어버렸다.

며칠 지나지 않아, 영배와 나는 여러 사람들과 함께 한 방 안에 나란히 앉아 느린 속도로 마우스를 클릭하고 있었다. 트위터 전사 학교 선생님은 대학생 정도 나이밖에 안 되어 보이는 앳된 총각이었다. 사실, 선생님 손이 너무 빨라서 그렇지, 다른 노인들에 비하면 내가 컴퓨터를 다루는 속도가 그렇게 느린 것만도 아니었다. 내 왼쪽에 앉아 있는 머리가 벗겨진 노인은 덥지도 않은 날씨에 연신 땀을 닦아내고 있었다.

"이름은 본명으로 하지 않으시는 게 좋아요. 계정을 여러 개 가질 수도 있으니까요. 인터넷 밖에서 어르신들은 한 명이고, 표도 하나밖에 행사 못 하고, 한 번에 한 사람밖에 못 만나지만, 인터넷에서는 그렇지 않답니다. 어르신 한 분이 열 명처럼 보일 수도 있어요."

열 명이라니. 놀랍게도 분신술 정도야 아무나 쓸 수 있는 시대였다. 설명을 들으면 들을수록 놀라웠다. 리트윗이라는 개념은 마녀의 정신성 공격에 비할 바가 없이 압도적이었다. 그 자리에 있지 않아도, 단지 컴퓨터를 사용하는 것만으로도 누구나 정신성 공격을 감행할 수 있다는 것이 아닌가. 그에 비해 내 능력이란 정말 아무것도 아니었다. 그래도 나는 '이름'이라고 흐리게 글자가 박혀 있는 공란에 '칼바람'이라고 써넣었다. 아이디는 영어로 써야 한다고 말하면서, 선생님은 내 등 뒤에서 발을 멈췄다.

"멋진 이름이네요, 칼바람!"

아이디를 선택하세요 라고 쓰인 굵은 글자 아래에 선생님은 knifewind라고 글씨를 쳐 넣었다. 빨간색 X 표시와 함께 '이미 사용 중인 아이디입니다!' 라는 글자가 떴다. 내가 불안하게 눈동자를 굴리는 걸 눈치챘는지, 선생님이 웃었다.

"어르신, 걱정 마세요. 아이디는 얼마든지 바꿀 수 있답니다."

선생님은 knife와 wind 사이에 _를 집어넣었다. 마음이 놓이는 초록색 글씨가 '사용 가능한 아이디입니다.'라고 안전을 알렸다. 나는 검지를 하나씩 펴고 천천히 k, n, i, f, e, 자판 왼쪽에 있는 Shift라는 자판을 누르면서, _, w, i, n, d를 다시 쳤다. 칼바람, 이름이 뭐야? 별거 아니지만, 70년이 넘게 살아온 끝에 드디어 진짜 이름을 찾은 셈이었다. 프로필 사진에는 인터넷 검색을 통해 찾은, 눈 쌓인 덕유산 사진을 넣었다.

영배의 아이디를 물어 제일 처음으로 영배를 팔로잉했다. 영배의 이름은 노래꾼이었다.

지금부터는 하고 싶은 대로 자유롭게 글을 보내고 사람들과 대화할 수 있다고 덧붙이면서, 선생님은 모두에게 기본적으로 팔로잉하면 좋을 몇 사람들을 골라주었다. 화면에 글들이 다닥다닥 올라오기 시작했다.

—경제성장이 사람들을 더 도덕적으로 만든다. 성장하는 사회에선 사람들이 너그러워지고, 평화적, 민주적으로 변하며 행복해진다. 성장은 자유에서 나온다.

—한국의 르네상스 시대를 열자!

—게으른 국민들에게 일을 시키는 게 대통령이 할 일이다.

트위터 공부를 같이 한 사람들이 날 팔로잉해왔고, 나는 얼른 그들의 아이디 옆에 붙어 있는 십자모양 버튼을 눌러댔다. 빠른 속도로 팔로잉과 팔로어가 늘어갔다. 버튼을 누를 때마다 사람들이 내가 보여주는 글들을 볼 수 있다니, 인간을 텔레비전으로 만드는 초능력이었다. 선생님은 그날 모두에게 "트위터 전사 학교 수료장"을 건네주었고, 아마도 높은 사람으로 추정되는 배 나온 노인 하나가 고개를 끄덕이며 수료장을 받아가는 노인들을 격려했다. 엄밀히 말하자면 그것은 능력자 확인증이나 다름없었고, 이 세상에 능력자가 이렇게도 많아질 수 있었다는 사실에, 나는 가벼운 현기증을 느꼈다. 더욱이 다음 날 아침쯤 해서는 단 한 번도 만나본 적 없는 사람들이 다섯 명이나 나를 팔로잉하기 시작했고, 그중 한 명에게는 메시지까지 와 있었다.

— 안녕하세요선팔했습니다 앞으로 잘부탁드립니다~

점 하나를 찍어서 트윗하기 버튼을 눌러도, 이 글을 볼 수 있는 사람은 수도 없이 많다. 내가 누군가의 글들을 마주하고 있는 것처럼, 내게도 정신계 능력이 생겼다. 나는 들뜬 마음에 읽던 책을 꺼내서 다시 읽기 위해 접어놓은 페이지의 문구를 자판에 쳐 넣기 시작했다. 심지어 이 글귀에는 줄까지 쳐 놓았었다. 언제나 싸움터에서 확인했던 바로 그것을, 이 글쓴이는 아름다울 정도로 단순하고 간결한 문장으로 정리해두었다.

— 포퓰리스트의 이야기는 언제나 엄청난 희열과 함께 시작되어 급

격한 인플레이션과 실업률 증가, 임금 하락으로 끝난다. 그 가장 큰 피해자는 포퓰리스트들이 구제하겠다고 약속했던 빈곤층이다.

트윗하기 버튼을 누른지 두 시간도 채 지나지 않아 열다섯 명이 이 글을 리트윗했다. 그중 열 명은 어제 함께 트위터 전사 학교를 졸업한 사람들이었다. 리트윗은 리트윗을 물고 퍼지기 시작했고, 세 시간이 지나자 열다섯 명이 나를 더 팔로잉했다. 오늘은 새로 등록한 트위터 전사 학교 학생들이 와 있었기에 나는 소리 지르고 싶은 걸 꾹꾹 참아야 했다. 영배가 옆구리를 찔렀다.

"아까 그 글 형이 쓴 거야? 멋지던데?"

책을 읽기로 결심한 것은 97년부터였다. 싸움터에 나갈 일이 줄어들면서 집무실에 앉아서 날마다 크게 상처 입은 사자처럼 숨소리조차 안 들리게 눈을 감고 생각에 잠기는 일이 늘어날 무렵, 어떠한 징조도 없이 아내가 죽었다. 버스 사고였다. 아내가 대체 왜 원주에서 돌아오는 버스를 타고 있었는지 도통 알 길이 없었다. 경찰도 내게 불에 그슬리고 심하게 일그러진 아내의 시체를 보여주기를 망설였다. 까맣게 타서 도무지 알아볼 수 없는 아내의 시체를 앞에 두고 떠오른 건, 난데없이 그 추운 겨울밤, 내게 맞고 바닥에서 울음을 터뜨리던 아내의 얼굴이었다. 아무도 내게 출동하라고 말하지 않던 장례식장 구석에서 나는 계속 못 읽고 있던 『韓國學生建國運動史』를 다시 꺼냈다. 아직은 괜찮았다. 글 속에서 여전히 내가 지켜야 할 것들이 살아 있었다.

누군가가 내 글에 "시대착오적이기가 이를 데가 없다"라고 덧붙여서 내 글을 인용한 것이 날아들어 왔다. 몇 분 지나지 않아 수많은 사람의 비아냥과 욕설이 눈앞에 현란하게 펼쳐졌다. 아까 올렸던 글의 리트윗 숫자는 끊기지도 않고 올라갔다. 포퓰리즘과 복지의 차이가 뭔지는 아느냐, 겪어보지도 않고 피해라고 말하는 뻔뻔스러움은 어디서 나온 거냐, 온갖 말들 속에서 나는 허둥대며 옆에 앉은 영배를 돌아보았다. 영배는 분노하며 제일 처음 비아냥거린 놈에게 글을 보내겠다고 했고, 나 역시 처음 글을 보낸 이에게 무언가 말을 해야겠다는 생각을 했다. 손이 떨려서 자판을 두드리는 속도는 훨씬 느려졌다.

　—자네가 아무리 나이가 많아도 아마 나보다 스무 살 이상 적을 것인데 얼굴 한 번 본 적 없는 사람에게 그게 무슨 망발인가.

　이만큼의 글을 쳐 넣는 사이에도 끝없이 욕설이 날아왔고, 그사이 영배가 보낸 글귀가 날아갔다.

　—넌얼마나시대전신이냐미친놈아,

　영배의 글은 인용되어서 수많은 ㅋ을 달고 건너다니기 시작했다. ㅋ이 무언지 아무도 설명해주지 않았지만, 누구라도 그것이 비웃는 행태라는 것을 짐작할 수 있었다.

　—나이 먹은 게 벼슬이지, 아주. 저렇게 악을 써도 결국에는 역사가

심판할 텐데.

더위를 느낄 만큼 얼굴이 달아올랐다. 땀을 뻘뻘 흘리면서, 돌아오는 욕설들에 하나하나 대답을 해 나갔다. 누가 욕설을 했고 누가 뭐라고 말을 거들었는지 점점 헷갈리기 시작했다.

"이제 아주 잘하시네요."

트위터 선생님의 밝은 목소리가 들리는가 싶더니, 어깨에 선생님의 손이 와 닿았다. 트위터 선생님이 난감한 표정으로 그렇게 하나하나 일일이 대응할 필요가 없다고, 우리 목적은 더 많은 글을 인터넷상에 뿌리는 것이지 일일이 싸워서 웃음거리가 될 필요가 없다고 말하는 동안 나는 트위터 선생님의 팔자로 내려앉은 눈썹을 보면서 늘 저 얼굴로 날 바라보는 며느리를 떠올렸다. 며느리는 시아비가 어디에 가서 저 웃음거리가 될 것이라는 걸 미리 알고 있었기에 그런 표정을 지은 것일까 하고, 말도 안 되는 생각이 떠올랐다. 트위터 선생님의 조근조근한 이야기가 끝난 후, 눈치를 보던 영배가 내게 담배를 한 대 건넸다. 모욕감은 담배 연기처럼은 쉽게 날아가지 않았다. 아무 말도 하지 않고 담배 한 대를 다 피운 후 돌아와 컴퓨터 앞에 앉았다. 트위터 선생님이 시킨 대로 가만히 리트윗 버튼만 누르다가 아까 날 빈정거렸던 그 사람의 계정에 슬쩍 들어가보았다.

─케이블 TV에서 영화 〈신시티〉를 해준다. 낸시의 첫 등장 장면은 언제 봐도 압도적인 틸트 업.

'틸트 업'을 검색하자 카메라가 아래에서 위로 움직이는 것을 뜻한다는 검색 결과가 나왔다. 이 능력자들은 조금 전에 내게 "늙었으면 죽으라"는 말까지 듣게 해놓고서 얼마 지나지 않아 영화 속 화면의 구성에 대해 논할 수 있는 이들이었다. 전신에 힘이 빠지는 기분이었다.

공원 안이 아주 작고 작은 세계라는 것쯤은 그전에도 모르지 않았다. 손병희 선생은 우주의 중심도 아무것도 아닌 그저 작은 동상일 뿐이었다. 공원 밖에는 나를 정신 나간 노인네라고 놀리는 수많은 젊은이의 세계가 있었다. 어쩌면 정말로 빨갱이들의 세상이 올지도 모를 일이었다. 엿가락은 팔각정 한가운데 대자로 뻗어 하품하고 있었고, 아무도 그를 제지하지 않고 있었다. 나는 한걸음에 엿가락 옆까지 다가서서 엿가락의 옆구리에 발길질을 했다.

"이 빨갱이 새끼가, 여기가 어디라고 뻗어 있어."

빨갱이라는 말에 주변 노인들이 흠칫 놀라 팔각정 가운데를 돌아보았다. 확연한 적대의 공기가 갑작스럽게 팔각정을 감싸고 돌았다.

"이 씨, 왜 이러누. 거 투이타가 너무 어려웠어?"

엿가락은 빙글빙글 웃으며 발로 차인 자리에서 그대로 몸을 돌려 우스꽝스럽게 앉아 보였고, 곧바로 몇몇 노인들이 실소를 흘리는 모습이 보였다. 엿가락은 사람들의 웃음이 어떤 효과가 있는지 잘 알고 있었지만, 나는 엿가락이 공격당할 수밖에 없는 단어들의 조합을 알고 있었다.

"간첩 새끼가."

약간 웃음을 짓던 노인들이 다른 노인들보다 먼저 얼굴을 굳혔다. 빨갱이와 간첩, 그 두 단어면 충분했다. 엿가락과 어울려 다니던 노인 한둘이 내게 무어라 말꼬리를 걸어왔다.

"아니, 을재가 뭘 어쨌다고 빨갱이라고 하는 거여."

"되도 않게 오자마자 간첩이라고 할 거면 증거를 대, 증거를."

나는 엿가락을 향해 손가락을 뻗었다.

"네 입으로 말해봐. 네가 빨갱이가 아니야?"

팔각정 안에 난데없는 침묵이 흘렀다. 일본인 관광객 몇 사람이 무어라고 조잘거리며 팔각정 옆을 스쳐 지나가다 우리 쪽을 힐끔거렸다. 갑자기 모두 엿가락의 입술만 바라보기 시작했다. 엷은 입술 아래로 불거져 나온 턱의 가느다란 세로줄, 녀석은 눈썹마저도 양놈같이 엷은 갈색이었다. 영배가 불안해하는 눈빛으로 내 팔을 붙들었다. 나는 영배가 무얼 불안해하는지 뻔히 알고 있었다. 오히려 녀석과 나는 비밀을 지켜야 한다는 점에서는 동종이라고도 할 수 있었다. 하지만 바람 좀 다룰 줄 안다고 저 빨갱이 새끼와 동종이라니.

"빨갱이 놈들 중에도 대장이지. 저놈이 예전부터 지들 필요한 거 있으면 대로변에 드러누워서 남들이 손해 입는 건 신경도 안 쓰고 행패를 부리는 그런 놈들 부리고 다니던 놈이었다고."

엷은 입술이 열리더니 나직하게 깔린 목소리가 새어 나왔다.

"네가 뭘 알아."

말을 꺼낸 엿가락의 얼굴에 평소와 다르게 기분 나쁜 웃음기가 싹 걷혀 있었고, 몇 달 동안 형님 형님 하며 쫓아다니던 천방지축 막내의 얼굴이 한순간에 바뀐 걸 보고 화단 쪽 노인들이 서로 눈치를 살피기 시작했다.

"네놈이 빨갱이라는 거."

"그 사람들이 왜 대로변에 드러눕는지, 왜 소리를 지르는지는 모르잖아."

"지들 잘살겠다고, 왜 그걸 모르겠냐."

"……칼바람."

"내 이름은 이철구다, 이 엿가락 새끼야."

"열심히 살아도 잘살 수 없는, 결코 살기 좋은 시절이라는 걸 본 적 없는 사람들의 절망이라는 걸 알아?"

주변의 노인들이 어깨를 움츠리고 약간 멀어지는 것이 느껴졌다. 이건 어느새 싸움 한 판이 되어 있었고, 나도 녀석도 이 싸움에서 물러났다가는 이후 탑골공원에서 이야기를 들을 사람들을 모으는 데에 적지 않게 낭패를 볼 터였다. 말도 힘과 다르지 않았다. 필요하지 않을 때는 말을 아끼고 필요할 때는 적절하게 내질러야만 싸움에서 이길 수 있었다. 지금은 내질러야 하는 순간이었다. 나는 언성을 높이기 시작했다. 약간 겁을 먹고 있던 영배가 결심한 듯 언성을 높였다. 공원 입구 쪽에 앉아 있던 노인들까지 우르르 몰려와서 우리 주변을 에워쌌다.

"빨갱이 새끼가, 평생 돌무식쟁이들 선동질이나 하고 산 주제에, 찔리지도 않냐?"

"돌무식쟁이라니, 돈이 없어서 배우지도 못한 사람들 등에 칼꽂고 산 게 아주 자랑스러우신가보지?"

나는 내심 쾌재를 불렀다. 이 말로, 녀석은 자신이 빨갱이라는 걸 인정한 것이나 다름없었다.

"아무리 못 배워도 법도를 모르는 새끼들은 혼이 나야지. 북조선 인민공화국 법도는 그게 아닌가본데, 대한민국의 올바른 법도는 이런 거거든."

"그 법도로 아무 죄도 없는 사람들 등골을 쑤셔 파는데, 누가 그 법도를 지켜야 하나."

영배 말고는 아무도 끼어들지 않았다. 웬만한 노인들은 빨갱이 같은 말들은 나오기만 기다렸다는 듯이 달려들어 훈계를 늘어놓곤 했었는데, 그러던 노인네들이 엿가락에게는 함부로 말을 꺼내지도 못하고 있었다. 낭패였다. 이곳에만 살아 있는 것들이 분명히 있기에, 결단코 여기에서까지 밀릴 수는 없었다. 이 순간을 위해 은퇴 후 20년 이상 책을 읽어온 것이 틀림없었다.

"열심히 사는 사람들은 자기 땀 흘려서 일한 걸로 살아. 게으른 새끼들이, 끝까지 빈둥거리면서 나라에다 뭐 내놓으란 소리만 하지. 국가가 나를 위해 무엇을 해줄지를 찾지 말고, 내가 국가를 위해 무엇을 해줄지를 찾으라고, 그렇게 얘기를 해도 너희같이 이기적인 놈들은 똥구멍으로도 들어 처먹지를 않지."

"저 윗대가리들 빼고 누가 열심히 살지 않았길래, 살기 좋았던 기억이라는 게 없지?"

영배가 끼어들어 휴대폰을 내밀었다.

"이게 살기 좋아진 게 아니야? 이 빌딩들이, 이 아스팔트가, 이제는 아무도 굶어 죽지 않는 게, 이게 살기 좋아진 게 아니야?"

"그게 다 누구 덕분인데."

"너희 같은 간첩 새끼들 선동에 안 휩쓸리게 노력해온 사람들 덕분이지."

간첩이라는 말과 빨갱이라는 말이 몇 번씩 등장했는데도 노인들은 선뜻 입을 떼려 하지 않았다. 엿가락이 우리가 모르는 사이에 정신계 기술이라도 훈련한 게 아닌가 하는 의혹이 들기 시작했다.

"누가 그 빌딩을 짓고, 누가 그 휴대폰을 만들었냐."

"그걸 열심히 만들고 있는 사람들이 일을 안 하겠다고 우기는 놈들은 아니겠지."

엿가락은 입가를 뒤틀어 올렸지만, 평소처럼 실실대고 웃지는 않았다.

"열심히? 그런데 너희는 왜 지금 다 탑골공원 구석에 쭈그리고 앉아 있냐?"

영배의 얼굴이 벌겋게 달아올랐다. 말로 하는 싸움에서는 여유 없어 보이는 쪽이 언제나 지게 되어 있었다. 나는 배와 목에 힘을 주고, 느릿하고 차분하게 말을 이어 나갔다.

"그러는, 너는?"

엿가락은 입을 꾹 다문 채, 내 눈을 똑바로 응시했다. 서로 해서는 안 될 말을 주고받았다는 것을 나도 그도 깨달았다. 모여 있던 노인들도 흩어지기 시작했다. 눈을 언제 피해야 할지 알 수 없어, 나는 묵묵히 계속 엿가락의 눈빛을 받아냈다. 우리는 한참 동안 그렇게 서로 바라다보고 있었다.

더는 설 자리가 없다고 느끼기 시작했던 건 그날 이후였다. 공장들이 지겨울 정도로 문을 닫더니, 이제는 탄광들까지 문을 닫기 시작했던 그날. 탄광에서 석탄을 캐야 할 광부들이 뜬금없이 철로 위에 주저앉아서 고래고래 고함을 지르기 시작했다. 9월이었다. 아직은 날이 추워지지는 않았지만, 곧 석탄이 없이는 숨을 거두어야 할지도 모를 노인들이 서울의 낡은 집들에 살고 있었고, 해야 할 일이 무엇인지는 알고 있었지만, 그럼에도 나는 매우 지쳐 있었다. 바로 며칠 전에 현대 중공업 한쪽 공장 벽을 날려버리기 위해서 모든 정신력을 다 끌어 모아야만 했다.

그에 비해 얼마 전에 팀에 새로 들어온 젊은 이인조는 쉽게도 공장 안으로 진입해 들어갔다. 그들은 하늘을 날 수 있었고, 무지막지한 완력을 자랑했다. 이 형제들이 내 앞에서 보란 듯이 서로 힘자랑을 할 때면 괜히 어깨가 무거워졌다. 저렇게 강하고 용감한 청년들이 있다는 건 안도할 만한 일이었다. 조국에 도움이 되지 않는 늙은이의 쓸데없는 질투다. 둥실둥실, 오늘도 힘차게 하늘 위를 날아가는 청년들을 보고 나는 헛웃음을 터뜨렸다. 나는 56세였고, 내 몸은 이제 예전 같지 않았다.

철도에 드러누운 광부들 사이에 익숙한 얼굴이 보였다. 엿가락이었다. 이렇게 지방까지 밀려 내려와서는, 철도 한가운데에 뻔뻔하게 드러누워 있다니. 나도 모르게 녀석이 "밀려 내려왔다"고 생각했다는 사실을 깨닫고는 눈살을 찌푸렸다. 이곳도 중요한 곳이며 지금 같은 상황에는 어디서든 승기를 잡아야 한다는 교육을 몇 번씩이나 받고 왔는데도, 여전히 그런 생각을 한 자신이 한심스러웠다. 그러고 보니 몇 년 사이 엿가락의 눈썹에 섞인 흰 털들이 유난히 눈에 거슬렸다. 아마 엿가락도 비슷한 생각을 하고 있을지 모를 일이었다.

철도와 도로를 막는 건 저놈들 입장에서는 가장 효과적인 방법의 하나겠지만, 가장 비열한 방법이기도 했다. 일하지 않는 것도 모자라, 다른 사람들을 일하지 못하게 하고, 사람들을 불편하게 하며, 심지어 위험에 빠뜨리는 끔찍한 행동이었다. 이곳은 분명 중요한 곳이었다. 그리고 여기로 배속되어 온 엿가락은 지금껏 내가 알고 있다시피, 만만치 않은 놈이었다.

철도는 운행을 중단한 상태였고 탄광에는 며칠째 사람이 들어가지 않았지만, 광부들을 들어내기 위해 철도 앞으로 온 경찰들은 광부들보다는 훨씬 많은 숫자였다. 어쨌든 세상에는 열심히 일하는 사람이 아직 훨씬 더 많다는 증빙이었다. 철로를 망가뜨리지 않도록 조심하면서 바람을 날려 보냈다. 바람이 가볍게 휘돌면서 U자 형태로 철로 위에 있는 광부들을 내리쬤었다. 빌어먹을 엿가락은 바닥에 있는 철로를 움켜쥐더니 광부들 위로 꺾어 엎어서 바람을 막아냈다. 나는 나지막하게 휘파람을 불었다. 개자식, 같이 싸운 지 수십 년이 되었지만, 여전히 응용력은 끝내줬다. 최선의 방어는 늘 그렇듯 공격이었다. 엿가락은 들어낸 철로 쪽으로 손을 쑤셔 넣었고, 곧 경찰들을 한 바퀴 빙 둘러친 엿가락의 팔이 바닥에서 쑥 솟구쳐 올라왔다. 경찰들이 계집아이처럼 비명을 질렀다. 엿가락은 경찰들을 천천히 옥죄어 들어가기 시작했다. 나는 엿가락의 팔을 향해 날카롭게 바람을 날렸고, 엿가락은 기다렸다는 듯이 땅 밑으로 빠져나갔다. 나는 싱긋 웃어 보였다. 엿가락이 어느 순간 빠져나갈 거라는 걸 예상한 내 바람은, 엿가락의 팔이 땅으로 들어가는 것과 완전히 일치하는 순간에 어떤 경찰에게도 상처를 입히지 않고 공중으로 솟구쳐 올라갔다. 나는 어깨를 으쓱하며 엿가락 쪽을 돌아보았다. 엿가락 놈, 날 보지는 않았지만 분명 웃고 있었다.

팽팽한 긴장이 양쪽 진영 모두를 휘감았다. 긴장감이 고조될수록 양쪽의 사기가 모두 급격하게 오르고 있었다. 이렇게 여기저기에서 동시다발적으로 파업이 일어나고 있는데도 경찰 측의 사기가 오를 수 있다니, 나는 약간 어깨가 으쓱해졌다. 나는 아직 전장에서 의미가 있는 장수였고, 어쩌면 내가 다시 이곳에 돌아오지 못한다고 해도 엿가락은 내 적수였던 걸 조금은 자랑스러워할지 모른다고, 잠깐 생각했다. 우리의 공격 속도는 점점 빨라졌다. 경찰과 파업 대오는 일기토를 하는 적장들을 둘러싼 사병부대처럼 묵묵히 이 화려한 전투를 지켜보고 있었다. 단검 같은 칼날들을 빠르게 피한 엿가락이 훅 팔을 뻗어 내 목을 코앞까지 당겼고, 녀석의 엷은 갈색 눈동자가 아주 가까이 다가왔다. 일 초가 천 년같이 길게 느껴지던 한순간, 나는 엿가락을 향해 입을 열었다.

"연주는……."

엿가락의 동공이 팽창하였다. 눈가에 자글자글 흐트러진 주름들이 더 명확하게 보였다. 엿가락은 느리고 슬픈 목소리로,

"그녀는……."

그 순간 엿가락의 머리를 향해 묵직한 시멘트 통이 날아들었다. 엿가락은 급하게 몸을 휘게 해서 시멘트 통을 피했지만, 번개 같은 속도로 하늘을 나는 형제는 다시 시멘트 통을 집어 들어 엿가락에게 집어 던졌다. 엿가락은 반대쪽으로 몸을 구부리려고 했지만, 시멘트 통은 결국 엿가락의 관자놀이 옆쪽을 긁어냈다. 살점이 뜯겨 나가면서 핏방울이 튀었다. 엿가락은 비명을 지르며 고개를 떨궜다.

다시 날아드는 시멘트 통을 막은 건 처음 보는 녀석이었다. 녀석은 온몸이 커다란 화염으로 뒤덮여 있었다. 팔을 뻗자 커다란 불덩어리가 녀석의 손바닥 위에서 소용돌이쳤고 그 불덩어리는 이인조가 아닌 전경들을 향해 날아들었다. 엿가락에게 던져질 예정이었던 시멘트 통은 그 불덩어리 쪽으로 던져졌다. 전경 몇 사람이 시멘트 통에 깔려서 아우성을 쳤지만, 공중에 떠서 불덩어리를 바라보는 이인조는 그다지 신경 쓰지 않는 듯했다. 오히려 불덩어리를 막아낸 것에 기분 좋게 웃음을 터뜨리며 파업 대오 쪽으로 빠르게 날아갔다. 형제는 무지막지한 힘으로 대오 양쪽에서 철로를 뜯어내 가운데로 몰고 들어와서는, 누워 있는 사람들을 철로로 칭칭 동여매기 시작했다.

엿가락은 땅으로 손을 쑤셔 넣기 시작했지만, 엿가락보다 불덩이가 조금 더 빨랐다. 불덩이가 철로에 닿자 철로가 녹기 시작했고, 이인조는 화급하게 손을 뗐다. 몇몇 노조원들이 뜨겁게 달아오른 철로에 데어 몸부림을 쳤다. 대오를 사이에 두고 엿가락과 나는 다시 눈이 마주쳤다. 이제 다시는 엿가락을 보지 못할 거라는 생각이 들었다. 잠깐 눈이 마주친 것 외에 우리는 인사 한 번 주고받지 않은 채 몸을 돌려서 반대편으로 걸어가기 시작했다. 경찰 중 한 명은 시멘트 통에 맞아 즉사한 것처럼 보였고, 철 녹은 물에 데어 고통스러워하던 노조원의 표정이 계속 눈앞에 맴돌았다. 나는 그 자리에 멈춰서 웅크리고 앉았다. 창자가 끊어지는 것처럼 아팠다. 고통은 오래도록, 오래도록 지속하였다. 엿가락을 다시 만나서 우리가 이런 말들을 주고받게 될 것이라고는 단 한 번 상상해보지도 않은 일이었다.

선거는 우리 쪽의 승리였다.

투표 결과에 '확정'이 뜨자, 나는 아들 부부를 거실에 놓아두고 슬그머니 컴퓨터가 있는 방으로 들어가 인터넷 창을 열었다. 이제는 꽤 능숙하게 로그인을 할 수도 있었고, 멘션을 보낼 수도 있었다. 나는 그때 내게 시비를 걸었던 계정의 글을 내 멘션창에서 찾아내서는 화살표를 눌러 그에게 답을 보냈다.

—축하하오. 당신이 말한 대로 역사가 심판하였소.

내 글을 그대로 인용하여 그 사람은 역시 다른 사람들을 향해 말을 옮겼다.

—절망의 의미도 모르는 인간들.

그럴 거라고는 예상했지만, 또다시 수많은 난잡한 욕설들이 파란 불로 깜빡이며 내게 쏟아져 왔다. 어쨌든 결론적으로 그놈은 패배한 셈이었고, 나는 욕설이 쏟아지는 와중에도 전보다 훨씬 기분 좋게 화면을 응시할 수 있었다. 전과는 다르게 그 계정은 내가 아무 말도 하지 않았는데도 계속 내 글을 가져가서 비꼬아댔다. 그놈의 발악을 지켜보다가, 나는 그의 아이디를 눌러서 그가 쓴 다른 글들을 읽어 내려가기 시작했다.

그는 영화뿐 아니라 책을 읽는 데에도 관심이 많은 모양이었다. 소설책이나 시집에서 인용한 글귀들이 상당히 있었고, 그중에는 인생이 무엇인지에 대해서 제법 무게를 잡고 써놓은 글귀들도 있었다. 비꼬는 건 그의 천성인 모양으로, 나와 같은 트위터 전사 학교 출신 노인들을 찾아내 시비를 거는 게 일과 중의 취미인 듯했다. 그러다 나는 눈에 띄는 글을 하나 발견했다.

—신혼 초에는 밤에 남편이 내일 또 만나자면서 자기 집에 가면 좋겠는데, 안 가니까 당황스럽고, 거기에 적응하는 게 참 쉽지 않았다.

놀랍게도 이놈이 뻔히 남편까지 있는 낫살 먹은 여자라는 게 아닌가. 생애 살면서 이렇게 말을 험하게 하고 공격적인 여자는 단 한 번 보지를 못했다. 기가 막혀서 계속해서 글을 내렸다. 남편에게도 상당히 사랑받으며 사는 모양이었지만, 홀로 된 시아버지와의 갈등이 적지 않은 모양이었다.

—권위 있는 척은 다 해야 하는 그 나이 먹은 노인의 아집.

—남편은 시아버지가 예전부터 성격이 그랬다고 이해하라고만 한다. 하기야, 그 나이 먹을 동안 기껏해야 그렇게 살아온 사람이 어디 바뀌겠는가.

—결혼 전엔 퇴근 후 집에 가면 친정엄마가 차려준 밥상에 여유로웠는데, 지금은 임신 중에도 새벽에 시아버지 밥상 제대로 차려야 하고. 새로 한 반찬이 없으면 눈에 띄게 일그러지는 표정.

—차라리 출근이라도 하고 싶은데, 임신한 여자가 그러는 거 아니라며, 자신은 돈 한 푼 벌어오지 못하면서 회사를 휴직하게 한 것도 결국 시아버지였다.

—오늘은 내 화장대에서 돈을 뒤져가기까지. 따로 용돈 드렸다. 하지만 갖다 바쳐도 고마운 줄 모르겠지.

—외롭다.

외롭다는 글에는 남편과 함께 신혼여행에서 찍은 사진이 첨부되어 있었다. 손이 떨렸다. 아들과 며느리가 신혼여행에서 찍어 왔다고 언젠가 한 번 보여줬던 그 사진, 그 속에서 며느리가 또록또록한 미소로 환하게 이쪽을 바라보고 있었다. 그 사이에 며느리의 계정에 새 트윗 1개, 라는 글자가 떴다. 며느리는 내가 그에게 단 답글 중 "그 정도 절망도 못 이겨낼 거면 차라리 죽는 게 낫지."라는 글을 인용했다.

—신고했다.

며느리의 글을 시작으로 몇 명이 달려들어서 내 계정을 신고했고, 결국 삼십 분이 채 지나지 않아 계정이 정지되었다. 계정이 정지되기 전에 마지막으로 본 멘션은 며느리의 멘션이었다.

— 빨갱이들이 보고 싶으면 컴퓨터 그만하고 탑골공원이나 가 있지 그래? 내일 그 앞에서 집회 있다던데.

새로 계정을 만들어 며느리와 싸우는 일도 가당치가 않아, 나는 컴퓨터를 끄고 거실로 나갔다. 며느리와 아들은 양 떼처럼 옹송그리고 붙어 앉아 텔레비전을 보고 있었다. 나는 간신히 말을 삼키고 흔들의자에 앉았다. 휴대폰을 만지작거리던 며느리가 고개를 돌려 내 쪽을 향했다.

"아버님, 내일은 공원에 안 나가시면 안 될까요?"

나는 묵묵히 며느리 얼굴을 마주 보았다.

"뉴스에서 내일 공원 앞에서 집회한다는데, 위험하지 않으실까 싶어서……."

조금 전까지만 해도 공원이나 가 있으라는 말을 아무렇지 않게 내던졌던 아이가 암소처럼 순한 눈동자를 하고 내 걱정을 하고 있었다. 뒷목으로 숨이 턱 막히는 알싸한 감각이 스쳐 지났고, 머리가 핑글 돌았다. 뿌예진 시야를 헤집어서 손에 잡히는 대로 며느리의 얼굴로 무언가 천 같은 것을 세게 집어 던졌고 며느리의 비명에 이어 아들의 고함이 재빠르게 따라붙었다. 며느리의 발아래에 방금 집어 던진 더러운 양말이 나뒹굴었다. 이게 무슨 짓이냐, 아버지 제정신이시냐, 평소에도 이 친구한테 함부로 대하신다는 얘기, 화장대에서 돈 훔쳐가신다는 얘기 내가 못 듣고 있는 줄 아느냐, 지금까지 입 다물어드렸더니 우리가 만만하시냐는 말들이 빠르게 귓전을 스쳐 지나는데도, 나는 계속 머리가 어지러워서 자리에서 일어날 수가 없었다. 며느리는 착하기 그지없는 표정으로 아들의 팔을 잡고 연신 고개를 젓고 있었다. 아들이 내가 던진 양말을 내 발치로 다시 던졌다.

"나는 아버지를 아버지라고 인정하는 걸 그날 밤에 포기했어요. 알아요? 아버지는 우리를 위해서 하는 일이라고는 쥐뿔도 없는 주제에, 물건 부서지는 소리, 어머니가 바닥에 쓰러지는 소리, 들어가서 아버지에게 덤비고 싶었지만 내가 그렇게 할 수 없었던 대신에, 난 아버지를,"

"여보, 그만해요."

뿌옇던 시야가 천천히 밝아졌다. 내 발치로 돌아온 뒤집어진 양말에 낀 내 허연 살 비듬이 눈에 들어왔고, 나는 그 양말을 다시 뒤집어서 발을 밀어 넣었다. 그러고는 넘어지지 않도록 천천히 자리에서 일어나 현관에 가지런히 며느리가 정리해둔 신발을 신었다. 그사이 며느리는 아들을 끌고 안방으로 들어가다 현관문 쪽을 돌아보았다.

"아버님, 이 밤에 어딜 가세요!"

등 뒤로 현관문이 약간 세게 쾅소리를 내며 닫혔다.

"아예 영영 들어오지 마시라 그래!"

현관문 너머로 아들의 목소리도 들렸다.

바람이 차가웠다. 떨어질 때마다 잊지 않고 며느리가 꼬박꼬박 챙겨주는 그 빌어먹을 용돈이 주머니 안에 또 구겨져 있었다. 아니, 빌어먹을 것은 용돈이 아니라 내 쪽이었고, 나는 분명 며느리에게 빌어먹고 있는 셈이었다. 나는 반대쪽 주머니에 손을 넣어 5000원 한 장을 꺼냈다. 이것도 틀림없이 언젠가 며느리가 줬던 것이겠지만, 며느리가 돈을 건네주던 얼굴과 손짓이 그렇게 또렷하게 기억나지는 않는 돈이었다. 편의점 불빛이 환했다. 하얗고 밝은 조명 아래에 상품들이 나란히 진열되어 있었다. 적어도 오늘 밤에는 집에 들어가고 싶지 않았다. 다행히 무언가 사기만 한다면 이곳의 문은 내일 아침까지도 환하게 열려 있을 터였다. 물만 부으면 되는 1000원짜리 라면은 유난히 처량하여 보였기에 이것 역시 전자레인지에 몇 분 데우면 끝이라고 쓰여 있었지만 굳이 3000원이라는 가격표가 붙어 있는 소시지 야채볶음을 집어 들었다. 계산대에 앉아 있는 청년은 의자에 앉아 고개를 숙이고 책을 읽고 있었다. 몇십 초가 지나고 나서야 계산대 앞에 사람이 있다는 걸 눈치채고 그는 엉거주춤한 자세로 일어나 바코드를 찍었다. 청년은 기계적인 손짓과 표정으로 5000원을 가져가고 2000원을 돌려준 후, 다시 앉아서 책으로 눈을 돌렸다.

"저…… 이것 좀 데워줄 수 없겠나?"

청년은 무심한 눈으로 내 얼굴을 치켜보았다.

"저기 뒤에 전자레인지 있는데요."

"내가 나이가 많아서 눈이 어두워서…… 어떻게 하라고 되어 있는 건지 잘 보이지가 않네."

청년은 눈살을 찌푸리며 계산대를 열고 나와 편의점 구석에 있는 전자레인지에 능숙하게 소시지 야채볶음을 약간 뜯어서 넣고 돌리기 시작했다. 노란 불빛 가운데 소시지 야채볶음을 담은 플라스틱 통이 빙글빙글 돌기 시작했다.

"총각, 여기 소주도 있지?"

청년의 눈에 빠르게 경멸이 스쳐 지났고, 나는 그 시선을 어쩔 수 없이 잡아내고야 말았다. 청년이 턱짓으로 소주가 있는 위치를 가리키자, 나는 마치 그 턱짓에 복종하듯 기가 죽은 표정으로 소주병을 꺼냈다. 분명히 내가 돈을 내며 물건을 구매하고 있는데 왜 이렇게 어깨에 힘이 빠지는 건지 알 수가 없었다. 남은 2000원을 내고 소주를 계산하고 동전들을 돌려받는데, 청년이 한 마디 덧붙였다.

"여기서 술은 드시면 안 돼요. 드실 거면 바깥에 있는 파라솔에서 드세요."

"아니, 날이 이렇게 추운데……."

"그래도 여기서는 안 돼요. 들어오실 거면 술은 밖에서 다 드시고 들어오세요."

늘 그렇듯이 로마에 가면 로마법을 따라야 하는 법이었다. 심지어 내 삶은 규칙을 지키게 하려고 평생 힘을 써온 삶이 아니었던가. 나는 묵묵히 소주와 데워진 소시지 야채볶음을 들고 바깥 파라솔에 앉았다. 바람이 차가웠다. 이 추위에도 파라솔은 꿋꿋하게 두 개나 펼쳐져 있었다. 한쪽 파라솔에는 기껏해야 대학생 정도로밖에 보이지 않는 나이 어린 계집아이들이 깔깔대며 수다를 떨고 있었다. 한 아이는 서양인으로 보일 만큼 노랗게 머리를 물들이고 있었고, 하나같이 너구리로 오인될 만치 새까맣게 칠한 눈매를 하고 있었다. 그 파라솔 아래에도 맥주 캔과 과자봉지가 널려 있었다. 들려오는 말들을 가만히 듣자하니 이들은 "오빠"라고 지칭하는 남자 하나를 기다리고 있는 모양이었다. 그 오빠에 관해서 이야기하는 동안에도 계집애들의 입에선 끊이지 않고 욕설이 터져 나왔다. 나는 소주를 따서 작은 종이컵에 따랐다. 소시지 냄새가 자극적으로 코를 찔렀고, 곧 입안에 들어올 음식에 대한 기대감으로 나는 조금 즐거워졌다. 소주를 한 잔 들이켜고 나무젓가락으로 소시지 하나를 집어 들어 씹기 시작했다. 맥주 캔을 손에 든 계집애들의 목소리가 점점 커졌다.

"그년은 이 오빠한테 600만 원 빌려서 날랐다던데."

"헐. 대체 600만 원이나 되는 돈이 어디서 났대? 집이 잘 사는 것도 아니라면서."

머리를 노랗게 물들인 아이가 주먹을 쥐어 다른 쪽 손바닥에 내리쳤다.

"이거."

두 번째 잔까지 들이키고, 나는 나직하게 계집애들에게 말을 붙였다.

"젊은 처자들이 이 시간까지 술을 마시고 상스러운 소리를 하고 그러면 쓰나. 그렇게 살다가는 시집을 못 가요. 집에서 부모님께서 걱정하시겠어."

얼굴 주변으로 다시 빠르게 경멸들이 스쳐 지났다.

"미친놈 취급받기 싫으면 드시던 술이나 곱게 드시죠."

술에 취한 게 분명한 계집애의 말투는 심지어 나긋나긋하기까지 했다.

"처자는 어른한테 말버릇이 그게 뭔가."

다른 한 명이 삐죽 말을 받았다.

"이 시간에 여기 앉아서 소세지 데워서 소주 마시는 어른은 되기 싫은데, 그런 어른도 어른대접해줘야 하나?"

계집애들이 키득거리기 시작했다. 미친놈이 시비 걸 때까지 그 오빠는 안 오고 뭐 하는 거냐고 투덜거리는 소리도 들렸다. 아까 며느리에게 모욕당했을 때만큼 오싹했다. 나는 집에 아들이 있고, 내 아들은 돈도 잘 벌고, 내 며느리는 내게 용돈을 주고, 나는 젊었을 적에 말 그대로 영웅이었고, 지금도 나는…… 하고 싶은 말들이 수없이 떠올라서 목이 막혔다. 나는 계집애들에게 한 걸음 다가서서 주먹을 치켜들었다.

순간 실제로 목이 꽉 막혔다. 다리가 허공에 떠올랐다. 이번에는 폭소가 터졌다. 내 뒷목을 잡은 놈을 보기 위해 나는 버둥거리며 고개를 옆으로 휘저었지만, 도무지 녀석의 얼굴을 확인할 방법이 없었다. 언뜻 내 목덜미를 잡지 않은 두꺼운 팔목이 눈에 들어왔다. 노란 머리 계집애가 싱글거리며 떠들어댔다.

"오빠, 오빠 용역하니까 이런 할아버지들은 완전 전문 아니야?"

팔뚝에 어울리지 않게 얄팍한 목소리가 등 뒤에서 들려왔다.

"당연하지. 집 부수는 데나 가게 부수는 데는 가면 다 이런 할배들밖에 없어."

용역이라니. 반세기 전에는 이들도 애국청년이었다. 평생 반공을 위해 싸워온 감찰부장님이 국회에 들어가서 똥물을 투척했던 걸 나는 지금도 또렷하게 기억하고 있었다. 더러운 놈, 누가 자기 적인지 알아보지 못하는 놈은 적보다 더 나빴다. 나는 손을 뻗어 아주 멀리에서 불어오는 찬바람 하나를 붙들었다. 내가 앞으로 손을 내뻗자 계집애들은 숨이 넘어갈 듯이 웃어젖히기 시작했다. 다른 계절과 비할 수가 없을 만큼 겨울바람은 매섭기에, 몇십 년간 나는 겨울에 싸울 때는 오히려 힘을 조절하는 데에 노력해왔다. 애국심이라고는 눈곱만치도 없이 600만 원을 계집애에게 쏟아붓기 위해 애국청년의 가면을 뒤집어쓰고 있는 정신 나간 놈. 자신이 대한민청이 닦아놓은 길 위에 있다는 건 생각조차 하지 않고 살아가고 있을 터였다. 온 곳을 기억하지 못하는 그런 힘은 없느니만 못했다. 이놈의 두꺼운 팔뚝을 반드시 끊어놓으리라, 바람은 내쳐 녀석을 향해 내달려왔다.

몸이 크게 흔들렸고, 녀석은 날 떨어뜨렸다. 그 바람에 달려오던 바람의 방향이 꺾여서 난데없이 쓰레기통을 강타했다. 날카롭게 잘린 쓰레기통에서 빈 깡통들이 쏟아져 나왔고, 내 발 옆에는 며느리가 집어 던진 플라스틱 하나가 나뒹굴고 있었다. 며느리는 쏟아져 나온 깡통들을 손에 잡히는 대로 녀석을 향해 집어 던지기 시작했다.

"이 못된 놈들아, 예의도 모르는 놈들아,"

"아, 이 씨발년이,"

녀석이 며느리를 향해 다가서는 순간 며느리는 휴대폰을 꺼내

들었다.

"너 아까 우리 아버님한테 어떻게 했는지 다 봤어. 지금 당장 경찰에 신고할 거야, 나쁜 새끼."

나는 인제야 녀석을 자세히 뜯어볼 수 있었다. 집채만 한 어깨와 단단한 근육, 아주 오래전 재성이 그랬던 것처럼 무서울 게 하나도 없는 표정으로 녀석은 바닥에 침을 뱉고 뒤돌아섰다. 계집애들을 데리고 자리를 뜨는 녀석의 뒷목에 며느리가 던진 깡통에서 흘러나온 커피와 담배꽁초가 묻어 있었다. 며느리가 허둥지둥 내게 달려왔다.

"아버님, 아버님, 괜찮으세요? 어디 다친 데는 없으세요? 경찰에 신고할까요?"

녀석과 계집애들이 사라진 어둠 속에서 허리가 굽은 노인 하나가 낡은 수레를 끌고 천천히 이쪽으로 다가와서 며느리가 던졌던 깡통들을 줍기 시작했다. 노인의 얼굴은 검었고, 주름은 당연하다는 듯이 깊었다. 며느리는 계속 무어라고 말을 건넸지만, 며느리의 목소리는 너무 멀게만 들려왔다. 노인이 차분하게 며느리가 던진 몇 개의 캔을 잘 찌부러뜨려서 수레에 싣고 사라지고 난 후 나는 왼쪽 주머니에서 4만 원을 꺼내 가만히 며느리의 손에 쥐여주었다.

"아버님……"

"됐다."

"아니, 아버님……"

"넣어둬라. 됐다."

정신없이 말을 하던 며느리는 돈을 손에 쥐고는 황망한 표정으로 입을 다물었다. 물론 나도 며느리에게 할 말이 떠오르진 않았다. 집 문을 열고 들어가자 아들이 여전히 텔레비전을 보고 있었다. 신발을 벗는 동안 텔레비전에서 나오는 광고의 해설이, 노인은 위대한 스토리텔러라고, 또렷하게 귀에 들어왔다.

아침에는 혹여 며느리와 마주칠까봐 제대로 씻지도 못하고 책한 권만 허리춤에 꽂은 채 서둘러 집을 나섰다. 바깥은 그다지 밝지 못했다. 곧 머리에 닿을 듯 낮은 하늘을 보니 괜히 씻지 못한 머리 안쪽이 근질거렸다. 별 생각 없이 주머니에 손을 꽂았지만 어제의 사달을 치르고 나서 손에 돈이 잡힐 리가 만무했다. 비실비실 웃음이 새어 나왔다. 결국, 돈은 필요했다. 다행히 통장 안에 30만 원 가량은 들어 있을 터였다. 혹여 쓸 데가 있을까 싶어 제대로 찾지도 못하고 절절맸던 30만 원이었다. 많이 찾을 필요도 없었다. 나는 딱 2만 원만 찾기로 마음먹고 지하철도 버스도 타지 못한 채 한참을 걸어가 수수료를 받지 않는 인출기에 카드를 밀어 넣었다. 비밀번호를 아직 잊지 않은 자신이 기특할 지경이었다. 2만 원 버튼을 꾹꾹 힘주어서 눌렀다. 돈이 나오자마자 냉큼 꺼내 들고는 차마 잔액을 볼 수 없어서 고개를 푹 숙인 채 몸을 돌리려는데, 문득 이상한 느낌이 들었다. 얼핏 눈앞을 스쳐 지나간 금액이 매우 어색한 자릿수를 기록하고 있었다. 나는 고개를 들어 기계의 화면을 확인했다. 자릿수는 6개가 아니라 7개였고, 심지어 맨 앞자리는 2였다. 서둘러 입금 내역을 찾아보았다.

국가정보원이었다. 그렇게도 밀리던 연금이 아주 오랜만에 들어와 있었다.

벌써 경찰들은 지하철역 출구 밑에서 대기하고 있었다. 슬쩍 신발을 흘끔거렸다. 기동성이 좋은 신발. 역시 오늘은 만만치 않을 모양이었다. 종로 3가 역 탑골공원 쪽 출구로 나와서 공원으로 향하는 대신 길 오른쪽에 있는 돈가스 집으로 들어갔다. 하얀 옷을 입은 젊은 처자 하나가 두꺼운 메뉴판을 앞에 놓고 갔다. 웬만해선 만 원이 넘는 돈가스들이 정갈한 모양새로 메뉴판 안에 실려 있었다. 나는 1만 3000원이 넘는 등심 돈가스를 주문하고, 의자에 기분 좋게 기대어서 허리춤에서 책을 꺼냈다. 책날개를 꽂아둔 자리가 조금 나달나달해져 있었다.

우파의 진실과 한계를 솔직히 말할 것이다. 왜 그들이 20세기 치열한 이념전쟁에서 승리하였는지, 왜 우파 남한이 좌파 북한보다 잘살 수밖에 없는지를 말하고자 한다. 왜 노동자, 농민의 천국을 만들겠다던 공산주의가 노동자, 농민을 비참하게 만들었는지,

"주문하신 등심 돈가스 나왔습니다."

옷도 얼굴도 하얀 처자가 생긋 웃으며 두꺼운 살덩어리를 내려놓았다. 예쁘게 장식된 사라다는 거들떠도 보지 않고, 나는 매우 빠른 속도로 돈가스를 먹어 치워 나갔다. 언제나 전장에 나갈 때는 배가 든든해야 하는 법이었다.

배를 두드리며 돈가스 집을 나서자마자 역 출구에서 영배가

올라오는 것을 발견했다. 머리 위로 하얗게 눈이 떨어지기 시작했다. 영배의 통장에도 밀린 연금이 들어왔다는 것을 눈빛만 보아도 알 수 있었다. 영배는 어처구니없게 날 보자마자, 형, 이라고 어릴 때처럼 웅얼대며 눈물을 보이기 시작했다. 나는 영배의 어깨에 손을 얹었다. 진짜 싸움은 지금부터 시작이었다. 저 멀리에서 게을러터진 노가다 젊은 놈들의 노랫소리가 들려왔다.

행진 대열이 가까이 다가올수록 눈보라가 더 거세졌다. 보지 않아도 느낄 수 있었다. 엿가락은 저 대열 어딘가에서 이쪽을 향해 걸어오고 있을 것이다. 굵은 눈송이 아래에서 노조원들은 모두 맞춘 것처럼 하얀 우비를 뒤집어쓰고 있었고 대열이 가까이 다가올수록 아스팔트는 하얀 바다처럼 출렁거렸다. 나는 엿가락을 발견하지 못했지만, 엿가락이 나를 발견했는지도 몰랐다. 투쟁이니 파업이니 전진이니 하는 가사의 노래를 끊임없이 내보내면서 방송차가 한 대 지나갔고, 드디어 바로 코앞까지 파도가 밀려왔다. 누가 뭐라고 해도 노가다꾼의 본업은 흙을 이기고 벽돌을 쌓아서 집과 건물을 만들어 사람들이 비를 피하게 하고 바람을 피하게 하며 잘 곳과 살 곳을 마련하는 것이다. 노가다꾼에게 가장 중요한 것은 그것이어야만 했다. 신 나게 아스팔트를 걸어온 녀석들의 손에 소주 팩이 보였고, 뒷목에 무언가 끊어지는 감각이 지나갔다. 타인의 통행을 방해하면서 소주를 빼는 본업을 가진 인간은 세상에 아무도 없었다. 나는 손을 높이 들어 올렸다. 바닥에서부터 회오리바람이 생겨나기 시작했다. 눈과 얼음은 바람에 섞여서 날카로운 덩어리를 만들기 시작했다. 눈이 내리는 날이면 정말 만만치 않은 창을 만들 수 있었다. 비실비실 웃음이 새어 나왔다. 얼굴이 불콰해진 노조원들은 눈으로 만든 거대한 드릴을 아직 발견하지 못한 듯했다.

대열 가운데에서 낯익은 얼굴이 우비의 모자를 제쳤다. 회오리바람은 분명한 표적을 찾았다. 엿가락은 눈을 감고 기분 좋은 표정으로 하늘을 향해 고개를 쳐들고 있었다. 녀석은 내가 여기서 창을 뽑고 있는 것을 눈치채고서도 모르는 척 시선을 잡아끌고 있었다. 그래야 내 맞수지. 자, 이제 고개를 들고 이쪽을 바라보겠지. 나는 손을 위로 쭉, 내뻗어서 앞으로 슬쩍 당겼다. 바람은 기분 좋게 으르렁거렸다. 만들어놓은 거친 물보라는 노조원들의 위로 날아들어서 엿가락의 머리통을 향해 날아들었다. 저대로 서 있었다간 뾰족한 칼바람이 엿가락의 몸을 통과할 것이나, 엿가락은 저렇게 딴청을 부리다가도 피해야 할 순간에 제대로 몸을 피할 녀석이었다. 바람의 창이 내리꽂혔다. 이제 슬슬 몸을 움직여야 할 순간이지만 엿가락은 그 자리에서 가만히 미소만 짓고 있었다. 아……, 설마…….

창이 닿기 직전에 엿가락은 자기 것이 아닌 것처럼 몸을 빼냈고, 결국 물과 바람으로 만든 창은 엿가락의 발등을 찍었다. 그럴 리가, 아무리 늙었다고 해도 이런 커다란 창을 그 엿가락이 맞을 리가 없었다. 발에서 피가 흘렀지만, 엿가락은 비명을 지르는 대신 멍한 눈동자로 계속 허공을 응시하고 있었다. 초점이 없는 흐린 눈동자. 나는 고개를 돌려 주변을 살펴보았다. 하얀 우비 가운데 새빨간 드레스. 영배가 한 걸음 앞으로 나섰다. 마녀였다.

빨간 드레스가 바람에 날리자, 무릎 아래부터 완전히 잘려나간 한쪽 다리가 드러났다. 곪아 들어가고 있던 마녀의 발목이 머릿속을 스쳐 지났다. 그 와중에도 남은 한쪽 발에는 빨갛고 높은 힐이 어처구니없게 신겨 있었다. 약간 굽은 허리, 빈틈이 보이지 않을 만큼 얼굴을 빼곡하게 메우고 있는 주름. 하얗게 센 데다가 가운데부터 빠지기 시작한 머리카락. 분명히 나보다 열 살 이상 어렸던 걸로 기억하는데, 그녀는 내일 죽는다고 해도 이상하지 않을 것처럼 보였다. 그녀는 입가에 허옇게 침을 흘리며 엿가락의 몸을 조종하다가 목발을 휘두르며 쑤욱, 몸을 일으켰다. 저런 꽃은 눈보라 속에서 피는 게 아니야. 엿가락이 앞으로 몸을 훅 튕기고선 그제야 발을 붙잡고 소리를 질렀다.

"안 돼, 연주야!"

노조원들 앞으로 기다렸다는 듯이 경찰들이 늘어서기 시작했다. 입가에 허연 거품을 물고 앞으로 걸어 나가던 마녀는 한쪽 굽을 삐끗하며 바닥에 고꾸라졌다. 사람들을 헤치며 달려간 엿가락이 엎어진 그녀를 품에 안았다. 마녀는 두 손을 앞으로 뻗고 혀를 내민 뒤 히죽히죽 웃어댔다. 옆에 서 있던 영배가 중얼거렸다.

"형님, 저 여자 진짜로 마녀가 되어 뻤네."

엿가락이 마녀의 귓전에 무어라 속삭이자 마녀는 짐승처럼 이를 드러내고 엿가락을 향해 으르렁거렸다. 마녀가 날카롭게 고함을 지르는 걸 본 노조원들은 술에 취한 와중에도 슬금슬금 마녀를 피해 걸어 나갔다. 한쪽 굽이 부러진 하이힐 때문에 비틀거리는 마녀가 양손은 앞으로 든 채, 노조원들이 외치는 구호의 리듬과 아무 상관 없이 높은 소리로 비명에 가까운 구호를 외치면서 경찰들을 향해 걸어 나갔다.

"단결, 투쟁, 투쟁, 투쟁, 단결, 단결, 투쟁, 하나, 하나가! 여기 하나! 우리 다!"

나는 영배를 향해 대답했다.

"저게 마녀냐. 미친년이지."

진압을 위해 일렬로 서 있던 경찰 중 한 명이 갑자기 몸을 뒤틀더니 들고 있던 방패로 옆에 있는 전경을 가격하기 시작했다. 맞은 전경 역시 자신을 친 전경에게 군홧발로 발길질을 했다. 그 옆에 있는 전경 역시 방패를 집어 던지고 주먹질을 시작했고, 삽시간에 전체 대열로 난투극이 번져갔다. 한 판 싸움을 해보겠다고 결연하게 방송차 위에서 "평화 시위 보장하라" "우리 파업 정당하다" 따위의 구호를 외치던 사회자는 그만 어안이 벙벙해지고 말았다. 아무런 충돌도 아직 일어나지 않았지만, 전경들은 피를 흘리고 있었고, 몇 명은 머리통이 터져서 바닥에 쓰러져 있기까지 했다. 바닥에 쓰러져 있든 피를 철철 흘리든 상관하지 않고 멍한 눈을 한 청년들은 동료를 넋이 나간 듯 짓밟아댔다. 처음엔 부하들을 말려보려던 상관은 어느덧 그 사이에 끼어들어 함께 주먹질하다가 앞니가 날아가고 있었다.

멍하니 서 있던 노조원들은 그러다 죽겠어요, 그만하세요, 몇마디 말을 거들기 시작했지만 차마 그 사이로 끼어들 엄두조차 내지 못했다. 머리가 하얗게 센, 그러나 하얀 머리털에 어울리지 않게 골리앗을 연상시키는 떡 벌어진 어깨와 커다란 키로 대열

맨 앞에서 한 남자가 양팔을 벌리고 노조원들에게 피해가 가지 않도록 막고 있었다. 당황한 노조원들을 가로막는 등 근육이 울끈불끈 움직였다. 남자가 커다란 목소리로 외쳤다.

"다들 움직이지 마십시오!"

귀에 익은 목소리에 반응한 건 나뿐만이 아니었다. 영배와 엿가락 모두 남자 쪽을 돌아보았다.

"조직부장님, 이건 무슨……."

"가만히 있어. 이건, 마녀야. 여기 마녀가 있어."

"마녀요?"

"우리 편이야."

재성의 매서운 눈매가 사방을 훑더니, 이윽고 빨간 드레스를 발견했고, 이어서 까불거리는 날라리 엿가락을 발견했고, 이어서 바람을 모아오려고 준비를 하는 칼바람을 발견했다. 옷 솔기들이 뜯어지기 직전까지 몸을 불리고 있던 재성의 근육들에서 서서히 바람이 빠지기 시작했다. 내 귀가 잘못된 것이 아니라면 방금 재성은 틀림없이 우리 편이라고 말했다. 재성과 함께 전선에 서 있던 어느 봄날이 몇 세기 전처럼 느껴졌다. 이곳은 노가다꾼들의 집회였다. 저 단단한 근육들로 벽돌을 져 나르는 모습은 그림으로 그린 것처럼 어울려서 나는 재성을 부를 수가 없었다. 경찰들의 난투극이 점점 격렬해졌고, 머리에서 피를 줄줄 흘리는 경찰 한 명이 내 발치로 날아와서 엎드러졌다. 멀찍이서 재성을 멍하니 바라보던 영배는 피투성이가 된 전경을 붙들었지만, 그는 어떤 고통도 호소하지 않은 채 다시 난투극의 현장으로 터덜터덜 걸어 들어갔다. 몰아치는 눈보라 속에 외다리로 서서 기분 좋게 웃고 있는 마녀는 시들어가는 동백처럼 보였다. 빨간 드레스는 꽃의 빛깔이었지만 피의 빛깔이기도 했다. 영배는 크게 눈을 홉 뜨고 마녀를 향해 목청을 돋웠다. 얼마 지나지 않아 마녀는 몸부림을 치기 시작했다. 엿가락이 허겁지겁 마녀를 끌어안았다. 마녀는 게거품을 물고서도 언젠가 새처럼 날아드는 엿가락에게 입 맞추던 그때처럼 헤실헤실 미소 지었다.

"을재다."

"그만해, 연주야. 돌아와."

영배는 목청을 가다듬더니 맑은 소리를 높게 뽑아냈다. 최근 들었던 소리 중에 가장 청아하고 불순물이 섞인 게 없는 그 소리는 다른 어떤 사람에게도 영향을 주지 않고 오직 마녀의 귓가만 노리고 있었다. 목소리가 한 음씩 올라갈 때마다 마녀의 몸에 가볍게 경련이 일었다. 마녀의 몸이 떨릴 때마다 점점 격렬해지는 경찰들의 주먹질을 보아하니, 영배의 전략은 아무래도 실패하고 있는 것처럼 보였다. 한쪽 팔로 마녀를 그러안은 채, 엿가락은 영배를 향해 팔을 뻗었다. 나는 재빠르게 엿가락의 팔을 끊어낼 듯 날카로운 바람을 보냈다. 재빠르게 팔이 휘어져 바람을 빠져나갔고, 영배는 다시 중심을 잡았다. 그 사이 마녀는 전경들의 의식과 혼재된 채 눈물을 흘리기 시작했다. 영배의 목소리가 마녀의 모든 혈관을 타고 저릿하게 흘러내렸다. 마녀가 울부짖을 때마다 전경들도 마녀와 함께 지옥처럼 울부짖었다.

"을재야, 죽고 싶어."

그 와중에도 눈송이는 멈추지 않고, 깃털처럼 보드랍게 온 세상을 향해 끊임없이 떨어져 내렸다. 바닥에 고이기 시작하는 전경들의 뜨거운 핏방울 속으로 떨어져서 녹아내렸고, 노래를 부르는 영배의 입 속으로 쏟아져 내렸고, 둥그렇게 잘려나간 마녀의 무릎뼈를 감쌌다. 함박눈을 뒤집어쓴 마녀는 영배의 목소리에 온몸을 뒤흔들면서 전경들을 향해 정신을 모으려고 하는 듯 보였다. 내가 마녀를 공격할 무기를 찾는 동안, 엿가락은 마녀의 어깨를 뒤흔들었다.

"연주야, 이렇게까지 할 필요 없잖아. 그만해. 왜 이러는 거야."

엿가락은 다시 영배를 향해 손을 뻗었다.

"노래꾼, 너도 그만해!"

또다시 모아놓은 바람은 엿가락의 팔을 향해 날아갔다. 날아드는 하얀 눈의 창을 두꺼운 팔로 막아낸 것은, 다시 근육을 불릴 대로 불리는 바람에 옷이 모조리 찢어져, 하얀 눈밭 위에 상체를 완전히 탈의한 채 서서 눈물을 뚝뚝 흘리고 있는 재성이었다. 재성의 단단한 팔뚝 앞에서 내 창은 힘을 잃고 산산이 부서졌다. 노조원들이 수군거리며 재성의 주변으로 다가오려던 순간, 재성은 울음을 참지 못하고 소리를 지르기 시작했다.

"얼른 가, 계속 가라고!"

끝내 전경 하나가 마녀처럼 다리 한쪽이 끊어졌다. 그 역시 고통을 호소하지 않은 채 멍한 눈으로 다시 격전장으로 기어 들어가려고 했다. 시위대 중 한 명이 들어가지 말라고 전경을 붙잡았지만, 전경은 매몰차게 그를 뿌리쳤다.

"이 상황을 두고 어떻게 계속 갑니까."

"저러다 다 죽겠어요!"

재성이 이를 악물고 고함쳤다.

"너희가 말릴 수나 있어? 지금 상황이 안 보이냐?"

타워크레인 깃발 아래에 엄마 손을 붙잡고 온 어린아이가 아까부터 시끄럽게 울고 있었다. 온갖 소리가 토사물처럼 귓속으로 섞여 들어왔다. 방송차는 전경들 앞으로 가까이 다가섰고, 마녀가 두 손을 모세처럼 높이 들어 올리자, 싸우는 와중에도 마녀의 조종에 따라 전경들은 양쪽으로 길을 터주었다. 두려움에 떨면서 노조원들의 하얀 파도는 다시 길을 나서기 시작했다. 사회자가 구호를 선창했지만 따라 외치는 사람은 많지 않았다. 주춤거리며 어떻게든 다시 행진이 시작되고 있었다. 번뜩 정신이 났다. 막아야 할 것은 다른 게 아니라 바로 저것이 아니었던가.

힘을 써서 노조원들을 막아선 안 되었다. 천재지변이 저들을 막았다고 생각하면 오히려 다른 문제가 발생할 수도 있었다. 경찰들이 정신을 차리고 저들을 쫓아가야 했다. 나는 영배를 막는 데에 여념이 없는 엿가락의 손을 피해 탑골공원 입구 쪽으로 걸어갔다. 영배의 노래는 점점 강도를 더해갔다. 나는 낫을 그리며 바람을 돌리기 시작했다. 바람은 부드럽게 손 안으로 휘감겨 들어왔다. 손바닥 두 개 크기만 한, 하지만 날카롭기 이를 데 없는 낫이 마녀의 복부를 향해 직선으로 날아들었다. 영배의 노래가 낮은 하늘을 올려쳤고, 마녀는 뻗었던 팔을 내려서 갑작스럽게 머리를 감싸 안았다. 영배의 노래를 막으려던 엿가락의 손은 조금 늦었다. 전경들이 싸움을 멈췄다. 잠깐의 침묵 후에 여기저기서 비명이 터져 나왔다. 바람은 거침없이 마녀의 품으로 날아들고 있었다. 마녀는 보이지 않는 낫 쪽으로 고개를 돌렸다. 한 번 날려 보낸 바람은 결코 되돌릴 수 없었다.

아니, 바람을 건너서 내 쪽으로 고개를 돌렸다.

이번에도 눈을 피하지 못했다.

안녕, 오랜만이네, 철구.

영배의 노랫소리가 내 머릿속에도 끈적하게 퍼져 나갔다.

안녕, 연주.

그녀의 웃음소리가 마치 소녀처럼 뇌 속으로 기어들어 왔다.

그때 참 반가웠어.

언제.

고문실에서.

영배의 목소리가 머릿속 어딘가를 치열하게 파고들었고, 나는 필사적으로 영배 쪽을 돌아보려고 했지만 무리였다. 엿가락이 내 쪽을 돌아보는 게 느껴졌다. 마녀는 이대로 영배의 목소리를 통해 내 의식까지 함께 무너뜨릴 요량이었다.

그만, 잠깐만, 나도 할 말이 있어.

마녀의 의식이 겹쳐지면서 시야가 통일되기 시작했다. 날 끌어안고 있는 엿가락의 얼굴이 보였다. 턱밑으로 늘어진 엿가락의 주름살. 놀랍게도 엿가락은 더는 푸른 새 같지 않았고, 내 생각이 마녀에게 전이된 건지 마녀의 생각이 나에게 전이된 건지 알 수 없었지만, 마녀도 같은 생각을 하고 있었다. 이제는 이런 싸움을 하고 싶지 않다고 내가, 아니 마녀가 생각했다. 엿가락이 마녀를 처음 만났던 순간 어떻게 눈이 부시게 찬란했는지, 마녀의 사라진 한쪽 다리가 엿가락의 손길에 어떻게 떨렸는지, 나는, 아니 마녀는 온몸으로 기억을 복기했다.

엿가락은 입을 무어라고 뻥긋거렸다. 정신 차려, 그만해, 어떤 말이든 이제는 중요하지 않다고 마녀가 생각했다. 나는 마녀와 함께 이 상황에서 그저 날아가버리고 싶다고 생각했다. 몸이 가루가 되어서 눈바람에 함께 날려갈 수 있다면. 이 생각은 마녀의 생각일지 나의 생각일지 알 수 없었다. 엿가락이 손을 뻗어 내, 아니 마녀의 젖가슴을 쓰다듬었다. 그리고 귓전에 무어라고 속삭였다. 엿가락의 목소리에 귀를 기울이려고 집중하는 순간, 이 목소리를 결코 들려줄 수 없다는 듯이 마녀의 의식은 무자비하게 내 의식을 끊어냈다. 마지막으로 마녀의 목소리가 머리로 깊이 전달되었다.

나란 년은, 정말.

갑자기 의식이 분리되어서 혼란스러웠지만, 마녀가 헐떡이고 있는 것은 멀리서도 알 수 있었고, 그녀는 엿가락의 품 안에서 낮게 숨을 내뱉고는 결국 더 견디지 못했다.

마녀의 눈에 초점이 사라졌다. 축 늘어진 마녀의 시신은 다리 한쪽이 없는 데다가 주름지고 추해 보였지만, 저 빨간 드레스, 마녀의 시신을 향해 내가 보낸 바람이 아직도 날아들고 있었다. 한 번 보낸 바람은 되돌릴 수 없었다. 엿가락은 품속의 마녀에게 시선을 고정하고는 팔을 길게 늘였다. 땅도 벽도 거치지 않은 채 길게 늘어난, 부드러운 팔 위로 낫 모양의 바람이 꽂혔다. 엿가락의 팔뚝에 살짝 핏방울이 맺히는가 싶더니. 피가 솟구치기 시작했다. 엿가락의 팔은 엿가락처럼 길게 늘어나면서, 결코 끊어지지는 않았다. 바람이 흩어질 때까지 팔을 늘리고서는 엿가락은 피투성이가 된 팔을 다시 원래 길이로 줄였다. 노조원들은 눈밭을 한참이나 더 걸어간 상태였고, 전경들의 싸움은 마녀의 죽음과 함께 깨끗하게 종료되었다. 엿가락은 마녀의 뺨에 붙은 젖은 머리카락을 가만히 떼어냈다.

마녀를 양손으로 안은 채 그는 자리에서 일어나, 천천히 이쪽을 향해 걸어왔다. 사박사박 눈이 밟히는 소리가 묵직하게 들렸다.

다시 한 번 창자가 끊어지는 듯한 고통이 밀려왔다. 더구나 민망하게 눈시울이 달아오르기 시작했다. 오랜만에 느껴보는, 어처구니없게도 그리운 고통이었다. 경찰들을 데려갈 구급차가 왔고 또 어떤 경찰들은 혼비백산 떨어진 명령에 따라 시위대를 쫓아가기 시작했다. 앞서 나간 시위대의 깃발들이 뒤늦게 쫓아오는 경찰을 피해 달려가는 소리가 들려왔다.

"진짜 끝이군."

온몸에 눈이 뒤덮여, 엿가락은 마치 눈을 처음 본 어린아이 같은 표정으로 웃었다.

"아닐지도 몰라."

재성의 근육이 어느새 제자리로 돌아와 있었고, 영배는 힘이 빠져 자리에 주저앉았다. 영배가 노래만으로 사람을 죽인 건 처음일 터였다. 남은 한쪽 다리가 덜렁거리며, 하이힐 한쪽이 바닥에 툭 떨어지자 마녀의 하얀 맨발이 덩그러니 드러났다.

"다음에는 같은 편으로 만날지도 모르잖아."

엿가락의 팔에서 조금 힘이 빠지자 마녀의 목이 힘없이 덜렁거렸고, 나는 마녀의 목에서 고개를 돌리려다 재성과 눈이 마주치고 말았다. 재성은 아직도 하염없이 울고만 서 있었고, 나는 견딜 수가 없이 춥다고 생각했다. 세상이 온통 새하얗게 빛나서, 그만 팔각정 한가운데 눈이 떨어지지 않은 그 작은 마루 위로 올라 앉고 싶어졌다. 조금만 더 여기에 서 있다가는 곧 눈 떨어지는 소리까지 다 들을 수 있을 것만 같았다.

■ 노 병 들 은 ……

박영희 - 오수연 - 전성태의 르포집 『길에서 만난 세상』에 탑골공원의 노인들에 대한 르포가 있었다. 「제3의 시민, 도시의 노인들」이라는 제목이었다. 르포 작가가 만난 도시의 노인들은 갈 곳을 찾지 못했고, 그나마 그들에게 허가된 유일한 장소가 바로 탑골공원이었다. 그나마 그곳에서도 그들은 무료함을 이길 방법이 없이 괴로워했다. 그들은 여느 노인이 그렇듯이 분명하게 긴 삶을 살아왔던 사람들이었으며, 현재의 무료함 역시 그들에게 주어진 삶의 일부였다. 시골의 노인들이라고 행복하지는 않을 것이다. 그러나 도시의 노인들은 '눈에 보이지 않는' 존재로, 보이더라도 없는 존재처럼 살아가고 있었다.

누군가와 이 르포에 대해 이야기를 나누다가 어버이연합에 대한 이야기가 나왔다. 가스통을 메고 국가 안보를 위해 거리로 뛰어나오던 노인들, 그러고 보니 촛불 때 거리로 나왔던 노인들도 있었다. 2008년 5월 1일, 촛불이 터지기 직전의 노동절 집회 때 대학로에서 종묘를 지날 때쯤 노인들이 도로에 붙어 서서 박수를 치던 기억이 떠올랐다. 탑골공원 앞에서는 노인들과 실랑이나 붙지 않으면 다행이었는데, 이게 무슨 일인가. FTA집회 등에 "참된어버이연합" 같은 깃발을 들고 나왔던 노인들도 생각났다.

대선 때쯤인가 총선 때쯤인가 노인들에게 트위터 교육을 시키는 트위터 전사학교를 르포 취재한 한겨레 기사가 실렸다. 예순이 넘은 사람들이 무엇을 새롭게 배운다는 것은 결코 쉬운 일은 아닐 것이다. 박근혜는 지금까지 고생을 많이 했으니까 이제 행복해져야 한다는 할머니의 주장도 생각났다. 젊은 사람들이 하나로 묶일 수 없듯이 노인들도 하나로 묶일 수 없다.

그러던 어느 날, 46년 대구 총파업의 주역이었던 이일재 선생이 2012년 3월에 타계했다는 기사를 읽었다. 공장자주관리 운동, 전평, 20년의 옥살이를 하고 나서 곧장 민주노총 지도위원, 해복투. 이 굉장한 할아버지의 이름을 앞에 두고 나는 어떤 노인들의 삶을 그리기 시작했다. 이거 봐, 이거 봐. 마르크스도 산타클로스 수염 난 할아버지고, 클린트 이스트우드도 공화당 지지하는 할아버지잖아!

오직 절망만이 우리를 구원할 수 있다.

– 이서영 작품집 『악어의 맛』

철이

1. 소설 쓰는 사회주의자를 위한 변명

'사회주의'라는 말은 최소한 두 가지 면에서 시대착오로 보인다. 세평에 따르면 그것은 과거에 잠깐 반짝했다가 모스크바 수용소(Gulag)나 수령 3대 세습 등이 입증하듯 명백한 실패로 귀결된 이상주의적 사상이다. 반대로 국정원 등 정보기관은 거기서 미래를 바꿀 잠재적 가능성이라도 찾아낸 양 여전히 사회주의자 색출에 매진하고 있다. 한국에서 사회주의자를 자임하는 것은 이중으로 피곤한 일이다. 유효기간이 끝난 이념의 신봉자라는 오명을 뒤집어쓴 채 국가보안법의 압박까지 감내해야 하는 까닭이다.

앤윈(annwn)이라는 필명으로 알려진 이서영은 이 주홍글씨를 스스로 받아들인 희귀종 중 한 명이다. 아마 현재 한국에서 '소설 쓰는 사회주의자'를 자처하는 유일한 작가이기도 할 것이다. 이 나라의 소설사 전체를 두고 보아도 사회주의의 영향력은 1930년 즈음과 해방 직후에 국한된다. 물론 해외로 시야를 넓히면 '소설 쓰는 사회주의자'의 명단은 좀 더 풍성해진다. 막심 고리키로 시작하여 조지 오웰을 경유해 장 폴 사르트르로 끝나는, 꽤 장대한 문학적 계보를 우리는 그려볼 수 있다. 그러나 저번 세기에 사회주의가 지녔던 영향력에 비해 그 이념을 받아들인 작가들의 소설적 유산은 전반적으로 초라하다. 그래서 몇십 년간 명맥이 끊겼던 '소설 쓰는 사회주의자'의 추레한 계보를 잇겠다는 것은, 문학적으로 상속받을 유산보다는 부채가 많은 일이다. 작가 이서영이 그토록 무거운 부채를 떠맡으면서까지 이념적 정체성을 천명하는 까닭을 고찰하는 것이 이 글의 목적이다.

논의에 앞서 몇 마디를 덧붙이고 싶다. 사회주의자이자 소설가인 작가에게 혹시 당신이 가질지 모를 오해와 선입견을 막기 위함이다.

먼저 사회주의는 스탈린이나 김일성이 참칭했던 변태적 체제와 무관하다. 과거의 소련이 자국 내의 저항적 목소리를 잠재우던 행태는 현재의 삼성이 무노조 방침을 지키기 위해 벌이는 갖은 술수와 유사하다. 한편 소련이 미국과 벌인 아전투구는 삼성과 애플의 싸움을 연상케 하는 데가 있다. 소련이 사회주의적이라 하고 싶다면 삼성에 대해서도 같은 말을 해야 한다. 이서영이 생각하는 사회주의란 아래로부터의 운동을 기점으로 시작되는 혁명, 그리고 그 이후 새롭게 짜일 세계 질서의 다른 이름이다. 그것은 1917년 이후 소련에서 가능성을 힐끗 보였을 뿐, 아직 역사적으로 도래한 적 없는 유토피아다.

또한 작가의 정치적 커밍아웃 때문에 이 책을 사회 저항적 코드로만 읽을 필요는 없다. 그녀가 작품에서 다루는 소재는 다양하고 서사의 질감 역시 여느 유명작가 못지않다. 소설적 구도나 문장, 구성 등이 탄탄함은 말할 것도 없다. 그러니 독자여, 자유롭게 상상력을 동원하여 창의적인 독해를 시도해보시라. 그것이 모든 소설의 독자에게 부여된 권리일지니.

2. 좀비의 사회학

사회주의자의 작품을 논하며 현실의 투쟁과 연관시키지 않는 것은 결례이다. 하여, 이야기는 2008년으로 거슬러 올라간다. 가공할 규모의 촛불집회가 일어났다. 시위대의 요구조건은 미국소의 위험성을 투명하게 조사하고 수입 여부를 재고하라는 것이었다. 정부는 폭력적 진압과 모르쇠로 일관했다. 시민들은 '대한민국은 민주공화국'임을 상기시키는 노래 〈대한민국 헌법 1조〉를 불렀다. 민주공화국은 국인이 주인 되는 나라를 뜻한다. 그러나 80퍼센트에 육박하는 국민적 지지를 등에 업고 100만 명 이상이 시위에 참여할 때조차 유력자들은 FTA로 이득을 남길 한 줌 재벌의 손익관계를 옹호하는 데 급급했다. 그들의 눈에 궁민窮民은 국민國民이 아니었던 것이다. 정치적 의사 결정 과정에서 서민과 소수자의 의견이 배제된 사례는 이것뿐이 아니다. 사회는 지배자들의 이익을 '공익'이라는 말로 치장하고, 그에 의문을 제기하는 이들에게 무자비한 폭력을 행사해왔다. 위정자들은 4~5년 주기로 돌아오는 선거철에만 국민에게 굽실거린다. 평상시에 서민은 생물학적으로 살아 있을 뿐, 사회적으로는 죽은 존재, 말하자면 정치적 언데드(undead)다.

사회적 약자를 좀비라는 서브컬처적 캐릭터로 변복變服시킨 「종의 기원」은 이런 맥락에서 읽혀야 한다. 작품 속 좀비는 인간에게 무해하다. 명색이 좀비다보니 가끔 인간을 먹어줘야 하지만, 살아 있는 인간을 해치지 않을 정도의 자제심은 있다. 그들은 인간처럼 숨 쉬고 생각하며, 심지어는 사랑을 한다. 기업은 좀비를 일터에 배치해 놓고 그들의 생존(?)에 필요한 최소한의 대가도 지불하지 않는다. 경찰은 배고픔을 호소하거나 문제를 일으키는 이들을 즉결처분한다. 매스미디어는 좀비의 목소리를 묵살하고, 일자리를 잃은 사람들은 실업의 책임을 좀비에게 돌린다.

이 알레고리에서 이주노동자를 떠올리지 않기는 어렵다. 더 나아가 사회적으로 억압받는 소수자 중 누구를 대입시켜도 이야기의 얼개는 대충 들어맞는다. 『악어의 맛』에서 주연을 맡은 인물 대부분은 '좀비'로서의 삶을 견뎌낸다. 거리의 '디자인'을 위해 보행도로에서 쫓겨난 포장마차 아주머니(「밥줄을 지켜라」)가 그렇고, 공고를 다닌다는 이유만으로 사람들에게 무시당하는 김정우(「로보를 위하여」)가 그러하며, 성에 갇혀 지내던 코끼리(「성문 너머 코끼리」) 역시 마찬가지이다. 사회적으로 배제당한 채 살아가다가 자신의 목소리를 내는 순간 철저히 진압받을 처지라는 점에서 그들의 삶은 크게 다르지 않다.

좀비의 존재는 억압적 통치체제를 유지하는 원동력이다. 모든 피억압자가 단결하면 이 체제는 금세 붕괴될 것이다. 체제의 전복을 막고자 위정자들은 사회적 약자를 악마화시킨다. 피억압자의 분노가 자신들이 아닌 소수자를 겨냥케 획책하기 위함이다. 요컨대 좀비는 지배계급의 이간질이 만들어낸 괴물이자 억압적 체제의 존속을 위한 희생양이다. '좀비'들의 공동체와 기득권들의 카르텔은 극렬히 대립한다. 두 세력은 끊임없는 투쟁을 거듭해왔고 앞으로도 그럴 것이다. 오래전 좌파는 이들 사이의 갈등을 계급적 대라고 이름 지었다. 적대의 세계에서 우리에게 남겨진 선택지는 두 개이다. 지배자들에게 투항하고 비겁하게 살 것인가, 아니면 피억압자의 편에서 끝까지 투쟁할 것인가. '소설 쓰는 사회주의자'가 후자를 택했음은 명확하다. 그런 점에서 『악어의 맛』은 언제까지나 사회에 반항하겠다는 작가의 '히스테리아 선언'이라 하겠다.

그녀는 사회적 약자의 편에서 함께 싸워 지배자들의 간담을 서늘케 만들려 한다. 좀비들이 결집하여 한 목소리를 낼 때 파급력은 가공할 만하다. 촛불집회 당시 몇몇 인터넷 우파들은 참가자들을 좀비에 비유했다. 이성적 판단 없이 무책임한 군중심리에 휩쓸려 대안 없는 비판에 몰두하는 세력이란 뜻 정도로 쓰인 표현이었을 것이다. 헛소리에도 일말의 진실이 담길 수 있다는 건 이런 때 쓰는 말이다. 이 비유는 최소한 저들이 시위대에게 느낀 공포만은 선연히 증명한다. 만약 '좀비'들이 힘을 합쳐 궐기한다면 이 사회의 변혁은 조금 더 앞당겨질 것이다. 이제 그 궐기를 위해 이서영이 무엇을 준비하는지를 말하자.

3. 사랑의 윤리학

'사회주의자'라는 단어에서 적기赤旗와 죽창을 들고 결연히 투쟁을 선동하며 한 치의 망설임도 없이 '적'을 공격하는 냉철한 투사의 모습을 떠올린 사람이라면, 『악어의 맛』은 의아스러운 책일 것이다. 그런 느낌의 인물은 소설집 전체에 등장하지 않거니와 그나마 투사에 가장 가까운 인물일 「너의 낡은 캐주얼화」의 '아들'조차 피도 눈물도 없는 혁명가의 이미지와는 거리가 멀기 때문이다. 그는 지극히 순진하고 심지어는 허술해 보이기까지 한 이상주의자인데, 그 허술함 뒤에는 왠지 모를 인간적 매력이 있다. 이 단편집에 지배계급을 향한 적의나 격렬한 투쟁이 묘사되는 부분은 거의 없다. 대부분의 작품이 취하는 소재는 사회적 소수자들 사이의 연대이다. 「밥줄을 지켜라」에서 '밥줄'이 끊길 것 같은 인간과 고양이 사이를 이어주는 공감이 하나의 예라 하겠다. 반면 「로보를 위하여」는 서로 다른 주홍글씨를 안고 살아가는 고교생 남녀 사이의 교감을 다룬 작품이다. 털북숭이 늑대인간이라는 신체적 각인으로 고민하는 여자와 공고생이라는 사회적 낙인으로 뭇사람들의 무시를 받아온 남자 사이에 피어나는 감정적 연대는 둘이 함께 바이크를 타고 탈주를 감행하는 아름다운 순간까지 계속된다. 더 나아가서 자신이 소수자가 아니었음에도 애인의 처지에 공감해 스스로 소수자가 되는 인물도 있다. 온갖 사회적 지탄을 무릅쓰고 좀비를 낳는 「종의 기원」의 승연이 그 경우이다.

이들이 느끼는 감정은 '연대'나 '공감'보다 사랑이라는 단어에

걸맞다. 「악어의 맛」은 사랑의 근본적 속성을 극단적인 지점까지 보여주었다는 점에서 이 단편집의 표제작으로 손색이 없다. 작가는 확대재생산을 고민하다가 이 작품을 쓰게 되었다는, 다소 능청스러운 설명을 제시한다. 신경 쓰지 말자. 그것은 어디까지나 창작 계기에 불과하다. 작가의 말에 휘둘려 악어를 자본의 은유로 고정시키면 작품의 풍부한 의미와 감성적 진폭은 사산된다. 이 작품에서 가장 인상 깊은 것은 악어를 위해 목숨을 내놓는 자매들의 희생이다. 그들의 아가페적 희생을 사랑이라 부르지 못한다면 도대체 무엇이 사랑이겠는가. 근래 유행하는 한 철학자의 말을 빌리자면 "사랑은 존재의 질서에 하나의 차이(a difference)를 만들고 균열을 내려는 폭력적 정념, 다른 모든 대상을 희생함으로써 하나의 대상을 특권화하려는 폭력적 정념이다."* '폭력적'이라는 형용사에 주목하자. 진정한 사랑에는 폭력이 수반된다. 사랑을 위해서는 자신의 두근거리는 감정과 그 사랑의 대상만을 맹목적으로 추종해야 한다. 그것들 외에는 전 세상을 적으로 돌릴 수 있는 용기도 필요하다. 때문에 사랑은 다른 모든 현실적 이해관계로부터 자신과 상대방 모두를 떼어놓는 숭고한 행위이다.

이서영의 소설 속 사랑의 주체와 객체는 모두 사회적 약자(좀비, 괴물)들이다. 이때 사랑은 연대감의 표지이자 사회적 이데올로기를 넘어선 자급적 공동체 정초의 예비작업이 된다. 이서영은 모든 피억압자들의 편에 서겠다는 호혜적 선언에 만족하지 않고

* 슬라보이 지젝, 『죽은 신을 위하여』, 길, 2007, 56~57쪽.

스스로를 사회적 약자와 동일시한다. 자신이 철거민이자 레즈비언이라고, 혹은 이주노동자이자 팔레스타인 난민이라고 선언한 뒤 그녀는 가증스러운 지배자들에게 말하리라. 그래, 우리는 이 사회에서 '괴물'일지도 몰라, 하지만 우리를 괴물로 규정한 것은 당신들이잖아, 그렇다면 당신들이 말한 대로 우리는 정말 괴물이 되어주겠어, 이를 악물고 살아남아 그대들과 싸우고 종국에는 승리하겠어, 라고.

이서영에게 '사랑'은 일종의 혁명이다. 대부분의 혁명은 실패한다. 『악어의 맛』 전반全般을 둘러싼 애수도 이 때문이다. 「로보를 위하여」나 「성문 너머 코끼리」에서 사랑은 잠시 해방적 공간을 열어놓는 듯 보인다. 그러나 이때 인물들이 쟁취한 자유는 제한적이고 지속되기 어려운 것이다. 더 근본적으로 사회의 변혁을 바라는 사람이라면 '괴물'처럼 어떤 패배에도 굴하지 않으며 다시 일어나 지배자들과 장기전을 벌여야 한다. 어떤 압박에도 자신의 사랑을 끝내 포기하지 않겠다는 결의, 이 덕목을 '도덕'의 통상적 의미와 구별시켜 윤리라 명명키로 하자. 이 용어를 명확히 정의할 때 우리는 비로소 중편 「노병들」에 대한 논의를 시작할 수 있게 된다.

4. 우리 시대의 유토피아를 향해

「노병들」에 등장하는 인물들은 지극히 윤리적이다. 그들의 삶은 해방 이후 한국 사회를 지탱해온 두 가지 믿음을 압축적으로 재현한다. 칼바람(철구), 영배, 재성은 애국심에 불타 '빨갱이'를 때려잡고 경제를 발전시켜야 한다는 신념으로 살아온 우파의 생애를 대표한다. 그 반대 측면에는 억압받는 이들의 편에서 싸워온 투사 엿가락(을재)과 마녀(연주)가 있다. 세상은 그들의 진정성에 정당한 대가를 지불하지 않았다. 나이가 들어 추레해진 그들이 병든 육체를 이끌고 갈 곳은 탑골공원뿐이었다. 그들이 빚어내는 촌극은 마녀의 죽음이라는 비극적 사건으로 수렴한다.

「노병들」은 미덕이 많은 작품이다. 이 정도 스케일로 한국의 이념투쟁을 통시적으로 되짚는 작업 자체가 드물거니와, 유머 넘치고 발랄한 표현 속에서 황혼기의 쓸쓸함까지 담아낸 서사적 긴장감도 미덥다. 이 작품의 주제의식은 쉽게 포착되지 않는다. 작가의 이념이 텍스트의 심연에 다면적으로 투영된 탓이다. 칼바람과 마녀 사이에 싹튼, 이념적 차이를 초월한 어떤 감정에 주목하는 이라면 이념싸움이 부질없는 짓이니 좌우 대립을 무시하고 다함께 화합하자는 식의 우익적 '대통합론'의 표본을 이 작품에서 찾을 수도 있다. 하지만 이런 독법은 칼바람과 마녀 사이에 일어난 감정적 동요를 단순한 휴머니즘으로 환원시켰다는 점에서 일면적이다. 분명 그들의 인생에는 공감을 느낄 만한 구체적 요소가 있었다. 살아온 양태가 대조적일지언정, 그 둘은 한국의 왜곡된 정치구조가 빚어낸 쌍생아였던 것이다. 그들이 공유하는 감정은 특정한 믿음에 젊음을 바쳐 '윤리적'으로 살아왔지만 그 결과 가뭇없는 회한만 남은 패잔병들 사이의 연대의식이다.

칼바람과 엿가락의 입장에서 본다면 상대적 박탈감을 느낄 법도 하다. 칼바람의 노력에 힘입어 한국은 수많은 '빨갱이'를 때려잡고 많은 노동자들이 국가의 시책을 따라간 덕에 '한강의 기적'을 이룩했다. 반면 엿가락이 바라던 대로 노동자의 처우는 상당 부분 개선되고, 이 땅의 민주화 지수도 현저히 높아졌다. 이 모든 변화는 한국에 수많은 칼바람과 엿가락이 있기에 가능한 것이었다. 문제는 그들의 노력이 빚어낸 성과가 스스로의 노년기를 보장할 만큼 충분치 못했다는 점이다. 어떤 점에서 현재의 한국 사회는 과거 못지않게 억압적이다. 물질적으로 풍족해졌을망정 소수자에 대한 억압은 여전히 건재하고 더욱 은밀해졌다. 사회가 축적한 부는 예전보다 더 소수의 재벌에게 집중된다. 이것이 윤리적 삶으로 빚어낸 사회변혁의 결과라면 뭔가 서글프다. 하긴, 사회변혁이 자신을 세워준 주체들의 기대를 배반하지 않았던 적이 있었던가. 유사 이래 지금껏 일어난 모든 혁명은 결국 변질됐다. 잠시 동안은 해방적인 공간을 열어낸 것으로 보일지라도, 이내 다른 형태의 억압적 사회로 귀결되는 것이 당연한 수순이었다.

하지만 그들의 삶이 의미 없는 것이었다는 결론은 피하자. 지금 우리가 당연시하는 정치적·사회적 진보는 이전 시대의 신념과 윤리가 쟁취한 전리품이다. 이제 우리가 할 일은 윗세대 '노병'들이 마치지 못했던 사명을 완수하는 것이다. 어떤 억압 속에서도 굴하지 않던 그들의 윤리적 자세를 본받는 것이다. 우리가 탑골공원 팔각정에 갇혀 있는 그들의 꿈을 이어받을 때 그 세대의 노고는 비로소 현재를 위한 초석으로 재명명될 수 있다. 물론 이미 실패한 칼바람의 꿈까지 계승할 필요는 없다. 사실 그의 꿈은 자신의 꿈이 아니라 지배자들의 꿈이었고, 엿가락의 꿈에 훼방을 놓겠다는 대타의식에 불과했다. 우리는 엿가락보다 근본적으로 유토피아를 사유해야 한다. 현대 사회는 구성원들이 꿈꿀 자유마저 강탈한다. 과거에는 누구나 자신만의 유토피아가 있었다지만, 이제 유토피아적 열망을 지닌 사람은 사회 전체를 통틀어 한 줌에 불과하다. 이서영은 유토피아에 대한 열망을 복원시키자고 독자를 선동한다. 그 유토피아를 작가는 '사회주의'라 부르겠지만 당신이 꼭 그 이름을 받아들여야 하는 것은 아니다. 어떤 형태든 사회적 약자들의 궁핍이 끝나는 세상을 함께 꿈꾼다면 그것으로 족하다. 그 꿈을 공유하는 사람이 많아질수록 사회가 괴물로 규정한 이들의 꿈은 지배계급의 악몽이 되고 종국에는 다음 세대의 현실로 전화轉化되어 갈 것이다.

물론 이서영의 소설을 정치적 선동으로만 읽어내어서는 곤란하다. 이 글이 말하려던 바는 그녀의 소설이 정치적으로 올곧기 '만'한 것이 아니라 정치적으로 올곧기'도' 하다는 것이다. 흔히 이서영은 장르문학 작가로 분류된다. 순수문학과 장르문학 사이의 석연찮은 경계를 승인한다면, 그녀의 작품이 '재미'를 추구하며 높은 밀도의 창의적 상상력을 보인다는 뜻 정도로 이해할 수 있으리라. 은은한 유머를 머금은 문장과 인간의 희로애락을 담아낸 플롯 등이 그런 해석에 힘을 실어준다. 작가의 정치적 급진성역시 그녀의 소설 속 몇 가지 미덕으로 반영되어 있다. 사회의 모순과 적대를 직시하는 작가의 눈은 이 작품집의 등장인물들에게 삶의 명암과 양각을 새겨 넣었다. 그들이 빚어낸 조화는 서사에 질감을 부여하고 다채로운 정서를 심층적으로 담아낼 틀을 주조한다. 덕분에 이서영은 급진적 사회비판을 수행하는 와중에도 재미와 깊이를 포기하지 않게 되었다.

이서영의 작품은 유쾌하기 이전에 뼈아프다. 사회의 폐부가 쉽게 변혁되기 힘들다는 현실분석을 전제하고 있는 까닭이다. 그러나 그속의 인물들은 회의주의에 허우적대지 않으며 희망의 노래를 부르려 노력한다. 아도르노가 말했듯 오직 절망만이 우리를 구원할 수 있다. 나는 비판적 통찰력과 인간에 대한 믿음을 겸비한 작가의 태도에 해방의 씨앗이 있을 것이라고 믿는다. 이 작품집은 은은한 미소를 띠게 만들다가도 불현듯 가슴을 적적하게 울리는, 꽤 넓은 편폭의 울림을 지닌 이야기들의 성좌이다. 순수문학이니 장르문학이니 하는 편협한 성단星團 속에 섣불리 위치 짓기 힘든 이 윤리적이고 아름다운 성좌를 뭐라 명명해야 할지 나는 아직 알지 못한다.

철이
문학평론가.

이서영 작가를 처음 만난 것은 매년 나오는 환상문학웹진 거울의 대표중단편선을 작업하면서였다. 그때에는 내가 독자우수단편 선정을 맡고 있지 않았기에, 다른 분이 뽑은 독자우수단편으로 중단편선 수록작 틈에 끼어 있었다. 이 작품집에도 수록된 「종의 기원」과 「성문 너머 코끼리」였다.

매우 이채롭다고 생각했다. 문장은 단아하고 시점은 여성이었으며 사랑이야기가 이야기 전체를 끌고 가는 원동력인데 이야기의 기저와 결말은 사회를 바라보는 글이라는 것이, 그것도 두 편 모두가 그렇다는 것이 굉장히 이색적으로 다가왔다. 두 글의 기저 테마가 같다는 점에서, 비슷한 이야기밖에 할 수 없는 작가가 아닐까 하는 우려가 있었으나, 만약 그렇다 해도 자기가 만들고 싶은 세상이나 자기가 하고 싶은 이야기가 뚜렷하게 있으며 이 정도로 소설적 형상화를 잘할 수 있는 작가라면 언제나 같은 이야기를 해도 괜찮을 거라 생각하고 접근을 했다. 세 작가의 작품집을 내면서 엮은이의 말마다 작가를 어쩌다가 꾀기로 마음먹었는지를 이야기하다보니 사람들이 편집자에 대해 잘못 생각할지 모른다는 생각이 든다. 사람을 꾀는 것은 편집자의 작업 중 아주 일부일 뿐이다. 오해하지 말아달라.

이서영 작가는 합류한 첫 작품 「악어의 맛」으로 내 우려를 날려주었다. 상징적이고 우화적이면서도 파괴적이고 아름다운 이야기였다. 이후에도 「로보를 위하여」를 통해 풋풋하고 터질 것 같은 첫사랑의 느낌을, 「사형집행일」을 통해 지긋지긋하리만치 계속되는 인연에 대한 지극히 여자만의 시선을, 「노병들」을 통해 슈퍼히어로와 한국현대사를 결합하는 굉장한 시도를 보여주었다. 물론 이 모든 작품이 언제나 억압당하는 소수자의 관점에서 쓰인다는 점, 보수적인 가치관을 가진 「노병들」의 화자 철구라 할지라도 거기에서 예외가 아니라는 점이 또 이서영 작가의 분명한 특징이자 한계라고 할 수도 있겠다.

특징이자 한계라는 말은 매우 중요한 말이다. 한계가 한계인 것만은 아니고, 특징이 특징인 것만은 아니라는 것, 양면이 존재한다는 것을 말하고 싶다. 흔히들 무언가를 배우거나 연마해나갈 때, 부족한 부분을 보완해야 한다고 말한다. 인생 전체로 보면 그게 맞는 말일지 모른다. 언제나 같은 부분에서 실수하거나 미끄러지지 않기 위해서 그래야 할 필요가 있다. 세상을 살다보면 자신이 잘하는 일, 좋아하는 일만 할 수 없기도 하다. 그러나 보완이어야 한다. 못하는 일을 잘하는 일의 경지로 끌어올리기 위해 애쓸 필요도 없고, 그렇게 될 수도 없다. 무엇보다도, 그렇게 해서 못하는 것과 잘하는 것이 구분되지 않는 작품은, 예술적으로 가치가 없다. 모든 부분이 그저 완벽해서 흠 잡을 데가 없는 거장의 작품이란 것도 존재하지만, 기본적으로 고르고 평범한 글보다 어디 한 군데가 심각하게 결여되어 있더라도 다른 어딘가가 엄청나게 튀어나온 글이 매력적이고 사랑스러운 법이다. 어차피 사람은 모든 요소의 총합을 수치화해서 종합해서 사고하지 않는다. 줄곧 거지 같았던 글이라도 마음을 때리는 한 구절을 만난다면, 그 글을 읽기 잘했다고 생각할 수 있고, 정말 무난하게 끝까지 잘 읽었지만 뒤돌아서면 생각이 나지 않는 글도 있는 것이다. 훈련하고 단점을 보완한다는 것은, 글이란 도구를 이용해서 자신이 말하고 싶은 바를 원하는 정도로 구현할 수 있게 하기 위해서 필요한 것이지, 한계를 돌파하기 위해서 하는 게 아니라고 나는 생각한다. 다른 부분들을 보완하면 돌파되는 것이 한계가 아니라, 그 지점이 한계가 아니라 자신의 강점이기도 함을 분명히 인지하고 갈고 닦을 때 돌파되는 것이라고 생각한다. 무엇보다, 한계는 뚫어야 하는 목표점이 아니라 계속해서 넓혀 나가야 할 자신의 테두리일 뿐이다. 한계를 약점이라고 인식할 때 정말로 그것은 그 사람의, 그 작가의 한계가 되어버린다.

그런 면에서 이서영 작가의 한계만이 아니라 강점을 나타내주는 작품집이 된 것 같아 엮은이로서 뿌듯하다. 물론 이 작품들을 의도에 따라 묶거나 하지는 않았다. 그러나 묶는 것만으로도 이렇게 보이지 않는가, 사회변혁을 부르짖는 이 작품들이 얼마나 따스한 연민과 처절한 사랑 위에 서 있는지. 그래서 처음에는 『사랑이 지구를 구한다』 같은 것을 작품집 제목으로 생각했는데, 작가가 『슬러그 펀치는 로맨틱하게』라고 싸움과 사랑을 결합시키길 원했고, 길고 좀 알아듣기 어려워서 『로맨틱 펀치』로 이전에 출간된 작품집 표지에 나갔었다. 아는 사람이 있는지 모르겠지만 인디 밴드 중에 '로맨틱 펀치'라는 밴드가 있어서 고민했었는데,

결국은 그것 때문은 아니고 표지로 형상화하기가 힘들어서 로맨틱 펀치 대신 악어의 맛을 작품집 제목으로 선택하게 되었다.

이서영 작가는 세상이 아름다웠다면, 그저 아름답게만 살 수 있었을 여리고 착한 사람이다. 세상이 아름답지 않기에 그녀는 투사가 되어야 했다. 그로 인해 이렇듯 기묘하게 따뜻하고 아름다운 글들을 만날 수 있다는 것이 이 아름답지 않은 세상의 아름다운 양면이다. 옆에서 그 고통 속에 피어난 꿀을 따기만 한 염치없는 꿀벌로서 이서영 작가의 아름다운 삶과 글에 찬사를 보낸다.

엄마한테 글을 쓰겠다며 예고에 가겠다고 졸랐을 때를 기억한다. 글을 쓰고 싶은 마음이 3분의 1정도라면, 예술적 태도에 대한 동경이 3분의1, 무슨 방법을 써서라도 수학공부를 하기 싫은 마음이 3분의1 정도였다.

수학공부는 안 하고 10년 동안 꼬박 글을 쓴 결과 책을 한 권 내게 되었다.

엄마한테 책 내면 더없이 성공할 것처럼 사기를 쳐온 10년이었다. 이제부터 그 사기값을 갚아 나가야 하는데 그게 썩 쉬운 과정은 아닐 것 같다. 하고많은 딱지 중에 굳이 (약간은 폄하되는)'장르소설' 딱지를 달고 세상에 빛을 보게 되었는데, 그나마도 (시대착오적인)'운동권 소설'이 주된 내용이다.

우리는 '아주 좋은 것'에게 '환상적'이라는 수사를 가져다 붙이곤 한다. 그러나 사실 모든 허구는 현재의 은유다. 환상성이 극대화될수록 현재가 자명해진다는 것을 수많은 환상들이 내게 알려줘왔다.

9편의 많지 않은 단편을 다시 살펴보고 수정하는 동안, 나는 내 글 속에서 새로운 것들을 종종 발견하곤 했다. 작가의 손을 떠난 글은 그 글 나름의 생명력을 갖기도 하며, 예상치도 못했던 내

내면을 반영하기도 했다. 절망적인 상황을 극대화시키기 위해 삽입한 '삶은 지속된다는 것을 깨달았다'는 문장에 '갑자기 왜 희망적인 문장이 들어가 있느냐'는 교정지가 붙어 있는 것을 보고 당혹감에 빠지기도 했고, 머릿속에서는 진행해둔 스토리가 실제로 소설 속에서는 아무것도 진행되지 않았다는 것을 재확인하고 어안이 벙벙해지기도 했다.

소설집의 제목을 정하기 위해 고심하는 동안 편집자는 내 소설들에 대해 "사회운동과 로맨스가 결합하는 이야기"라고 총평했다. 그때 나는 잠깐 놀랐다. 사랑이라니!

나는 독실하게 개신교를 믿는 외할머니와 외할아버지의 손에 자랐고, 한글을 성경으로 배웠다. 내 이모는 내게 자장가로 찬송가 566장을 불러주었고, 감기로 열이 끓으면 엄마는 내 이마에 십자가를 그어주었다. 내 외할머니가 세상을 바라보는 첫 번째 원칙은 '우리는 차마 짐작하지 못하는 주님의 깊고 넓은 뜻'이었다. 우리는 한없이 작아 알지 못하는 세계의 넓은 일들을 신은 그 나름의 질서로 아름답게 배치해두었다는 이야기에, 어린 나는 무슨 말인지도 모르고 귀를 기울이곤 했다.

내 외할머니와 내 어머니의 신앙은 내게 사랑과 연민의 시선으로 남았다. 그녀들은 내게 가난한 사람을 위해 기도하라고 가르쳤으며, 신은 모두를 평등하게 사랑한다고 말했다. 매일 밤, 그녀들이 어린 내 손을 붙잡고 세상을 위해 기도를 하던 기억이 선명하다. 내가 기억하는 성경은 슬픈 자들을 위로했고, 노예들의 편에 서 있었으며, 크고 넓게 사랑을 말하는 책이었다.

　사회주의자로 스스로를 정체화하면서 내게 "너희 원수를 사랑하며 너희를 박해하는 자를 위하여 기도하라"는 성경의 구절은 새로운 의미가 되었다. 그것은 세상을 총체적으로 사랑하라는 말이었으며, 총체적으로 세상을 사랑하는 인간은 세상의 일그러진 부분을 외면해서는 안 되는 것이었다.

　세상을 총체적으로 사랑하기 위해서, 나는 팔레스타인에 포탄을 떨어뜨리는 권력을 마음을 다해 미워했다. 이윤을 위해 죽어나가는 사람들을 방치하는 기업을, 굶주리고 헐벗은 사람들을 외면하는 자본을, 진심으로 미워하지 않으면 그 사랑은 결코 완성될 수 없는 사랑이었다. 그것은 난쏘공 식으로 말하자면 '사랑으로 비를 내리게 하고, 사랑으로 평형을 이루고, 사랑으로 바람을 불러 작은 미나리아재비꽃 줄기에까지 머물게 하는' 세계를 만들기 위한 지난한 과정이었다. 그래서 이 소설들은 상당 부분 증오에도 기반하고 있다.

　당연하게도 문학은 운동에 복속될 수 없으며, 운동 역시 영감으로만 움직일 수 있는 것이 아니다. 그러나 사랑은 그것들과 전혀 다른 파괴적 운동성을 가지는 동시에 그 안과 밖 모두에 존재하는, '환상적인' 것이다.

　그러므로 이 책에 실려 있는 모든 이야기들은 단 한 가지 사실에서 출발한 이야기들이다.

내가 당신을,

사랑한다는 것.

처음으로 내 책을 내게 되는 과정이란 놀랍고도 신기한 것 투성이였다. 뭐가 뭔지 모르고 허둥대는 내게 훌륭한 독자이자 조력자, 더욱이 가이드라인이 되어준 편집자 최지혜 님께 진심으로 감사한다. 원고를 쓴 건 나지만, 서툰 원고를 이렇듯 읽을 만한 형태로 만들어준 것은 순전히 그녀의 힘이다.

모든 소설의 첫 독자로서 비평과 격려를 아끼지 않은 서범진에게도 감사한다. 그가 내게 도움을 준 것은 단지 비평과 격려뿐이 아니다. 혼란 속에서도 그가 자신의 정치적 선명성을 지켜 나가는 것을 보면서, 나 역시 문학과 정치 사이에서 아슬아슬한 예술적 접점을 찾을 수 있으리라는 기대를 놓지 않을 수 있었다. 그는 자신의 삶을 통해 내 문학을 격려해주었다.

무엇보다도 역사의 영웅들에게 진심으로 감사한다. 2010년에 세상을 떠난 역사학자 하워드 진은 역사책에 이름이 남지 않은 사람들―1874년의 슈일킬 탄광 노동자들, 1912년 로렌스 공장 노동자들, 체로키 인디언들―이야말로 미국사의 영웅들이라고 한 바가 있다. 나는 지금껏 내가 살아온 역사에서 평범하기 그지없는 영웅들을 수없이 만나왔다. 나의 영웅들 모두에게 연대 속에서 끝없는 감사를 표하는 바이다.

악어의 맛
이서영 작품집

초판 1쇄 펴낸날 2013년 7월 29일

지은이 이서영
펴낸이 이규승
엮은이 최지혜
디자인 김은영, 양선희
마케팅 홍용준

펴낸곳 온우주
등록번호 제215-93-02179호
주소 138-847 서울시 송파구 석촌동 284-2 501호 (백제고분로40길 4-7 501)
전화 02-3432-5999
팩스 02-6442-3432
홈페이지 www.onuju.com | onuju@onuju.com

ISBN 978-89-98711-05-4 03810